CHRISTINE GRÄN

Hurenkind

Buch

Eine Frau will nach oben. Abkürzungen auf diesem Weg sind ihr stets willkommen. In der Wahl ihrer Mittel ist sie nicht zimperlich. Sie hat begriffen: Moralische Skrupel werden in einer skrupellosen Gesellschaft zum persönlichen Handicap. Glück dekliniert sich auf Macht und Reichtum.

Marie ist die jüngste Ressortleiterin einer großen Tageszeitung. Sie will – vorläufig – Chefredakteurin werden. Marie kommt von ganz unten, und sie hat gelernt, dass man für alles bezahlen muss, auch für das Glück. Sie lebt in einer Gesellschaft, in der alles käuflich ist. Marie ist eine gelehrige Schülerin. Sie benutzt Sex als Waffe und schläft mit Männern, wenn dies ihrer Karriere als förderlich erscheint. So schläft sie mit Conrad, dem selbstherrlichen Chefredakteur, der von Maries erotischen Qualitäten jedoch nicht auf ihre journalistischen schließen möchte. Er erweist sich als Karrierehindernis. Aber Marie entdeckt das schäbige Geheimnis seines Lebens, den dunklen Punkt auf einer scheinbar makellos weißen Weste. Sie erpresst ihn, und er macht sie wider Willen zu seiner Stellvertreterin. Marie kennt auch den Wert gesellschaftlicher Beziehungen und beginnt ein Verhältnis mit Max Lenbach, dem mächtigen Vorstandsvorsitzenden eines Konzerns. Der kühle Erfolgsmensch Max scheint in ihr Lebenskonzept zu passen. Doch das Verhältnis zu dessen Bruder Leon widersetzt sich ihren Spielregeln und bringt Marie aus dem Gleichgewicht. Der fliegende Tagträumer und notorische Verlierer lässt sich von ihr nicht lenken, und alles gerät außer Kontrolle. Gut und böse zählen nicht mehr. Nur die Liebe – bis zum Tod.

Autorin

Christine Grän wurde in Graz geboren, arbeitete als Journalistin und lebte fünf Jahre in Afrika. Als Autorin der Krimis um die Klatschreporterin Anna Marx, verfilmt für die ARD, wurde sie berühmt.

Von Christine Grän außerdem bei Goldmann erschienen:

Dame sticht Bube. Roman (44381) · Liebe ist nur ein Mord. Storys (44874) · Die Hochstaplerin. Roman (44983) · Die drei Leben der Anna Marx. · Drei Romane in einem Band (13132) · Villa Freud. Roman (gebunden)

Christine Grän

Hurenkind

Roman

GOLDMANN

Umwelthinweis:
Alle bedruckten Materialien dieses Taschenbuches
sind chlorfrei und umweltschonend.

Der Goldmann Verlag ist ein Unternehmen der
Verlagsgruppe Random House GmbH.

Taschenbuchausgabe 12/2002

Umschlaggestaltung: Design Team München
Satz: Uhl + Massopust, Aalen
Druck: Elsnerdruck, Berlin
Titelnummer: 45385
BH · Herstellung: Heidrun Nawrot
Made in Germany
ISBN 3-442-45385-2
www.goldmann-verlag.de

1 3 5 7 9 10 8 6 4 2

PROLOG

Die Gegenwart dauert drei Sekunden. Eine universelle Konstante, ihr Zeitfenster, aus dem sie die Welt noch einmal betrachtet, ohne sie zu erkennen. In drei Sekunden registriert sie die blassen Farben des Himmels und das tiefe Rot ihres Blutes. Das Ticken der Armbanduhr, lauter als jemals wahrgenommen. Sie fühlt keinen Schmerz, nur großes Erstaunen. Man verliert nicht gern. Nicht das Leben.

Die Gegenwart ist ein Felsen von abgetragenem Grau. Er schmeckt salzig, als sie ihn ableckt. Sie fühlt ihre Zunge noch. So ähnlich haben Austern geschmeckt, sie mochte sie nie. Auch nicht Insekten, und sie hasst die Fliege, die sich an ihrem frischen Blut berauscht. Das Zeitfenster sammelt das Triviale, bis der Blick auf alles Große verstellt ist.

Ihre Augen sehen einen Knochen, der aus einem Unterarm ragt. Er sieht obszön aus. Dinge, die nicht an ihrem Platz waren, hatten sie immer gestört.

Man könnte schreien, sie versucht es und hört nichts, nur das Lachen der Möwen. Aus ihrer Perspektive erinnern sie an weißbemalte Clowns, die traurigen. Etwas Furchtbares ist geschehen, doch die Fenster der Erinnerung sind uneinsichtig. Die Vergangenheit ist das Nichts, aus dem sie kam und in das sie gehen wird. Sie fühlt ihre Zunge nicht mehr, nur das Blut in ihrem Mund. Salz und bittere Süße sind die letzten bewusst wahrgenommenen Empfindungen.

Die Zeit flieht im Dreisekundentakt. Was gibt es Neues, fragt das Gehirn die Sinneszellen? Nicht viel. Eine Welt stirbt.

1. Kapitel

MARIE

Sind dumme Frauen besser im Bett? Die Frage steht im Raum, und die klugen Frauen winden sich in frigidem Schweigen. Die Männer lächeln, denn wer oben liegt, der weiß Bescheid. Sex ist ein Thema, das berührt. Sex steigert die Auflage. Sex ist die Aktie, die sich jeder kaufen kann, das Allgemeingut unserer Erfahrungen, Ängste und Begierden. Also sprechen wir darüber, als ob es auf überflüssige Fragen flüssige Antworten gäbe, und wir sind geübt darin, über alles zu reden, was wir nicht denken, woran wir nicht glauben, was wir nicht tun. Eine Allianz von Affen in intellektueller Rüstung, sexuell leicht erregbar. Wer nichts zu sagen hat, gilt als impotent. Also öffne ich meinen Mund. »Ficken kluge Männer aufregender?«

Conrad bestraft mich mit einem sehr irritierten Blick. An seinem Oberlippenbart kleben Spuren von Eigelb. Jeden Morgen isst Conrad Bartsch vier Scheiben Toast mit Diätmargarine und zwei gekochte Eier im Glas, außen fest und innen weich, exakt vier Minuten gekocht. Dazu trinkt er vier Tassen fair gehandelten Kaffees, der gute Mensch der globalen Gesten. Ich kenne seine Frühstücksgewohnheiten, denn ich habe drei Nächte mit ihm verbracht. Ich lag unter ihm, die Schwere des Chefredakteurs ertragend, um aufzusteigen. Eine Frau mit meiner Vergangenheit sucht Abkürzungen auf dem Weg nach oben. Jetzt bin ich Ressortleiterin, die jüngste der Zeitung. Ich möchte geliebt werden und weiß, dass all die Übergangenen, Erfolglosen, nicht mehr Jungen und niemals Schönen mich hassen und auf einen Fehler warten, der mich vernichten könnte.

Erfolgreiche Männer sind hastige Liebhaber, denn sie haben wenig Zeit zu vergeben. Ich spreche es nicht aus, denn ich will niemanden verletzen, der mir schaden könnte. Wir alle wollen geliebt werden.

Conrad hat eine Frau mit einem Bein geheiratet, und wir wissen, dass er etwas Besonderes ist. Einer, der Behinderungen als Herausforderung betrachtet. Unsere äußerliche Unversehrtheit reizt ihn zu moralischer Verstümmelung. Die Redaktionskonferenz ist sein Spielplatz zur Dressur von Labormäusen. Wir können uns ihm widersetzen, ihm widersprechen – oder den Weg des geringsten Widerstands gehen, den wir als angenehmer empfinden. Die Story schlachten, wenn er sie kritisch hinterfragt. Die Ideen anderer loben, bis er argwöhnisch blinzelt. Wir sind biegsam bis zum Umfallen, aber darin sind wir gut.

Keiner liebt uns, wenn wir zu den Verlierern zählen, und wer wüsste das besser als ich, die achtzehn lange Jahre im Hinterhof der Gesellschaft lebte, im Außentoilettenmilieu der lästigen Kinder und überforderten Mütter. Meine war schon tot, als ich auf die Welt kam, irgendwann im Lauf ihres Hurenlebens zur Hülle verkommen, die wie ein Mensch funktionierte, um zu trinken, zu essen, zu atmen und eine gute Mutter zu sein. Denn das war sie, wenn sie nicht betrunken war oder ihre Freier bediente, zuerst auf dem Straßenstrich und dann als Frau mit der Peitsche in einem zweitklassigen Bordell. Mein kleines Geheimnis, das ich hüte wie einen Schatz, der sich nicht begraben lässt.

Ich schätze meine Selbstdisziplin, die sich von den Schwächen der anderen wohltuend abhebt. Isolde kaut an ihren Fingernägeln. Sie neigt dazu, in Tränen auszubrechen, wenn Conrad sie verbal angreift, und er ist in einer seiner gefährlichen Stimmungen, in denen er ein Opfer braucht, um sich besser zu fühlen. Isolde präsentiert sich der Welt als Opfer, das Schonung verdient. Zwei Selbstmordversuche, von denen alle wissen, sind keine schlechte Rüstung gegen Conrads Attacken auf die Kulturredaktion, obwohl sie als bekennende Lesbierin bereits Artenschutz genießt. Wir alle, die wir unsere unsichtbaren Behinderungen vor den anderen zu bewahren suchen, verachten sie für den tauglichen Versuch, Schwächen in Stärken zu verwandeln. Conrad fürchtet ihre Tränen und belässt es bei einem milden Tadel. Er beauftragt mich, das Thema Sex und IQ zu recherchieren, und ich könnte es als Affront betrachten oder auch als Auszeichnung für geschlechtsneutrale Professionalität. Es gibt nicht genug Kriege und Katastrophen, um alle Seiten zu füllen. Wir leben in einer Welt, die sich durch Grausamkeit und Dummheit auszeichnet. Wir leben gut darin und sind, wie gesagt, sehr anpassungsfähig.

Eckhardt träumt von einem Glas Whisky. Unser Redaktionsalkoholiker, der sich von den Gewohnheitstrinkern abgesetzt hat. Eckhardt war ein guter Journalist, der seine Karriere allmählich in Flaschen abfüllte. Ich mag ihn, weil er unwiderruflich aus dem Rennen ist und dies mit gewisser Würde trägt. Eines Abends versprach er mir, mit dem Trinken aufzuhören, wenn ich ihm meine Gunst schenkte. Ein fünfzigjähriger Mann, der Conrad verachtet und in Egon Erwin Kisch den letzten großen deutschen Journalisten sieht. Nichts ist erregender als die Wahrheit. Ich hätte ihm von den drei Entziehungskuren meiner Mutter und ihren unausweichlichen Rückfällen erzählen können. Was ich nicht tat, weil ich die Frau aus meiner offiziellen Biografie gestrichen habe. Stattdessen brachte ich die Anonymen Alkoholiker ins Spiel, und Eckhardt antwortete, dass er den Anblick von Säufern nicht ertragen könne. Er betrachtete sich in der spiegelnden Scheibe des Fensters, lächelte melancholisch und griff zur Flasche, die er in seinem Computerschreibtisch aufbewahrt. Eckhardt trinkt aus einem angelaufenen Silberbecher, stilvoll und mit unerbittlicher Konsequenz. Er trinkt, während meine Mutter aus der Flasche soff. Sie war eine gute, lallende Mutter, die ich später, als ich älter war, vor Kneipen aufsammelte, wo sie manchmal in ihrem Urin lag. Der Geruch macht mich krank, heute noch, und ich habe meine Blase dahingehend trainiert, öffentliche Toiletten zu meiden.

Eckhardt hat alles im Griff und nichts unter Kontrolle. Ihm unterlaufen Fehler, manchmal, und wir fragen uns, warum Conrad ihn nicht längst gefeuert hat. Weil ich es liebe, das Schlechteste von anderen zu denken, stelle ich mir eine Leiche in Conrads Keller vor, von der Eckhardt weiß. Er ist der dienstälteste Redakteur und mit Conrad befreundet. Seine Verehrung meiner Person ist sexuell schmeichelhaft und, wie ich hoffe, taktisch verwertbar. Uns trennen zwanzig Jahre, die ich ungleich besser nutzen werde als er.

Eines Tages werde ich auf Conrads Stuhl sitzen, denn ich beobachte ihn und lerne von ihm. Die Zeit der jungen Frauen ist angebrochen, er weiß es nur noch nicht. Fette, despotische, mit ihrer umfassenden Bildung prahlende Chefredakteure sind im Aussterben begriffen. Er kann mit Computern nicht umgehen und benutzt für seine Leitartikel immer noch die Schreibmaschine. Er ist tot. Ich habe seiner Urne einen Platz auf meinem Schreibtisch zugewiesen, im großen Acrylaschenbecher.

Conrad raucht nicht mehr. Es wird nicht mehr gequalmt in den Redaktionskonferenzen. Die Luft wäre gut, wenn sie nicht verbraucht wäre von unserem konkurrierenden Atem und dem Kohlenmonoxyd des Neids. Die Fenster sind verriegelt, weil wir in klimatisierten Räumen arbeiten, in einem Glashaus mit Betonpfeilern, in dem die Architekten ihre Vorstellung von Macht und Transparenz verwirklichten.

Im innersten Kern sitzt ein ansehnlicher Haufen von Jasagern, die gelegentlich Bedenken äußern und noch seltener zu ihren Meinungen stehen. Haben wir eine? Brauchen wir eine? Wir sind doch nur Chronisten einer Zeit, die von Tagesaktualitäten lebt. Gestern interessiert keinen. Der Krieg und die Katastrophe finden morgen woanders statt, und Politikerworte sind ohnehin eine Endloskette von Lügen oder Halbwahrheiten. So ist es, und wer bin ich, die Welt neu erschaffen zu wollen? Die Maxime des Handelns erfordert eine gewisse Reduzierung des Denkens. Und Konzentration auf das Wesentliche: Karriere, Lebensqualität, die Besinnung auf alle Äußerlichkeiten, deren Wirkung auf andere unser einsames Streben durchaus erwärmen kann. Ich meine Sex.

Wir sind unter den ersten fünf der deutschen Zeitungswelt, und Conrad wird nicht ruhen, bis wir ganz oben sind. Auflagen und Anzeigen sind das Gebet und die Peitsche, mit der er uns treibt. Redaktionskonferenzen sind Messen mit satanischem Einschlag. Das Ritual besteht darin, dass stets einer geschlachtet und einer gepriesen wird. An diesem Vormittag ist Ulrike der Star, während Oswald zu guter Letzt für einen Wirtschaftskommentar gezüchtigt wird. Er trägt es mit einem Lächeln, denn sein Gesicht kennt nur zwei Grundeinstellungen: die andere ist ernste, teilnahmsvolle Aufmerksamkeit. Gottes Hand ist ebenso wenig erkennbar wie die des Teufels. Der junge Smarte ist ein Neffe der Verlegerin, und einige sagen, dass wir ein perfektes Paar abgeben könnten. Was soll ich mit einer schlechten Kopie meiner selbst? Ich flirte mit ihm und warte auf den Tag, an dem er mich fürchten lernt. Weil ich der Typ bin, der Gegnern ins Gesicht lächelt und in den Rücken schießt. Ich glaube, dass auch er dazu neigt, weshalb ich vorsorglich das Gerücht streute, dass er ein Schwuler mit sehr bedenklichen sexuellen Präferenzen sei.

Ulrike glaubte es nicht so recht, obwohl wir gewissermaßen befreundet sind. Sie ist geschieden und allein erziehende Mutter von zwei Söhnen, die in Rauchwolken aufwachsen. Sie hasst ihre Sucht, und ich hasse meine Kindheit. Wir haben einiges gemeinsam, und an Ulrikes Ressort, der Sportredaktion, bin ich nicht interessiert. Künftige Chefredakteure kommen nicht aus dem Sport, sie weiß es und reduziert ihren Ehrgeiz auf die Bewahrung des Status quo. Er ist kein sanftes Ruhekissen, denn ihr Stellvertreter wartet auf den Fehler der Quotenfrau, auf Gerechtigkeit und das Ableben der Verlegerwitwe, die sich für Ulrike eingesetzt hat. Die Witwe ist die Schwester der Einbeinigen, womit der Kreis sich schließt.

Ich war nie ein Soldat der Wahrheit. Ich lüge, wenn es die Gelegenheit erfordert, manchmal sogar, um andere nicht zu verletzen. Ich bin nicht schlecht, wer würde das von sich denken? Ich bin nur ein Kind meiner Mutter, meiner Herkunft, meiner Zeit. Ich weiß, dass ich allein bin. Vater unbekannt, Mutter Hure: So, meine Damen und Herren, beginnen tragische Schicksale mit glücklichem Ausgang. Gott liebt all seine Kinder, sagen die, die zu wissen glauben. Sie hat es mir vorgebetet, weil sie am Ende, als niemand mehr von ihr gezüchtigt werden wollte, religiös wurde. Sie hat Gott mit der Flasche verwechselt.

»Ich liebe euch, Kinder«, so pflegt Conrad die Redaktionskonferenzen zu beenden. Wir nehmen seinen Hohn und seine Güte schweigend entgegen und verlassen gemessenen Schrittes das Redaktionszimmer. Es darf nicht wie eine Flucht aussehen. Ulrike zündet sich hinter der Tür eine Zigarette an. Eckhardt eilt zu seinem Schrank und füllt den silbernen Becher. Isolde tröstet Oswald und lädt ihn zu einem Konzert ein. Auch Wirtschaftsredakteure haben Anspruch auf Kultur, und sie setzt voraus, dass gleichgeschlechtlich Liebende (sic!) einen besonderen Zugang zu den schönen Künsten haben. Wenn sie mich als Gegenbeispiel nähme, man würde ihr Recht geben. Als Entschuldigung darf ich anführen, dass es keine Bibliothek in unserer Zweizimmerwohnung gab, und keine Kunstwerke, die das Muster der Blumentapete unterbrochen hätten. Mozart wurde als Naschwerk gehandelt.

Die Bibel und ein Standardwerk über Geschlechtskrankheiten waren die einzigen Bücher meiner frühen Kindheit, doch es gab natürlich einen Fernsehapparat, der die Welt zu mir brachte, und ich ließ ihn jeden Abend in voller Lautstärke laufen, um die Geräusche von unten zu ersticken. Es war ein Haus mit sehr dünnen Wänden und Decken, und direkt unter unserem Wohnzimmer befand sich der so genannte Folterkeller, ein schwarzbemalter Raum mit abgedunkeltem Fenster sowie Einrichtung und Accessoires für den sadomasochistischen Geschmack. Was der Mensch so braucht für den Orgasmus, der aus Gründen, über die ich nicht nachdenken möchte, ein höchst schwieriger Akt für viele, viele Männer ist. Sex, so wie ich ihn früh genug kennen lernte, war schamvoll und schamlos zugleich. So laut und so lieblos, dass ich ihn bis heute nicht mit zarten Gefühlen in Einklang bringe.

Als ich den Folterkeller zum ersten Mal betrat mit elf Jahren, ordnete ich die Geräusche zu, die ich kannte, die Schreie, das Stöhnen, das Wimmern und Grunzen. Ich bevorzugte jene Kunden, die sich knebeln ließen und mich somit nicht von den Hausaufgaben ablenkten oder von Serien mit schönen Menschen, die in schönen Häusern lebten und schöne Dinge taten. Die Stille war das größte Geschenk, das man mir machen konnte in jener Zeit, und wenn es Sommer war, verbrachte ich meine Nachmittage im Park, nicht in unserem Stadtviertel, sondern dort, wo die Bauten standen, in denen ich leise Menschen von großer Güte vermutete. Allerdings musste ich vor Sonnenuntergang zu Hause sein, das Bordell war von elf Uhr vormittags bis vier Uhr morgens für Publikumsverkehr geöffnet. Mutter hatte Angst, dass ich draußen in schlechte Gesellschaft geraten könnte. Das war komisch, obwohl ich es damals nicht so sah.

Man verdrängt alles und vergisst nichts. Bis heute kann ich es nicht ertragen, wenn Männer beim Sex auch nur einen Laut von sich geben. Obwohl ich schlecht höre, gibt es Geräusche, die in mich eindringen wie Messer. Weshalb ich um Lautlosigkeit bitte, bevor ich mit einem ins Bett gehe, um absolute Stille und musikalische Umrahmung. Egal, was gespielt wird, jedoch am liebsten Sinatra oder Presley oder Dean Martin. Die Muttermilch war nicht von guter Musik verseucht. Ich habe einen Schnulzengeschmack, den ich bei Bedarf verleugne. Im Grunde kann ich alles von mir leugnen und so sein, wie man mich haben will – wenn es von Nutzen ist.

»Alle Männer sind Schweine«, sagte meine Mutter. Sie war nie sehr originell in ihren Äußerungen, aber sie war eine gute Frau, die ihre Tochter mit Kuchen, rosa Kleidern, Lackschuhen und Silberschmuck verwöhnte. Jeden Sonntag, wenn geschlossen war, gingen wir gutbürgerlich essen und anschließend ins Kino. Was nicht in Alkohol umgesetzt wurde, ging im Konsumrausch unter. Alle Huren waren so, sie kauften wahllos, was sie für ihr Geld bekommen konnten: Dessous, Kleider, Schuhe, Schmuck, Nippes für die Wohnung mit der Blümchentapete – und kleine Pillen, die der Arbeitswelt ihren Schrecken nahmen. Sie waren nicht anders als die Frauen, die ich heute kenne, nur eben unverblümter, unvermögender ... und noch trauriger.

Meiner Mutter reichte der Alkohol, den sie nicht als Droge betrachtete, sondern als angenehmen Begleiter einer recht monotonen Arbeitswelt. Sie begann den Tag mit Bier, wechselte mittags zu billigem Rotwein und öffnete bei Sonnenuntergang die Wodkaflasche, die manchmal zur Neige ging, bevor sie ihre Schlaftabletten nahm.

Wie konnte sie glauben, dass wir dies unbeschadet überstehen könnten? Vielleicht, wenn wir in einer Wohnung jenseits des Hauses in der Gerberstraße gelebt hätten. Als ich sieben war, träumte ich von einem weißen Haus, umgeben von Fliedersträuchern und Apfelbäumen. Ein Haus ohne Flaschen und unangemeldete Besucher.

Große, weite Räume, in die Licht fiel, das blenden konnte.

Mutter verdiente gut, doch sie hatte nie Geld. Was sie nicht vertrank oder in Kaufräuschen verschwendete, verlieh sie an die Mädchen, die Geld für ihre Drogen brauchten. Sie behandelte sie anständig und bezahlte alle Rechnungen, wofür sie dreißig Prozent der Gage kassierte. Das Wort Anstand war in diesem Haus von Bedeutung, weil diese Familie Krücken besonders nötig hatte. Anständige Huren beklauten oder betrogen ihre Freier nicht. Sie ließen sich nicht küssen. Sie gingen regelmäßig zum Arzt. Sie wuschen sich zwischen den Behandlungen. Sie spendeten für den Verein zur Unterstützung arbeitsunfähiger Prostituierter. Sie zogen sich Morgenmäntel über die Arbeitskleidung, wenn Lieferanten kamen. Auf dem Küchentisch, an dem sie saßen und auf Kundschaft warteten, stand stets ein Blumenstrauß, und nachmittags gab es Kaffee und Kuchen. Niemals Nelken oder Pflaumentorten: Sie bringen Unglück, sagte meine Mutter, denn sie war abergläubisch wie fast alle aus dem Gewerbe.

Wir lebten in einer relativ kleinen Stadt, in der wenig verborgen blieb. Sie nannten mich die Puffmarie, mein Brandzeichen war der große Schulspaß, auch wenn die Guten, zu denen einige Lehrer zählten, mich wie einen Menschen behandelten. Unser Rektor war ein Stammkunde der Krankenschwester. Sie hieß Heidi, trug eine Uniform und behandelte ihre Kunden im so genannten klinischen Zimmer, in dessen Mitte ein gynäkologischer Stuhl stand. Ich begegnete dem Rektor eines Abends auf der Treppe, und ich war wie gelähmt vor Scham. Er beachtete das dürre Mädchen mit den braunen Zöpfen nicht, erkannte mich nicht, schämte sich nicht. Meine Welt war nicht die seine, er besuchte sie nur im Vorübergehen, er zahlte, kam in die Windeln und ging. Das erzählte mir Heidi, die tatsächlich Krankenschwester gelernt und ihren Beruf aus Ekel aufgegeben hatte. »Für Ekel muss man fürstlich bezahlt werden«, sagte sie, deren Mund nie stillstand in der Art von Krankenschwestern, die ihre Patienten zu Tode reden.

Heidi war es, die mir die Behandlungsräume zeigte, heimlich, denn meine Mutter hätte es nie erlaubt. Die Krankenschwester glaubte, dass man nie zu jung wäre, den Tatsachen des Lebens ins Auge zu sehen. Sie irrte natürlich. Man kann nicht alt genug werden, um sich nicht Blindheit zu wünschen für alles, was man nicht sehen will. Ich bin neunundzwanzig Jahre alt und lebe mit meinen Gespenstern. Wenn ich beim Sex die Augen schließe, sehe ich eine Reihe von Robotern mit erigierten Penissen. Ich öffne sie und sehe einen Mann, der Lust empfindet. Sie ist losgelöst von ihm und mir. Sie ist grenzenlos und sehr begrenzt. Ein virtuelles Spiel mit der Illusion von Zweisamkeit. Ich darf nur die Augen nicht schließen. Nichts hören außer Musik. Nichts fühlen außer dem, was die Gegenwart bietet. Es ist nicht viel. Es war nie der grandiose Paukenschlag, eher der dünne Klang der Blechtrommel. Doch immer wieder muss ich mir beweisen, dass Sex nichts Besonderes ist. Häufig wechselnder Geschlechtsverkehr wäre das angebrachte Wort, und ich denke, dass auch Leute mit besserer Vergangenheit der Unlust nicht entkommen, die die wahllose Befriedigung der Lust verschafft. Wir alle wollen geliebt werden. Aber verlange keiner, dass ich dafür etwas gebe, das mich Zeit, Geld oder tiefe Gefühle kostet.

Heidi liebte einen Fernfahrer, der zweimal im Monat unsere kleine Stadt ansteuerte. Er hielt sie für eine Krankenschwester, was in gewisser Weise auch stimmte, und sie liebte ihn, weil er so stark und gewöhnlich in seinen sexuellen Bedürfnissen war. Sie konnte ihre Lüge und Liebe drei Jahre lang aufrechterhalten, bis er ihr Foto einem Kumpel zeigte, der sie im Bordell gesehen hatte. Ein Kunde von Nelly, die sich auf Oralverkehr spezialisiert hatte. Sie hatte einen sehr großen Mund und konnte problemlos durch die Nase atmen. Hinterher gurgelte sie ewig im Badezimmer, auch dies ein Geräusch, das ich nie vergessen werde.

Sie waren alle auf ihre Art Spezialistinnen, doch die Domina, die Krankenschwester und die Masochistin verdienten weit mehr als die Allerweltshuren. Heidi, die alles sehr klinisch betrachtete, sah es als Vorteil an, höchst selten penetriert zu werden. Meine Mutter, die zu mir niemals über ihre Arbeit sprach, versteckte ihr Gesicht stets hinter einer Gummimaske. Auch das erfuhr ich von Heidi, der Mitteilsamen. Sie hätte ihrem Fernfahrer etwas mehr erzählen sollen, dann hätte er sie nicht so schrecklich verprügelt. Bis Mutters türkischer Haussklave eingreifen konnte, war ihr Gesicht bereits ein blutiger Klumpen.

Da, wo ich herkomme, wurden Konflikte nicht mit Worten ausgetragen. Lust, Gier, Wut und Hass flossen ohne Umweg über das Gehirn in die Fäuste. Doch meine Mutter glaubte, dass Schweigen alles zudecken könne, all den Dreck verbergen wie frisch gefallener Schnee.

Wenn man mich fragte, was das Schlimmste war in achtzehn Jahren, so waren es die Geräusche – und Mutters Schweigen. Es muss sie übermenschliche Anstrengung gekostet haben, meine pubertäre Wut auszusitzen und über Filme zu sprechen, das Wetter, die Schule, die Qualität des Nachmittagskuchens. Sie aßen Kuchen. Über dem Holztisch lag eine Spitzendecke. Die Kuckucksuhr aus dem Schwarzwald tickte. Irgendwo stöhnte einer. Irina zog sich weißes Pulver in die Nase, Heidi lackierte sich die Nägel. Nelly studierte *Das goldene Blatt*, und Mutter fragte: »Noch ein Tässchen Kaffee jemand?« Dann schellte es an der Tür, und ein Mann kam und nannte sein Verlangen, und Mutter legte den Preis fest und stellte die Spezialistin vor. Gezahlt wurde vorher, und das Geld verstaute Mutter in einem handgeschnitzten Holzkästchen. Oben, in unserer Wohnung, konnte ich sogar hören, wie der Deckel zuklappte. Die Decken waren wirklich sehr dünn.

Draußen fällt der erste Schnee dieses Jahres. Wie ich ihn liebe, diesen weißen Vorhang über allem, was grau und trist ist. Die Flocken tanzen gegen die großen Fenster und zeigen uns die Kälte an, die wir in unseren Glashäusern nicht spüren. Eisblumen wachsen nicht auf temperierten Scheiben. Weiß ist meine Farbe und weiß mein Herz. An weißen Stränden möchte ich liegen oder in weißen Landschaften gehen. Die Farbe ist grau. Als wollten wir uns anpassen, tragen Männer wie Frauen gedeckte Farben, schwarz oder grau. Die Farben des Himmels sind zu grell. Wir müssen es wissen, denn wir sondieren die Aktualität. Nimm, was du kriegen kannst, suggeriert sie uns: Macht, Ruhm, Erfolg, den Mann deiner Träume, die Frau, die sich dir verweigert, das Geld anderer Leute, ihren Atem, wenn er dir nichts bedeutet. Nimm und werde glücklich, und womit willst du bezahlen, wenn nicht mit deinem Leben?

Ich bin glücklich. Ich sage diese Worte, wenn ich vor dem Spiegel stehe. Und ich stehe oft davor, weil mir gefällt, was ich sehe.

Die Gespenster der Vergangenheit sind unsichtbar, und Schönheit ist die Kunst, über die Natur zu triumphieren. Nur das Muttermal unterhalb des linken Auges, das ich entfernen ließ, es wächst wieder nach. Es stört mich, obwohl es noch ganz klein ist. So ist das mit dem Glück. Es gefällt sich in begrenzter Wirkung.

Die Redaktionsräume sind durch Glasscheiben getrennt: Wir sitzen auf ergonomischen Stühlen vor Computern, Telefonen, Faxgeräten. Wir sind alle gläsern, nur Conrad residiert in einem uneinsehbaren Büro. Das System der gegenseitigen Beobachtung wird durch Hydrokulturen unterwandert, hinter denen sich manche zu verstecken suchen. Isoldes Büro gleicht einem Dschungel, in dem sie auf den weiblichen Tarzan wartet. Die Pflanzen absorbieren so viel Sauerstoff, dass ich nicht ausschließe, dass sie eines Tages in ihrem Stuhl zusammensinkt und den Tod durch Ersticken erleidet. Vielleicht ist das ihr System, denn Tod herbeizuwünschen, denn so viele gescheiterte Selbstmordversuche müssen mutlos machen. Sensibel ist das Wort, das sie in Anspruch nimmt, um sich vor harten Gegenwinden zu schützen. Isolde hasst mich, seit ich ihr mit sensiblen Sätzen zu erklären versuchte, dass sie nicht mein Typ sei.

Sie nennt mich hinter meinem Rücken das Redaktionsflittchen. O wie grausam können Frauen sein, und ich tue alles, um sie in einen dritten und erfolgreichen Selbstmordversuch zu treiben. Lasst Männer um mich sein und Computer, denn die Vernetzung hat den Vorteil, dass ich mir Isoldes unbedeutenden Artikel auf den Bildschirm hole und lösche, was sie vergessen hat abzuspeichern. Dankbar sollte sie mir sein, denn das meiste, das sie schreibt, ist schlecht und verdient das Papier nicht, auf dem es gedruckt wird. Isoldes kleine Nervenzusammenbrüche, ihr Schrei nach dem Computerexperten – sie sind Musik in meinen Ohren. *La mort dans un cri*. Wer mich nicht liebt, ist mein Feind. Und meine Wange halte ich nur dem hin, der sie küsst und anbetet.

Eckhardt und sein Silberbecher beobachten mich. Die glasige Schärfe betrunkener Augen. Er ist der Klügste von uns allen, vielleicht erträgt er es deshalb nicht, die Welt nüchtern zu durchleben. Ich glaube, dass er mein Schneeherz erkennt, meine ehrgeizigen Pläne erahnt, und dass es ihn amüsiert, weil er längst ertrunken ist und Ethik für einen unbrauchbaren Rettungsring hält. Die Politik, über die er schreibt, ist sein Spielplatz des Ekels, eine Gemeinschaft moralischer Leichen, der er sich zugehörig fühlt.

Ich sehe ihn an und lächle. »Du bist nicht schön«, hat Eckhardt einmal zu mir gesagt, »du siehst nur so aus.« Als ob er mich ohne Schminke gesehen hätte. Ich habe ihm verziehen, weil er mein Vater sein könnte. Jeder von ihnen, denn es war ein Kunde, ein Betriebsunfall, als Mutter noch auf den Straßenstrich ging, bevor sie ihre Karriere als Domina begann. Ein geplatztes Kondom. So etwas passiert, nur war sie zu dumm, rechtzeitig zur Engelmacherin zu gehen, und als sie endlich den Mut fand, war es zu spät. Ein Engel kam zur Welt, blauäugig und schreiend. Am Heiligen Abend, um das Maß voll zu machen. Wenn es ihn gibt, hat er Sinn für Humor. Wer hat Huren schon einmal lachen hören? Meine Mutter fand nichts komisch, aber sie liebte mich und beschützte mich, so lange es ging. Bis ich anfing zu hören, zu sehen, zu verstehen. Die Macht der Mütter ist begrenzt, und etwas in ihnen stirbt, wenn wir uns entziehen.

Ich klage nicht an. Sie hatte nichts gelernt, was hätte sie tun sollen? Nennen wir es Schicksal, was er in seiner unendlichen Güte für sie bereithielt. Er gab ihr eine Peitsche in die Hand, und sie fand den Weg von der Straße in das hässliche Haus in der Gerberstrasse, in der das Gewerbe blühte, bis sie zu alt wurde und zu viel trank, um die Masochisten unter Kontrolle und bei Laune zu halten. Wenn es ihn gibt, ist er ein lausiger Programmierer von Schicksalen.

Durch die Glastür sehe ich Ulrikes Lächeln. Heute ist sie glücklich, weil Conrad sie lobte. Morgen fährt sie nach Österreich zu einem Weltcuprennen, und vielleicht fällt ein Slalomfahrer für sie ab für eine Nacht, weil es immer Verlierer zu trösten gibt und weil sie immer unterwegs zu sich ist und nirgendwo ankommt. Sie bevorzugt Fußballspieler, mag den Schweißgeruch in den Kabinen nach dem Spiel, den Anblick nackter Männerkörper und vor allem die Traurigkeit der erfolglosen Torjäger. Sie ist eine Trösterin. Die Mutter aller Knaben, die nicht erwachsen werden. Zu groß, zu breit, und die Muskeln verwandeln sich in Fett, wenn sie nicht regelmäßig trainiert.

Ich gehe dreimal pro Woche ins Fitnessstudio. In diesen Zeiten kommt es darauf an, den Körper zu trainieren, nicht den Geist. Wer interessiert sich dafür? Die Männer starren auf meinen Busen, meinen Po, mein Gesicht und meine Beine. Wer interessierte sich für meine schöne Seele, wenn ich eine hätte?

Ich liebte einen, der hieß Ernst. Und einen Christian. Einen Paul. Sie waren alle anders und ganz gleich. Ich liebte ihren Geruch, ihre Worte, ihre Küsse, ihren Samen, in Präservativen gefangen. Keine Kinder, sie waren in meiner Lebensplanung nie vorgesehen. Nur Männer: meist älter, verheiratet, Lehrmeister der Heimlichkeiten, der wahrhaftigen Lügen, meine Geliebten, Väter und Wohltäter. Gleich wie sie waren, liebte ich sie, aber Anfang und Ende kannten keine Unterschiede, nur Abweichungen von Glück oder Zorn. Conrad war gewiss keine Liebe, nur eine Affäre aus Berechnung, und als er seinen Spaß gehabt hatte, entließ ich ihn ohne Bedauern. Er würde es nie zugeben, aber er hat Angst vor der Einbeinigen, vor seiner Frau, die schöne, betuchte, kultivierte Stütze seiner großspurigen Existenz. Sie stützt sich auf einen silbernen Stock, wenn sie in ihrem Haus empfängt, und wir alle bemühen uns um waagrechte Blicke. Ich verabscheue sie schon deshalb, weil sie glaubt, eine wie mich verachten zu können.

Es ist viel leichter, Menschen nicht zu mögen. Ich pflege dieses Gefühl, seit ich ein Kind war, weil es Flügel der Stärke verleiht. Es erfordert ein gewisses Maß an Heuchelei, doch sie lehren uns schon in frühen Jahren, dass auch ein falsches Lächeln belohnt werden kann. Ein einziges Handikap ist hinderlich auf diesem meinem Weg, mich durchs Leben zu schlagen: Ich denke manchmal ein Wort oder einen Satz – und spreche es aus, ohne zu wollen. Als ob mein Hirn für Sekunden aussetzte oder eigenständige, von meinem Willen losgelöste Befehle gäbe. Das Gespenst der Wahrheit erscheint vor allem in Stresssituationen, wenn ich Angst habe oder wütend bin. Ein Tick, mehr ist es nicht, und ich habe noch nie mit jemandem darüber gesprochen.

Denn Wahrheit kann teuer sein. Das letzte Mal, als es mir passierte, war ich zu schnell gefahren und wurde von einem Streifenwagen angehalten. Ein massiger Polizist verlangte meine Papiere, und ich lächelte ihn an und fürchtete mich vor der Staatsgewalt und sagte: »Nimm deinen fetten Arsch von meinem Auto.«

Er tat es, das war das Erstaunliche. Dann bezahlte ich fünfhundert Mark für überhöhte Geschwindigkeit im Stadtbereich und etwas später fünftausend Mark für Beamtenbeleidigung. Obwohl ich mich sofort entschuldigt hatte, war die durch meine Worte entstandene Verletzung so gravierend, dass dieses Vergehen nur durch Geld aufzuheben war. Wie fast alles in diesem Land.

Ich habe fast alles unter Kontrolle. Meine Zeit gehört mir, und wenn ich um zwanzig Uhr aus der Redaktion gehe, entscheide ich über meine Abende und Nächte: der Fitnessclub, Restaurant oder Kino, Fernsehen oder Sex.

Überwiegend suche ich mir die Männer nach dem Raster der Unverbindlichkeit aus. Dem Prinzip der gegenseitigen Vorteilnahme. Ein Teil der Wahrheit ist, dass ich mich immer wieder von dem gleichen Typ angezogen fühle: älter, mächtiger, reicher als ich. Wir haben Sex, wir haben Spaß, wir bleiben ganz und gar unverbindlich. Conrad sagte mir nach dem ersten Geschlechtsakt, dass ich zu den karrieregeilen Frauen gehöre, die zur Liebe nicht fähig seien. Ein zweibeiniges Kompliment von einem bösartigen, machtbesessenen Ehebrecher. Und was, wenn ich ihn geliebt hätte? Er wäre darauf herumgetrampelt mit seinen kleinen, weißen Füßen mit den manikürten Zehennägeln. Hässliche Männer neigen zu übertriebener Körperpflege. Bisexuelle Männer sind besser im Bett. Reiche Männer sind besser im Restaurant. Mächtige Männer sind besser zum Reden. Männer, Männer, Männer. Männer als Fluchtpunkte vor dem Ich. Unser Spiegel, an dem wir erblinden. Die vergebliche Hoffnung eines geglückten Lebens. Die Huren sprachen über nichts anderes als ihre Freier und Liebhaber und wie sie es anstellen könnten, von ihnen begehrt und respektiert zu werden.

Ich kann das Gerede über Männer nicht mehr hören, das Flüstern, Wispern, Stöhnen, Schreien gequälter Frauenherzen. Nehmt sie, liebt sie, zerstört sie, werft sie weg, heiratet sie, macht doch, was ihr wollt, aber hört auf, über sie zu reden, als wären sie des Lebens Sinn. Dann wird alles leichter, dann können wir unsere Talente bündeln und uns wichtigeren Dingen zuwenden: der Entfernung der Männer aus den Etagen der Macht. Nicht weil ich etwas gegen ihr Geschlecht hätte, nur gegen ihre Dominanz, ihren Schulterschluss, ihre gnadenlose Überheblichkeit.

»Ich mag deine Möpse am liebsten«, hat Conrad zu mir gesagt, und mich damit in die Gerberstraße zurückversetzt, in das ferne Land meiner Kindheit, das ich so gerne mit Feuer überzogen hätte. Ein Land, in dem jede Lust einen Geldwert hatte und jedes Gefühl als Schwäche galt. Wer in diesem Land aufwächst, bleibt in gewisser Weise immer klein. Und erkennt, dass sich mit Ortswechseln nur die äußeren Bedingungen verändern. Ich ziehe die kultivierte Barbarei vor.

2. Kapitel

ANNE

D*ie Frau wird vergewaltigt*, und wir geben vor, nichts zu sehen oder zu hören. »Nein!«, schreit sie, und ich blicke an dem roten Ohrensessel vorbei auf ein antikes Schaukelpferd, das hübsch bemalt ist. Mein Begleiter spricht über den Verfall des Euro, während er sie beobachtet wie ein seltenes Insekt, das sich im Todeskampf windet. Ein Kellner schenkt Champagner nach. Jemand lacht, wir sind in dieser Gesellschaft, um uns zu amüsieren. Was hier geschieht, ist nur ein ungewöhnliches, erotisches Spiel, dessen Regeln wir noch begreifen müssen. Die Frau mit den gespreizten Beinen, die sehr weiß sind auf dem roten Sessel, ist eine Fremde, so wie wir alle fremd sind an diesem Ort, und wir überspielen unser Unbehagen mit stummer Gleichgültigkeit.

Die Fremde ist mit dem Mann gekommen, der sie festhält, ihr das Kleid hochschiebt, während sie dieses eine Wort wiederholt wie eine untaugliche Beschwörungsformel. Jemand stellt die Musik lauter, um der verbalen Belästigung zu entgehen. Man könnte Tango tanzen, wenn es nicht zu anstrengend wäre, und der rote Sessel steht im Weg. Das Möbelstück bewegt sich im Rhythmus eines Vorgangs, den wir absurd finden, geschmacklos oder erregend. Unsere Gesichter sind unter Kontrolle; sie verraten nichts von dem, was wir empfinden könnten. Wir reden oder schweigen und schauen hindurch, vorbei, darüber, darunter und erheben die Szene auf die Ebene eines unwirklichen Geschehens. Man hat uns beigebracht, Fremde nicht anzustarren, nicht mit dem Finger auf Menschen zu zeigen. Das Prinzip der Nichteinmischung als heiliges Gebot höflicher Umgangsformen.

Die Frau in dem roten Sessel schreit auf, und der Mann grunzt.

Dann ist es still. »Ich mag Sushi nicht besonders«, sagt eine Frau im schwarzen Hosenanzug.

»Lauter. Dieser Satz muss wie ein Manifest klingen«, schreit der Mann im Zuschauerraum. Aus seiner Perspektive sieht man nur die Rückenansicht des Sessels und die nackten Beine der Frau, die über den Lehnen hängen. Sie bewegen sich nicht mehr.

Das Stück heißt »Party«, und wir proben die Vergewaltigungsszene zum vierten Mal. Sie wird nicht besser, und ich werde nie wieder Tango hören können, ohne an diesen Akt zu denken. Liebe als Kunstform der Gewalt. Sex als optischer Anreiz, und Sprachlosigkeit als Ausdruck der verkrüppelten Gefühle. Es ist ein idiotisches Stück und wird bei der Kritik durchfallen. Oder auch nicht, vielleicht sehen sie die Kunst hinter all dem nackten Fleisch, das sich auf der Bühne zur Schau stellt. Auch Scheiße hat einen höheren Sinn, wenn man es so sehen möchte. Ich habe aufgegeben, über den Geschmack von Publikum und Kritik zu spekulieren. Ich nehme jede Rolle, die sie mir anbieten.

Mein Nacken schmerzt, und ich massiere ihn und beobachte die anderen, die nie müde scheinen, auch wenn wir lange proben so wie heute. Sie stehen auf der Bühne und rauchen und diskutieren. Es gibt Feuerschutzbestimmungen, an die sich niemand hält. Das Theater ist alt und renovierungsbedürftig, und der Besitzer vermietet es zu einem Spottpreis, bis er die Abbruchgenehmigung in Händen hat.

Die Schauspieler sind an den Einnahmen beteiligt, und die Gagen sind lächerlich. Doch sie sind jung, und sie glauben an ihr Talent und daran, dass es entdeckt wird. Sie erinnern mich an das, was ich einmal war: Julia, Gretchen, Ophelia, Penthesilea, Minna von Barnhelm, Recha, Diana, Dido, Rosalind …

Sie hat eine beachtliche Karriere hinter sich. Der Satz, der mich begleitet. *They will never come back*. Für meine Agentin bin ich mittlerweile nur noch ein Name in ihrem Computer. Ich arbeite für eine lächerliche Gage in einem obszönen Stück, das sie avantgardistisch nennen. Und ich bin glücklich, dass sie mir die Rolle angeboten haben. Mein Nacken schmerzt, und ich weiß nicht, wie ich die Heizkostenrechnung bezahlen soll.

Leon hat das Konto geplündert, um das alte Flugzeug zu reparieren. Leon ist mein Mann, und ich liebe ihn. Seit langer Zeit, und sie hat die Liebe verändert. Sie ist weicher geworden, nachgiebiger, fast durchsichtig. Manchmal fühlt sie sich an wie Watte – und dann wieder wie Glas. Diese Liebe schützt mich vor allen anderen Gefühlen. Manchmal könnte ich ihn umbringen.

Sie haben beschlossen, die Szene noch einmal durchzuspielen. Ich muss David vom Kindergarten abholen, und die Zeit wird knapp. Berufstätige Mütter sind gehetzte Wesen, die um Verständnis winseln. Der Regisseur seufzt und entlässt mich mit einer Handbewegung. Meine ist keine tragende Rolle. Ich werde nicht vergewaltigt, ich muss nur zusehen. Wenn das Stück aufgeführt wird, brauche ich viermal pro Woche abends einen Babysitter. An vier Abenden werde ich Leas Schreie zu Tangoklängen hören und Bennos Geschlechtsorgan sehen, das manchmal tatsächlich erigiert ist. Der Akt wird vorgetäuscht, weil das Publikum nur den breiten Sesselrücken sieht. Doch er holt ihn raus, damit es realistischer wirkt, und ich denke, dass ihn die Vorstellung einer realen Vergewaltigung erregt.

Mein Leben bedarf der Disziplin und Organisation, weil Mutterschaft ein zeitraubendes Phänomen ist und die Schauspielerei der Balanceakt über der Schlangengrube. Die Schlangen sind neurotisch, aggressiv, giftig. Für eine gute Rolle würden sie dich verleumden, verraten, von der Bühne stoßen. Ich weiß es, denn ich war nicht anders, als ich jünger war.

Leon ist in Brüssel. Er fliegt für Max' Firma, und er verdient viel Geld, das er überwiegend in seine Maschine investiert. Sie ist wie ein Monster, das Geld frisst und sich in höhnischer Unbeugsamkeit weigert, jemals perfekt zu sein. Wer Leon liebt, muss die P 51 in die Alpträume einbeziehen. Wir sind bankrott und sollten seinen Bruder um ein Darlehen bitten. Mein Mann stürzt mit der brennenden Maschine ab und hinterlässt mir den Schmerz und die Asche.

Als ich ihn in der Kirche zum ersten Mal sah und er mein Herz berührte, wusste ich nichts. Alle Ängste sind unerheblich, wenn man in diesem Augenblick lebt. Leon war Max' Trauzeuge, und er hatte den Ring vergessen. So unterschiedlich, die Brüder, und Max war im Begriff, meine Schwester Beate zu heiraten. Warum beneidet man Frauen, die vor den Traualtar treten? Damals dachte ich, dass sie etwas vollendet hatte, was mir nicht einmal in Anfängen gelang. Ich war das junge, erfolgreiche Talent und schlief mit zu vielen Männern, deren Unvollkommenheit meine nicht zudeckte.

Die Kirche war voller Licht, das sich in den Mosaikfliesen spiegelte, und Leon erschien mir wie der strahlende Held in einem zweitklassigen Kostümfilm. Beates Hochzeitskleid war grauenhaft, und Max erregte sich lautstark über das fehlende Requisit. Leon lächelte unberührt. Er hat nie Schuldgefühle, das Wort fehlt in seinem Charaktertext, aber das wusste ich damals natürlich nicht.

Sie hupen, weil ich zu langsam fahre. Das Theater liegt in einem der schäbigen Viertel der Stadt, weit entfernt von unserer Wohnung und dem Kindergarten. Ich bin eine miserable Autofahrerin. Sagt Leon. Es ist eine so stupide Tätigkeit, und ich schaffe es nie, mich auf den Verkehr zu konzentrieren. Wenn ich es täte, wäre ich so gut wie jeder andere. Man tritt auf drei Pedale und umfasst das Lenkrad. Achtet auf Ampeln und Verkehrsregeln. Worin liegt die Kunst? Als ich eine erfolgreiche Schauspielerin war, wurde ich von Fahrern abgeholt oder benutzte Taxen. Ich fuhr kein Schlachtschiff von Auto, das in keine Parklücke passt und in Tiefgaragen wiederholt Feindberührung mit Betonpfeilern hatte. Ich zeige einem hupenden Überholer den Vogel, und er droht mir mit geballter Faust. *Ist das Leben nicht schön?* Ein wundervoller Film von Frank Capra über einen Mann, den seine Liebenswürdigkeit und Hilfsbereitschaft beinahe umbringen. Eine aussterbende Spezies, dieser George Bailey aus Bedford Falls. Leon findet das Happy End kitschig.

In den ersten Monaten unserer Liebe sind wir fast jeden Abend ins Programmkino gegangen. Leon legte den Arm um mich und stahl mein Popcorn. Wir küssten uns, und nach der Vorstellung gingen wir zum Griechen, um fettes Lamm zu essen. Das Leben war schön. Und ich wurde schwanger, und im Anschluss an »Scheidung auf Italienisch« fragte er mich, ob ich ihn heiraten wolle. Habe ich mich jemals gefragt, ob wir unsere Beziehung auch ohne Kind legalisiert hätten?

David quengelt auf dem Rücksitz. Ich deklamiere Lady Macbeth: *Groß möchtest du sein, Bist ohne Ehrgeiz nicht; doch fehlt die Bosheit, Die ihn begleiten muss. Was recht du möchtest, Das möchtest du rechtlich; möchtest falsch nicht spielen, Und unrecht doch gewinnen …*

Er mag Shakespeare und schläft stets ein, während ich ihn mit wuchtigen Worten zudecke. Wenn ein Parkplatz gefunden ist, werde ich ihn aufwecken und nach oben tragen müssen. Die Wohnung liegt im dritten Stock; Max hat sie uns besorgt, der große Bruder, der uns verführt mit seiner Gabe, Wünsche zu erfüllen. Die Miete ist niedrig, und die Wohnung ist schön und geräumig mit einem Balkon, den David ohne Aufsicht nicht betreten darf. Mein Sohn entdeckt die Welt, und ich habe Angst davor. Ich sei hysterisch, sagt Leon. Wenn etwas Schreckliches geschehen würde, er wäre ohne Schuld. Ich hingegen ziehe sie an mich, Kassandra wirft ihre Schatten, und ich zweifle nie daran, dass die Tragödie jederzeit eintreten könnte. *Behandelt jeden Menschen nach seinem Verdienst, und wer ist vor Schlägen sicher?*

Shakespeare ist out, sagt mein Regisseur. Man müsse das Alphabet von Mord und Schönheit zeitgemäß buchstabieren. Ich bin anderer Meinung, doch sie zählt nicht. Einmal flog ich mit Leon und Max und dessen Direktoren nach London, und in diesen zwei Tagen erlebte ich die höfische Etikette der Macht. Wie sie in Worten und Gesten dienerten, dem Vorstandsvorsitzenden niemals widersprachen, um sein Gehör buhlten und sein Lächeln als Gnade empfanden. Seine Meinung war Gottes Wort. Max merkt gar nicht, wie einsam er ist in diesem Vakuum der Unberührbarkeit. Leon sagt, dass sein Bruder immer schon glaubte, unfehlbar zu sein. Sein stets mit einem Lächeln vorgetragener Spott gegenüber allem, was mit Max zu tun hat, ist mit einem Tropfen Gift getränkt. Ich glaube nicht, dass es Neid ist, vielmehr das demütigende Gefühl, Max für vieles dankbar sein zu müssen. Der Job, die Wohnung, das Auto … wie ich seine Größe hasse, die nicht zu mir und meinen Fahrkünsten passt.

David sieht aus wie ein rothaariger Engel, wenn er schläft, und ich versuche, ihn aus dem Sitz zu heben, ohne ihn aufzuwecken. Mein Sohn, und er ist alles wert, was ich getan und unterlassen habe. Leon versteht als Einziger, dass ich der Karriere nicht nachweine. Sie war ein Abschnitt meines Lebens, und dies ist ein anderer. Ich habe David und Leon, und das ist viel mehr Glück, als man erwarten darf. Nein, falsch: Ich habe sie nicht, vielmehr schenken sie mir ihre Zuneigung, ihre Gegenwart, ihr Vertrauen. Wenn ich anfinge, in Besitztümern zu denken, brächte mich die Angst um, sie zu verlieren. Ich möchte so gerne ohne Furcht sein. Über ein wenig von Leons Leichtigkeit verfügen, diese verdammte Sorglosigkeit gegenüber der Schwerkraft des Lebens.

»Scheiße.« Davids Sprachschatz hat sich im Kindergarten stark erweitert. Er hat die Augen aufgeschlagen, Leons blaue Augen über Davids Sommersprossennase. Mein Sohn ist schwer geworden, und meine Arme schmerzen, während ich ihn die Treppe hochtrage. Er zappelt und wiederholt das Lieblingswort dieses Winters, und wenn ich es ihm verbiete, wird er es umso öfter aussprechen.

Auf der letzten Treppe vor unserer Wohnung sitzt Beate. Meine Schwester in ihren stets teuren Kostümen mit passendem Hut und entsprechenden Schuhen sieht vorwurfsvoll aus. Wir waren nicht verabredet, doch sie erwartet, dass man da ist, wenn sie Gesellschaft braucht. Die zweite in der Familie, die mit der Geburt des Kindes alles Streben nach Karriere aufgegeben hat. Meine Nichte Sophie ist fünfzehn, und Beate bezeichnet sich als eine Vergangenheitsjuristin mit mutterschaftsgelähmtem Intellekt. Man könnte auch sagen, dass sie zur Drohne verkommen ist, wozu Max und sein Kapital sicherlich beigetragen haben.

»Wo warst du so lange?«

»Im Theater. Dann habe ich David vom Kindergarten abgeholt. Und einen Parkplatz gesucht.«

»Dies ist ein grauenhaftes Viertel.«

Alles, was außerhalb Bogenhausens liegt, gilt für Beate als Slum. Ich stelle David auf die Beine und sperre auf. »Möchtest du etwa reinkommen?«

Sie ist immun gegen jegliche Form von Ironie. Ich kenne niemanden, der so wenig Humor hat wie Beate. Sie schreitet durch die Tür, behält ihren Hut auf und überreicht David ein Spielzeugauto. Er schätzt seine Tante, die nie ohne Geschenke kommt, und lässt sich von ihr auf den Mund küssen, obwohl er intime Berührungen verabscheut. Wir lernen früh, uns zu verstellen, um beschenkt zu werden.

Beate hilft David beim Entfernen der Verpackung, und ich hole Bier aus dem Kühlschrank. Die Gefühle gegenüber älteren Schwestern sind nicht ohne Komplikationen. Sie war immer klüger und robuster als ich, und wenn man Erfolg monetär bewertet, ist sie aus dem unausgesprochenen Konkurrenzkampf als Siegerin hervorgegangen.

»Ich habe einen schrecklichen Tag hinter mir.«

Es ist die übliche Einleitung. »Man sieht es nicht. Du erscheinst wie immer makellos.«

»Alles Tand, meine liebe Anne. Sophie hat mir heute Mittag eröffnet, dass sie schwanger ist. Was sagst du dazu?«

David wirft das Auto gegen den Schrank, weil er mit der Fernbedienung nicht zurechtkommt. Ich helfe ihm und überlege, was ich sagen soll. Ein Glückwunsch wäre kaum angebracht. »Und wer ist der Vater?«

Sie trinkt das Bier aus der Flasche. Sie muss sehr verstört sein. »Irgendein Jüngling aus ihrem Reitverein. Johann sowieso. Sie nennt ihn Johnny, was die Sache nicht besser macht. Und natürlich gibt sie mir die Schuld. Ich hätte nicht genug Vertrauen zwischen uns aufgebaut, und ergo brachte sie es nicht über sich, mich zu fragen, ob ich ihr die Pille besorgen könne. Müssen die mit fünfzehn schon vögeln? Und wenn, warum benutzen sie keine Kondome?«

Wir haben nie welche benutzt. Und wir lebten in ständiger Angst, schwanger zu werden. »Weil Kondome unromantisch sind? Der Spontaneität abträglich? Will Sophie das Kind behalten?«

Meine Schwester rülpst und errötet. »Das weiß sie natürlich nicht. Sophie ist ein kleines Mädchen, das nie gelernt hat, die Konsequenzen seiner Handlungen zu tragen.«

»So habt ihr sie erzogen. Was sagt Max?«

David sagt, dass er Scheißhunger und Scheißdurst habe. Beate unterdrückt einen Gegenschlag in Angelegenheiten guter Erziehung und folgt mir in die Küche. »Er weiß es noch nicht. Und ich werde tun, was ich kann, damit er es nie erfährt. Ich habe mich schon erkundigt. Es gibt da eine sehr hübsche Klinik in London.«

Die stilvolle Abtreibung à la Beate. »Will sie das Kind nicht?«

»Hat man mit fünfzehn eine Wahl? Ich werde mit ihr am Wochenende nach London fliegen und vollendete Tatsachen schaffen. Das Ganze ist wirklich absurd.«

Beate spielt Golf und Bridge, arbeitet im Förderverein eines Museums und dekoriert sich und ihr Haus ständig neu. Sie wäre eine absurde Großmutter. Ohnehin eine aussterbende Spezies in ihren Kreisen: Die Großmütter verbringen ihre Zeit mit Schönheitsoperationen, Kultur und Reisen, nicht mit Enkeln. Wie werde ich sein, wenn ich alt bin? Ich wünsche mir noch ein Kind, doch Leon ist dagegen. Wir müssten in eine größere Wohnung ziehen, und er mag es nicht, mit Trivialitäten wie einem Umzug belästigt zu werden.

Seit einem Jahr ertappe ich mich dabei, Leon zu kritisieren. Nicht ihm oder anderen gegenüber, sondern in kleinen, bösen Gedanken. Ich sollte mich schämen, denn ich wusste, wen ich für mein Leben wählte. Einen Flieger, einen Mann ohne Bodenhaftung, einen unbegabten Ehemann und Vater, der ein wunderbarer Mensch und Liebhaber ist. All das wusste ich, und ich habe kein Recht, ihm etwas vorzuwerfen.

»Ich hätte gern noch ein Kind.«

Beate sieht mich an, als hätte ich etwas Obszönes gesagt. »Wie schön für dich. Was sagt Leon dazu? Wo ist er überhaupt?«

»In Brüssel, mit deinem Mann. Sie kommen morgen zurück.«

Meine Schwester lächelt schief. Zum Teil liegt es an ihrer letzten Lippenkorrektur, bei der zwei Mundfalten aus ihrem Leben verschwanden. Andererseits haben die Jahre mit Max ihr Lächeln nicht bereichert. Sie sieht stets ein wenig bitter aus, auch wenn sie diese Interpretation weit von sich weisen würde.

»Ach ja. Ich habe längst die Übersicht über Max' Abwesenheiten verloren. Seine Sekretärin lässt mir wöchentlich einen Terminplan zukommen, das ist sehr freundlich von ihr. Dein Sohn isst übrigens wie ein Schwein. Du könntest langsam anfangen, ihm Manieren beizubringen.«

David grinst sie an und schmiert sich Marmelade auf die Wange. Ein Clown mit einem Lächeln, das mich wehrlos macht.

Was bleibt von mir, wenn all meine Gefühle auf zwei Männer konzentriert sind, einen kleinen und einen großen?

»Du solltest es Max sagen, wenn er zurückkommt. Ich würde diese Entscheidung nicht alleine tragen wollen. Eine Abtreibung ist kein Einkaufswochenende in London. Eher das tragische Gegenteil.«

Beate ist aufgestanden und inspiziert unsere Wohnung. Sie ist unordentlich, und ich ärgere mich darüber, dass es mir peinlich ist. Das Haus meiner Schwester, von Dienstboten lackiert, ist kein geeignetes Vergleichsobjekt. Ich habe der Putzfrau gekündigt, weil ich Geld sparen wollte. Leon weiß nichts davon. Wir brauchen dringend fünftausend Mark, um fällige Rechnungen zu bezahlen. Die letzte Flugzeugreparatur schlug mit zwanzigtausend zu Buche.

»Du solltest deine Putzfrau entlassen. Und komme mir nicht mit der Verantwortung der Väter. Max hat sich nie um Sophie gekümmert, außer an Festtagen oder wenn sie ihm zufällig über den Weg lief. Immerhin hat er sie mit Geschenken überhäuft. Leon tut überhaupt nichts. Oder willst du mir erzählen, dass er ein hingebungsvoller Vater ist?«

Sie war schon immer sehr direkt, und mit zunehmendem Alter ist sie verletzend geworden. Geld verleiht Flügel der Arroganz, und Beate und Max schweben weit über dem finanziellen Durchschnitt. »Ja, ist er. Wenn er da ist. Leon ist ein vollkommener Ehemann.«

Es klingt, als müsse ich ihn verteidigen. Das ärgert mich, und ich verhindere nicht, dass David seine Marmeladenfinger auf Beates fliederfarbenes Kostüm legt, obwohl ich aufgepasst hatte. Sie schreit auf, als sie die Flecken auf ihrem Rock sieht, und David findet das sehr komisch.

»Tut mir Leid. Soll ich versuchen, sie rauszuwaschen?«

Nein, ich soll nicht. Vermutlich wird sie das Kostüm in die Altkleidersammlung geben. Es sieht teurer aus als der Gesamtbestand meines Kleiderschranks. Seit Davids Geburt trage ich überwiegend Jeans, und es macht mir nichts aus, dass ich mir nichts Edles leisten kann. In meinen erfolgreichen Jahren habe ich viel Geld in Mode investiert. Heute fehlt mir das nicht. Zumindest gelingt es mir überwiegend, dies zu glauben.

Sie hat ihre Handtasche auf den Schoß gelegt und David in angemessenen Worten gerügt. Nun bin ich wieder an der Reihe.

»Mein Gott, musst du mir immer dein Familienglück auf dem Plastiktablett servieren? Leon ist ständig unterwegs, er verschwendet euer ganzes Geld, steckt es in diesen Schrotthaufen von Flugzeug, du übernimmst Rollen in obskuren Stücken, nur um was zu verdienen – und vor mir sitzt eine glückliche Frau. Verrate mir das Rezept, und ich zahle jeden Preis für die Medizin.«

Ich habe David auf meinem Schoß und säubere seine Finger. »Wir lieben uns. Ist ganz einfach.«

»Ich verstehe. Und du glaubst, dass Leon dir in Liebe und Treue ergeben ist?«

Ein seltener Anflug von Ironie. Ich beschäftige mich intensiv mit der Reinigung meines Sohnes und frage mich, warum mich die Gespräche mit Beate mehr und mehr ermüden. Wir waren einander einmal sehr nahe, aber als wir erwachsen wurden und unsere Wege sich trennten, ging mein Bedürfnis, ihr alles anzuvertrauen, peu à peu verloren. Sie hält immer noch an der schwesterlichen Intimität fest. Will ich wirklich wissen, welche Stellung Max im Bett bevorzugt? In ihrem und in anderen Betten? Die detaillierten Nacherzählungen der Schlachten ihres Ehekriegs? Die Befindlichkeit ihres Darms? Beate leidet an Verstopfung, und ich weiß, dass sie darüber auch mit ihrem Friseur diskutiert, weil sie mich einmal zu einem Haarschnitt in seinen Salon einlud. Die schwulen Friseure sind die modernen Beichtväter, man kann ihnen alles erzählen und weiß, dass sie kein Geheimnis bewahren. Also erfährt man auch von den Leiden der anderen und freut sich darüber. Manchmal tut sie mir Leid, meine Schwester. Aber ich will nicht von ihrer Bitterkeit infiziert werden. Ich habe keine Ehe- und Verdauungsprobleme. Mir fehlt nur das Geld – und der Mut, sie zu fragen, ob sie uns etwas borgen könnte. Nein, es ist Stolz, der mich daran hindert. Ich kann sie nicht bitten. Das konnte ich nie.

»Dein Sohn ist sauber, und ich warte auf eine Antwort.«

»Scheißhaufen«, sagte David. Sein Vokabular ist steigerungsfähig.

Beate beugt sich zu ihm und tätschelt seine roten Locken. »Ich schätze gepflegte Konversation, mein Kleiner, aber deine Mutter hat sich in eine Festung des Glücks zurückgezogen, die mich vor Furcht erschauern lässt. Beim ersten kleinen Angriff wird sie kapitulieren.«

David zieht seinen Kopf zurück und tippt mit seinem Zeigefinger auf die Schläfe. Die Gespräche von Erwachsenen findet er überwiegend idiotisch.

»Na gut, du willst nicht antworten. Ich muss ohnehin zu einer Museumssitzung – und vorher nach Hause, um mich umzuziehen.«

»Es tut mir Leid, Beate.«

Sie steht auf und zieht mich an sich. »Macht doch nichts. Er ist ein umwerfender Clown, dein Sohn. Hat den Charme seines Vaters geerbt. Gott erhalte dir, was du Glück nennst.«

Mit diesen sibyllinischen Worten verlässt sie uns. Ihr Parfüm bleibt zurück, es duftet schön in meiner Wohnung. David wendet sich wieder dem Spielzeugauto zu, und ich gehe zum Küchenfenster, um ihr nachzusehen. Sie hat einen Gang wie ein junges Mädchen, und aus der Perspektive des tief fliegenden Vogels ist sie eine attraktive Erscheinung, die sehr graziös in einen violetten Sportwagen steigt. Man könnte sie beneiden aus dieser Höhe. Sie sieht hoch und winkt, bevor sie losfährt. Sie ist meine Schwester, und ich liebe sie nicht genug, um ihren Zorn zu teilen. Max hat viele, viele andere Frauen, die ihm ebenso wenig bedeuten wie Beate. Seine Liebe liegt woanders, und auf diesem fernen Planeten wird sie ihn nie erreichen. Sie erkennt es seit langem. Sie hat ihm hundertmal gedroht, ihn zu verlassen. Und sie weiß, dass sie es nicht tun wird. Und er weiß es. In dieser Ehe zelebrieren sie den wohl temperierten Hass mit unerbittlichen Dialogen. Es ist *ihre* Tragödie, denn sie liebt, und sie hasst, und Max lässt alle Gefühle an sich abgleiten, als trüge er eine gegen Emotionen imprägnierte Regenhaut.

Die Informationen kommen von Beate. Leon spricht nie über die Flüge und die Begleiterinnen des Vorstandsvorsitzenden. Es kränkt mich, dass er mir in diesem Punkt nicht vertraut. Was sollte ich Beate erzählen, was sie nicht schon weiß? Vor vielen Jahren gelang es ihr, Max' Sekretär zu bestechen. Sie sagte, dies sei billiger, als einen Privatdetektiv zu beauftragen. Zwei Jahre lang sammelte Beate Detailwissen um die Affären ihres Mannes, bis sie in einem ehegewaltigen Streit ihre Kenntnisse und damit ihre Quelle preisgab. Der Sekretär wurde durch eine Sekretärin ersetzt, die Max anbetet und Beate verabscheut. Die Loyalität von Frauen ist bisweilen unergründlich. Was bezweckte Beate mit ihrer Anspielung auf Liebe und Treue?

Halte dich fern von offenen Fenstern und bösen Gedanken. Ich bin eine glückliche Frau und habe keinen Grund, an Leon zu zweifeln. Offene Fenster... o mein Gott, die Balkontür...

Noch während ich das Undenkbare in meine Gedanken lasse, laufe ich aus der Küche ins Wohnzimmer. Ich hatte die Balkontür geöffnet, bevor meine Schwester ging. *David.* Ich schreie seinen Namen, als ob ich die Katastrophe mit der Kraft meiner Stimme abwenden könne. *David.* Er ist auf die Balkonbrüstung geklettert und beugt sich mit dem halben Oberkörper über das Gitter. Ich sehe seinen schmalen Rücken, und ich flüstere seinen Namen, ich darf ihn doch nicht erschrecken. Wenn ich schreie, bewegt er sich und fällt. Er sieht nach unten, die kleinen Füße baumeln über dem Boden. Ich sterbe seinen und meinen Tod viele Male, während ich mich auf Zehenspitzen nähere. Meine Schuld. Ich habe ihm die Tür zum Paradies der Gefahren geöffnet, und er kann nicht widerstehen. Er ist wie Leon. Das Leben muss ein Abenteuer sein, sonst ist es nichts wert. David, bitte bewege dich nicht. Bleib ganz ruhig. Ich bin bei dir. Ich beschütze dich. Ich fasse deine Beine und halte dich fest. Fest.

Er schreit auf, als ich ihn an den Knöcheln packe. Ich tue ihm weh, als ich ihn zu Boden zerre. Ich schreie ihn an, und er beginnt zu weinen.

So wie ich schrie, als Leon im Krankenhaus lag nach seinem Flugzeugabsturz. Leon hat über meine Hysterie gelacht. David weint. Sein Auto ist unten auf der Straße, Beates Geschenk, von dem er meinte, dass es fliegen könne. Er will sein Auto wiederhaben, und er schlägt nach mir, da ich ihn noch immer festhalte.

Die Nachbarn sind auf ihren Balkon gelaufen. Vermutlich glauben sie, dass ich mein Kind misshandle, so wie David brüllt. Der Schein spricht gegen mich. Ich hebe ihn hoch und trage ihn ins Zimmer, schließe die Tür. Vielleicht zeigen sie mich an. Das Leben ist seltsam, weil es übergangslos von Katastrophen zu Missverständnissen und Lächerlichkeiten wechselt. Ich verspreche David, sein Auto zu holen. Sein Vater wird es reparieren. Leon kann fast alles, wenn er die Laune dazu hat. In der Rangordnung meines Sohnes ist Leon der Zauberer, und ich bin die gute oder böse Hexe, je nachdem. Es ist nicht so, dass man sich seine Rollen ein Leben lang aussuchen kann. Irgendwann ist man festgelegt und kann sich den vorgefertigten Texten kaum noch entziehen. Ich kenne meinen Text, wenn Leon anruft, und das tut er jeden Abend, wenn er unterwegs ist. Er wird fragen, wie es uns geht, und ich werde sagen »Bestens«. Nein, es gibt nichts Neues, werde ich sagen, und dass ich ihn vermisse und mich auf seine Rückkehr freue. Wie ist das Wetter in Brüssel oder wo auch immer? Es ist immer irgendwie, und am Ende jedes Gesprächs versichern wir einander, dass wir uns lieben. Die Beschwörungsformel, derer wir nicht überdrüssig werden. Und dann lege ich auf und fühle mich für ein paar Minuten leer wie ein Gefäß ohne Boden. Ich fülle diese Leere mit Ritualen. Ich füttere David, wasche ihn und bringe ihn zu Bett. Ich lese ihm etwas vor, erzähle eine Geschichte oder deklamiere einen Shakespeare-Text, der ihn stets zum Lachen bringt und dann einschläfert.

Ich stelle mir vor, dass Leon jetzt zu Abend isst in einem Restaurant oder einer seiner Jazzkneipen. Ich vermisse ihn schmerzlich. So als ob ich nur in Davids und seiner Gegenwart wirklich lebe. Nur wenn beide um mich sind, fühle ich mich ganz und gar sicher.

Im Fernsehen läuft *Killing Fields*. Der Film bringt mich zum Weinen. Filme kann man abschalten. Im Kino kann man rausgehen. Nicht im Leben. Es zwingt zur fortlaufenden Handlung mit beschränktem Improvisationsradius. Ich bin eine glückliche Frau. Dem Zufall ausgeliefert. David hätte sterben können.

3. Kapitel

LEON

D*ie Kapitalisten beklagen* das System und bemühen Gandhi. »Die Erde hat genug für jedermann, aber nicht für jedermanns Gier.« Scheint sie aber doch zu haben, denn Max' Gast hat fünfhundert Millionen Mark an die Familienbanden des Präsidenten eines osteuropäischen Landes überwiesen. Schmiergeld für einen Milliardenauftrag zum Bau einer Autobahn. Die Bestechungssumme wurde in die Kalkulation eingebaut, insofern ist Geschäft immer noch Geschäft. Doch man erlaubt sich Kritik an den Auswüchsen der ganz normalen Gier.

Max' Begleiter baut Autobahnen, und mein Bruder baut Autos. Ich bin nur der Firmenpilot, der geduldete Dritte im Bunde beim Abendessen in einem dieser Brüsseler Restaurants, in dem die eurokratischen Spesenraubritter verkehren. Max lädt mich oft ein, vielleicht, weil er weiß, wie sehr es mich langweilt. Was würde ich mit fünfhundert Millionen anfangen? Mir die Twin Mustang P 82 kaufen und vielleicht noch die neue Gulfstream IV-SP, die jeden Learjet in die Tasche steckt. Ein nettes Haus für Anne und David, und natürlich würde ich meinen Job kündigen und eine eigene Firma gründen. Nie mehr der Pilot des großen Bruders sein oder der Pausenclown beim Abendessen. Nicht derjenige, der die Weiber besorgt, wenn Max und seine Freunde sich einsam fühlen und ihre Potenz in Triviales tauchen wollen.

Unsere Seelen leben vom Verrat. Ich habe Max oft verraten, und doch vertraut er mir und spricht mit seinen Freunden und Geschäftspartnern, als wäre ich taubstumm. Was in gewisser Weise zutrifft, denn die finanziellen Machtverhältnisse sprechen für meine Loyalität. Ich möchte aus meinem Leben flüchten in ein anderes, in dem sich alle Zwänge in Luft auflösen. Stattdessen sitze ich hier und trinke teures Wasser. Ich höre ihnen zu. Antworte, wenn ich gefragt werde. Fliegen ist schön. Ihr habt keine Ahnung, weil ihr Sklaven seid, Gefangene eurer Zeit, die auf Geld und Macht beschränkt ist. Manchmal habe ich das Gefühl, auf dem falschen Planeten zu sein. Der kleine Prinz vom Asteroiden B 612, der etwas sucht, das sich ihm entzieht. Manchmal glaube ich für eine Weile, es in Frauen zu finden, aber dann werden ihre Augen blind, und ich sehe nichts mehr darin. Man muss mit dem Herzen suchen, ich weiß. Aber dann ist es so, dass ich nichts mehr spüre und die Orientierung verliere.

Unsere Mutter nannte mich ihren »kleinen Prinzen«, weil ich das Buch unter meinem Kopfkissen aufbewahrte und weil ich ein Träumer war im Gegensatz zu meinem Bruder, für den die Herausforderung schon immer darin bestand, besser zu sein als die anderen. Mutter behauptete, dass er mit dem perfekten Babylächeln zur Welt gekommen sei. Ich hingegen soll gebrüllt haben, als sie mich holten. Und wenn ich in einem perfekt war, dann darin, ihr den Schlaf zu rauben und sie in ein müdes, verstörtes Wesen zu verwandeln, das jedem erzählte, dass ein Kind nicht wie das andere sei. Solche Geschichten erzählte sie über uns. Sie hielt all ihre Mutterworte für erhabene Weisheiten. Und sie liebte mich mehr als Max, obwohl er sich von Geburt an um ihre Liebe bemüht hatte. Lektion eins: Dieses Gefühl ist vollkommen irrational, und es gibt keine Garantie auf Erwiderung.

Mein Bruder und ich verstanden einander nicht sonderlich gut, was vermutlich normal ist, wenn mehr als ein Jahrzehnt zwischen den Gedanken und Wünschen liegt. Er tolerierte mich und ließ mich in Ruhe träumen, wofür ich ihm gelegentlich dankbar war. Wenn er mich den »kleinen Prinzen« nannte, klang es immer sehr spöttisch. Max hielt Saint-Exupéry für einen phantastischen Langweiler, und Bücher interessierten ihn nur dann, wenn er daraus praktisches und verwertbares Wissen ziehen konnte. Man könnte es auch so sagen: Er gehörte zu den Hüten und ich zu den Elefanten, die von Schlangen gefressen wurden.

Wir legten es nicht darauf an, die Gegensätze auszuleben. Es ergab sich so, und jeder verachtete den anderen insgeheim dafür, anders zu sein. Max als der Ältere war natürlich in der besseren

Position. Ich wollte erwachsen werden und fliegen. Er war erwachsen und ungeheuer dem Boden der Tatsachen verhaftet. Wer behauptet, dass Gegensätze sich anziehen? Ich denke, dass uns heute noch ein gewisses Maß an wechselseitiger Verachtung verbindet, die wir mit familiärer Loyalität umkleiden.

Die beiden sprechen von der persönlichen Haftung von Vorstandsmitgliedern in Geschäften, die zwangsläufig etwas außerhalb von Gesetzen liegen. Ich bin nicht vorhanden. Ich beobachte Max, der nervös mit seinem Handy spielt, dessen Nutzung im Restaurant verboten ist. Eine Art von Amputation, die den überwiegend männlichen Gästen Schmerzen zu bereiten scheint. Mein Bruder hat Hände wie unser Vater, lang und schmal mit einer kaum sichtbaren Verkrüppelung am linken Daumen. Mein Vater, der Erfinder, liebte uns beide auf eine so distanzierte Weise, dass wir manchmal vergaßen, dass er da war. Tatsächlich war er die überwiegende Zeit psychisch wie physisch abwesend. Er tauchte zum Frühstück und Abendessen auf oder zu Familienfeiern, und stets vermittelte er den Eindruck, dass wir ihm seine kostbare Zeit stahlen.

Mutter ermahnte uns, ihn in seiner Werkstatt nicht zu belästigen. Vater arbeitete an der Entwicklung eines integrierten Schaltkreises, der Transistoren ersetzen sollte, indem eine bestimmte Anzahl auf einem Siliciumsubstrat vereinigt wurden. Er war verrückt nach Computern, so wie ich später den Flugzeugen verfiel. Ich glaube, dass nur die Verrückten zu zweifelsfreier Eigenliebe fähig sind. Leider gehörte er zu den glücklosen Erfindern, und drei Jahre nach seinem Tod kamen die ersten Mikroprozessoren auf den Markt.

Es war ein schönes Begräbnis, und Vaters Leiche lag in einem von ihm entwickelten, per Fernbedienung gesteuerten Sarg auf Rädern. Max fand die Sache peinlich, aber er hielt eine ergreifende Rede am Grab, darin war er immer schon gut. Seine rhetorischen Fähigkeiten trainierte er vor dem Spiegel und mit Hilfe eines Tonbandgeräts. Eine Zeit lang beneidete ich meinen Bruder um die Fähigkeit, andere kraft seiner Worte zu überzeugen oder zu erschüttern, je nach Anlass. Er brachte meine Mitschüler davon ab, mich zu verprügeln, nachdem ich die Strategiepläne unserer Gang an die feindliche Bande verraten hatte. Weiß ich noch, warum ich es tat? Es war nur eine der vielen Katastrophen einer Kindheit, deren Ursachen man als Erwachsener vergisst. Der Verrat nimmt andere Züge an mit den Jahren. Geblieben ist die Erinnerung an falsche Scham und den Triumph, damit davongekommen zu sein. Ich war nie ein Held für andere, und wenn dieses Wort eine Bedeutung hat, dann nur für mich selbst.

Max bezahlt die Rechnung mit einer seiner goldenen Kreditkarten, und die beiden Männer beschließen, noch eine Bar aufzusuchen. Dafür brauchen sie mich nicht, ich bin nur der Pilot, also verabschieden sie mich mit dem Augenzwinkern der alten Männer, für die Sex eine Art Dessert ist, süß und unbedeutend. Max erinnert mich daran, dass ich zwei Stunden vor ihm am Flughafen sein muss. Eine seiner kleinen, unnötigen Demütigungen, die mich wissen lassen, dass alle Rechnungen von ihm bezahlt werden.

Ich gehe durch die Straßen von Brüssel, unentschlossen, ob ich den direkten Weg ins Hotel nehmen soll. Ich mag es, nachts durch Städte zu laufen und über die Frage der Einkehr nachzudenken. Den hässlichen Charme von Trinkerheilanstalten, die nach Rauch und altem Frittierfett riechen. Ihre Lichter sind es, die Einsame anziehen, und manchmal dringt Musik aus den hellen Fenstern, und man sieht sie stehen und sitzen und auf dich warten. Sie heben ihr Glas oder ziehen an ihrer Zigarette. Sie reden, lachen, schweigen, und sie sehen zur Tür, die allen offen steht. Sie könnten dein Schicksal sein oder nur eine Sekunde deines Lebens. Darüber denke ich nach, wenn ich am Fenster stehe und hineinsehe. Die meisten Städte dieser Welt sind tagsüber graue Monster, die Menschen und Autos ausspucken und wieder einsaugen. Erst wenn die Nacht kommt, erwachen sie zu ihrer wahren Bestimmung, den Einsamen, Gierigen, Schlaflosen Zuflucht zu geben.

Anne hat den Reiz meiner ziellosen Nachtausflüge nie verstanden. Kino, Essen und Sex in ihrem oder meinem Bett, das war der Ablauf unserer gemeinsamen Abende, und für eine Weile empfand ich diese Dramaturgie als angenehme Abwechslung. Aber irgendwann verkam sie zu einem Ritual, das mich langweilte. Nicht Anne, nur die Gewohnheiten unserer Liebe. Ich werde nie aufhören, Anne zu lieben, doch meine Seele lebt vom Verrat. Von Frauen, die mich ansehen und mit den Augen versprechen, was sie nicht halten können. Wie diese hier: Sie sitzt an der Theke und hat die Beine übereinander geschlagen. Lange braune Haare, die beinahe bis zu den Hüften fallen. Als ob sie meine Blicke durch das Fenster spürte, bewegt sie ihren Kopf und schüttelt sie, und ich entscheide mich für die Versuchung und gehe hinein.

Es riecht nach altem Öl, und es klingt nach Jacques Brel. Das Licht ist grell und beleuchtet die Gäste, die um die kleine Theke stehen oder auf Holzstühlen sitzen, die Gläser und Aschenbecher vor sich auf runden Steintischen. Der Patron thront an einer Kasse hinter dem Tresen, und er taxiert mich nach Umsatz oder Ärger, bevor er seine Mundwinkel zu einer Art Willkommensgruß verzieht. Ich stelle mich neben die Frau und widerstehe dem Impuls, über ihre Haare zu streichen. Ich bestelle ein Bier, und er lässt sich Zeit, denn er ist einer, der die Tugenden von Fremden testet, ihre Widerstandskraft gegen schleppend getätigte Dienstleistung, und ich enttäusche ihn mit einem Lächeln.

Die Frau an meiner Seite hat grüne Augen von großer Schönheit, doch eine von Aknenarben entstellte linke Wange. Ich sehe nur ihr Profil, eine Seite ist nie wie die andere, doch ich glaube, dass auch die rechte nicht unversehrt ist. Sie lässt die Haare nach vorne fallen, und ich lese ihre Gedanken, den Wunsch nach Vollkommenheit und schrankenloser Bewunderung, und ich möchte ihr sagen, dass Perfektion ein Makel ist, doch dann sehe ich den Mann, der am anderen Ende der Bar steht und in sein Glas stiert. Ich kann nur die Brille und den Haaransatz erkennen, denn er beugt sich zu tief nach unten.

Für einen Augenblick hasse ich die vollkommen unschuldige Frau, derentwegen ich dieses Lokal betreten habe. Und denke, dass ich mich irre, dass dieser Mann nur eine große Ähnlichkeit mit Wolf hat. So etwas gibt es, und ich sehe ja nur einen Teil seines Gesichts. Ich sollte einen Schein auf den Tisch legen, mich umdrehen und durch die Tür gehen. Stattdessen starre ich ihn an, als ob ich ihn zwingen wollte hochzusehen. Der Augenblick des Erkennens, des zeit- und raumlosen Hasses, und was werde ich tun, und was wird er tun?

Die Frau spielt mit einer Haarsträhne; sie wartet darauf, dass ich sie anspreche, ihr einen Drink anbiete, das Spiel beginne, dem ich so selten widerstehen kann. Doch der Schock ist zu groß, sie interessiert mich nicht mehr, ich sehe nur noch auf den Mann, der Wolf sein könnte. Ich zwinge mich, den Blick abzuwenden, und ich drehe mich um, was sehr viel Kraft kostet. Sie wird glauben, dass mich ihre Haut abstößt, und es tut mir Leid. Aber ich bin nicht fähig, etwas Liebenswürdiges zu sagen, etwas, das ihre Nacht rettet und sie glauben lässt, dass sie trotz allem eine begehrenswerte Frau ist. Wie sollte ich ihr erklären, dass ich in dieser Nacht impotent bin? Wie ließe sich meine und Wolfs Geschichte erzählen, von der nicht einmal Anne weiß; allein Max, der große Bruder, der alles gerichtet hat, kennt sie, und auch dieses Wissen wird ewig zwischen uns stehen.

Was würde er tun, wenn er mich erkennt? Was tue ich? Ich könnte zu ihm gehen und ihn begrüßen. Ein kleines Gespräch führen, ihn zu einem Bier einladen, die Vergangenheit mit einem Lächeln begraben. Ihm mein Glas ins Gesicht schütten, ihn schlagen, töten, beleidigen, demütigen, ihn vor all diesen Leuten lächerlich machen. Alles, was auch er tun könnte, mein Freund, mein Feind, der einzige Mensch, der es geschafft hat, mich über Jahre hinweg in Träumen zu begleiten.

Es erbittert mich, dass er lebt, denn in all den Jahren dachte ich an ihn wie an einen Toten. Ich wollte ihn begraben, deshalb war er tot. Und wenn es gar nicht Wolf ist? Ich drehe mich um und stoße an den Ellbogen meiner Nachbarin. Entschuldige mich in Französisch, und sie antwortet in englischer Sprache. Brüssel ist eine Stadt, in der in vielen Sprachen nichts gesagt wird.

»Finden Sie mich hässlich?« Sie flüstert diesen Satz und sieht mich an mit diesen grünen Augen.

Wolf hat sich aufgerichtet, er trägt einen Bart, doch ich erkenne ihn, wie könnte ich dieses Gesicht vergessen, und aus der Distanz glaube ich, die Narben um seinen Mund zu sehen, denn sein Bart ist blond, er ist ein blonder Wolf, und die Augen sind blau und von einer Brille verdeckt.

»Wie bitte? Nein, natürlich nicht. Sie sind sehr hübsch.«

Ich habe vergessen, Anne anzurufen. Mein Handy ist ausgeschaltet, und ich weiß, dass es sie beunruhigt, wenn ich mich nicht melde und nicht zu erreichen bin. Sie ist ein Gewohnheitstier, meine Frau, die ich liebe, wenn ich bei ihr bin.

»Sie lügen.« Die Frau zieht ihr Haar aus dem Gesicht und sieht mich herausfordernd und ein wenig betrunken an.

Ich muss Anne anrufen. Und aus diesem Lokal verschwinden. Vergessen, dass es Wolf gibt, denn immer noch ist es möglich, dass ich mich irre, einfach eine Ähnlichkeit besteht, und wenn es anders wäre, müsste er mich doch erkennen, irgendwie reagieren, mich zumindest anstarren…

»Ich will die Wahrheit hören.«

Sie hält mich am Arm fest. Kräftige, lange Finger, und sie trägt keinen Ring. Welche Wahrheit will sie hören? Ihre, meine, eine, die man objektiv nennt? Man sieht immer nur einen Teil der Wahrheit, weil man nicht in alle Richtungen gleichzeitig sehen kann.

Fast alle sehen auf uns, nur Wolfs Phantom blickt ins Leere, in ein Glas, das leer ist. Taub, stumm, blind. Wenn es Wolf ist, wünsche ich ihm all dies.

»Belästigt Sie der Mann?«

Patrons haben die Neigung, sich einzumischen, wenn es gegen einzelne Fremde geht und die Ehre der Frau auf dem Spiel steht.

»Ja. Durch Missachtung.« Sie lässt meinen Arm los und wendet sich von mir ab. Ihre Frage wird nie eine wahrhaftige Antwort finden, und sie wird sich eines Tages umbringen, weil niemand ihr sagt, dass sie hässlich oder schön ist. Ich lege einen zu hohen Geldschein auf die Theke und verlasse das Lokal. Ich drehe mich nicht mehr um, und ich sehe nicht durch das Fenster. Ich habe mich geirrt und eine Frau verletzt. Das Gefühl, auf einem Planeten zu leben, dessen Affenbrotbäume zu viele Sprösslinge haben, um sie auszureißen, stellt sich gelegentlich ein. Ich setze mich auf eine Treppenstufe und wähle Annes Nummer. Ihre Stimme klingt verschlafen und vertraut, und ich sage ihr, dass alles in Ordnung sei und wie immer, und sie sagt mir, dass die Proben schrecklich waren und David wie ein Engel schlafe. Das sagt sie oft, und vielleicht mag ich das an ihr, die vertrauten Wiederholungen und unsere stillschweigende Übereinkunft, einander nie Wahrheiten zu sagen, die verletzen könnten. »Gute Nacht, Anne. Ich liebe dich.«

»Ich dich auch.«

Sie legt vor mir auf. Das tut sie immer. Ich stehe auf und beginne zu laufen. Ich laufe durch die Nacht und versuche, das Heulen eines Wolfs zu vergessen.

4. Kapitel

MARIE

Wir leben in einem Sozialstaat. Hier sterben nur wenige auf der Straße. Meine Mutter lebt in einem Haus für gebrechliche Greise in schlechten finanziellen Verhältnissen. Die Schwestern dort dienen Gottes erbärmlichen Kreaturen, und sie tun es mit dem Pflichtbewusstsein der Gerechten. Es wird viel gebetet, und Alkohol ist verboten. Mutter wird ans Bett gefesselt, wenn sie einen ihrer Anfälle bekommt und nach dem Stoff schreit, der ihren Körper und ihre Gehirnzellen zerstört. Fünfzig Kilo wiegt sie noch, sie hat ihre Haare verloren, und ihr Gebiss fällt manchmal heraus, weil es keinen Halt mehr findet. Ich finde den Anblick ekelhaft, doch zum Trinken braucht man keine Zähne, und die Kahlköpfigkeit erspart den Pflegerinnen das Kämmen. An Händen und Füßen, wo ihr die Fesseln angelegt werden, ist die Haut wundgescheuert.

Sie haben keine Wahl, sagen die Schwestern, und dass die arme Frau mit Gottes Hilfe ihre Leiden überwinden werde. Über dem Eisenbett hängt ein Kruzifix, doch er scheint abwesend. Sie schreit schrecklich, meine Mutter, holt aus ihren Lungen Höchstleistungslaute hervor, und wenn sie die Spitzentöne nicht mehr schafft, verfällt sie in monotones Greinen. Sie ist nicht die Einzige, deren Klagelaute dieses Haus in einen Vorhof zur Hölle verwandeln. Durch die geschlossenen Türen hört man die Ohnmacht der Alten, ihre Schmerzen und die sterbende Gier nach Leben.

Einmal im Monat komme ich in dieses Haus, mit einer Flasche Wodka in der Handtasche, um meine Mutter zu besuchen. Mehr kann ich nicht mitbringen, denn sie könnte nichts verstecken. In ihrem Dasein gibt es kein Geheimnis mehr, nur das Delirium des Ausgeliefertseins.

Wodka ist geruchloses Gift. Ich flöße ihr die Flüssigkeit ein, langsam, denn das Schlucken fällt ihr schwer. Sie schreit dann nicht mehr. Die Schwestern denken, dass es meine Gegenwart ist, die Mutter beruhigt. Sie sagen, ich solle öfter kommen, doch die Reise in das andere Land ist quälend, und ich warte darauf, dass sie stirbt.

Jeder in diesem Haus stirbt für sich allein, und dem Sterben geht die Furcht voraus und das Versagen aller Funktionen, die für den Rest von Würde stehen. Manche beten, andere murmeln stumpf vor sich hin oder schreien wie meine Mutter. Sie sitzen in Rollstühlen oder liegen in ihren Betten auf Gummimatratzen. Sie werden gewickelt, gefüttert, verbunden, mit Medikamenten versorgt. Diese Babys sind zu alt und zu hässlich, um geliebt zu werden.

Ich weiß nicht, was meine Mutter noch fühlt außer der Gier nach Alkohol. Ihr Gesicht ist ein Gemälde, das mit den letzten Pinselstrichen zerfällt. Ein Gesicht, das die Welt bereits verlassen hat und eine Distanz schafft, die sie auf andere Weise nicht erreichen könnte.

Sie reagiert noch, wenn ich ihr den Wodka gebe, das alte Flaschenkind. Als ich klein war, habe ich sie vielleicht geliebt, ich kann mich nicht erinnern. Als ich größer wurde, hasste ich sie. Als ich mit achtzehn das Haus in der Gerberstraße verließ, schwor ich, sie niemals wieder zu sehen. Bis das Sozialamt anrief und mir mitteilte, dass ich einen Teil der Kosten für ihre Unterbringung zu zahlen hätte. In unserem Land herrscht die Ordnung der Zahlen. Man entkommt ihr nicht, so wenig wie ich meiner Vergangenheit.

Heute kann ich es dir sagen: Manchmal spielte ich mit Streichhölzern, wenn du betrunken im Bett lagst und schliefst. Und ich stellte mir vor, dass dieses Bett ein Scheiterhaufen wäre. Weißt du noch, wie du zu Heidis Begräbnis eine Grabrede lalltest und anschließend auf den Sarg gekotzt hast? Heidi hatte sich im Krankenhaus umgebracht, nachdem sie ihr von den Fausthieben entstelltes Gesicht im Spiegel gesehen hatte. Erinnerst du dich an den Tod des Freiers, den deine Peitschenhiebe so erregten, dass er an Herzversagen starb und nur noch schlaff in seinen Handfesseln hing, die an der Folterwand befestigt waren? Oder an meine Abiturfeier, bei der ich vor Scham fast gestorben bin, weil du es dir nicht nehmen ließest, zu kommen und dich zu betrinken. All die mitleidigen, hämischen Blicke, die mich einschlossen in deine schäbige Welt des Versagens. Liebe und Verachtung schließen einander aus, auch das hast du nie verstanden.

Ich habe mich so lange geschämt, dass dieses Gefühl gänzlich aufgebraucht ist. Mit dreizehn wollte ich mich umbringen. Mit vierzehn wurde ich entjungfert. Mit sechzehn hatte ich eine Abtreibung hinter mir. Und dann, als mir klar wurde, dass die Gerberstrasse keine Sackgasse war, habe ich begonnen zu kämpfen und zu lernen. Mit freundlicher Unterstützung der Schule, weil die sozial Engagierten eine wie mich allzu gern auf den rechten Weg der Bildung führten. Und sie gaben mir das Gefühl, etwas Besonderes zu sein: besonders zäh, erstaunlich begabt und sehr fleißig, ein leuchtendes Beispiel für die Klasse – oder ein Straßenköter, den man getrimmt und dressiert hatte. Die Scham wandelte sich in Dankbarkeit und Demut.

Also habe ich das Abitur mit Auszeichnung geschafft und die Aufnahmeprüfung für die Journalistenschule bestanden. Wer einmal begriffen hat, wie Erfolg funktioniert, vergisst es nie mehr. In ein paar Jahren bin ich Chefredakteurin. Schamlos alles aus dem Weg räumend, was meinen Aufstieg behindern könnte. Dieses Feuer ist viel stärker als das, was die Frauen in der Gerberstraße ihr »Los« nannten, weil Schicksal eine zu abstrakte Größe schien. Ein Wort, zu groß für das Kleine, denn das war es vor allem anderen: klein. Nicht schlecht, nicht böse, nur ein Leben reduziert auf winzige Gedanken und fremdbestimmte Handlungen.

Meine Gespenster, sie fliegen tief manchmal, und ich spucke sie an. Mein Mund wird trocken, und ich möchte ihr Gift trinken und nachgeben. Wodka ist ein Weichmacher, der die Härte in unproduktives Selbstmitleid verwandelt. Also trinke ich nur Wein, guten Wein, und nie so viel, dass ich die Kontrolle verlieren könnte.

Sie lallt etwas, und ich beuge mich zu ihrem Mund mit dem klappernden Gebiss, um zu verstehen. »Feuer.« Das ist kein Name, sondern eine der wenigen schönen Erinnerungen an meine Jugend.

Kurz nach meinem siebzehnten Geburtstag brannte das Haus in der Gerberstrasse. Es brannte wunderschön, und übrig blieb nichts außer Schutt und Asche. Angekokelte Penisse aus Kunststoff. Eisenketten. Der Emaillepott aus dem Krankenzimmer. Wir standen vor dem brennenden Haus, und die Mädchen in ihrer Arbeitskleidung wurden von Feuerwehrmännern begafft, die Schläuche hielten. Es war sehr heiß, insofern waren sie passend bekleidet. Sie heulten vor Entsetzen, und ich weinte Freudentränen. Niemand bemerkte den Unterschied, und das war gut so.

Mutter hatte noch Zeit gefunden, eine Kittelschürze über ihren Lederanzug zu werfen, und sie hatte die Holzschatulle mit dem Geld gerettet. Sie stand da und seufzte wiederholt »o mein Gott«. Ich wärmte meine Fingerspitzen, und sie schickte mich in die nächste Kneipe, um eine Flasche Wodka zu holen. Besondere Ereignisse erforderten den üblichen Trost.

Irina hatte ihren Kokainvorrat im Haus gelassen und zitterte in der Hitze des Feuers. Mutter beklagte den Verlust der Kuckucksuhr, an der sie sehr gehangen hatte. Natürlich war das Etablissement nicht versichert. Das Gewerbe scheute die bürgerliche Bürokratie. Wenn so viel Lust in Flammen aufgeht, gibt es keine Entschädigung.

Niemand war verletzt worden, obwohl auch dies mich nicht gestört hätte. Die beiden Freier hatten das Freudenhaus als erste verlassen, halb nackt und sehr in Eile. Sie standen für Befragungen über den Hergang des Feuers nicht zur Verfügung. Die Feuerwehrleute durchkämmten die Asche, grinsten und rissen Witze beim Anblick noch identifizierbarer Gegenstände. Einen von ihnen erkannte ich trotz des rußgeschwärzten Gesichts als Irinas Kunden. Er ließ sich einmal im Monat die Schamhaare ankokeln zum Zwecke des Lustgewinns – eine berufsbedingte Perversion, wie Irina es nannte. Er wollte sie nicht erkennen, warum auch? Sie war ja bloß eine Hure, die heulend vor einem abgebrannten Haus stand.

Der Lokalreporter befragte meine Mutter, die behauptete, dass Gott das Feuer über Sodom und Gomorrha geschickt habe. Sie lag ein bisschen daneben, wie immer. Es war, so stellten die Experten später fest, keine vorsätzliche Brandstiftung. Mona, die

Neue, hatte im Bett geraucht, nachdem sie sich die Nadel gegeben hatte. Die Sperrholzmöbel brannten in Sekundenschnelle. Mona rannte um ihr Leben, das ohnehin nicht viel wert war angesichts ihres Rauschgiftkonsums. Sie dachte nicht daran, »Feuer!« zu rufen, und als die anderen es merkten, war es zu spät. Mutter versuchte noch, den Feuerlöscher zu betätigen, doch er funktionierte nicht. Ein Utensil, das in diesem Haus noch keinem lustbetonten Zweck zugeführt worden war. Niemand wusste damit umzugehen, und dann liefen alle. Ich sah sie aus dem brennenden und rauchenden Haus flüchten, und dieser Anblick erwärmte mein kaltes Herz.

Ein brennendes Freudenhaus war ein Ereignis, das sich die Nachbarschaft, überwiegend Arbeitslose und Sozialhilfeempfänger, nicht entgehen ließ. Bald war die Straße gesäumt von Gaffern, und eine gütige Seele brachte Decken für die Mädchen, um sie vor den Blicken der Neugierigen zu schützen. Die meisten allerdings reagierten schadenfroh bis hämisch, vor allem die Frauen. Denn in der Hackordnung der Verlierer gab es keine Solidarität mit den käuflichen Schwestern. So lange man nach unten spucken konnte, blieb ein Rest von Selbstachtung erhalten.

Mona, vom Heroin berauscht, war sich keiner Schuld bewusst. Mutter wollte mit den Fäusten auf sie losgehen, wir anderen hielten sie zurück, und zur Freude der Umstehenden gab es ein großes Gekreische. Pack schlägt sich. Alles, was die Gerberstraße an Moral und Schadenfreude aufzubieten hatte, wurde im Anblick des großen Feuers befriedigt. »Gott weiß, was er tut«, sagte Frau Paschulke vom Nebenhaus und bekreuzigte sich.

Ich war ganz und gar nicht ihrer Meinung, doch ich teilte ihre Freude über das Geschehene. Als ich da stand und in die glühende Asche sah, wünschte ich mir für einen Augenblick, dass alle mitverbrannt wären. Ich war siebzehn und hätte es vorgezogen, eine Waise zu sein. Und schämte mich. Und begriff, dass vor allem eines in diesem zerstörten Haus, in dieser verdammten Straße nicht existierte: Scham. Und dass ich mich für sie alle geschämt hatte, seit ich sehen, fühlen und denken konnte. Ein Gefühl von solcher Stärke, dass es mich fast umgebracht hätte. Und nun war es vorbei, verbrannt, zu Asche geworden.

Verzeih mir meinen Hass, Mutter, den du für ein ganz normales Gefühlt hieltest. Schöne Worte waren kaum in Gebrauch, auch wenn wir sie gebraucht hätten. Du hast mich immer geküsst, was mir sehr unangenehm war. Huren küssen nicht – außer für einen Aufpreis. Und was ich über die Regeln der Käuflichkeit gelernt habe, ist nicht ohne Nutzen in dem anderen Land, in dem ich jetzt lebe.

Dein Atem riecht nach Tod, und das Zimmer nach Urin. Auch dieses Haus, Mutter, sollte brennen. Ich würde laufen, so wie Mona es getan hat. Ihr alle, die ihr die Kontrolle über euer Leben verloren habt, wärt ein leichtes Opfer der Flammen. Die Schwestern würden für euch beten. Ich werfe ihnen nichts vor. Sie tun ihre Pflicht. Vielleicht schämen sie sich manchmal für ihren Ekel vor euren Kadavern. »Gott liebt all seine Kinder«, hast du immer gesagt. Ich kann die Liebe nicht verstehen. Nur dass man sie sich nimmt und sie benutzt, um sich gut zu fühlen.

Fühlst du dich gut, Mutter? Nun, da die Wodkaflasche zu einem Drittel geleert ist und du nur noch unverständlich lallst, träumst du vielleicht von besseren Zeiten. Wie wir in die Sozialwohnung am Rande der Stadt zogen, die gefüllt war mit ausrangierten Möbeln guter Mitbürger. Ein großes Haus mit einem Lift, der nie funktionierte, und mit obszönen Sprüchen an den unverputzten Wänden. Die türkischen Nachbarn waren sehr laut, denn es waren große Familien. Wir gehörten zum multikulturellen Experiment der Stadtverwaltung. Wir waren die Asche, über der die Sozialarbeiter ihre süßen Worte bliesen, um ein Feuer der Solidarität zu entfachen. Ich hörte ihnen zu und war sehr beeindruckt von ihrer Eloquenz, Scheiße als Gold zu verkaufen.

Ich liebte einen, der hieß Paul, und er war einer der guten Menschen, die sagten, dass wir alle eine Chance hätten. Die Chance, im Lotto zu gewinnen. Die Chance, auf dem Nachhauseweg vergewaltigt zu werden. Die Chance, mit dem Lift auf dem Weg in den sechsten Stock stecken zu bleiben. Die Chance, dass noch Geld für Brot und Milch da war und die Alte nicht alles Geld vertrunken hatte. Chancen gab es immer, aber es waren nur wenig gute darunter. Meine beste war die Schule, deren relative Sicherheit ich ungern verließ, denn auf dem Weg nach Hause war ich allein. Niemand aus meiner Klasse wohnte dort, wo man den kosmopolitischen Abschaum einquartiert hatte. Les misérables, die sich in vielen Sprachen nicht verstanden, und in jedem Kopf war eine Unordnung und ein Bündel unerfüllter Wünsche.

Die Gangs aus der Wohnanlage hießen das neue Opfer freudig willkommen. Eine Gymnasiastin war etwas Besonderes für jegliche Form von kollektiver Schamlosigkeit. Bis ich die Regeln verstand und meine Beine für den Anführer der stärksten Gang öffnete, sehr kalkuliert und ausschließlich unter Nutzung von Kondomen.

Das alles ging an dir vorüber, denn du warst ja immer betrunken oder verkatert. Zu alt und zu kaputt, um auf dem allerletzten Straßenstrich zu bestehen. Ich brachte die leeren Flaschen weg, nachts, und versuchte, sie möglichst lautlos in den Container zu versenken. Das gute Geld des Staates wurde in schlechten Schnaps investiert, überwiegend. Selbst die Frau mit dem Kopftuch, die von ihrem Mann verprügelt wurde, verachtete dich, weil sie nüchtern leiden durfte. Unsere kleine Familie, Mutter, war schon fast eine Parodie des Sozialdramas. Erzählte ich jemandem davon, würde ich die Wahrheit zur pathetischen Lüge erheben. Aber die Wahrheit war, dass ich nichts weiter wollte als deinen Tod und mein Überleben. Und ich werde sie niemandem erzählen.

Als die Sozialarbeiterin dich endlich zu einer Entziehungskur überredete, folgte eine kurze, fast glückliche Zeit. Ich meinte, in Geld zu schwimmen. Aber du kamst immer wieder und fingst immer wieder an. Es gab wenig anderes zu tun. Nichts, was einen Sinn ergeben hätte. Aufwachen, zur Flasche greifen. Fernsehen. Weiter trinken. Schlafen. Trinken. Fernsehen. In die Kneipe gehen. Trinken. Die Monotonie aller Wodkatage und -nächte. Zu deiner Entlastung führe ich an, dass du nie aggressiv wurdest und mich nie geschlagen hast. Berufsethos vielleicht: Schlage nie umsonst. Nein, verzeih, es gibt sicher schlimmere Kindheiten. Ich kenne nur keine.

Wie immer, wenn ich sie verlasse, bewegt sie ihre rechte Hand, die angeschnallt ist. Als ob sie nach der Flasche greifen wollte, die sie nicht mehr halten kann. Ciao Mama, ich kehre jetzt zurück in mein anderes Land, in das schöne Dachterrassenappartement im besten Viertel der Stadt, in dem die schönen Fassaden gewahrt bleiben und sozial verträgliche Menschen in BMWs steigen, um im Feinkostladen einzukaufen. Ich kehre zurück zu meiner Arbeit, die ich liebe, weil ich gut darin bin. In jedem Kopf ist eine Welt, die man sich aussucht – und sie schließt alle anderen aus.

»Sie schläft, die Gute«, sagt die Schwester, die ich im Gang treffe. Sie trägt eine Warze auf der Nase. Ein kleines Kainsmal für die Gerechten. Ich frage mich, ob sie wohl weiß, wie Mutter ihr Geld verdiente, als sie es noch konnte. Ob sie sich die Arbeit einer Domina vorstellen kann. Monique, die Lederfrau mit der Peitsche. Sex scheint in diesem Haus so abwesend wie Lachen und Freude. Wissen die Alten noch, dass sie einmal Lust empfanden, dass sie gut und böse waren und Entscheidungen trafen, die falsch oder richtig waren? Jetzt liegen sie da und stieren vor sich hin, spüren noch Hunger, Durst und Schmerzen, mehr nicht. Leben am Ende des Lebens. Wenn es eines nach dem Tod gibt, wie die Kreuze suggerieren, gäbe es noch Hoffnung. Mutter war eine katholische Hure, wer weiß?

Die Schwester trägt ein Tablett mit kleinen Schalen, in denen Pillen verschiedener Form und Größe liegen. Sie lächelt, und ich unterstelle ihr vordergründige Güte, weil dieses Gefühl mir so fremd ist. Ich verabscheue die Gütigen, Duldsamen, deren ewiges Lächeln eine Provokation ist. Und wenn wir das Leben lieben, müssen wir lieblos gegen unsere Zeit sein. Sterben würde ich, wenn ich hier arbeiten müsste. Für Gottes Lohn. Wie sie das Geschrei aushalte, frage ich, und sie antwortet, dass man sich an alles gewöhne. Die Warze bebt beim Sprechen. Nein, ich habe mich nie mit der Gewöhnlichkeit arrangiert. Ich danke ihr für ihre Freundlichkeit und verlasse mit eiligen Schritten den Flur und dieses Haus. Ich habe einen schnellen Gang, das sagen alle. Wie eine, die auf der Flucht ist.

Draußen liegt Schnee, Dezemberschnee, und ich fahre zurück in mein Leben. Im Geschwindigkeitsrausch über eine fast leere Straße, und Gebotsschilder sind dazu da, übersehen zu werden. Dieser weiße Sonntag ist fast menschenleer, und ich vertraue darauf, dass niemand mich aufhält. Ich hasse Sonntage, an denen ich nicht arbeiten oder einkaufen kann. Sie zwingen zum Nichtstun, eine Beschäftigung, die mir schwer fällt. Wer allein ist, ist es an Sonntagen ganz besonders.

Ich fahre zum Fitnessstudio, weil ich nichts Besseres zu tun habe, als meinen Körper zu stählen. So viele Frauen in schwarzen Trikots, die sich Maschinen hingeben. Die große Folterkammer riecht nach dem parfümierten Schweiß der oberen Mittelklasse.

Die Musik aus den großen Lautsprechern ist aufmunternd. Bewegung ist das halbe Leben. Es ist anstrengend, na und? Wir gehören zur großen Familie der schönen Körper. Zum Clan der Disziplinierten. Wir brauchen diese Hülle, um vor uns zu bestehen. Man sehe sich Conrad an. Sein Körper ist ein gewaltiger Friedhof von Geschäftsessen und Getränken. Eine schwere Last, die ich drei Nächte lang ertrug, und es ist angenehmer, die Gewichte der Maschine zu stemmen. Und nicht sehr viel unerotischer. Conrad ist der Mach-mir-was-Typ. Mach mich an. Mach mich geil. Mach mir einen Orgasmus. Ich gebe dir dafür die Gegenwart meiner Macht. Was ich unter ihm machte, interessierte ihn nicht. Er war keiner, den ich liebte, und das hat er auch nicht verlangt. Er sagte, dass er seine Frau anbete. Und er erkannte mich als das Flittchen, das um seiner Karriere willen süße Worte flüsterte. Ein wenig Verachtung war im Spiel, gepaart mit Begehren und einem leichten Hang zum Sadismus. Wer ist der Stärkere? Er. Wen bestraft er dafür, dass er sie betrügt? Mich.

Hinterher erzählte mir Conrad, dass seine Frau ihr Bein bei einem Autounfall verloren habe, als sie siebzehn war. Gleichzeitig wurde sie Vollwaise und gemeinsam mit ihrer Schwester Erbin des Verlags. So tapfer, dieses Mädchen, das er in seine starken Arme nahm, als sie achtzehn war. »Ich trage diese wunderbare Frau auf Händen«, sagte Conrad, und ich hätte gern gefragt, ob diese Last durch das Erbe nicht sehr viel leichter zu tragen war. Hätte ich meine Kindheit eintauschen wollen gegen diese Einbeinigkeit? Mit zwölf Jahren hätte ich ja gesagt.

Conrad schenkte mir seine Gunst, während seine Frau auf einer Studienreise im Jemen war. Ich durfte mit ihm essen, trinken und schlafen, und er erklärte mir seine Regeln der Macht. *Er-*

kenne deine Feinde wie dich selbst. Wenn du sie nicht auf deine Seite ziehen kannst, vernichte sie. Zweifle nie daran, dass du besser bist als die anderen. Gewinne durch Taten, nicht durch Argumente. Und so weiter. Sätze aus Handbüchern, geschrieben für machtgeile Männer. Sätze von Wahrheit und Lüge. Das Credo der Unbarmherzigkeit gegen sich und die anderen. Sein Vorgänger auf dem Chefredakteursposten hatte entweder das Falsche gelesen oder das Richtige unzulänglich umgesetzt. Man trifft immer einen, der besser ist.

Conrad, von keinem Hauch des Selbstzweifels infiziert, hört sich gern reden. Und ich höre ihm aufmerksam zu. Ich lerne von Männern, und nach diesen Kriterien suche ich sie aus. Fast immer. Die Wahl zu haben, ist das, was mich von jenem anderen Land trennt.

Der Dezember ist ein Monat, in dem ich fast immer allein war. Eine Dezemberfrau, die zwanzig Kilo stemmt und den Rücken gerade hält. Wir trainieren gegen das Alleinsein, gegen Verfall und Alter. Die Frau an der Nachbarmaschine hat faltige Hände und ein glattes Gesicht mit aufgeworfenen Lippen von großer Künstlichkeit. Ihre Figur ist makellos. Meine Fesseln sind ein wenig zu dick, dagegen kann man nichts tun, und so arbeite ich für die Perfektion aller restlichen Körperteile. Ich bemühe mich, gleichmäßig zu atmen und an den Punkt zu kommen, an dem Anstrengung euphorisch macht. Einatmen, ausatmen. Die Maschine besiegen. Den Schmerz ignorieren. Wer nicht über Grenzen geht, bleibt klein. Der Trainer, dessen Kopf ein Fitnessprogramm ist, lächelt mir zu. Ein Dezembermann? Was sollte ich von ihm lernen, was ich nicht schon weiß? Und er würde mir Hanteln unter den Weihnachtsbaum legen.

Weihnachten ist eine Zeit, die mich schaudern lässt, seit ich nicht mehr an das Christkind glaube. Es waren die Tage, an denen Hochbetrieb herrschte in der Gerberstraße. In der Wohnküche mit der Kuckucksuhr stand der Weihnachtsbaum mit goldenen Kugeln und Engeln und Herzen. Mein Vorschlag, ihn mit verschiedenfarbigen Kondomen zu schmücken, wurde zurückgewiesen. Mutter kaufte Weihnachtsplätzchen, denn zum Backen hatte sie keine Zeit. Und diejenigen der Mädchen, die keine Männer oder Kinder hatten, feierten mit uns. Stille Nacht, denn an diesem Tag war geschlossen, obwohl dies vermutlich unökonomisch war. Die christliche Sentimentalität einer Puffmutter. Anstelle der üblichen Geräuschkulisse gab es Weihnachtsmusik. Und Lachs vom Delikatessenladen, der teuerste, wie Mutter stets betonte. Dazu wurde Sekt getrunken, die Hausmarke, die an allen anderen Tagen den Kunden zuteil wurde, wenn sie den überhöhten Preis bezahlten. Sobald die Kerzen angezündet waren, weinten alle – außer mir. Sie wären so gute Ehefrauen und Mütter geworden, wenn sich der richtige Mann gefunden hätte. Dafür mussten die Falschen bezahlen. So war die Welt, böse und ungerecht, und sie konnten nichts dafür und nichts dagegen tun, außer sentimental zu werden. Sie beschenkten sich mit Spitzenwäsche aus dem Katalog für den besonderen Geschmack, und ich bekam Bücher, Süßigkeiten oder Schallplatten. In meiner Anwesenheit war der Gebrauch von obszönen Worten verboten. Meine Mutter wurde wütend, wenn auch nur das Wort »Scheiße« fiel, obwohl auch damit Geld verdient wurde in der Gerberstraße. Es gab keine Tabus, außer Sex mit Kindern. Tabus muss man vernichten, indem man sie berührt.

Jeglicher Sex, gut oder schlecht, endet in der nüchternen Betrachtung der Unvereinbarkeit von Wunsch und Wirklichkeit. *Wo's keinen Wein mehr gibt, gibt's keine Liebe*. Ich schenke nie alles aus. Ich liebte einen, der hieß August, und ich verehrte ihn, bis er seine sexuellen Phantasien preisgab. Er verstand nicht, dass der Preis nicht hoch genug war. Eine Heirat mit August wäre mit sechzehn Jahren ein gewaltiger sozialer Sprung gewesen. Der Verkauf meiner Jugend an sein Alter, seine Privatklinik, seine Doktorspiele. Eine Abtreibung in seinem ehrenwerten Haus. Ich war noch jung, doch ich wusste schon zu viel. Er war ein Klient der Krankenschwester, und Mutter schämte sich für mein Missgeschick. Ich war ihr einziges Schamgefühl, und sie übertrieb es bis zum Erbrechen. Sie sprach doch tatsächlich von der Schande, die ich über sie gebracht hätte. Lateinisch deklinieren können, aber nicht wissen, wie man mit einem Kondom umgeht. *Duo quum idem faciunt, non est idem.*

August befreite mich recht stilvoll von dem ungebetenen Leben. Das Krankenzimmer war ein Traum in Weiß, und die Schwestern Barbiepuppen in Uniformen. Ich hatte einen Fernsehapparat im Zimmer und ein Radio, und jeden Tag gab es frische Blumen. Erleichterung war das große, alles beherrschende Gefühl. Ich war noch einmal davongekommen und durfte in der Schule bleiben. Der Name des Vaters eines abgetriebenen Kindes war nicht wichtig. Ein Musiker aus einer Band, die in den Grenzen unserer Stadt berühmt war. Der Apparat auf der Toilette, der nicht funktionierte. Die Gier und die Dummheit, auf das Glück zu vertrauen. Geplatzte Kondome waren in unserer seltsamen Familie schicksalhaft, denn auf diese Weise kam ich in die Welt. Es war nicht wichtig, dass es geschehen war, sondern dass man es ungeschehen machen konnte. Mutter weinte, als sie mich in den Behandlungsraum fuhren. Frauen weinen bei Geburten, Hochzeiten und Beerdigungen. Männer sind tapfer – und weitgehend abwesend.

August besuchte mich und tätschelte meine Hand, und meine Mutter nannte ihn ehrfürchtig »Herr Professor«. Nun, auch in akademischen Kreisen wurde Güte nicht umsonst gewährt. Ich bezahlte mit einer klinischen Affäre, die überwiegend auf seinem gynäkologischen Stuhl ausgetragen wurde. Er gab mir die Pille und ich ihm die beliebige Nutzung meines Unterleibs. Er wollte mich heiraten, und ich sagte nein. Der dumme August mit seinen Instrumenten, die ihn so aufregten, dass er zu schnauben begann, wenn er damit hantierte. Ich bat mir Ohrenstöpsel aus, dies war meine einzige Bedingung. August machte mir Geschenke: eine Lederjacke, Jeans, teure Pullover. Aber er gab mir kein Geld, und ich hätte auch keins genommen. Manchmal, wenn nichts mehr im Haus war, trug ich seine Geschenke ins Pfandhaus. Nach einem Vierteljahr gab ich August den Laufpass. Es wäre mir nicht in den Sinn gekommen, einen Freier gegen viele einzutauschen. Denn unterm Strich wäre es das Gleiche gewesen, nur mit nettem Außenanstrich.

In irgendeiner Form wird bezahlt. So kann man die Welt sehen, auch in einem Fitnessstudio. Ich trete auf die Pedale, als hinge mein Leben davon ab, Kilometer zu schlucken. Ich bin fit, jung und erfolgreich. Ressortleiterin bei einer seriösen Zeitung. Niemand weiß, wer ich bin. Das Mitleid ist grau, und ich kann es nicht gebrauchen.

Von allen, die meinen Hurenweg kreuzten, kannte ich Stefan am besten. Man muss Männer heiraten, um sie kennen zu lernen. Er sah ein wenig aus wie der Fitnesstrainer, ein gebräuntes Kraftpaket mit weißen Zähnen, das aus einem guten Stall kam und mit mir die Journalistenschule besuchte. Stefan, der ewig gut drauf und nie in Geldnöten war, weil seine Familie eine Kette von Juwelierläden ihr eigen nannte. Jüdischer Geldadel, und ein Sohn von vielen Talenten, von denen keines so ausgeprägt war, dass er es für ernsthaften Gelderwerb in Aussicht genommen hätte. Am Ende aller Tage gab es immer noch die Juwelierläden zu verwalten, und bis dahin vertrieb sich Stefan seine Zeit mit Sport und Spiel, Frauen und gelegentlichem Besuch der Vorlesungen.

Junge Frauen mögen sonnige Wesen mit offenem Sportwagen, Penthousewohnung und hinreichend Zeit und Geld für Vergnügungen aller Art. Ich war keine Ausnahme, doch Stefan war einer, den ich nicht liebte. Vermutlich habe ich deshalb ja gesagt, weil es mir so schmeichelte, dass er unter allen verfügbaren Frauen mich erwählt hatte. Weil Reichtum natürlich blendet und zur vorübergehenden Erblindung aller Sinne führt. Weil er in keiner Weise aussah wie einer der Kunden der Gerberstraße. Weil seine Lebenslust an kein Ziel gebunden war, und das Beste an der Liebe ist, geliebt zu werden.

Mit Stefan konnte man lachen und allen Ernst abstreifen, der den Spaß verderben könnte. Meine Gespenster zogen sich vorübergehend zurück; ich hatte keine Zeit für sie. Stefan und Marie taumelten vergnügungssüchtig durch die Stadt, die alle Somnambulen willig aufnahm. Sie liebten sich im Morgengrauen, meist wenn er so betrunken war, dass er vor dem Orgasmus einschlief. Er nahm es mir nicht übel, und er sah hübsch aus, wenn er auf dem Rücken lag und in seine Träume lächelte. Stefan schlief, während ich zu den Vorlesungen ging. Er nannte mich sein Karriereweib, das Waisenkind mit Erfolgsantrieb, die Glücksmarie, deren Fleiß mit Goldstücken belohnt wurde, die er über mich rieseln ließ, weil Geld ihm nichts bedeutete. Es war da.

Und wenn er sein Konto überzogen hatte, führte er seine Mutter zum Essen aus und erzählte ihr von seinen bedürftigen Freunden, die er unterstütze, und sie war gerührt, weil sie wie viele reiche, gelangweilte Frauen zur Wohltätigkeit neigte. Klischees sind deshalb angenehm, weil sie einem die Mühe ersparen, weitergehend nachzudenken. Sie war Wachs in Stefans Händen, die nie Kleingeld gezählt hatten und ganz und gar ohne Schwielen waren. Und von all seinen mittellosen Freunden, die sie liebte, weil man die Armen gern haben muss, war ich die Einzige, die sie eine Schmarotzerin nannte. Nebbich. Sie erkannte den Ernst der Lage, bevor Stefan es tat, und wiederholte den Fehler aller Mütter: Sie warnte ihn vor mir und versuchte, uns zu trennen.

Das Argument, dass ich eine Schickse war, zählte nicht zu ihren besten, denn Stefan stand dem »jüdischen Kram«, wie er es nannte, völlig indifferent gegenüber. Für ihn zählte, dass Menschen lustig waren, zu seiner Unterhaltung beitrugen und ihn nicht mit den Beschwernissen des Lebens belästigten. Meine Vergangenheit interessierte ihn nicht, das nahm mich sehr für ihn ein. Das Kind der Gegenwart lachte über seine Mutter, die sich für die Annahme erwärmte, dass mein Großvater ein SS-Offizier gewesen sei. Ich war eine Mörderin. Ich nahm ihr den Sohn. Ich war eine Diebin. Eine Schickse, die nur sein Geld wollte. Die Inkarnation ihres Alptraums, ihren Sohn an eine Unwürdige zu verlieren. Sie kämpfte bravourös, doch ging sie nicht so weit, meine Vita zu durchleuchten. Ich hätte Stefan sofort verlassen, aber das konnte sie nicht ahnen. Das alte Mädchen hatte nicht die Phantasie, sich eine Gerberstraße vorzustellen. In Holocaust-Dimensionen war ein Bordell ein banaler Ort und ihre Fixierung auf meine Herkunft zu eindimensional.

Er war ein trotziges Kind, eines, das ein Spielzeug, das es unbedingt haben wollte, nicht mehr aus der Hand gab. Stefan nannte es Liebe und machte mir einen Heiratsantrag. Vor seiner Mutter, um die Sache szenisch zu erhöhen. Sie schnappte nach Luft wie ein verwundeter Karpfen, und für einen Augenblick hatte ich Mitleid mit ihr, weil sie alt, hässlich und geschlagen aussah. Ich nahm Stefans Angebot an, unser Verhältnis zu legalisieren. Es war eine gedankenlose Zusage, ein Triumph, der ausgekostet werden musste, ein Zugeständnis an die Eitelkeit. Es war vieles, aber nicht Liebe. Vielleicht war es auch nur so, dass ich ein Stück seiner von finanziellen Sorgen unbeschwerten Lebensfreude auch für mich haben wollte.

Stefan und Marie traten vor den Standesbeamten, und unsere Freunde feierten mit uns ein großes Fest im Haus meiner Schwiegereltern. Sein Vater nahm mich verzeihend in die Arme, und die Mutter drückte mir in unversöhnlichem Hass die Hand. »Das ist Stefans hübsche Schickse« war ihre Vorstellungsformel gegenüber den Tanten und Onkeln und Cousins und Cousinen, die zahlreich angereist waren, um die seltsame Paarung mitzuerleben. »Er hat sie nicht verdient«, fügte sie manchmal hinzu, und ihr Ton ließ keinen Zweifel daran, wie dieser Satz zu interpretieren war. Stefan, der einmalige Spross ihres fortan unfruchtbaren Schoßes, hörte nicht auf zu lächeln. Es war, abgesehen von seinem Sieg bei einem Snowboard-Wettbewerb, das größte Ereignis seiner bisherigen Laufbahn. Er genoss es, im Mittelpunkt der Aufmerksamkeit zu stehen, der strahlende, blauäugige Bräutigam, der all seine Verwandten und Freunde liebte, mit ihnen trank und ihnen versicherte, dass er der glücklichste Mensch der Welt sei. Das war nichts Besonderes, Stefan glaubte wirklich daran, vor allem nach ein paar Gläsern Alkohol. Er weigerte sich, erwachsen zu werden, dies war Teil seiner Anziehungskraft und die Tragödie seiner leichtfüßigen Existenz. Zu oberflächlich, um zu Bösem fähig zu sein, hätte er doch für eine gute Pointe jeden Freund verraten. So war Stefan, so liebten ihn alle in perfekter Oberflächlichkeit, und im Glanz meines Sonnenmanns vergaß ich vorübergehend meine Schatten, und auch, dass in meine Bewunderung Verachtung einfloss.

Der Schoß meiner neuen Familie war großzügig, lärmend und bisweilen niederträchtig. Jegliche Form familiärer Einmischung war erlaubt, und der Schutz der Intimsphäre ein Witz, über den alle herzlich lachten. Sie mischten sich in alles ein, wussten alles zu kommentieren und waren nie einer Meinung. Eine Familie immerhin, Leute, die einander nicht fremd waren und sich dafür hassen oder lieben mochten – oder beides, was ich für wahrscheinlich hielt. Eine Familie, in der Geld eine große Rolle spielte, denn sie sprachen ständig davon in beschwörenden Formeln und neurotischer Angst vor Verlusten. Zu mir sagten sie Sätze wie »Du siehst ja fast jüdisch aus«, »Kannst du ein Kunststück, mit dem du ihn eingefangen hast?« oder »Wann kommt das Baby zur Welt?«

Über aller familiärer Unbill thronte, dirigierte, intrigierte Stefans Mutter. Er nahm sie nicht ernst, wie er nichts ernst nahm, doch er wusste auch, dass in ihren Händen die Macht und das Geld lagen. Er war nicht so dumm, diese Tatsache zu unterschätzen und sie gegen die titanische Mutterliebe auszuspielen.

Erbe fällt nicht unter Zugewinn, das hatte sie mir am Hochzeitstag neben einem Collier aus Familienbeständen als verbales Geschenk überreicht. Ich hatte einen Mann geheiratet, der von den Zuteilungen seiner Mutter lebte und nicht die Absicht hatte, dies zu ändern. Ihre Schecks wurden überreicht, wenn Stefan mit ihr essen ging, ins Konzert oder zu einer ihrer Wohltätigkeitsveranstaltungen. Ein Scheck für die Armen und ein Scheck für den armen Kleinen, der an eine mittellose Schlampe ohne Familie gebunden war. Ein Teil ihrer Abneigung gründete auf meiner anhanglosen Existenz. Die Einzelgängerin war in keinem Rahmen zu befestigen, und wenn, hätte sie dieses Bild an keinem noch so verborgenen Winkel ihres großen, geschmacklosen Hauses gemocht. Kein Erbarmen mit Marie, die in Stefans Rangliste der Frauen an zweiter Stelle lag und in seiner Gunst kontinuierlich abfiel.

Man könnte es so sehen, dass er mich nicht in seine Höhen zog, sondern ich ihn in meine Tiefen. Die Dauerfehde mit seiner Mutter, die anstrengenden Prüfungen, Stefans unerbittliche Lust, die Nächte durchzufeiern – wir begannen zu streiten, auch über Geld –, und zu schweigen, was viel schlimmer war. Meine Gespenster kamen zurück, und Stefan wäre der Letzte gewesen, mit dem ich sie geteilt hätte. Vermutlich hätte ihn meine Vergangenheit amüsiert, weil das Leben aus seiner Sicht ein nie enden wollender Sommernachtstraum war. Inklusive sexuellen Exzessen. Die Frauen, die Mädchen, die schönen jungen Männer: Der Lustgewinn war der Zauberwald, den Stefan zu durchqueren versuchte, ohne Schaden zu nehmen – und müde, mahnende Ehefrauen spielten in diesem Stück eine Nebenrolle, die nicht nach seinem Gusto war.

Man wird nie betrogen, man betrügt sich selbst. Die Gegensätze, die sich angezogen hatten, stießen einander ab. Es ging recht schnell und unter dem Applaus der Familie, die seine Mutter als Festung gegen mich ausgebaut hatte. Einzig Stefans Vater verhielt sich neutral in diesem Krieg, jedoch nur, weil ihn nichts interessierte außer dem Buch, an dem er seit drei Jahren schrieb. Er verbrachte seine Tage und Abende in der Bibliothek und verließ sie nur, um zu essen, zu schlafen oder Familienfesten beizuwohnen. Das Werk seines Lebens war ein Roman, die Utopie einer jüdischen Diktatur in Deutschland, in der Arier in Konzentrationslager verschickt und dort zu Tode gebracht wurden. Alles, was deutsche Geschichte war, schrieb er neu, so, als würde es noch einmal geschehen, nur dass die Täter die Opfer waren – und umgekehrt.

Ein absurder, ja obszöner Stoff nach Meinung der Familienbande; einzig Stefan fand die Idee komisch, vielleicht, weil ihn der Gedanke entzückte, dass man mich in einem solchen Land einsperren und töten würde.

Einmal im Monat versammelte sein Vater die Familie in der Bibliothek, um aus seinem Werk zu lesen, das zum Zeitpunkt meiner unerheblichen Zugehörigkeit sechshundert Seiten stark war. Ich glaubte, dass er es nie vollenden würde, weil er immer stärker in den Sog seiner Fiktion geriet und immer erfindungsreicher in den Schilderungen der Grausamkeiten wurde, die den Deutschen widerfuhren. Vielleicht schrieb er nur ab, indem er Gut und Böse vertauschte, ich war mir nicht sicher. Das Land seiner Utopie war ein Friedhof, in dem die Totengräber ihre Pflicht taten. Nichts Neues.

Während er mit seiner spröden Stimme vorlas, spürte ich die Blicke der Familie auf mir. Hier saß das potentielle Opfer, und ein wenig, nicht wahr, hätte sie es schon verdient, in dieser Geschichte eine leidende Rolle zu spielen, selbst wenn man sich darin einig war, dass der Autor dieses Werks meschugge war. Die Abende in der Bibliothek endeten stets mit lautstarken Streitigkeiten, die im Wesentlichen von Gut und Böse, Recht und Unrecht und der Unvereinbarkeit aller Ansichten handelten. Einig war man sich ausschließlich darüber, dass dieses »schändliche Werk« das Judentum und seine Geschichte in unerträglicher Weise beschmutze.

»Was denkst du als Nichtjüdin?«, fragten sie mich, und redeten weiter, weil sie die Meinung einer Schickse nicht wirklich interessierte. Meine Antwort hätte gelautet, dass Stefans Vater ein liebenswürdiger, verrückter, boshafter alter Mann sei, der nicht besonders gut schreiben konnte.

Wenn ich an diesen Abenden an die Gerberstraße dachte, fand ich die Diskussionen gleichermaßen anziehend wie schwachsinnig. Diese Leute stritten nicht um existentielle Fragen: das Geld, die Kunden, die Miete, die Beschaffung von Rauschgift oder die Haltbarkeit von Kondomen. Nein, sie erregten sich über Vergangenheit und Zukunft, über Ideologien und Fiktionen, und dann tranken sie den guten Rotwein, klagten noch ein wenig über schlechte Geschäfte und gingen nach Hause in ihre weichen Betten, wo sie Stefans Vater und seine furchtbaren Phantasien wieder vergaßen.

»Er kann schreiben, was er will, wenn es ihn glücklich macht«, sagte Stefans Mutter stets zum Abschied, »aber veröffentlicht wird dieser Nonsens nur über meine Leiche.« Und Stefan pflegte sie dann zu umarmen, und, während er seinem Vater zuzwinkerte, zu sagen: »Sie gehört zu den Frauen, die ewig leben.« Dann lachten alle, außer Stefans Vater.

Ihn langweilten die Familie und die Geschäfte der Familie. Er war der Künstler, der Träumer, der Versager. Im Schatten der Übermutter wuchsen die Utopien einer Welt, in der Frauen keine Rolle spielten. Was natürlich auch für Stefan galt. So wenig, wie sein Vater sein Projekt noch unter Kontrolle hatte, vermochte mein Mann, Grenzen zu akzeptieren.

Mehr Spaß, mehr Sex, mehr Alkohol, und eine Prise Kokain, wenn es trotzdem langweilig war. Nichts ging mehr ohne Publikum, denn er ertrug es nicht, allein zu sein, außer wenn er schlief. Manchmal erschien mir unsere Wohnung wie ein Bordell, in dem niemand bezahlen musste. Wenn ich lernen wollte, wich ich in Cafés aus. Alles war, wie er bei einer der wenigen Gelegenheiten, in der wir allein miteinander sprachen, formulierte, meine Schuld. Weil ich ihn nicht liebte. Weil ich kein Kind wollte, das sein Leben verändern würde. Das war ein Witz, über den ich nicht lachen konnte.

Er lachte nicht, als ich meine Koffer packte nach vierzehn Monaten. Ich hatte bereits ein Zimmer gefunden. Die Abschiedsszene war also inszeniert und an den Beginn meines Mietverhältnisses angepasst. Pragmatismus war in Stefans Umfeld zur Überlebensstrategie geworden. Er nannte mich eine Spießerin und ich ihn einen Versager. Die Wortwahl am Ende von Beziehungen ist immer sehr beschränkt. Deine Schuld, meine Schuld, wir teilen sie nicht, so wie wir nie etwas geteilt haben außer Bett und Tisch.

Ich ergänzte die gängigen Floskeln durch eine Erpressung, schließlich hatte ich kein Geld und keine Mutter, die mir Schecks zusteckte. Angesichts meiner Drohung, seiner Geldgeberin von seinen homosexuellen Ausflügen zu erzählen, unterschrieb er einen Schuldschein von dreißigtausend Mark, zahlbar in monatlichen Raten und auf ein Jahr begrenzt. Sicherlich hätte sie meinen Worten nicht geglaubt, doch Stefan hatte es bei manchen Gelegenheiten aufregend gefunden, fotografiert zu werden. Er war ein Narzisst. Er war ein Kind, das nicht über die Folgen seiner Handlungen nachdachte. Ich hingegen wusste genau, was ich tat, als ich die Bilder machte und aufbewahrte. Wer keine Familie hat und kein Geld, neigt zur gemeinen Vorsorge.

Als ich mit den Möbelpackern kam, um meine Habe einzusammeln, bewarf uns Stefan mit Gummibärchen. Er war high, von Alkohol oder Tabletten, und fand seine Inszenierung sehr gelungen, bis einer der Packer ihm eine Ohrfeige gab, die sehr lieblich schallte. Mein Mann flog gegen die Couch, heulte wie ein Hund und beschimpfte seinen Gegner als Nazischwein. Es war eine Begegnung der ungleichen Art. Sie verstanden einander nicht, was immer sie sagten. Aber in diesem Fall war der Packer stärker, und Stefan nahm seine Bemerkung zurück. Er schmollte, weil er ein schlechter Verlierer war. Der Boden war voller Gummibärchen, und die letzte gute Tat meiner Ehe war, dass ich sie aufkehrte und in die Toilette warf. Es war mir klar, was geschehen würde, wenn sich diese große Menge von Gummibärchen im Wasser auflöste. Mein Abschiedsgeschenk an Stefan. Keine Scham, keine Dankbarkeit, keine Liebe: Ich war endlich erwachsen geworden.

5. Kapitel

ANNE

»A*ber ich müsst so* tief unter mich hinunter, damit ich höher hinaufkann«, sagt Karoline zu Kasimir in der heißkalten Horváth-Komödie, und ich versuche mich an den Premierenapplaus zu erinnern, während ich an der Supermarktkasse stehe, natürlich in der falschen Reihe; vielleicht denken alle, immer in der falschen Reihe zu stehen, und ich bin nichts Besonderes.

Die Kassiererin übt Macht in Form von quälender Langsamkeit aus. Ihre Körpersprache sagt uns, dass wir im Feinkostladen kaufen sollten, wenn wir auf Effizienz und Freundlichkeit Wert legten. Früher hätte ich den Wagen stehen lassen und wäre gegangen, mit einem bösen Satz und dem Wissen, dass ich es mir leisten kann. Jetzt spricht vieles dagegen, vor allem unser Bankkonto.

Leon ist zurück und holt David vom Kindergarten ab. Ich bin ihm so dankbar, es ist lächerlich, wie mich seine seltenen Gesten der familiären Hilfsbereitschaft rühren. Karoline verlässt Kasimir, weil dieser arbeitslos wird und sie den sozialen Aufstieg sucht. Die Treue zu sich führt zum Verrat am anderen: Horváth war ein Meister der Enttarnung menschlicher Schwächen, und ja, ich wünschte mir jetzt und in diesem Moment, eine andere zu sein: die erfolgreiche Mimin und Käfer-Kundin; Beate, die sich ihre Einkaufstüten vom Chauffeur tragen lässt. Ich werde, sofern ich jemals an die Reihe komme, drei schwere Taschen in die Tiefgarage schleppen und meinen Wagen suchen, weil ich unter der Erde stets die Orientierung verliere.

Ich hasse die Frau, die sich mit einer Milchtüte vordrängen will. Wie kann sie es wagen, nur Milch zu kaufen und mir meine Zeit zu stehlen? Wir lassen sie durch und würden sie gern von hinten erdolchen. Große und kleine Katastrophen verschmelzen in solchen Augenblicken zur allumfassenden Tragödie des Lebens. Ich denke an David, den ich vom Balkongitter zurückriss. An Leons Absturz in der alten Maschine und die qualvollen Stunden des Wartens. Vierzig Jahre mal dreihundertsechzig Tage mal vierundzwanzig Stunden, und so viel ist nicht geschehen, dass man es Unglück nennen könnte. *»Man hat halt oft so eine Sehnsucht in sich – aber dann kehrt man zurück mit gebrochenen Flügeln, und das Leben geht weiter, als wär man nie dabei gewesen …«*

Mein Gedächtnis ist der bessere Teil von mir. Ich lerne Texte schnell und vergesse sie langsam, manchmal nie. Jede Rolle war ein anderes Leben, in das ich hineinwuchs, bis es mich ausfüllte, und danach kam diese Leere, und nach der letzten Aufführung die Entwöhnung. Eigene Texte zu sprechen, finde ich manchmal schwierig. Die Wahrheit verletzt andere und die Lüge mich selbst. Schweigen wird oft missverstanden. Es gibt Leute, die halten mich für arrogant. Es ist nur ein Wort, und wir denken in gängigen Begriffen, um uns weiteres Nachdenken zu ersparen.

Ich weiß nicht genau, wer ich bin. Mutter, Ehefrau, Schauspielerin – aus diesen Funktionen definiert sich die Existenz. Was darüber hinausgeht, ist Spekulation. Vielleicht wäre ich eine gute Kassiererin geworden, schnell, freundlich und hilfsbereit. Die junge Frau vor mir füllt mit einer Hand ihre Einkaufstüte und hält mit der anderen ihr Kind fest, das nach den an der Kasse ausgelegten Süßigkeiten greift. Das Kind schreit, und ich helfe ihr beim Einpacken, weil ich ihre Verzweiflung nachempfinden kann. »Geht es endlich weiter!«, schreit jemand, und die Frau an der Kasse schiebt ihr Förderband weiter, so dass ein Teil meiner Waren zu Boden fällt. Jetzt lächelt sie zum ersten Mal.

»Du musst lernen, durch die Masse zu schweben«, sagt Leon, als ich ihm davon erzähle. Er spielt mit seinem Sohn und dessen Auto, während ich die Tüten entleere. Wie viel Triviales habe ich ihm schon gesagt, während ich so viel verschweige? Immer denke ich, dass alles, was nicht erzählt wird, auch nicht zählt in unserem gemeinsamen Leben. Meine Ängste, von denen ich weiß, dass er sich über sie lustig macht. Als ob das Leben ihn nie verletzen könne, zieht Leon seine Kreise, und ich weiß es, verdammt ich weiß, dass ich nicht im Mittelpunkt stehe.

Vielleicht war es anders im ersten Jahr, alle Anfänge haben etwas Verzaubertes, Absolutes, Ausschließliches, und in gewisser Weise lebe ich noch in und von diesen Anfängen, denn Leon hat sich nicht verändert. Ich bin anders geworden: älter, härter, furchtsamer, mütterlicher, sicherlich langweiliger für einen Mann, der nie aufgehört hat, ein kleiner Prinz oder Peter Pan zu sein. Ein Märchenwesen. Wenn er wie jetzt mit David spielt, sterbe ich vor Angst, diesen Zauber zu verlieren. Jeder Mann braucht eine Portion Wahnsinn, um Courage zu haben, um frei zu sein. Sorbas' Worte: Leon liebte diesen Film. Folklore und Kitsch, gut in Szene gesetzt, entzücken ihn, und wenn Helden sterben, kommen ihm die Tränen. Ich habe ihn noch nie über ein reales Geschehen weinen sehen. Das Leben ist nicht tragisch genug. Hat man je eine Ehe so schön zusammenbrechen sehen? Warum denke ich so etwas?

»Wie war es in Brüssel?«

»Wie immer. Edles Essen und unfeine Gespräche. Der Start war ziemlich schwierig wegen des Schneetreibens. Was gibt es zu Essen?«

»Spagetti.«

»Scheißgut.«

Mein Sohn ist verliebt in seinen Sprachschatz und in seinen Vater, und ich zähle nicht, wenn Leon da ist. Ich darf das Essen kochen und servieren, und sie bewerfen sich mit tomatengetränkten Nudeln, bis eine an der Wand landet und eine rote Spur zieht.

»Aufhören. Wir haben kein Geld für einen Maler.«

»Was ist Geld?«, fragt David.

»Das, was wir nie haben«, antwortet Leon.

Ich könnte jetzt viel sagen, und ich schweige. Morgen fliegt Leon zu einem Flugrennen nach Arizona. Es ist ein Sport für Leute, die viel Geld haben. Leon hat seine Lebensversicherung beliehen, als er die alte Maschine kaufte, aber dies war erst der Anfang aller Kosten, die Leons fliegendes Monster seither verschlungen hat. Einmal, ein einziges Mal, habe ich darüber gesprochen, wie sorglos wir leben könnten, wenn er die Mustang verkaufte. »Was nennst du Leben?«, fragte Leon am Ende meiner Ausführungen. »Meinst du, dann könnten wir uns ein Reihenhaus in Waldtrudering leisten? Den Urlaub in Mallorca? Einen netten kleinen Zweitwagen?« Seine Stimme klang so kalt und geringschätzig, dass ich erschrak und aus dem Zimmer ging. Später, im Schlafzimmer, liebte er mich, und alles war gut.

Leon kann erbittert streiten und im nächsten Augenblick zärtlich meine Brüste berühren. Das Jetzt ist alles, und alles ist nichts. Und meine Brüste sacken nach unten. Der unaufhaltsame Niedergang in allen Etagen meines Körpers. Beates weiser Ratschlag, sie liften zu lassen, stößt auf monetäres Unvermögen. Vielleicht würde ich es sogar tun, denn ich war immer sehr stolz auf sie. Wer ist schon immun gegenüber dem eigenen Verfall? Insbesondere an der Seite von Leon, der einfach nicht älter wird, nur besser. Der Fluch eines attraktiven Mannes ist das nagende Gefühl der Unterlegenheit. Sie blicken auf ihn, wenn wir zusammen sind, nicht nur die Frauen. Und statt stolz darauf zu sein, fühle ich mich gedemütigt. Leon versteht es nicht. Er ist sich seiner Wirkung auf andere nicht bewusst, weil er, nur er allein, im Zentrum seiner Welt steht, die sich um ihn bewegt. Er schwebt. Wenn wir allein sind, kann ich ihm folgen, doch manchmal fühlen sich meine Füße schwer an, sehr dem Boden verhaftet, und von unten dringt diese Schwere nach oben und lähmt meine Gedanken.

Die Spuren der Spagettischlacht sind weitgehend beseitigt, und David liegt im Bett. Nur wenn er schläft, bin ich entspannt, als ob sich ein Knoten löse, der mich von meiner Urangst befreit. Vielleicht sind alle Mütter so, oder es liegt daran, dass ich die ersten sechs Wochen seines Lebens nicht wusste, ob er es schaffen würde. »Ein Frühchen«, sagten die Ärzte, ein allzu niedliches Wort für ein Wesen, das an Schläuchen hängt und künstlich beatmet wird. Ich verbrachte diese Zeit im Krankenhaus, und Leon kam vorbei, um mich zu trösten. Er schien immer sehr erleichtert, wenn ich ihn bat zu gehen. Männer sind schlechte Tröster, und mein Mann hasste die Schwere dieser Zeit, meine Tränen und die toten Farben der Räume. Unglück ist kein verbindendes Element der Liebe. Damals fragte ich mich, weshalb er meine

Verzweiflung nicht mit mir teilen konnte. Wir sind so verschieden. Ich versuche zu verstehen, welche Kräfte uns zusammenhalten: Ein Sohn, ein Ehevertrag, die gemeinsame Vergangenheit, Sexualität, Konvention, Respekt, Vertrauen… Begriffe, ich denke schon wieder in Begriffen, um etwas Unerklärliches zu erklären.

Leon hat den Fernseher eingeschaltet und zappt sich durch die Programme, kehrt zurück zu den Nachrichten. Ich hasse es, wenn er damit demonstriert, dass ihm meine Gegenwart nicht genügt. Fernsehen interessiert ihn im Grunde nicht, außer wenn es um Flugzeuge oder Autorennen geht. Gute oder schlechte Nachrichten berühren ihn kaum, und Politik ist für ihn ein Spiel mit mäßig begabten Akteuren von geringem Unterhaltungswert. Die Welt ist nicht amüsant und dreht sich auch nur um die eigene Achse. Leon wendet sich mir zu, als ich eine Zigarette anzünde.

»Du rauchst wieder?«

»Seit einer Woche. Ich habe zugenommen, das gefällt mir nicht.«

Es gab Zeiten, da registrierte er die kleinsten Veränderungen an meinem Aussehen. Wann hört man auf, den anderen anzusehen wie ein Wunder, das man nicht verdient? O verflucht, hör auf, Anne. Romeo und Julia sind gestorben. Auch Nichtraucher müssen sterben.

»Jetzt, da du es sagst. Früher warst du nicht so eitel. Wie geht es deiner durchgestylten Schwester?«

»Schlechter als üblich. Sophie ist schwanger. Sie will mit ihr am Wochenende nach London fliegen und Max aus der Geschichte raushalten. Sag ihm bitte nichts.«

Ich habe es geschafft. Er schaltet den Fernsehapparat aus. Er findet das Verhalten seiner Schwägerin unethisch. Ich wusste bisher nicht, dass Leon ein Abtreibungsgegner ist, aber es ist möglich, dass ich vieles von ihm nicht weiß. Er hält mir David vor: »Man muss doch die Phantasie haben, sich vorzustellen, was für ein Mensch das werden könnte. Ein Clown, ein Genie, ein Heiliger… und Beate geht hin und lässt dieses Wesen einfach wegräumen, sie gibt ihm keine Chance. Deine Schwester spielt Gott – und dafür hat sie nicht die leiseste Begabung. Max würde das nicht zulassen.«

Leon hat eine sehr sanfte, leise Stimme, die rau wird, wenn er wütend oder erregt ist. »Diese verdammten, egoistischen Weiber.«

Meine Stimme wird schrill, obwohl sie trainiert ist. »Ach ja. Und was ist mit Sophies Chancen? Letztendlich ist es ja wohl ihre Entscheidung. Ich finde, dass Männer sich da raushalten sollten.«

»Nicht sehr originell, diese Argumentation, meine liebe Anne. Ich rede von Ethik, von einem Wesen, das sein könnte, nicht vom Kampf der Geschlechter. Sophie ist kein Sozialfall. Es gibt keinen einzigen guten Grund, dieses Kind abzutreiben, wenn man von Schwangerschaftsstreifen und dem dummen Gerede der anderen absieht…«

»…und der Tatsache, dass der Vater sich nicht darum kümmern würde.«

Leons sehr blaue Augen gehen auf Konfrontation mit meinen braunen.

»Na und? Ihr seid Mädchen, Frauen, Mütter, das ist eine biologische Tatsache. Und wenn ihr das nicht akzeptiert, geht ins Kloster oder werdet lesbisch oder nehmt die Pille. Klagt nicht über euer Schicksal, sondern gestaltet es nach euren Wünschen. Beate will das Kind um keinen Preis, weil es ihr zuwider wäre, Großmutter zu werden. Weil es nicht zu ihrem Image passt. Ich werde doch mit Max reden.«

»Wirst du nicht. Seit wann kümmerst du dich um Familienangelegenheiten? Und wenn wir schon beim Thema sind: ICH möchte noch ein Kind. Noch einen Clown, ein Genie oder Heiligen…was ist damit?«

Leon steht auf und geht in die Küche, und er kommt mit einem Glas Whisky, mit Wasser verdünnt, zurück. Er schwebt kaum noch, und in gewisser Weise befriedigt mich das.

»Eine unzulässige Vermischung von Themen, nicht wahr? Ich halte es für keine gute Idee, aber ich werde dich wohl kaum daran hindern können, ein zweites Kind zu kriegen, wenn du es so sehr wünscht. Lasst also eines abtreiben und produziert ein anderes. Wie es euch gefällt. Ich werde dennoch mit Max sprechen.«

Spricht es und verschwindet. Das macht er immer, und es macht mich wahnsinnig. Leon geht nach einem Streit ins Badezimmer und anschließend zu Bett, und je nach Laune schläft er ein oder mit mir.

Ich ziehe Letzteres vor, auch dann, wenn meine Lust gering ist. Noch mehr als seine Zärtlichkeit und Leidenschaft brauche ich die Harmonie in unserer Beziehung, das stillschweigende Einverständnis, dass keinerlei Groll zwischen uns steht. Die Idiotie geht so weit, dass ich auch dann einlenke, wenn ich mich im Recht fühle. Eigentlich habe ich immer Recht, obwohl es Themen gibt, bei denen ich eine zweite Meinung zulasse. Ich glaube wirklich daran, dass es Sophies Entscheidung ist und dass weder Beate noch Max, noch der Vater des Kindes sich einmischen dürfen. Kinder sind ein so gewaltiger Einschnitt im Leben, dass ich nicht verstehen kann, wie leichtfertig sie produziert werden. Wer überprüft die Tauglichkeit von Müttern und Vätern? Ihre Fähigkeit, ein Kind zu umsorgen, zu behüten, zu erziehen? In Platons Vision einer perfekten Diktatur sollte es ein Gremium geben, das darüber entscheidet, wer Kinder austragen darf und wer nicht. Ich kenne Leons Kommentar dazu: radikal-reaktionär.

Ich würde diese Meinung nicht öffentlich vertreten.

Hätte sich meine Schwester qualifiziert? Beate hat Sophie mit der Tragik ihrer unerwiderten Liebe und gescheiterten Ehe traktiert. Weder bewusst noch systematisch, doch die Botschaft ist angekommen. Das Kind, das heute fünfzehnjährige, adoptierte den Schmerz über die Flüchtigkeit aller Beziehungen und dass Geld und alles, was man damit kaufen kann, einen angenehmen Schutz vor jeglichen Entbehrungen bietet. Erst hatte sie einen Hamster, dann eine Katze, einen Papagei, Schildkröten, zwei Hunde und zuletzt ein Pferd. War das Tier lästig oder nicht mehr unterhaltsam, wurde es abgeschafft und durch ein neues ersetzt. Gefühle, austauschbar wie Waren, und es grenzt an ein Wunder, dass sie dennoch ein Mensch wurde, den man gern haben kann. Diese Familie braucht Wunder. Vielleicht brauchen wir sie alle, um zu bestehen.

Er schläft, als ich ins Zimmer komme. Entzieht sich mir, und lächelt auch noch im Schlaf. Ich hasse ihn. Ich liebe ihn. Er wird mit Max reden und eine Familientragödie heraufbeschwören. Weil er es für richtig hält. Wie alle, die vom sanften Hauch des Wahnsinns befallen sind, kann er sehr störrisch werden. Leon leistet sich selten den Luxus einer Meinung, die er vertreten muss, und zieht es vor, sich aus allem herauszuhalten und abzuheben, wenn es schwierig wird. Doch in den seltenen Fällen der Stellungnahme ist er unbeugsam. Dann entdecke ich Ähnlichkeiten mit Max, der vor sich und der Welt ohne Fehler dasteht.

Wie gut kennt man einen, mit dem man fünfzehn Jahre zusammen ist?

Wenn ich Leon mit einem See vergleiche, den ich durchschwimme, dann weiß ich viel von der Oberfläche, dem Kräuseln der Wellen, seiner Tragfähigkeit, den tiefen und seichten Stellen. Ich möchte nicht ans Ufer kommen, denn ich bewege mich gern im Wasser. Vielleicht wäre das Ufer eine Enttäuschung, und ich würde lieber ertrinken als ankommen?

Ich möchte am Meer wohnen oder zumindest an einem See. Ich mag den Klang des Wassers und sein Gefühl an meiner Haut. Leon schwimmt nicht gern, er hat, so glaube ich, Angst vor dem Wasser, obwohl er das nie zugeben würde. Die wenigen Male, in denen wir gemeinsam verreisten, blieb er auch in großer Hitze an Land, ein Mann mit Sonnenhut und Brille, der aus dem Schatten in den Himmel schaute und Wasser in kleinen Schlucken aus einer großen Flasche trank.

Als David klein war, lag Leon im Schatten und schaukelte mit seinem Sohn in der Hängematte, während ich schwamm oder tauchte. Es war ein schönes, friedliches Bild, und ich war glücklich. Doch nach spätestens vier Tagen wurde Leon unruhig, egal, an welchem Ort wir waren. Stets begann er mit kleinen, bösen Bemerkungen über das Hotel oder Ferienhaus, das Essen und Personal, und er entwickelte eine Sonnenallergie, gegen die Medikamente zu nehmen er sich weigerte. Mein Mann litt an Urlaubsunverträglichkeit und wurde reizbar gegenüber allen außer seinem Sohn. Besichtigungen von Kulturstätten interessierten ihn nicht. Er wollte nicht ins Wasser, nicht auf ein Boot. Kein Tennisspiel, weil es zu heiß war, und auch keine Strandwanderungen. Keinesfalls mehr mit anderen Gästen kommunizieren, obwohl er sie bezaubern konnte. Leon wollte im Schatten liegen und vom Urlaubsende träumen. Anfangs hielt ich seine Ferienlaune bis zum Ende durch, später nicht mehr. Wir reisten vorzeitig ab, nachdem ich das erlösende Wort gesprochen hatte. Und dann war wieder alles gut und Leon ein glücklicher Mann. Seiner Meinung nach sind Ferien ein Vergnügen für Idioten, die den Rest ihres Lebens verschlafen oder betrauern. Er braucht sie nicht, denn sein Leben ist die große Reise.

Und meines? Nicht so beweglich und zu weit weg vom Wasser. Ich war früher Langstreckenschwimmerin, und geblieben sind die begrenzten Bahnen, die ich im Hallenbad ziehe. Ich hatte für David eine Wassergeburt geplant, doch dann wurde es ein vorzeitiger Kampf um Leben und Tod. Auch mein Sohn fürchtet sich vor dem Wasser. Wir pflanzen unsere Ängste fort. David weint, wenn sein Vater die Wohnung mit einem Koffer verlässt. Meine Furcht, Leon zu verlieren.

Ich fühle mich sicher, wenn Leon neben mir schläft. Ich strecke meine Hand aus und berühre seinen nackten Rücken. Seine Haut ist weiß und zart, und ich streichle ihn und wünsche mir, er würde aufwachen und mich in den Arm nehmen. Er schläft so oft, wenn ich ihn begehre, oder er ist nicht da. Das Timing der parallelen Gier ist aus dem Gleichgewicht, und das war früher anders. Wenn er mich will, ist David noch wach, oder ich bin müde oder zu betrunken. Als ob Leon es darauf anlegte, mich ins Unrecht zu setzen, indem er seine Lust gegen meine Unlust ausspielt. Meine Bedenken, dass das Kind uns hören oder sehen könnte, meine Scham vor Entdeckung durch Freunde oder Fremde. Früher war ich anders. Er sagt es nicht, doch ich weiß, dass er so denkt.

Warum wecke ich ihn jetzt nicht auf? Zeige ihm, wie groß meine Lust auf ihn ist? Und was, wenn er mich zurückweist? Die Vorstellung ist so furchtbar, dass ich meine Hand zurückziehe. Und es ist der Augenblick, in dem ich erkenne, dass ich etwas verloren habe in den Jahren mit Leon. Ich habe mich verloren, und das ist ganz allein meine Schuld.

6. Kapitel

LEON

D*as Preisgeld von* zweihundertfünfzigtausend Dollar zusätzlich der Reise- und Teilnahmekosten addiert sich zu einem Verlust, der schmerzlich ist. Flugrennen werden von Millionären gewonnen, weil sie die besseren Maschinen fliegen und in ihrem Siegeswillen nicht von Geld geblendet werden.

Ich hatte sehr knapp getankt, um leichter zu sein, und hätte es beinahe nicht geschafft. Die Beinahesituationen gehören zum Fliegen, sie sind der Engelschor, der uns begleitet, und für jemanden, der diese Musik nie gehört hat, ist sie kaum zu erklären.

Einmal, vor langer Zeit, dachte ich, mit Anne fliegen zu können. Ich habe ihr am Telefon gesagt, dass ich nur Fünfter wurde, und ich hörte ihr Seufzen über den Atlantik, bevor sie Worte des Trostes fand. Frauen haben ein seltsames Talent, das Falsche zu sagen, wenn sie das Richtige meinen.

Ich habe mich mit der Flugzeugmechanikerin des Siegers getröstet, zwei Nächte lang, und es war ein schaler Triumph, obwohl sie gut war, schön und braun gebrannt und die Geliebte eines Millionärs, der mich geschlagen hatte. Ich bin kein begabter Verlierer, und ich war sehr betrunken, als Sharon mich fand und ihren kalifornischen Körper zur Verfügung stellte. Sex mit Fremden ist unbeschwert, weil er nichts als das ist, ein Spiel zwischen Körpern, das keiner Regeln bedarf außer jenen des Lustgewinns. Sharon arbeitet daran, ihren Millionär zu heiraten und selbst zu fliegen, doch sie hat ein großes Herz unter Silikonbrüsten und weiß zwischen Sex, Liebe und monetärer Vernunft zu unterscheiden. Sie nannte mich »Love« und behauptete, dass Frauen, die als Teenager Zahnspangen trugen, besser blasen könnten. Der Millionär, der dies wohl an ihr schätzte, war nach

Entgegennahme des Preises abgereist, um seinen Geschäften nachzugehen. Während ich auf dem Hotelstuhl saß und Sharon ihre Zahnspangentheorie beeindruckend unter Beweis stellte, dachte ich an Anne. Sie neigt zu Brechreiz, wenn ihr Mund zu voll ist. Ich fragte mich, ob Anne mich je betrogen hatte, und entschied dagegen. In ihrem Privatleben ist sie eine schlechte Schauspielerin, und sie hätte es nicht verheimlichen können.

Ich sitze in einem Clubhaus bei Galway und warte auf Max. Er spielt Golf mit ukrainischen Gangstern und versucht, vier Milliarden Dollar aufzutreiben. Er jagt immer dem Geld nach, mein Bruder, um zu expandieren, das Imperium auszubauen und seine Vision des Weltkonzerns zu verwirklichen. Ich denke, dass er auf seinem Höhenflug längst die Orientierung verloren hat. Er kann nicht mehr umdrehen, und er weiß, dass er die Landung nicht schafft, also fliegt er himmelwärts, solange der Tank reicht, und er hofft auf ein Wunder. Max trägt mehr Wahnsinn in sich als ich es tue, es merkt nur keiner, solange er Vorstand und Aufsichtsrat im Griff hat. Er nennt sie den »Dilettantenstadl«, und noch bestimmt er, welche Musik gespielt wird. Die Frage ist, wann sie erkennen, wohin der Egotrip des Vorstandsvorsitzenden führt. Warte ich darauf? Vielleicht. Ich habe immer auf Max gewartet, seit ich denken kann. War derjenige, dem der große Bruder aus dem Dreck half, und dafür muss man warten und dankbar sein.

Es dauerte zwei Stunden, bis Max kam, während ich neben Wolf saß, dessen Gesicht so zerschlagen war, dass ihn sein Vorgesetzter nicht erkannt hätte. Er blutete und stöhnte, und ich saß neben ihm und hasste ihn. Während ich wartete und versuchte, das Blut zu stillen, dachte ich, dass er stirbt, und ich bedauerte mich, nicht ihn. »Bitte nicht stören« stand auf dem Pappschild, das ich an den Türknopf des Hotelzimmers gehängt hatte. Als es klopfte, öffnete ich erst, nachdem ich die Stimme meines Bruders gehört hatte.

Max sah sich um und sagte »Du Idiot«, bevor er ans Telefon ging und einen Arzt anrief, den er kannte. Der Mann, der in jeder Situation wusste, was zu tun war, warf die leere Whiskyflasche in den Mülleimer und räumte das Zimmer auf, so dass es aussah, als sei es nur von einem Gast bewohnt, der einen Unfall erlitten hatte.

Dann erst zündete Max sich eine Zigarette an. Damals rauchte er noch, und zwischen zwei Zügen fragte er mich, was geschehen war. Ich schwieg und sah aus dem Fenster auf den Hinterhof eines Hotels, dessen uniforme Zimmer und Hinterhöfe in aller Welt gleich aussehen. Der Anblick war noch etwas besser als der des Verletzten. Sein Stöhnen irritierte mich ebenso wie Max' stummer Vorwurf. Wir sahen schweigend auf den Mann, der die Augen geschlossen hatte und flach atmete. Ich hatte überwiegend sein Gesicht getroffen und erschrak nun doch bei seinem Anblick.

»Ich wusste nicht, dass du zu so etwas fähig bist«, sagte Max. Dann öffnete er dem Arzt, der außer Atem war, weil er die Treppe hochgelaufen war. Max hatte am Telefon von Tod oder Leben gesprochen, und man glaubte ihm immer. Der Arzt war ein Freund, mein Bruder kannte Leute, die von Nutzen waren – von seinem Banker über Ärzte, Restaurantbesitzer, Operndirektoren bis hin zum Bestattungsunternehmer.

Der Arzt untersuchte Wolf und setzte eine Spritze, die eine Art erleichtertes Stöhnen auslöste. Dann sagte er, dass der Mann Glück gehabt habe, denn abgesehen von zwei gebrochenen Zähnen, geplatzter Haut und Blutergüssen habe er keine Verletzungen davongetragen. Ich fand das mit dem Glück witzig und begann zu lachen, bis Max mich mit einem mörderischen Blick zum Schweigen brachte.

»Mein Bruder steht unter Schock«, sagte er, während der Samariter begann, die Wunden zu säubern und zu nähen. Nein, ich brauchte keine Beruhigungsspritze. Ich war jetzt ganz kalt und hatte mich völlig unter Kontrolle. Jähzorn nannte man das, woran ich gelegentlich erkrankte. Das war schon so, als ich noch ein Kind war. Ich konnte aus dem Stand so wütend werden, dass ich zu zittern begann. Und dann schrie ich wie ein Verrückter, bis mein Zorn verraucht war wie eine Zigarette, die ausgedrückt wurde. Aber ich hatte bis zu diesem Zeitpunkt niemals zugeschlagen. Ich war kein Schläger, dies hier war eine neue Erfahrung, und ich war nicht sicher, ob sie mir gefiel. Nein, ich hatte kein Mitleid mit dem Verletzten, denn er hatte jeden Schlag und jeden Schmerz verdient. Und als ob er es wusste, hatte er sich nicht gewehrt, nicht einmal geschrien, als ich meine geballte Faust auf sein Gesicht niedergehen ließ.

»Wird er dich anzeigen?«, fragte Max, und ich schüttelte den Kopf. Es war rücksichtsvoll von ihm, dass er mich kein zweites Mal fragte, was geschehen war. Ich habe mit niemandem darüber gesprochen, aber das war auch nicht nötig, denn Wolf vertraute sich seinem von ihm so geschätzten Vorgesetzten an, und wir wurden beide unehrenhaft aus der Armee entlassen. Ich war eine Fehlinvestition, denn sie hatten mich zum Piloten ausgebildet, wofür ich mich für Jahre verpflichtet hatte.

Wolf traf es schlimmer. Seine Ausbildung war noch nicht abgeschlossen, und er verließ den Bund mit leeren Händen, und als wir noch einmal zusammentrafen in unserem Zimmer in der Kaserne, um unsere Koffer zu packen, da war es eine Frage der Ehre, seine Bitte um Verzeihung mit Schweigen zu bestrafen. Ich verzieh ihm nicht, was er getan hatte, und dass ich ihn schlagen musste. Wolf war der einzige Freund, den ich besessen und verloren hatte.

Ich habe nie mehr meine Hand gegen einen Menschen erhoben und gelernt, meinen Jähzorn zu beherrschen. Vielleicht liegt es an Anne, an ihrer Sanftmut, die mich beschämt, wenn ich zornig werde. Sie hat etwas so Entwaffnendes, meine Frau, dass ich es kaum fertig bringe, mit ihr zu streiten. Sie kann so verdammt verletzt aussehen, dass ich sie nicht ansehen kann. Dann stehe ich auf und gehe ins Schlafzimmer.

Anne hasst es, wenn ich das tue, und manchmal liebe ich sie dann mit gewisser Unlust, um ihr einen Gefallen zu tun und zu demonstrieren, dass nichts zwischen uns steht. Schon möglich, dass sie so empfindet wie ich und dass wir mit dem Beischlaf ein Ritual ausführen, das längst überholt ist. Wir sind ein Paar und somit zu sexuellen Handlungen verpflichtet, jedoch nicht zur Wahrhaftigkeit darüber, dass die Lust sich allmählich verloren hat in der Bescheidenheit unseres Alltags. Ihre passive Verfügbarkeit ist reizlos geworden, das ist die Wahrheit, und nur selten finden wir das wieder, was wir einmal hatten: die Gier, einander berühren zu müssen, egal, wo und wie, die Inbesitznahme des Körpers des anderen, die Angst loszulassen und den anderen zu verlieren.

So selbstverständlich ist unsere Liebe geworden, dass wir sie nicht mehr erleben, sondern mit einer gewissen Automatik ausführen. Annes Maxime einer perfekten Ehe ist die Wahrung der Harmonie um jeden Preis, auch den der Ehrlichkeit.

Als wir uns kennen lernten, erzählte sie mir von dem Haus am Meer, in dem sie mit ihrer Schwester aufwuchs. Es muss sehr idyllisch gewesen sein, ich habe es nie gesehen, denn Beate verkaufte das Haus, als die Eltern tot waren. Sie lebten in diesem Haus am Strand und stritten jeden Tag um alles und nichts, und jeden Tag empfand Annes es als Hölle, weil sie nicht verstand, dass zwei Menschen, die so lange zusammen waren, einander so schreckliche Dinge sagen konnten.

Ihre Eltern waren, jeder für sich genommen, liebevoll und ohne Tadel. Nur im Umgang miteinander entfalteten sie einen Hang zur Grausamkeit, der in Sarkasmus und verbaler Feindseligkeit ausgetragen wurde. Anne übertreibt vermutlich, denn ihre Schwester erinnert sich nur an ein streitlustiges Paar, das eine Art von Liebe zelebrierte, die Kinder nicht verstanden.

Ich hüte mich vor Diskussionen über Kindheiten. Vieles war gut und manches schlecht, und ich bin davongekommen, ohne großen Schaden zu nehmen. Den Jähzorn teile ich mit Max, der ihn allerdings immer unter Kontrolle hatte. Er wird extrem leise, wenn er wütend ist.

Max hat das Spiel gewonnen, es ging um hundert Pfund pro Loch, doch er sieht nicht so aus, als hätte er seine vier Milliarden bekommen. Die Gangster in Golfkleidung verabschieden sich nach einem Drink, weil sie zurück nach Dublin müssen. Sie entschwinden in einer Limousine, und mein Bruder hält sein Bierglas ein wenig zu fest, um als entspannter Sieger zu gelten. Geld hat einen Preis, und sehr viel Geld kostet mehr. Ich möchte nicht in seiner Haut stecken. Wie jedes Geschäft in gewisser Größenordnung würde auch eine Tochtergesellschaft in der Ukraine ein Risiko darstellen, das nicht völlig kalkulierbar ist. Letztendlich ist es ein Spiel, und Max ist ein Spieler, und wenn er verliert, wird man ihn je nach persönlicher Haftung abfinden oder köpfen. Was kann mir schon passieren? Ich könnte meinen Job verlieren und mein

Flugzeug. Letzteres wäre tragisch, doch an irgendeinem Ende der Welt würden sie mich fliegen lassen für exotische Währung und ein Zimmer mit Aussicht.

»Wie geht es Anne?«

Das fragt er immer, wenn er nicht mit mir reden will.

»Gut, denke ich. Und Beate?«

»Auch, so viel ich weiß. Am Wochenende will sie mit Sophie nach London. Auf der Suche nach einer bestimmten Vase. Meine Frau hat einen unerbittlichen Dekorationszwang.«

Das Timing ist perfekt. »Das stimmt nicht ganz. Sie fährt mit Sophie in eine Abtreibungsklinik.«

Max sieht von seinem Laptop hoch, in den er Notizen getippt hatte.

»Woher weißt du das?«

»Von Anne. Sie erzählt ihr doch immer alles.«

Seine Augen verraten nicht, was ihn bewegen könnte. Vielleicht ist es ihm auch gleichgültig, das ist nicht auszuschließen. Obwohl ich immer dachte, dass Sophie die weiche Stelle in seinem Panzer ist.

»Die Ukrainer wollen in ihrer Niederlassung Geländewagen bauen und sie ein wenig als Kriegsspielzeug ausrichten.«

»Sie sehen aus wie Gangster.«

Er zieht die Achseln hoch. »Die Grenzen sind da sehr fließend. Die Frage ist, ob man sich an gewisse Regeln hält oder sie gänzlich missachtet. *Auri sacra fames.* Ich weiß, dich interessiert das alles nicht, so lange du fliegen kannst.«

»Du solltest mit Sophie reden.«

Er sieht müde aus, müde und traurig, und dies ist eine der wenigen Gelegenheiten, bei denen ich eine gewisse Zuneigung spüre.

»Weder meine Frau noch meine Tochter hören auf mich, mein lieber Leon. Ich bin nur die *cash-cow* der Familie.«

Ich könnte jetzt sagen, dass er seinen Teil zu dieser Situation beigetragen hat. Anne kann mir zumindest nicht vorwerfen, dass ich ein hartherziger Goldesel wäre. »Ich finde es nicht richtig. Zumindest solltet ihr darüber sprechen, bevor sie fahren.«

Max bestellt einen Maltwhisky ohne Eis. Er ist ein mäßiger

Trinker, der seine Triebe produktiv kanalisiert hat. »Ich finde deine moralischen Bedenken fast amüsant. Ich meine, ausgerechnet DU… Warum sprichst du nicht mit Sophie? Sie mag dich doch gern, weil du nicht so ein grässlicher Spießer bist wie ich. Der kleine Prinz. Frauen mochten dich immer lieber als mich, aber ich hab sie mit meinem Geld geködert.«

»Nicht Anne.«

Max lächelt auf eine Weise, die mir missfällt. »Nein. Anne war immer schon zu romantisch. Sophie ist ihr sehr ähnlich, sie hat auch einen Hang zu spontanen Exzessen und Abenteuern, die ihr das Herz brechen. Weiß man, wer der Vater ist?«

»Johannes, Johnny…? Einer aus ihrem Reitclub. Er wurde gar nicht gefragt, glaube ich.«

»Weiber.« Max leert sein Glas in einem Zug. »Ich hätte jetzt Lust auf eine Zigarette. Oder darauf, mich sinnlos zu betrinken.«

»Wir fliegen in zwei Stunden. Warum rufst du sie nicht an?«

»Weil sie mir sagen würde, dass ich kein Recht hätte, mich in ihr Leben einzumischen. Es gab mindere Gelegenheiten, bei denen sie mich in die Schranken wies. Soll ich dir was sagen: Ich liebe meine Tochter. Und es ist eine unerwiderte Liebe.«

Die Rolle des tragisch gescheiterten Vaters ist weniger beeindruckend als Max' Fähigkeit, während eines Gesprächs E-Mails zu lesen. Ich bin froh, dass er nicht telefoniert, während wir reden. Im Clubhaus sind Handys verboten. Erlaubt sind nur exzessives Trinken sowie Gespräche über Golf und Geschäfte. All die alten Männer, die dieses Clubhaus bevölkern, bestechen mit der Gelassenheit der Erfolgreichen, deren einzige Angst darin besteht, arm zu sterben. Ich weiß nicht, was in Max vorgeht, sein Gesicht ist eine Maske wie immer. Wir kommunizieren auf einer Ebene, in der Gefühle sorgsam verborgen werden. Vielleicht weil wir wissen, dass sie nicht kompatibel sind.

»Viele Fehler werden aus Feigheit begangen.«

Er steht auf und sieht auf mich herab. »Und das sagst du mir. Du bist nur mutig, wenn du fliegst, Leon. Du riskierst es nicht einmal, Anne so zu lieben, wie sie es verdient.«

Er geht an die Bar, um zu bezahlen, bevor ich antworten kann. Dann aus dem Clubhaus, er hält sein Handy am Ohr, ich hoffe, dass er mit Sophie telefoniert. Die Kellnerin lächelt mich an, als sie vorübergeht. Sie hat rote Haare, wie mein Sohn, und Sommersprossen, die zum Küssen einladen. Es gibt keine brauchbaren Theorien über die Liebe. Nur die Praxis, und sie ist unvollkommen und vielleicht deshalb so verführerisch.

7. *Kapitel*

MARIE

W*enn er die Wahl* hätte, geliebt oder gefürchtet zu werden, fiele ihm die Entscheidung schwer. So schätze ich den Mann ein, der mich in seinem Büro empfängt, das viel größer ist als Conrads, mit einem Schreibtisch, der Distanz schafft, und Parkettboden, der unter meinen Füßen knarrt. Ich bin mir bewusst, dass ich auf ihn zugehe, weil ich jeden meiner Schritte höre, und er blickt nicht auf von seinem Bildschirm und spielt auf den Tasten des Computers. Ein kleines Machtspiel, das mir Zeit gibt, sein Arbeitszimmer zu taxieren, das auf einer Seite von Glasfenstern begrenzt ist, die bis zum Boden reichen. Wir befinden uns im vierzehnten Stockwerk, und er kann von seinem Schreibtisch aus auf die Dächer der Stadt sehen, die ihm zu Füßen liegt. Das gesenkte Haupt deutet an, dass man nicht schätzen muss, was man als selbstverständlich erachtet. Ich fühle mich klein, und ich gehe vorsichtig, um auf dem glatten Parkett nicht auszurutschen.

Es sind viele Schritte von der schwarz lackierten Tür bis zu seinem Schreibtisch aus Chrom und Glas. An der Wandseite erstrecken sich geschlossene Aktenschränke bis hin zur Decke. Das einzige Kunstwerk, wenn man es so nennen kann, ist die Nachbildung einer JU-14. Das Flugzeug steht rechts vor seinem Schreibtisch, und wenn er sich vorbeugte und die Hand ausstreckte, könnte er das Ende der Tragfläche berühren.

Auf seinem Schreibtisch sind keine Blumen und keine Bilder, nichts, das ihn schmücken könnte. Fast verloren wirken die Telefonanlage und der Laptop auf der riesigen Fläche aus Glas. Die Insignien der Macht sind sparsam ausgestellt, und doch wurde dieses Büro mitsamt seinem Insassen als Gesamtkunstwerk konzipiert.

Endlich blickt er auf. Er hat blaue Augen, die so hell sind, dass sie an einen Außerirdischen erinnern. Der Rest von ihm entspricht meinem Bild eines Fünfzigjährigen, der Vorstandsvorsitzender eines Automobilkonzerns ist: schwarze Haare, dekorativ durchzogen von silbrigen Fäden, eine große, arrogante Nase und ein ebensolches Kinn. Er ist schmal, groß und sehr bleichhäutig. Grauer Anzug, weißes Hemd, graue Krawatte. Ein grauer Mann mit sehr blauen Augen. Ich habe die Archivbilder gesehen, doch sie werden Max Lenbach nicht gerecht. Er ist beeindruckend.

Vielleicht ist es die Halle, in der er residiert. Oder das Lächeln, das er mir schenkt. Es enthüllt weiße, ein wenig spitze Zähne, die auch in ein Haifischmaul passen könnten. Vor fünfzehn Jahren war ich zuletzt in einem Zoo, und ich hatte noch nie so viele traurige Tiere gesehen. Damals wollte ich Tierschützerin werden, weil ich solche Angst vor Menschen hatte. Es ist lange her.

Seine Stimme klingt heiser und ungeduldig. »Sie haben zwanzig Minuten, Frau Ahrend. Bitte setzen Sie sich doch.«

In diesem Büro gibt es nur einen Besucherstuhl, und ich muss ihn mir selbst holen und an den Schreibtisch fahren. Er trommelt mit den Fingern ungeduldig auf die Glasplatte, während ich das Mikrofon vorsichtig vor ihn platziere. Ich möchte keine Kratzer in dieser makellosen Umgebung verursachen. Ich will, dass er mir erzählt, welche Bilanz er mit fünfzig zieht, welches seine Pläne, Wünsche, Hoffnungen sind. Ich habe mich gut vorbereitet und meine Fragen notiert und auswendig gelernt. Ich schreibe mit, weil ich der Technik grundsätzlich misstraue. Ein Ministerinterview war einst im stummen Rauschen des Kassettenrecorders zu dem Nichts geworden, das er letztendlich von sich gegeben hatte. Trotzdem war es schwer gewesen, die Fragen aus der Erinnerung zu beantworten, ergänzt durch ein Interview in einer Illustrierten. Aus Angst vor Conrads Zorn hatte ich es dennoch gewagt, und der Minister hatte nicht dementiert. Man muss darauf vertrauen, dass sie ihre Lügen, Phrasen und Beschwichtigungen ständig wiederholen und niemals etwas Neues, Bewegendes oder Originelles sagen.

Max Lenbach zitiert Goethe: »Je älter man wird, desto mehr verallgemeinert sich alles, und wenn die Welt nicht ganz und gar verschwinden soll, so muss man sich zu denen halten, welche sie aufzubauen im Stande sind.«

Nett gesagt, Max. Ich mag gebildete Männer, insbesondere, wenn sie in das Alter kommen, in dem sie nicht mehr durch jugendlichen Charme verführen. Er sieht auf meine Beine, übereinandergeschlagen, in schwarzen Strümpfen und von hochhackigen Schuhen begrenzt. Ich weiß, was ich meiner Frauenrolle schuldig bin. Ich schätze ihn auf einsneunzig. Große Männer haben einen natürlichen Vorteil, so wie hübsche Frauen. Ich frage ihn nach seiner Familie, denn wir wollen auch Persönliches über den Jubilar erfahren, und er zögert eine Sekunde, bevor er von einer wundervollen Gattin und einer reizenden Tochter von sechzehn Jahren erzählt. Die Frau heißt Beate und ist akademische Hausfrau, das weiß ich bereits. Tochter Sophie besucht das beste Gymnasium der Stadt. Er hat leider viel zu wenig Zeit für die Familie, sagt Max Lenbach, auch das überrascht mich nicht. Einer wie er hat sein Leben nach Prioritäten geordnet, und die Familie rangiert bestenfalls an zweiter Stelle. Man muss Männer wie ihn bewundern, die, von keinerlei Zweifeln geplagt, private Opfer auf dem Altar der Machtgewinnung bringen. Wenn es denn Opfer sind, wovon ich in seinem Fall nicht ausgehe. Ich weiß viel über Männer, und was ich nicht verstehen kann, bewundere ich an ihnen.

Sein direkter Blick stört mich, es sind diese seltsamen, fast durchsichtigen Augen, die wie Glasperlen wirken oder Spiegel, in die man nicht schauen möchte. Er bildet sich eine Meinung über Marie Ahrend und lässt nicht erkennen, wie sie ausfällt. Ich bin eine relativ unbedeutende Journalistin. Doch ich bin eine Frau. Welchen Stellenwert haben Frauen, die nicht mit ihm verheiratet sind?

»Sind Sie verheiratet, Frau Ahrend?«

»Nein.« Eine spontane halbe Lüge. Geschiedene haben das Image von Verliererinnen, und ich habe keine Lust, ihm zu erklären, dass ich Stefan mit seiner verstopften Toilette verlassen habe. Die Zeit läuft, und mir bleiben noch sieben Minuten, um eine halbe Seite zu füllen. »Sind Sie eitel?«

Er mag diese Frage nicht, er sieht ärgerlich aus und zuckt dann mit den Achseln. »Vermutlich ja. Sie nicht?«

»Ich wünschte, Sie würden nicht so oft mit einer Gegenfrage antworten. Meine Zeit ist schließlich begrenzt.«

Wenn er sehr eitel wäre, würde er mich jetzt hinauswerfen. Oder um den Schreibtisch gehen und mich küssen. Vorstandsvorsitzender wird von Journalistin der sexuellen Belästigung bezichtigt. Diese Schlagzeile könnte mich berühmt machen. Und das Ende meiner Karriere bedeuten. Monica Levinsky war eine Idiotin. Der Ruhm, den die Journaille schafft, ist von zu kurzer Dauer.

Er lacht und zeigt ein Gebiss, das kleine Fische in Angst versetzen könnte. »Gut, Frau Ahrend. Noch weitere zehn Minuten. Aber Ihre Fragen sind so harmlos, dass sie mich langweilen. Und Langeweile ist ein Zustand, der mich in Panik versetzt.«

Ein gutes Zitat, das ich mir notiere. Ich erkläre ihm, dass ich einen Jubelartikel zu seinem fünfzigsten Geburtstag verfassen werde, im Sinn und Auftrag unseres Chefredakteurs, mit dem er befreundet ist. Die Freundschaften in den oberen Etagen sind ein von Gefühlen unbelastetes Zweckbündnis des gegenseitigen Nutzens. »Aber wenn Sie mir von Korruption, Steuerhinterziehung, Subventionsbetrug oder Scheidung erzählen wollen, bin ich gern bereit, auch darüber zu schreiben.«

Max Lenbach mag vieles sein, das mir nicht gefällt, aber er hat Sinn für Humor. Jetzt lacht er so laut, dass das Mikrofon zu pfeifen beginnt.

»Nein, das würde zu weit gehen, meine Liebe. Belassen wir es bei der netten Oberfläche, zumal nichts von diesen hässlichen Worten auf mich oder den Konzern zutrifft. Mein Traum ist es, Flugzeuge zu bauen. Ich bin jemand, der seine Träume verwirklicht.«

Das hatte ich angenommen. Er ist anziehend auf eine Art, der ich misstraue. Oder, anders gesagt: eine Nummer zu groß für mich. Beate würde mich nicht stören, das haben Ehefrauen nie getan. Ab einem gewissen Alter müssen sie ins zweite Glied zurücktreten und die Erotik jüngeren Frauen überlassen. Warum zu groß für mich? Ich bin der Typ, der Grenzen überschreitet, sofern mich das weiterbringt.

Er erzählt von Flugzeugen, während ich an Sex denke. Mit der Begeisterung eines Jungen, der sein erstes Fluggerät bastelt, spricht er von den Höhenflügen seiner Zukunftspläne. Ich denke nicht daran, meine Flugangst zu erwähnen, wen interessiert das schon. *Nescis, quid serus vesper vehat.* Du weißt nicht, was der späte Abend bringt. Kleines Latinum, in der Gespensterzeit erworben, und die Erfahrung, dass zwischen Frauen und Männern alles geschehen kann – und nichts, das von Dauer ist.

Lenbach liebt Flugzeuge, die Macht zu gestalten und zu entscheiden, das Risiko des Milliardenspiels. Er drückt es in wohlgesetzten Worten aus, die für die Öffentlichkeit bestimmt sind. Sie lügen alle, wenn sie Journalisten gegenübersitzen. Sie lügen alle Zeit. Mit ihren Lügen versiegeln sie ihre Schwächen und Ängste und präsentieren sich der Welt als die Sieger, die auf Podesten stehen. Wer wüsste das besser als ich?

Ich bin seit dreißig Minuten in seinem Büro, und er redet immer noch mit seiner heiseren, tiefen Stimme, die manchmal bricht, aber nie, wenn sie lügt. Überwiegend halte ich meinen Blick gesenkt, doch ich spüre, dass er mich ansieht. Alien taxiert minderwertiges Erdenwesen. Ich habe keinen Zweifel daran, dass er Frauen weniger schätzt als Männer. Frauen sitzen nicht in Vorstandsetagen oder Chefredaktionen. Sie sind, im Kontext der Macht, keine gleichwertigen Gegner. Sie sind netter, erotischer, dienstbarer, je nachdem. Die wenigen Ausnahmen sind Frauen, die einen Teil ihrer selbst verleugnen, um in seiner Welt zu bestehen. Ich werde es nicht tun, wenn es so weit ist. Ich spiele nach meinen Regeln, mein Lieber, und du verstehst sie nicht, weil du nur Beine, Brüste und den Mund siehst.

Und jetzt sieht er auf seine kostbare Uhr und äußert sein Bedauern darüber, dass der nächste Termin auf ihn warte. Er möchte das Interview nicht sehen, bevor es veröffentlicht wird. Warum auch? Er hat kein Wort gesagt, das nicht schmeichelhaft für ihn wäre. Ich nehme meinen Recorder vom Schreibtisch, packe ihn in die Handtasche und stehe auf. »Vielen Dank für das Gespräch. Bieten Sie Ihren Besuchern niemals Getränke an?«

Lenbach ist aufgestanden. Er sieht amüsiert aus. »Nur den wichtigen, Frau Ahrend. Nein, im Ernst, ich habe es vergessen. Vielleicht hat mich Ihr Anblick verwirrt. Die Getränke könnten wir bei Gelegenheit nachholen.«

Vielleicht ist ein Wort, das nichts bedeutet. Ich lächle unbestimmt und nehme seine Hand, die er mir entgegenstreckt. Männer mögen es, wenn Frauen nicht zu viel sagen. Frauen tun es dennoch immer, weil sie in Bezug auf das andere Geschlecht nicht lernfähig sind. In der Nacht sind alle Stiere schwarz. Auch die blonden. Es gibt nichts, das man von ihnen über die Liebe lernen könnte, außer dass die Seele der Frauen sie nicht im mindesten interessiert.

Ich durchquere den Raum und spüre seine Blicke im Rücken. Nicht stolpern. Die Schuhe sind zu hoch und wirken billig, so interpretiere ich sein Nachsehen. Wir wollen sexy sein, aber dennoch als Person ernst genommen werden. Die Widersprüche sind bekannt, und ich löse keinen einzigen, weil ich damit gut zurechtkomme.

Der Sekretär öffnet die Tür und kündigt den nächsten Besucher an. Ich verschwinde aus dem Leben des Dr. Max Lenbach und steige in den Lift, der nach unten führt. Er fährt schnell, vermutlich erträgt der Vorstandsvorsitzende keine Form der Langsamkeit. Schade, dass er »vielleicht« gesagt hat. Ich glaube nicht daran, dass wir uns wieder sehen. Die Schuhe schmerzen. Ich habe sie für viel Geld gekauft, um in die vierzehnte Etage zu kommen. Mein Anblick hat ihn nicht verwirrt. Ich bin nicht schön. Ich sehe nur so aus. Und meine Fesseln sind zu dick, er hat es registriert.

Möglicherweise mangelte es mir an der Unterwürfigkeit, die er an Frauen schätzen mag. Demut, gepaart mit Sinnlichkeit. Sieh her, ich tue alles für dich, wenn du mir nur zeigst, dass du ein großer, starker Mann bist. Einer, zu dem ich aufsehen, den ich bewundern und verwöhnen kann. Vergiss es, Marie. Du bist einfach nicht sein Typ. Oder es ist nicht seine Zeit für Affären. Man sagt, dass Lenbach in die Parteispendenaffäre verwickelt ist. Und vermutlich treffen alle anderen kriminellen Stichworte in gewisser Weise zu. Große Geschäfte erfordern kleine Bedenken. Conrad wollte nicht, dass ich Lenbach nach Parteispenden frage. Denn Brutus ist ein ehrenwerter Mann. Das sind sie alle, alle ehrenwert. Max Lenbach hat seinen Vorgänger im Amt insofern beerdigt, als dieser als Privatier mit Millionenabfindung in Marbella sitzt. Es gibt immer einen, dem man Schaden zufügen muss zum eigenen Besten. Wer anders denkt, soll unten bleiben. Und anständig, aber das ist wohl auch nur eine Frage der Wahl. Anständigkeit ist ein altmodisches Wort, das wir im Mund führen, daran kauen und erkennen, dass es fade schmeckt. Wie Haferschleim.

Auf dem Weg zur Redaktion hole ich mir in der Kantine einen Salatteller. Ulrike isst ein Schnitzel mit Kartoffelsalat, und ihr Glashaus riecht nach altem Fett. Sie hat sich in einen italienischen Rennrodler verliebt, mit dem sie zwei Nächte zugebracht hat. Sie isst und ist glücklich. Manche Frauen können das, sich aus nichtigem Anlass gut fühlen, und einen italienischen Rennrodler nenne ich einen nichtigen Anlass. Und sage das auch, worauf sie mich des frigiden Neids bezichtigt. Ich antworte, dass man sich auch selbst lieben kann, vor allem, wenn man nicht solchen Schrott zu sich nimmt.

»Das Schnitzel oder den Rodler?«

»Beides. Ich wette, dass er keine Medaille gewonnen hat.«

»Im Bett schon. Beim Rennen ist er aus der Bahn geflogen und hat sich das Schienbein gebrochen. Ich mag Verlierer. Sie haben mehr Charme und sind viel sinnlicher als deine Karrieretypen. Wie war's mit Lenbach?«

»Wir haben es in seinem Büro getrieben.«

»Du lügst.«

»Nein. Er ist wundervoll. Er betet mich an.«

Ulrikes Augen sind groß, braun und ungläubig. »Und wann hast du ihn interviewt?«

Ich liebe dieses Spiel der Lüge. »Während. Willst du es hören? Ich habe alles auf dem Recorder.«

Wer mit Rennrodlern, Leichtgewichtsboxern und Fußballspielern der zweiten Liga verkehrt, glaubt fast alles. Ulrike nickt, und ich beginne zu lachen. Sex ist komisch, wenn Frauen darüber reden. Nicht in der Gerberstraße, sondern in dem Land, in dem ich jetzt lebe. Wir haben keine großen Sorgen, nur viele kleine, und wir sprechen über Männer, die kommen und gehen, wie über das Wetter oder die Jahreszeiten. Ulrike ist keine glückliche Frau, doch sie versteht es meisterhaft, darüber hinwegzuleben. Schließlich hat es in ihrem Leben die großen, herausragenden Ereignisse gegeben, an die sie alle weiteren Jahre anfügt wie Glassteine an Diamanten: Hochzeit und Geburten. Wir, die wir uns mit Affären und Karrieren begnügen, sind in ihren Augen unvollkommen, ungeprüft, unerfüllt. Vielleicht hat sie recht. Vielleicht werde ich den Mann vermissen, der mich betrügen würde, und die Kinder, die meine Energien verbrauchen, und die Schar der Enkel, die mich im Alter belästigen.

Kinder sind hilfreich, weil sie einem die Zeit stehlen, über Vergangenes und Verlorenes nachzudenken. Ich mag Ulrikes Knaben nicht, sie sind klein, fett und aufdringlich, doch ich versuche, dies vor ihr zu verbergen. Weil ich nicht viele Freunde habe, genau genommen nur sie. Weil wir einander brauchen für ein bisschen Ehrlichkeit und Zuneigung. Weil ich mich überlegen fühle. In dem ewigen Kampf um Liebe und Ruhm agiert sie weit unter mir. Also höre ich mir ihre Geschichten an von feuchten Nächten in seltsamen Herbergen, von Besuchen bei Kinder- und Tierärzten, Schulproblemen und den gesammelten Nichtigkeiten in der Erziehung von gefräßigen Monstern. Ich erteile Ratschläge, an die ich nicht glaube, und übe jenes Maß an Kritik, das sie ertragen kann. Ich bin die Zuhörerin oder auch Voyeurin ihres Lebens, und es ist merkwürdig, dass ihr nicht auffällt, wie wenig sie an dem teilhat, was ich denke oder fühle.

Es ist schon dunkel, als ich das Glashaus verlasse. Die Nacht kommt, eine Zeitung entsteht, und der Portier bohrt in der Nase und winkt mir mit seiner freien Hand freundlich zu. Die Tiefgarage ist hell erleuchtet, ein Zugeständnis an die weiblichen Angestellten, das Conrad im Zuge der Sparmaßnahmen zurücknehmen wird. Mein weißer Kleinwagen, den ich in monatlichen Raten bezahle, steht neben Conrads Jaguar. Eines Tages werde ich so ein Auto fahren. Ein Gefährt für Chefredakteure. Ich streichle den Türgriff, der matt glänzt und sehr viel schöner ist als meiner. Geduld.

Ich fahre gern im Dunkeln. Die Straßen sind leerer, und ich hasse den Berufsverkehr, jedes Auto, das mir die freie Fahrt nimmt. Ich bin eine aggressive Fahrerin, und aus diesem Grund zweimal durch die Prüfung gefallen. Obwohl ich mich dazu überwand, dem Fahrlehrer um den Bart zu gehen. Er riet mir, das langsamste Auto zu fahren, das ich finden könnte. Ich nahm das schnellste, das ich finanzieren konnte.

Das Leben in München ist teuer, allein die Wohnung kostet mich fast die Hälfte meines Nettogehalts. Stefans unfreiwillige Zuwendungen halfen bei der Einrichtung. Keine Kuckucksuhren und Plastiktische, keine Perserimitationen oder Betten mit Nylonüberwürfen. Keine Gerberstraße, sondern eine der besten Adressen in Bogenhausen. Ich liebe diese Straße mit ihren hohen Bäumen und alten, großbürgerlichen Häusern, dem italienischen Restaurant und dem Blumenladen, an dem ich nicht vorübergehen kann, wenn er geöffnet ist. Sie haben Lilien im Schaufenster, nur einen Strauß in einer silbernen Vase, den ich stehlen möchte.

Es gibt keine Penner, Fixer oder Straßengangs in dieser Gegend. Auch keinen Parkplatz, man muss auch Kompromisse schließen. Ich ziehe den Anblick schöner Autos jenem hässlicher Menschen vor. Politisch unkorrekt, so etwas würde ich nie aussprechen. Hoffe ich.

Ich fahre zwei Straßen weiter, bis ich eine legale Lücke finde. Es ist kalt, und im Schein der Straßenlaternen funkeln Schneekristalle. Der gefrorene Schnee knirscht unter meinen Stiefeln, und ich begegne pelzvermummten Damen mit kleinen Hunden. Sie grüßen freundlich in diesen Straßen, weil sie zu Höflichkeit und Wohlstand erzogen wurden. Man könnte noch zum Italiener gehen, doch es ist spät und die Tische sind immer besetzt. Ich entscheide mich dagegen, obwohl er mir einen Platz geben würde, mein Italiener. Seit ich ihn im Lokalteil platziert habe, liebt er mich. Liebe ist käuflich. Wir alle tun es mit unseren Möglichkeiten. Ich werde Brot und Käse essen in meiner schönen kleinen Wohnung, die nur mir gehört, so lange ich die Miete zahle. Ein Glas Wein trinken und eine Zigarette rauchen hinterher. Mich in den schönen, bequemen Stuhl setzen und Eckhardt anrufen. Um diese Zeit, wenn er sehr betrunken und allein ist, redet er gern. Ich möchte, dass er über Conrad redet. Die Leichen im Keller, von denen ich mir die schönste aussuche. Das Hurenleben lehrt, dass wir Säugetiere sind. Jeder saugt den anderen aus.

8. Kapitel

MARIE

S*ex ist die einsame* Jagd nach dem Orgasmus. Wenn ich mich auf meine Lust konzentriere, kann ich nichts für seine tun. Dieser Mann ist ein Fremdkörper in mir, ich habe ihn hereingebeten und werde ihn wieder ausstoßen, aber jetzt möchte ich, dass er mich bedient, ein paar erogene Zonen abdeckt, sich nicht zu schnell bewegt, mich nicht mit Worten oder Blicken berührt, denn wir wollen nicht zu intim werden in diesem begrenzten Zusammenstoß unserer Geschlechter.

Sein Atem riecht nach Whisky, und sein Schweiß vermischt sich mit meinem. Wenn ich die Augen schließe, sehe ich das Meer, das sich in den Sand gräbt und wieder zurückzieht. In der Ferne steht ein weißes Haus, und es riecht nach Jasmin. Kein Laut ist zu hören, bis das Schlagen der Kuckucksuhr die Stille durchbricht. Der Geruch von billigem Parfüm breitet sich aus. Ich sehe Tapeten mit Rosenmuster und einen Tannenbaum, der sich unter der Last elektrischer Kerzen biegt. Ich drücke das Gesicht in das Kissen, um nicht zu schreien.

Gemeinsam einen Höhepunkt zu finden, ist mir mit wenigen Männern gelungen, und wenn, war es Zufall. Lust ist eben nur bedingt teilbar. Ich verdränge die Geister und denke an Max Lenbach, der mich über seinem Schreibtisch vergewaltigt, und in seinen gläsernen Augen spiegelt sich mein Gesicht in einer Mischung aus Angst, Triumph und Gier. Er hält mich mit einer Hand fest und mit der anderen das schnurlose Telefon. Er verhandelt einen Millionendeal, während er mich mit seinem Körper auf die kalte Glasplatte presst. Die Phantasie ist eine Frau.

Heute ist Weihnachten, kein besonderer Tag, und es war kein bemerkenswerter Orgasmus. Alkoholiker sind keine sexuelle Offenbarung. Ich habe es geahnt und versucht, das Beste daraus zu machen. Jetzt möchte ich, dass er mich aus der Umklammerung entlässt, und ich spiele mit meinen Fingern zwischen seinen Beinen und steigere das Tempo, um ihn zum Finale zu bringen, doch Eckhardt widersteht all meinen Künsten und bricht nach ein paar Minuten über mir zusammen. Klein und traurig. Ich meine, Tränen an meiner Schulter zu spüren. Er hat sich an die Bitte gehalten, mich lautlos zu lieben, und so streichle ich mit allem Erbarmen, dessen ich fähig bin, seinen schmalen Rücken und tröste ihn mit Worten ohne Bedeutung. Er wiegt nicht viel. Er ist in dem Stadium, in dem er nur noch aus Gründen der Selbsterhaltung Nahrung zu sich nimmt. Ich schiebe die leichte Last sanft zur Seite. »Frohe Weihnachten, mein Lieber. Das Geschenk der Vollkommenheit wäre zu viel gewesen.«

Eckhardt dreht mir in meinem Bett den Rücken zu und krümmt sich wie ein Baby. »Ich war mal ein passabler Liebhaber. Aber es ist lange her. Ich verdiene dich nicht.«

Nein. Aber bisweilen verdiene ich die Männer, die ich in mein Bett hole. Ich wollte Weihnachten nicht allein sein, und auch nicht mit Ulrike und ihren Kindern verbringen. Oder zu einer dieser Partys gehen, auf denen Singles mit großen, hungrigen Augen auf die geschlechtsspezifische Offenbarung ihres Lebens warten. Also liegt ein alter Mann neben mir, der sich Leid tut und nach dem Whiskyglas greift, das neben ihm steht. Wir alle bedürfen der Tröstung, die leicht und billig zu haben ist. Er ist bei fast zwei Flaschen täglich angelangt, und nur vormittags verdünnt er den Whisky mit Wasser.

Warum Eckhardt? Warum nicht? Er ist ein Träger von Informationen, an denen ich großes Interesse habe. Wir haben schon einiges getrunken, bevor wir ins Bett gingen, und jetzt werden wir an diesem Ort bleiben und vertrauliche Gespräche führen. Die Flasche steht auf seiner Seite des Betts, und ich nippe an meinem Glas mit Weißwein.

»Zerrede es nicht, es war schon in Ordnung. Außerdem mag ich dich. Und ich bin nicht gern allein an Feiertagen.«

»Wir sind alle allein. An allen Scheißtagen. Ich habe dich immer schon geliebt, Marie. Aber das weißt du ja.«

Eckhardt spricht gegen die Wand. Vielleicht will er nicht, dass ich ihm beim Trinken zusehe. Oder er hat Angst, mir sein altes Gesicht zu zeigen. Tausend Liter Whisky, in Falten gegossen. Ich habe das Licht gedimmt und Kerzen aufgestellt. Keine Weihnachtsmusik, sondern Saxophon für Liebende. Wir könnten ein romantisches Paar sein, und ich liege samenlos auf meinem Satinlaken und streichle seinen gebeugten Nacken. In gewisser Weise und für kurze Zeit habe ich alle ein wenig geliebt, mit denen ich das Bett teilte. Conrad war eine Ausnahme. Vielleicht noch ein paar andere.

Eckhardt zündet sich eine Zigarette an. Ich hasse es, wenn Leute in meinem Schlafzimmer rauchen, doch heute ist Weihnachten, das Fest der Liebe, und wenn er mir erzählt, was ich hören möchte, werde ich ihm verzeihen.

»Ich verliebe mich selten. Wann hast du mit dem Trinken angefangen?«

»Vor langer Zeit, ich weiß nicht mehr. Vielleicht habe ich schon als Jugendlicher beschlossen, mich zu Tode zu saufen. Warum gibt es in dieser gestylten Bude keinen Weihnachtsbaum?«

Es gäbe einfache Antworten, Wahrheit und Lüge. Ich erzähle ihm die Geschichte des brennenden Weihnachtsbaums, der meinen Eltern und meiner Schwester den Tod durch Ersticken bereitete. Nur ein Kind wurde gerettet aus dem schönen Haus der glücklichen Familie.

Und fortan wuchs es im Haus der strengen Großmutter auf und entbehrte aller Liebe. Eine Biografie, so gut wie jede andere, und in jedem Fall besser als meine. Eckhardt schluckt sie widerstandslos wie den Whisky, den er mitgebracht hat. Sechs Flaschen, als wolle er sich einnisten für ein paar Tage. Ich werde ihn nicht besuchen, wenn er einmal daliegt wie meine Mutter, die Weihnachtsbäume mit elektrischen Kerzen liebte.

Einmal habe ich tatsächlich einen angezündet, da war ich acht. Ein unschuldiges Kind, das vom Baum der Erkenntnis genascht hatte und voller Wut war. Also hielt ich ein Streichholz an den trockenen Ast, der sehr schnell Feuer fing, was mich über alle Maßen begeisterte. Es war so weihnachtlich und roch gut, dieses Feuer, doch als die Elektroschnüre zu schmoren begannen und die Äste zu brennen, da schrie ich um Hilfe, und Mutter unterbrach ihre Behandlung eines Kunden und rannte ins Wohnzimmer, und dann kamen sie aus allen Räumen und kreischten hysterisch, bis Mutter den Feuerlöscher in Aktion brachte. Damals funktionierte er noch.

Es war chaotisch, und die Kunden verlangten ihr Geld zurück. Ein paar Tage waren alle sehr böse auf mich, weil ich das Weihnachtsgeschäft verdorben hatte. »Sie ist ein Kamikazekind«, sagte Heidi, die einen japanischen Kriegsfilm gesehen hatte.

Kamikaze bedeutet »göttlicher Wind«, ich fand den Begriff im Lexikon der Schulbibliothek. Bezeichnete ursprünglich einen Wirbelsturm, der 1281 eine mongolische Invasionsflotte zerstörte. Die Kamikazeflieger des Zweiten Weltkriegs versenkten mit ihren sprengstoffbeladenen Flugzeugen vierzig amerikanische Schiffe. Ich war beeindruckt damals. Ich war ein altkluges und sehr verstörtes Kind.

Eckhardt liebkost die langen, braunen Haare des göttlichen Windes. Ich liege auf seinem flachen, nackten Bauch und fühle mich ganz wohl. Er erzählt mir seine Weihnachtsgeschichte, die von drei Ehefrauen und zwei Kindern handelt, die ihn verlassen haben oder er sie, das spielt am Ende keine Rolle. Tatsache ist, dass ihm nach Abzug aller Unterhaltszahlungen so viel bleibt, sich in seinem kleinen Appartement zu besaufen. Das Familienerbe ist mehr oder weniger gleichmäßig an die Exfrauen verteilt: ein Haus in Marbella und zwei Wohnungen in Frankfurt. Er ist ein armer Mann, doch er sagt, dass er sie alle einmal geliebt hat und nichts bereut.

Eine traurige Geschichte. Dass ihn der Verlust aller Besitztümer nicht belastet, erkläre ich damit, dass Trinker im Grunde bedürfnislos sind. Eckhardts Selbstmitleid ist getränkt von der Distanziertheit eines Mannes, der nichts mehr zu verlieren hat. Er habe sich im luxuriösen Leben seiner Jugend nie sehr wohl gefühlt, war pubertärer Revolutionär, linker Student, engagierter Journalist – und eben ein Mann, der zu viele Frauen liebte.

Eckhardt lebte drei Jahre als Korrespondent in Nairobi und vier Jahre in Paris und New York. Und kehrte zurück nach München, als der Ruhm verblasste und die Flasche zum wichtigsten

Bestandteil seines Lebens wurde. Er erzählt seine Geschichte im Nachrichtenstil, frei von persönlicher Wertung. Er liebt mich mit der Gier eines alten Mannes und der Gleichgültigkeit eines Flaschenkindes.

Eckhardt wickelt meine lange Haare um seine dünnen Schenkel. Mein exquisites Weihnachtsmenü hat ihn ebenso wenig berührt wie der gute Bordeaux. Es gibt nur ein Getränk, das ihn mit der Wärme erfüllt, die er noch braucht: Lagavulin, destilliert aus dem Wasser des Solan Lochs in Cadenhead, Schottland. Und er zitiert W.C. Fields: »Man sollte immer eine kleine Flasche Whisky dabeihaben, für den Fall eines Schlangenbisses – und außerdem sollte man immer eine kleine Schlange dabeihaben.«

Ich bin die Schlange, er weiß es nur noch nicht. Im Paradies angemessener Berauschtheit, in meinem Bett und an meiner Seite sieht er fast glücklich aus. Draußen vor dem Fenster rauscht der Weihnachtsregen, der die weißen Gehwege in unappetitliche braune Pfützen verwandelt. Die Straße ist still, sie haben sich alle in ihren Wohnungen und Häusern verbarrikadiert, um ihre Gänse zu essen und den Punsch zu trinken, ihre Bäume zu erleuchten und Geschenke zu verteilen und zu empfangen. Wir leben im glücklichen Land der Völlerei und geistigen Bescheidenheit, und ich ziehe diese Infrastruktur jeder anderen vor. In den Spätnachrichten herrscht Weihnachtsfrieden.

Eckhardt bittet mich, den Fernsehapparat auszuschalten. Eine Allergie gegen Politiker in telegener Pose. Er sagt, dass sie nicht schlechter seien als der Rest der Gesellschaft, aber dies lasse er nicht als Entschuldigung gelten. Er sagt, dass er manchmal einen Kommentar schreiben möchte mit der Aufforderung, sie alle Unter den Linden aufzuknüpfen, ohne Ansehen der Person.

Gott bewahre mich vor den Gerechten. Die Fernbedienung verwandelt Schröder in ein großes, schwarzes Loch. »Musik? Sex? Reden? Schlafen?«

Er schläft nie vor drei Uhr morgens. Eckhard stellt sein Glas zur Seite und küsst mich. Man könnte davon betrunken werden. Man könnte es miteinander treiben, wenn der Alkohol ihn nicht im Griff hätte. Ich vertreibe jeden Gedanken an meine Mutter und erzähle ihm von Conrad, wobei ich ein kleines, sexuelles Detail auslasse. Ich wähle meine Worte vorsichtig, denn Eckhardt ist in keiner Phase der Berauschtheit ein Idiot.

»Hast du tatsächlich Angst vor ihm?«

»Ein wenig. Das haben wir doch alle, oder?«

Er lacht. Er hat einen schön geformten Mund mit nikotingefärbten Zähnen. Und graue Bartstoppeln, die meine empfindliche Gesichtshaut röten. »Ich habe keine, ganz im Gegenteil: Er hat Angst vor mir.«

Ein vielversprechender Satz. Das Gespräch läuft in den gewünschten Bahnen, und ich proste ihm zu. Ich nippe, und er schluckt, das ist der ganze Unterschied. »Wovor sollte Conrad Angst haben? Er hat Karriere gemacht und die richtige Frau geheiratet.«

Die Flasche ist leer, und ich hole eine neue aus der Küche. Er sieht mir nach und bewundert meinen fitnessgestählten Körper. Ich lebe nach außen, Eckhardt, das ist viel einfacher und erfolgsträchtiger. Und ich darf nicht zu neugierig erscheinen, was Conrad betrifft.

»Weinst du manchmal?« Ich schenke nach und registriere eine zitternde Hand, die nach dem Glas greift. Altersflecken auf dem Handrücken. Er trinkt mit geschlossenen Augen. Seine Nasenflügel zittern ein wenig, als ob er nicht nur schmecken, sondern auch riechen wollte, mit allen Sinnen trinken.

»Du bist neugierig, Marie. Manchmal bist du schön. Nicht so klug, wie du denkst, aber klüger als die meisten Frauen, die ich kenne.«

»Ficken kluge Frauen besser?«

Der Mann in meinem Bett seufzt. »Die unkontrollierte Vermehrung dummer Fragen ist ein Fluch unserer Zeit. Wie definierst du Klugheit? Besser ficken? Warum wird so hemmungslos dahergeredet?«

»Hast du den Artikel nicht gelesen? Außerdem wollte ich nur wissen, ob ich gut war.«

Es interessiert mich nicht im mindesten, doch bin ich diejenige, die etwas von ihm will, und Männer sind so anfällig für sexuelle Schmeicheleien. Selbst dann, wenn sie sozusagen impotent sind.

»Du warst großartig. Ich bin derjenige, der versagt hat.«

Der Hundeblick. Ich mag keine Hunde, keine Tiere, keine Menschen, die ihre Selbstachtung weggeworfen haben. »Weinst du manchmal?«

Eckhardt fährt sich mit den Fingern in die grauen Haare. »Morgens, wenn ich aufwache und weiß, was ich als Erstes tun werde: zur Flasche greifen. Die Monotonie der Sucht rührt mich zu Tränen, wenn ich halbwegs nüchtern bin. Ich habe geweint, als Che Guevara und Willy Brandt starben. Und als meine Katze vergiftet wurde und in meinen Armen starb. Warum willst du das wissen?«

»Einfach so. Ich kann es nicht, weißt du. Nicht einmal, als meine Familie starb. Irgendein Defekt der Tränendrüsen.«

Ich lege mich zu ihm in mein japanisches Bett, das bisweilen Platz für zwei bietet. Weiß und grau sind die Farben dieses Zimmers, und rot natürlich, meine Farbe des Feuers. Er hat mir rote Rosen mitgebracht, dieser graue Mann, der glaubt, in mir die letzte Liebe seines Lebens gefunden zu haben.

Wir sollten nicht vom Thema abschweifen. »Ich verstehe nicht, dass du keine Angst vor ihm hast. Er nennt dich ›unseren Redaktionsalkoholiker‹. Conrad wartet doch nur darauf, dass du einen kapitalen Fehler machst, damit er dich feuern kann. Er duldet nichts Unvollkommenes in seiner Mitte – mit Ausnahme der Einbeinigen.«

Eckhardt spielt gern mit meinen Haaren. Er sagt, dass sie gut riechen. Und dann: »Ich bin unangreifbar, weil ich sein großes, böses Geheimnis kenne. Und bis zum Tag, an dem meine Leber kollabiert, wird er sich vor mir fürchten. Armer alter Conrad.«

Ich habe mein Gesicht nicht unter Kontrolle. Er zieht mich an den Haaren zu sich und sagt: »Du würdest es zu gerne wissen, nicht wahr?«

Der Regen trommelt gegen die Scheiben und begleitet Dean Martins samtweiche Trinkerstimme. Es ist Weihnachten, und ich lüge wie so oft. »Nein, vielleicht möchte ich es gar nicht wissen. Und ich kann mir auch nicht vorstellen, dass Conrad etwas Schreckliches riskiert. Dieser Mann macht keine Fehler.«

Eckhardt lacht fast lautlos. Ich spüre, wie sein Bauch vibriert. Dann trinkt er aus seinem Becher. Auch meine Mutter schloss die

Augen, wenn sie an der Flasche sog. Als ob man in aller Demut dem einzigen, wahren Gott huldigt. Und dann, wenn der Alkohol durch den Körper floss, lächelte sie, so wie Eckhardt. »Was gibst du mir, Marie, wenn ich es dir verrate?«

Kondome. Als ich zur Schule ging, tauschte ich Kondome gegen Bücher und Lippenstifte. Es war das Einzige, das ich anzubieten hatte, und man könnte sagen, dass ich zur Empfängnisverhütung meines Jahrgangs einiges beigetragen habe.

»Was möchtest du? Eine Kiste Lagavulin? Einen zweiten Versuch im Bett?«

Eckhardt flicht meine Haare zu einem Zopf. »Du siehst so hübsch aus, wenn du nicht geschminkt bist. Ich wünsche mir deine Zuneigung und Verschwiegenheit. Und das Versprechen, dass du mich mit einer Flasche besuchst, wenn sie mich irgendwo festhalten und auf Entzug setzen. Meine Ehefrauen und Kinder sind in dieser Sache verbissen hinter mir her. Sie wollen, dass meine Arbeitskraft noch lange erhalten bleibt, damit der Unterhalt fließt. So traurig, findest du nicht, dass sie mich nicht mal in Ruhe trinken lassen.«

Er tut mir Leid, dieses Gefühl ist echt, und beinahe glaube ich daran, als ich ihm das Versprechen gebe, ihn nicht im Stich zu lassen. Möglich allerdings, dass ich es bis übermorgen vergessen habe. Schon als Kind habe ich bei jedem Schwur die Finger der anderen Hand gekreuzt, eine Maßnahme präventiver Selbstverteidigung.

»Erzähl mir von Conrad, bevor ich zu müde werde.« Ich bin so wach wie selten in meinem Leben. Ich lege mich in seine Armbeuge und streichle ihn sanft und ohne Begehren außer jenem, Conrads Geheimnis zu erfahren. Eckhardt trinkt in großen Schlucken, während er erzählt, und ich höre ihm zu, ohne Fragen zu stellen.

Es ist eine traurige Geschichte, die mich sehr glücklich macht. Sie handelt von einem jungen Journalisten, der, wie so viele seiner Zunft, dem Alkohol nicht abgeneigt war. Der stets angetrunken sein Auto steuerte, bis er eines Abends in einer Seitengasse zu spät bremste. Er überfuhr einen Fußgänger, der die Straße überquerte, und traf in spontaner Panik die Entscheidung, nicht anzuhalten. Er fuhr weiter und wusste, dass er einen Fehler beging, aber er war nicht im Stande, klar zu denken, weil er zu viel getrunken hatte und Flucht die einfachste aller möglichen Lösungen schien.

Das Unfallopfer war ein junges Mädchen, und als man sie fand und ins Krankenhaus brachte, blieb den Ärzten keine Wahl, als ihr rechtes Bein zu amputieren. Der flüchtige Fahrer konnte nicht ermittelt werden.

An dieser Stelle muss ich ihn einfach unterbrechen. »Es war Conrad, und die Frau, die er überfuhr, war Camilla, und er hat sie später geheiratet. Mein Gott, das ist ja filmreif. Nein, es ist eine unglaubliche Schnulze. Und irgendwann hat er gebeichtet, und sie hat ihm verziehen im Namen der Liebe. Und sie lebten glücklich bis an ihr Ende ...« Ich beginne zu lachen und kann nicht aufhören, bis Eckhardt mir den Mund zuhält und weiterspricht.

»Nein, ein Geständnis hat Conrad nicht riskiert. Und die Frage, ob er es ihr nicht doch sagen sollte, wird ihn bis ans Ende seiner Tage begleiten. Für mich ist die Geschichte der beiden eher ein Tragödienstoff: die unlösbare Verstrickung des Menschen in sein Schicksal, wobei die Katastrophe am Anfang steht und das Ende offen ist. Im Übrigen finde ich nicht, dass sie sich zur Schadenfreude eignet.«

Er neigt zum Pathos, und ich bin so aufgeregt, dass ich mein Weinglas leere. Das zweite, so wie er die zweite Flasche trinkt. Sollte ich jemals die Kontrolle verlieren, würde ich es bereuen. Alles, was ich tat, und einiges war böse, geschah bei nüchterner Betrachtung. Ich lasse keine Entschuldigungen gelten, auch für mich nicht. Kein Mitleid mit Conrad, dem Kamikazepiloten. »Besoffener überfährt Frau und begeht Fahrerflucht. Sie verliert Bein und wird von ihm geheiratet. Du glaubst doch wohl nicht im Ernst, dass ihr Geld keine Rolle gespielt hat? Schuld und Eigennutz dürften sich die Waage gehalten haben. Erzähl mir nicht, dass Conrad ein edler Mensch ist. Ich glaube es einfach nicht.«

Achselzucken, und der Griff zum Becher. Seine Hände zittern: »Man kennt nicht mal sich selbst, liebes Kind, geschweige denn andere. Er hat es nicht fertig gebracht, sich der Polizei zu stellen. Aber er hat sie geheiratet. Vielleicht war das die bessere Tat.

Camilla liebt ihn. Könnten wir uns darauf einigen, dass er seine Schuld beglichen hat? Nur wird er die Frage, ob sie ihm die Wahrheit verzeihen könnte, nie beantworten können, und das bringt ihn in gewisser Weise um.«

Ich liebe dieses Geheimnis. Es ist besser als alles, was ich in mir bewahre. Ein wenig Mitgefühl sollte ich zeigen: »Armer alter Conrad. Woher weißt du das alles? Er hat es dir doch nicht erzählt, oder?«

Eckhardts graues Gesicht wendet sich mir zu. »Ich saß in jener Nacht neben ihm. Zwei besoffene Journalisten auf dem Weg zur Hölle. Ich habe ihm gesagt, er soll anhalten, ein paarmal, aber er hat nicht auf mich gehört. Er fuhr nach Hause, und dort tranken wir weiter, und er weinte und flehte mich an, ihm zu helfen. Er war mein Freund. Was hätte ich tun sollen? Woher weiß man jemals, welche Entscheidung richtig oder falsch ist, wenn man juristische und ethische Aspekte gegen den Eigennutz stellt? Er hat das Falsche getan, aber es ist auf seltsamen Wegen etwas Richtiges daraus entstanden. Ich hatte damals nur Angst um ihn und um mich, um unsere Karrieren. Ich war nicht besser als er. Also haben wir uns darauf geeinigt, die Sache durchzuziehen. Am nächsten Tag ist Conrad gegen einen Steinblock gefahren, dort, wo sein Kotflügel beschädigt war. Und er hat die Reifen gewechselt. Sie ist nach vorn geflogen, und dann hat er sie überrollt. Deshalb die Sache mit dem Bein. Sie hätte es auch dann verloren, wenn wir angehalten hätten ...«

»Das konntet ihr nicht wissen, als ihr weiterfuhrt. Wen oder was willst du damit entschuldigen?«

»Es gibt keine Entschuldigung. Es gibt Schuld und Sühne. Verdrängung. Reue. Angst. Und nichts, was du tun kannst, um es ungeschehen zu machen. Am nächsten Tag habe ich die Polizeimeldung in einem Artikel verarbeitet und mich für jedes einzelne Wort geschämt. Wir sind einander aus dem Weg gegangen, Conrad und ich, weil wir unsere Scham nicht teilen konnten. Er hat mir nicht gesagt, dass er Camilla im Krankenhaus und später im Rehazentrum besuchte, er hat es wohl als zufällige Begegnung arrangiert. Erst sehr viel später, als die Hochzeit bekannt gegeben wurde, hat Conrad mit mir darüber gesprochen.«

»... und es geschah das Wunder der Liebe, und alles war gut.« Ich finde es so komisch, und er findet meine Reaktion herzlos. Tragödien, so weit sie mich nicht betreffen, haben mich stets zum Lachen gereizt.

Eckhardt massiert sein schlecht durchblutetes Bein, so weiß und durchsichtig, dass jedes Haar und jede Ader sichtbar sind. Er sieht krank aus, vom Leben gepeinigt. Ich werde ihn nicht besuchen, wenn es zu Ende geht. Ich kann nicht. Und er sieht mich an, als ob er meine Gedanken lesen könne. »Du bist ein zynisches Miststück, Marie. Es ist eine wundervolle Geschichte. Er liebt sie wirklich. Er verehrt sie.«

»Und betrügt sie.«

»Na und? Was hat sexueller Verrat mit Liebe zu tun? Ihr Frauen seid so eindimensional. Camilla weiß von seinen Affären. Sie ist eine große, starke Frau.«

»Sie zelebriert ihre Einbeinigkeit. Sie ist arrogant und mitleidlos gegenüber allen, die nicht leiden wie sie. Wenn sie so stark ist, könnte er es ihr doch sagen. Nein, jetzt ist es zu spät. Er hat zu lange gewartet. Und du als sein Komplize profitierst von alledem. Jeder andere hätte dich längst gefeuert.«

Er ist noch verletzlich, ich sehe es an seinen Augen. Die Flasche ist halb leer. Eckhardt weint. Eine, eine einzige Träne zieht eine Spur über seine Wange, und ich wische sie mit dem Handrücken weg. »Du würdest ihn trotzdem nicht verraten, ich weiß. Du bist zu anständig. Hast du nach dem Unfall mit dem richtigen Trinken angefangen?«

Er küsst meine Handfläche. »Würde zur Story passen, stimmt aber nicht. Ich habe einfach immer getrunken, und es wurde kontinuierlich mehr. Wenn du morgens nach dem Aufwachen den ersten Schluck nimmst, weißt du, dass du über den Jordan gegangen bist. Ich will noch viel schlucken, bevor ich sterbe, Marie. Und Conrad wird mich nicht im Stich lassen. Er hat ein stark ausgeprägtes Gefühl für Gebrechlichkeiten.«

Ich nicht. Ich habe mich immer davor geekelt. Der Mann neben mir ist vielleicht eine Ausnahme, zumindest so lange, wie er mir und sich von Nutzen ist. So fragil, dieser Körper, den er mir in aller Vergeblichkeit anbietet. Seine Hände, die immerhin noch

Lust bereiten können, und er bewegt sie mit der Erfahrung eines alten Mannes, der viele Frauen geliebt hat. Man kann die Augen schließen und sich den Empfindungen der Klitoris hingeben und für ein paar Sekunden glauben, dass es vollkommenes Glück ist, dieser einsame Orgasmus, dieses unvergleichliche Gefühl des süßesten Schmerzes, so kurz, zu kurz, und ich will mehr, und er hört auf, weil er mich nicht versteht, weil er betrunken ist und ein Mann. Ich kann es besser.

Er fühlt sich gut jetzt, weil er mir ein Stöhnen entlockt hat, ein Sekundenglück, und wir sehen einander an und enttarnen das Spiel um Sex und Macht. Er besitzt zu wenig von beidem, um mich zu besiegen. Und zu viel Erfahrung, um es nicht zu erkennen. Armer Eckhardt, der mit seiner Hand meine Augen bedeckt und sagt: »Verzeih mir bitte, Marie.«

Demütige dich vor dem anderen, und es ist der sicherste Weg, ihn zu einer Zugabe zu reizen. »Du hast zu früh aufgehört, das ist alles. Und du bist impotent, weil du säufst. Big deal, Eckhardt. Wir wären ohnehin kein Traumpaar geworden. Meine Hinwendung zu Verlierern ist nach Stunden zu bemessen.«

Der Schmerz an meiner Wange ist so kurz und belanglos wie der vorangegangene Orgasmus. Mein rechtes Ohr brennt, er hat nicht exakt gezielt. Er sieht entsetzt auf seine Hand, wir sind beide erschrocken. Er hat es nicht geplant, und ich habe es nicht erwartet. Man hört das Geräusch der Regentropfen an der Scheibe. Wir sind beide zu weit gegangen, doch hebt seine Tat meine Worte auf.

Am frühen Morgen des 25. Dezember stirbt Eckhardt einen weiteren schmerzvollen Tod: den der Scham. Er steht auf, ohne mich anzusehen, und schwankt ein wenig, als er seine Kleidungsstücke sucht, die im Schlafzimmer verstreut sind. Ich gehe ins Badezimmer, während er sich anzieht. Meine Wange und mein Ohr sind gerötet, und ich lasse kaltes Wasser darüber laufen. Mein Bad ist so weiß und ordentlich wie mein Leben. Trinker, die zu Handgreiflichkeiten neigen, haben darin nichts zu suchen, insbesondere, wenn sie keine Geheimnisse mehr hüten.

»Du kannst die Whiskyflaschen wieder mitnehmen.« Ich stehe an der Tür zum Schlafzimmer. Er ist angezogen und sehr bemüht, das Gleichgewicht zu halten. Die alte grüne Tweedjacke, an den Ärmeln abgewetzt, ist sein Markenzeichen. Er hat kein Geld für Kleidung. Sein Aussehen interessiert ihn nicht mehr, obwohl die Substanz an Stil und Geschmack nicht gänzlich ertrunken ist. Sofern ich als Rettungsanker gedacht war, hat er sich den falschen ausgesucht. Ich rette nicht. Ich habe es nicht einmal bei meiner Mutter versucht.

Wir schweigen, weil wir nicht wissen, was wir sagen sollen. Es regnet noch, könnte ich sagen, und dass ich ihm einen Schirm leihe, damit er trocken zum nächsten Taxistand kommt. Er könnte sagen, dass es ihm Leid tut und er nie zuvor eine Frau geschlagen hat. Was ich glauben würde. Wir könnten einander frohe Weihnachten wünschen und uns einen Abschiedskuss geben.

Wir schweigen. Er folgt mir in den Hausflur, wo seine Schuhe stehen, nass und schmutzig, und er zieht sie mühsam an, während ich nach einem Schirm suche. Es macht mich wütend, dass ich keinen finde und dass er nichts sagt, das uns versöhnen könnte. Ich will keinen Feind mehr, es gibt schon viele. Und so sage ich zu ihm: »Es tut nicht mehr weh.«

»Das ist gut. Es gibt keine Entschuldigung außer jener, dass ich betrunken bin. Aber da ich es immer bin, taugt das auch nicht viel. Wäre es dir möglich, es als einen Akt der Liebe zu betrachten?«

Bevor ich antworten kann, hat er die Tür geöffnet. Er steht im Flur an der obersten Treppe und trägt einen viel zu dünnen Mantel. Sehr vorsichtig setzt er die Füße, und er hält sich mit beiden Händen am Geländer fest. Diese Art, Treppen zu steigen, erinnert mich an Mutter. Sie sagte immer »Wodka und Stufen vertragen sich nicht«. Und ich hoffte immer, dass sie fallen und sich das Genick brechen würde.

Er dreht sich nicht mehr nach mir um. Er hat mir ein großes Geschenk gemacht. Und ich reihe ihn in die Liste der Männer ein, die ich auf meine Art liebte. Niemals selbstlos und immer kurz. Ich schließe die Tür und fühle mich nicht erleichtert, sondern einsam. Ich gebe Weihnachten die Schuld, auch daran, dass ich mir noch ein Glas Wein einschenke und eine Zigarette rauche. Der Mangel an Selbstdisziplin kommt vor dem Fall. Eckhardt hat Gerüche hinterlassen, Rauch und Alkohol, und ich öffne das Fenster und halte mein Gesicht gegen den Regen. Irgendwo unten auf der Straße geht ein Mann in einem dünnen Mantel. Seine Ledersohlen teilen die Pfützen aus Schnee und Wasser. Er spürt nichts außer der halb vollen Flasche in seiner Manteltasche, die bei jedem Schritt gegen seine Hüfte schlägt. Die Straßenlaternen malen Figuren aus Licht auf den spiegelnden Gehweg. Er weicht ihnen aus, weil er den Schatten bevorzugt. Irgendwo in dieser Stadt gibt es Taxis, die auch in der Weihnachtsnacht fahren. Er ist nicht beunruhigt, weil es kein Ziel gibt, nur den Weg, auf dem er manchmal innehält, um einen Schluck aus der Flasche zu nehmen.

Ich schließe das Fenster. Auf meinem Schreibtisch im Wohnzimmer blinkt der Anrufbeantworter. Ich lösche die Zigarette und drücke auf die Taste. Max Lenbachs Stimme ist eine angenehme Überraschung. Er dankt für den schmeichelhaften Artikel, den er nicht verdiene. Wenn er aus Zermatt zurückgekehrt sei, würde er sich nochmals melden. Wäre ein Abendessen in einem Lokal meiner Wahl angenehm?

Durchaus. Mit Vergnügen. Ich bin glücklich, denn ich bin begehrenswert. Ich kenne Conrads Geheimnis. Und darauf trinke ich mit mir, auf den Erfolg und die Männer, die eine wie mich verdienen.

9. Kapitel

MARIE

Ich habe Austern gegessen. Ich hasse Austern. Sie schmecken wie in Fischlake konservierte Gummibärchen. Er gehört zu den Männern, die für ihre Begleitung mitbestellen und voraussetzen, dass sie seinen Geschmack teilt. Ich habe zwölf Austern gegessen und hielt mich für eine Heldin der Kapitalistenklasse. Die Kellner behandelten Max Lenbach wie einen König. Ich habe noch nie so viel getrunken, Champagner, Weißwein und Rotwein, und irgendwann verschwand ich zur Toilette, deren abscheuliche Farbgebung meinem Magen den Rest gab, so dass ich den Gegenwert von ein paar hundert Mark erbrach.

Die Frage, warum ich mich in ihn verliebte, ist leicht zu beantworten. Vielleicht als er mich das erste Mal ansah in seinem Bürosaal, oder als ich in seinen Wagen stieg und er mir die Hand küsste. Wir sind ein wenig romantisch, auch wenn wir es vor anderen nie zugeben würden. Vielleicht war ich von seinem Chauffeur angetan, der eine graue Uniform trägt. Von der Art, wie Max Lenbach hofiert wurde, wo immer er war. Wie er sein Glas hielt und mich dabei ansah. Als ob ich und niemand sonst das Wichtigste in seinem Leben sei. Was in seinem Fall besonders schmeichelhaft wäre. Die Illusion ist das, worin wir uns verlieben. Der Rest ist Sex. Mann braucht Frau dafür und umgekehrt im heterosexuellen Kontext. Und doch ist es bei jedem ersten Mal wie zum ersten Mal, und ich schenke den Männern meine deflorierte Jungfräulichkeit und erwarte dafür ewige Liebe.

Eckhardt verfolgt mich mit hündischen Augen seit unserem Heiligen Abend. Es wird keine Wiederholung geben, doch ich vermeidc es, die Überbringerin schlechter Nachrichten zu sein. Wenn er das Ausmaß seines Fehlers erkennt, mir zu vertrauen, wird er mich ohnehin verachten. Na und? Es gab eine Zeit, in der ich glaubte, dass alles gut würde, wenn ich nur lieb sei und den anderen zu Gefallen. Es war nicht so, und ich wurde schwanger.

Oswald hat mich in der letzten Redaktionskonferenz offen angegriffen, weil meine Glosse über die Korruptionsaffäre sein Missfallen fand. Frivol und dem Ernst der Lage nicht angemessen, war der Vorwurf, und Conrad hörte mit zur Seite geneigtem Kopf zu, was darauf schließen ließ, dass er ähnlich dachte. Eckhardt verteidigte mich, doch sein Zynismus machte alles nur noch schlimmer. Einige Leser hatten sich beschwert, und wir nehmen unsere Abonnenten ernst, insbesondere wenn sie Großanzeigen schalten.

»Es war durchaus witzig, liebe Kollegin. Doch wir müssen in unseren Kommentaren der sittlichen Entrüstung der Leserschaft Rechnung tragen.«

Oswalds Abschlusssatz machte mich so wütend, dass ich ihm mit Freuden meinen heißen Kaffee ins Gesicht geschüttet hätte. Diese staatstragende Ratte sah Beifall heischend zu Conrad, dessen Miene unergründlich war.

Niemals Zorn zeigen, es ist ein Zeichen von Schwäche. Ich verbarg meine zitternde Hand unter dem Konferenztisch. »Art Buchwald hat respektlose und witzige Kommentare geschrieben, und er wurde berühmt damit.«

»Du hast nicht sein Format, und dies ist nicht die *Herald Tribune*. Oswald hat Recht. Dieser Skandal ist ein Gottesgeschenk, aber wir machen uns unglaubwürdig, wenn wir uns darüber lustig machen. Ressortleiter sollten ein *feeling* dafür haben, sonst sind sie fehl am Platz.«

Conrad hatte gesprochen. Sein Todesurteil, aber das dachte nur ich. Oswald lächelte still und triumphierend, und Isolde warf mir einen ihrer mitfühlenden Frauensolidaritätsblicke zu, die ich gut entbehren kann.

Ulrike schwieg wie immer. Sportredakteure haben keine politische Meinung, und ihr Mut, was Conrad betraf, war ziemlich klein.

Hatte ich wirklich erwartet, dass mir jemand beistehen würde, von Eckhardt abgesehen? Ich presste meine Nägel in die Handflächen, während Conrad sprach von seinem Thron, der ihm die Macht verlieh, andere zu demütigen und zu verletzen. Es kommt nur darauf an, wo du sitzt und ob du austeilen kannst oder einstecken musst. Habe ich jemals erwähnt, dass ich jeden Amokläufer verstehe, der sich nur noch mit Gewalt zu helfen weiß? Ich würde das Feuer wählen, und ich sah Conrad und all die anderen brennen, während ich mich darauf konzentrierte, keinen einzigen ungewollten Satz zu entlassen. Ich biss mir auf die Lippen, bis ich Blut spürte.

Niederlagen und Siege sollten einander die Waage halten, und so werte ich es als Triumph, alle Begehrlichkeiten in Max Lenbach geweckt zu haben. Der erste Sex fand nach dem dritten Essen in einem Hotelzimmer außerhalb Münchens statt, und wir waren so schwer von Wein und Lust, dass wir übereinander herfielen wie Kraniche, die aus großer Höhe nach unten gleiten und einander auffangen. Er liebte mich wortlos, ohne dass ich ihn darum gebeten hatte. Wie ein Vogel, dessen Flügel mich an jeder Stelle meines Körpers berührten, und ich war schwerelos in seiner Umarmung und spürte nichts als große Leichtigkeit. Unser gemeinsamer Flug in die Lust war Stillstand, und der Stillstand die Ewigkeit. Wir waren die Einheit in einem schönen Himmel für kurze Zeit, und dann zerbrach er auf mir, in mir, und sein Seufzen war ein Laut, der mich ausnahmsweise entzückte.

Auf der Erde entfernte er sich wieder von mir, doch nur für kurze Zeit, und diese erste Nacht war groß, gemessen an den Momenten der Selbstverlorenheit.

Wir sprachen mit Berührungen in dieser Nacht, und wir schliefen kaum, als ob es Frevel wäre, den anderen zu verlassen. Im Morgengrauen sagte er, dass er schon lange keine Frau mehr geliebt habe. Man glaubt so etwas in Zeiten zwischen Nacht und Tag. Ich erwiderte nichts Unbedachtes, sprach nicht von Ehefrauen oder einer Konferenz, die ich versäumen könnte. Ich war nur der Körper, der seine Leidenschaft erwiderte, und der Mund, den er suchte, und die Zunge, die forderte, und die Wärme und Nässe, die ihn aufnahm. Es sind diese ersten Nächte, die uns glauben machen, dass es Liebe und Nähe gibt. Ich war in der Stimmung, daran zu glauben.

Wir frühstückten im Zimmer, und ich vergab ihm, dass er den Wirtschaftsteil der *Zeit* las, während er meine Brust streichelte. Er trank Tee und aß Toast mit Honig, und er fütterte mich, während ich die Seiten durchblätterte, für deren Text ich verantwortlich war. Als das Licht durch die Vorhänge drang, sah ich klarer: Max Lenbach als Verbündeter war exakt das, was ich auf dem Weg nach oben brauchte. Er war nicht nur mit Conrad bekannt, sondern auch mit der Verlegerin. Ein Mann, dessen Wort Gewicht hatte. Und einer mit einem schönen, zarten, glatten Rücken. Die das große Los gezogen hat, hält ihren Gewinn mit zitternden Händen und bemüht sich, ihn nicht fallen zu lassen.

»Ihr habt also dreimal gevögelt. Dreimal grandioses Abendessen und jeweils fünfzig Rosen hinterher. Sportlich gesehen würde ich sagen, dass du gerade mal die erste Runde überstanden hast. Und wie soll es weitergehen?«

Ulrike findet meine Euphorie überzogen. Ich musste es einfach jemandem erzählen. Wir sitzen in meinem Glaskasten und essen Kuchen, den sie mitgebracht hat, eine mit rosa Zuckerguss überzogene Teigware, die grauenhaft schmeckt. Frauen sollten ihre Zeit nicht in der Küche verschwenden. Wozu gibt es Bäckereien, Tiefkühlkost und Restaurants sowie Männer, die Rechnungen bezahlen?

»Ich werde ihn heiraten.«

Ihr Gesicht wird breit, wenn sie lacht, es steht ihr nicht. Aber vermutlich hat Ulrike noch nie in den Spiegel gesehen während eines Heiterkeitsausbruchs. Ich schon. Ich habe meine Mimik im Spiegel studiert und mich für ein zartes Lächeln entschieden, das Anheben der Mundwinkel, bis an den Wangen kleine Grübchen entstehen. Nicht mehr, denn meine Zähne sind nicht das Beste an mir.

»Er ist verheiratet, er hat ein Kind, und vermutlich geht er mit seiner Karriere ins Bett. Und manchmal mit dir. Es ist völlig okay, wenn du die Dinge siehst, wie sie sind. Ich habe dich bisher immer für klug gehalten, Marie.«

Vor mir auf dem Computerbildschirm ist die Geschichte des Tages, die in Amerika spielt: Zwei junge Mädchen werden von einem älteren Mann gefragt, ob die U-Bahn bereits in die Station eingefahren sei und er die Tür öffnen könne. Er ist blind, deshalb fragt er. Sie sagen »ja«, und so drückt er auf den Türöffner und stürzt auf die Schienen. Der Zug hatte auf freier Strecke gehalten. Es war ein kleiner Scherz, sagen die Mädchen hinterher, und dass es ihnen Leid tut, dass der Mann schwer verletzt ist. Es tut ihnen Leid. Die Mädchen sind auf dem Foto, sie sehen nett aus und lächeln in die Kamera. Reue muss nicht nach außen getragen werden, obwohl es besser aussieht.

»Ich bin nicht blind. Seine Frau ist alt, und die Tochter fast erwachsen. Und ich liebe ihn. Wer liebt, hat Recht.«

»Du bist verrückt. Und unmoralisch. Die Familie ist etwas Heiliges, verstehst du? Das Einzige, das zählt und worauf man sich verlassen kann. Daran hat sich nichts geändert: Wir haben Pflichten gegenüber unserer Familie.«

Weiß sie nicht, dass ich ein Waisenkind bin? Eine, die Familien für Brutstätten des Bösen hält? Wie viele Nachrichten habe ich schon redigiert, in der in familiärer Atmosphäre geschlagen, vergewaltigt, gequält, gefoltert und unterdrückt wurde. Blut und Gene sind kein hinreichender Grund für Liebe und Vertrauen. Und ein Ehering schon gar nicht. Max trägt keinen. Der Tag wird kommen, an dem wir über seine Familie sprechen. Aber es ist noch zu früh. Das feine Garn, das uns zusammenhält, ist nur aus Sex gesponnen, und wir müssen mehr übereinander wissen, um offen reden zu können.

Ich sage ihr, dass ich mit niemandem einen Vertrag geschlossen habe, und wenn, würde ich ihn bei Bedarf brechen. »Hat dein Mann ja auch getan. Ich rede von Liebe und du von Pflicht. Was hat das eine mit dem anderen zu tun? Ich habe übrigens Conrads Frau angerufen, und sie hat mich zum Essen eingeladen.«

»Warum? Ich dachte, sie mag dich nicht.«

Ich suche meine Freunde nach ihrer geistigen Unterlegenheit aus. »Ich habe ihr erzählt, dass wir eine Story über ihren Verein machen sollten. Die Minenopfer, für die sie sich so engagiert. Tue Gutes und sprich darüber – und wir werden zu Spenden aufrufen. Mit ein paar netten Fotos von amputierten Gören in Angola.«

Sie sieht wütend aus, als sie aufsteht. Ulrike hat ihr Gesicht nie unter Kontrolle. »Rede nicht so über die armen Kinder. Dein Zynismus ist manchmal einfach nur ekelhaft. Wenn ich nicht wüsste, dass du gelegentlich auch ein Herz hast, hätte ich dir schon längst die Freundschaft gekündigt.«

Sie knallt die Tür zu, die nur dezent klirrt, denn unser Glas ist stählern. Mein Herz. Es schlägt für mich und vielleicht in zweiter Linie für einen Mann, den ich gerade liebe. Ich habe einen Kopf und eine ansprechende Hülle, die ich pflege. Ich bin ein ordentlicher Mensch. Lasse nicht Blinde auf Bahngleise fallen, nur so aus Spaß. Ich würde nicht Haider wählen und lieber Kohls Geldkoffer tragen, als gegen Atomendlager zu protestieren. Wir sind alle nicht so gut, wie wir glauben. Wir sind besser, wenn wir lieben. Max' Augen verändern die Farbe, wenn er auf oder unter mir liegt. Meine Wohnung ist ein Rosenhain. Er ruft jeden Abend an, wenn wir nicht miteinander ausgehen. Fragt mich nach meinem Tag und was ich noch vorhabe. Ob ich die Haare offen trage oder zu einem Knoten gesteckt. Was ich anhabe und welchen Lippenstift ich trage. Die Intensität der virtuellen Nähe, die mich bei jedem anderen Mann gestört hätte, schmeichelt über alle Maßen. Ich werde geliebt. Er hat es noch nicht gesagt, doch ich weiß, dass er es tun wird. Alles, was ich mir wünsche, muss in Erfüllung gehen: Marie Lenbach, Chefredakteurin. Auf allen Gästelisten der Stadt. Geliebt, begehrt, beneidet. Ikarus, der Sonne standhaltend.

»Du träumst. Doch nicht von mir, wie ich annehme.«

Der Trinker. Auf seinem Hosenbein ist ein dunkler Fleck, und ich frage mich, ob er das Stadium der Inkontinenz bereits erreicht hat. »Nicht von dir. Dein Haider-Artikel ist gut, wenngleich die Banalität des Bösen schon ziemlich abgegriffen ist.«

»Kommt darauf an, wie man damit spielt. Ich neige nicht dazu, hübsche Demagogen zu unterschätzen. Die Anspielung auf Homosexualität hat Conrad mir rausgestrichen. Seine politische Korrektheit ist abgründig. Im Übrigen halte ich Schüssel für das viel größere Schwein. Aber die Leute hängen an ihren Feindbildern.«

Eckhardt setzt seinen Becher auf meinen Schreibtisch neben den Rosenstrauß und steckt seine Nase in die Blüten. »Sie riechen nicht mehr. Kunstblumen. Kunstaffären. Man sieht sich und den anderen, betrachtet ein schönes Bild und interpretiert es als Liebe. Du treibst dich mit Max Lenbach herum.«

Diese Stadt ist ein Dorf. »Wir waren einmal essen, das ist alles.«

»Oh, es ist stadtbekannt. Ein Bekannter von mir hat euch beim Italiener gesehen. Alle hier gehen zu Italienern, Süße. Auch Whiskyimporteure.«

»Und?«

Er legt seine Hand auf meine Finger, die auf den Schreibtisch getrommelt haben. »Du bist nicht Oskar Matzerath. Du willst wachsen. Aber pass auf, dass es nicht zu schnell geht. Lenbach ist einer, der sich an der Macht besäuft. Er spricht von Visionen, aber um Visionen umzusetzen, braucht man viel Spielraum und Geld. Zwei Journalisten sind an ihm dran, Marie. Er hat, wie sich das in seinem Job gehört, sublimen Dreck am Stecken.«

»Warum erzählst du mir das? Ich bin nicht an der Story interessiert. Wäre eher dein Ressort. Aber ich nehme an, dass sich die umfangreiche Recherche nicht mit deinen Trinkgewohnheiten vereinbaren lässt.«

Meine Hand wird losgelassen. »Nimm dich in Acht vor Lenbach. Und vor Conrad. Es geht das Gerücht, dass er im Zuge der Sparmaßnahmen Ressorts zusammenlegen will. Du kennst das ja. Wir haben zu wenig Sekretärinnen, aber zu viele Chefs. Camilla ist übrigens mit Lenbachs Frau befreundet. Dein Rosenkavalier könnte sich als nicht karrierefördernd herausstellen.«

Ich drehe ihm den Rücken zu und tippe eine Überschrift in den Computer. Eine Geste der Missachtung, bevor ich mich ihm wieder zuwende. »Du bist ein Freund, aber ich mag es nicht, wenn man sich ungebeten in meine Angelegenheiten mischt. Habe ich dir jemals gesagt, dass du mit dem Trinken aufhören sollst, weil es dich umbringt – und zwar auf eine langsame und höchst unelegante Weise. Heroin wäre viel effektiver. Ich habe keine Angst vor Conrad. Nicht mehr. Was ich im Übrigen dir verdanke. Ich werde es nicht vergessen. Ich vergesse nie etwas.«

»Du hältst dich für perfekt und unbesiegbar. Das ist niemand. Und dieser Irrtum wird *dich* eines Tages umbringen, liebes Kind.« Er lächelt gütig und spielt mit einem Rosenstiel, und natürlich verletzt er sich an einem Dorn. Ungläubig betrachtet er seinen blutenden Finger.

»Ich spüre keinen Schmerz mehr, schon seit einiger Zeit. Ist das nicht seltsam?«

Das Blut tropft auf meinen Schreibtisch, und ich presse meine Lippen auf seinen Finger. Die gläsernen Wände erbeben von neugierigen Blicken. Isolde hat sogar ihre Brille aufgesetzt, um besser zu sehen. Ich mag den Geschmack von Blut, schon als Kind mochte ich ihn. Vielleicht war ich in meinem früheren Leben ein Vampir. Die Vorstellung fand ich seit meiner Pubertät sehr erotisch und wundervoll böse. Kein Hals in der Gerberstraße wäre verschont geblieben. »Dein Blut schmeckt wie Bloody Mary. Sei doch froh, wenn du nichts mehr spürst.«

»Ich könnte mit dem Trinken aufhören.«

Ich antworte nicht auf diesen wenig verführerischen Satz, sondern drehe mich zum Computer und speichere den traurigen Scherz mit dem Blinden, der morgen die Seite »Modernes Leben« aufmachen wird. Damals, beim großen Feuer, hieß die Überschrift in der Lokalzeitung schlicht und ergreifend »Brand im Puff«. Am Tag zuvor hatte Mutter mir verboten, mit einem Jungen aus meiner Klasse in die Disco zu gehen. Da ich nicht oft gefragt wurde, war ich unermesslich traurig – und wütend.

Der Geschmack von Blut, der Geruch von Feuer, der Blick auf ein weißes Haus am Meer, Sex mit Max, die Erotik der Macht: Ich verlange nichts Unmögliches. Ich habe zu dicke Fesseln, seltsam geformte Schneidezähne, und wenn ich auf dem Rücken liege, schnarche ich manchmal. Ich bin nicht so groß, wie ich mir wünsche. Wir fordern Perfektion, vor allem von uns selbst. Ich denke öfter über mein Aussehen als über meinen Charakter nach. Würde ich doch in allen Zeiten und unter jeglichen Systemen überlebensfähig sein, so klug und gierig wie eine Ratte. Ich habe nie die Frage gestellt, was gut oder böse ist. Sondern die, was mir nutzt oder schadet. Es ist mein Leben, sonst nichts, das zählt.

10. Kapitel

ANNE

K*urz vor der Premiere* werden Schauspieler reizbar wie hungrige Löwen. Dem Dompteur entgleitet die Kontrolle über die Situation, und wir fallen übereinander her in vorausschauender Schuldzuweisung, agierend in einem Stück, das durchfallen könnte. Die Angst, die wir teilen, teilen wir aus. Die Luft ist scharf, und es ist kalt, weil die Heizung nicht oder kaum wahrnehmbar funktioniert. Applaus könnte wärmen, doch wir glauben nicht daran. *Die Party* geht ihrem unvermeidlichen Ende zu, und ich sterbe vor Angst, eine Erkältung zu bekommen.

Die Hauptdarstellerin stirbt in dem Sessel, in dem sie vergewaltigt wurde, und auf der Bühne darf nicht gehustet werden.

Ich stehe auf und sage in einem Ton des Ekels »So eine Schweinerei«. Wir sollen kühl und beiläufig agieren, und ich fühle mich wie ein Stück Holz, das einen Text aufsagt. Die monumental reduzierte Wortwahl, mit der uns der Autor quält, reizt meine Stimmbänder. Er ist ein kleiner Mann mit dunklen Brillengläsern. Er sitzt in der ersten Reihe und tuschelt mit dem Regisseur. Seine Körperhaltung signalisiert Missfallen. Ich würde gern seine Augen sehen, aber ich fürchte, dass sie blind sind.

Ophelia geht ins Wasser. Sarah stülpt sich eine Plastiktüte über den Kopf und erstickt zu Tangoklängen. Die Kunst lebt von Liebe und Tod, und das Leben ist Sehnsucht und Verdrängung. Das Leben ist Kunst, doch wir leiden an minderer Begabung. Der Autor glaubt daran, dass man die Leute verwirren muss, so dass sie in ihrem Urteil unsicher werden. Er glaubt auch, dass wir schlechte Schauspieler und seinem genialen Werk nicht gewachsen sind. Johannes, der den Vergewaltiger spielt, hat eine Affäre mit dem Autor, weshalb er die Rolle bekommen hat. Er deutete mir gegenüber an, dass er auf ältere Frauen »abfährt«, ein zeitgemäßer Ausdruck bar jeder Eleganz, die mich verführen könnte. Johannes ist bisexuell, und alle anderen Männer auf und vor der Bühne sind mehr oder weniger schwul. Ich bin nicht verführbar, das zumindest glaube ich von mir. Ich habe Leon nie betrogen in all den Jahren. Ich hätte zu große Angst, ihn zu verlieren. Es gab Gelegenheiten, und es gab Anfechtungen, doch ich habe nie den Sprung gewagt, der mich von ihm wegführen könnte. Wenn man eine weite Strecke schwimmt, hat man das Ziel vor Augen, konzentriert sich ausschließlich auf die Bewegungen, die dorthin führen. Ich war eine Langstreckenschwimmerin, und ich war gut, weil ich Ausdauer und Disziplin trainierte.

Sekundärtugenden nannten es die Männer, zu denen ich Nein sagte. Treue ist ein Wort, das aus der Mode gekommen ist. Leon sagt, dass ich anders sei als die Frauen, die er vor mir gekannt habe. Es waren viele Frauen. Ich bin eifersüchtig, wenn er mit anderen auch nur spricht, und ich bin stolz darauf, dass er es nie gemerkt hat. Ich bin Schauspielerin. Ich spiele Leons unkomplizierte Frau. Er hasst Dramatik und die Darstellung von großen Gefühlen und hält Theater für ebenso entbehrlich wie Tierparks und Weltausstellungen. Leons Bedarf an Brot und Spielen ist so geringfügig wie seine Abhängigkeit von mir. Das macht ihn stark und mich so schwach. Würde ich es aussprechen, er bestritte es. »Wir sind eine Familie«, sagt Leon immer. »Ich liebe dich«, sagt er, wenn er ein Telefonat beendet.

»Shit«, sagt der Regisseur. Er war lange Zeit in London und bevorzugt englische Schimpfworte.

Sarah weigert sich, die Vergewaltigungsszene zu wiederholen. Sie sagt, dass sie Pickel bekäme, wenn sie Johannes' Schwanz noch einmal zu Gesicht bekäme. Johannes grinst, und der Regisseur beginnt eine Diskussion über Professionalität und sexuelle Hysterie. Der Autor kaut an seinen Fingernägeln. Alles Theater, ich habe diese Szenen hundertmal erlebt und sie gelegentlich selbst inszeniert, wenn ich eine tragende Rolle hatte und es mir leisten konnte. Lange her, und es könnte sein, dass Leon und David nur eine Entschuldigung dafür waren, dass mein Talent nicht ausreichte, um auf Dauer zu bestehen. Es ist schwer, ehrlich zu sich selbst zu sein, man verliert diese Fähigkeit unter all den Lügen, mit denen man sich schützt und andere blendet.

Sarah hat eine Affäre mit Isolde begonnen, weil sie auf eine überschwängliche Würdigung ihrer Rolle hofft. Ich habe die beiden einander vorgestellt. Isolde ist eine meiner alten Freundinnen aus der Schulzeit, und ich habe ihre Katzen gehütet, wenn sie nach Selbstmordversuchen im Krankenhaus lag. Ich bin die Frau, auf die man sich verlassen kann, wenn man Hilfe braucht. Das mangelnde Talent, Freundschaftsdienste auszuschlagen, hat mir gute Kritiken eingebracht.

Ich war schon immer ein liebes und gehorsames Kind und wollte von allen geliebt werden. In gewisser Weise funktionierte dieses System, denn ich durchquerte meine Kindheit und Jugend ohne große Beschwernisse, galt in der Schauspielschule als hilfsbereit und den Regisseuren als gefügiges Material, aus dem sie ihre Bühnenfiguren formten. Anpassungsfähigkeit ersetzte Persönlichkeit, und eben dies war die Achillesferse, an der ich so oder so gescheitert wäre. Isoldes Vorhalt, dass ich mich an Leon verlor, um dem Eingeständnis des Mittelmaßes zu entrinnen, weise ich zurück. Es war Liebe unter Ausschluss aller anderen Erwägungen.

Leon wird zur Premiere kommen, er hat es mir versprochen, doch ich weiß, dass ihn Theater langweilt. Meine künstliche Welt interessiert ihn nicht. Er wird höflich applaudieren und mir sagen, dass ich gut war. Den jungen Schauspielerinnen zulächeln auf der Premierenfeier.

Und ich werde mich alt fühlen und hässlich in meinen Gedanken der Eifersucht. Portia, Frau des Brutus, die sich eine Wunde ins Bein schneidet, um ihm zu beweisen, dass sie stark ist und ein Geheimnis bewahren kann. Ihre Sache endet tödlich, und Leon wird mir sein Geheimnis nicht verraten. Ich kenne seinen Körper, seine Gewohnheiten, seine Stärken und Schwächen, aber niemals bin ich meinem Mann so nah gekommen, dass ich mich gänzlich sicher fühlen könnte. Die Distanz, die er schafft, quält bisweilen. Leon kann neben mir liegen, und ich weiß nicht, was er denkt. In mich eindringen, und seine Lust ist weit weg von meiner. Mit mir sprechen, und ich spüre, dass er längst davongeflogen ist und mir nur aus Höflichkeit oder Zuneigung zuhört. Meine Liebe ist anders als seine.

Ich möchte alles mit ihm teilen, und bevor David zur Welt kam, bin ich mit ihm geflogen, obwohl ich Angst hatte, Höhenangst, aber ich dachte, dass ich sie überwinden könne, wenn ich nur fühlte wie er. Es war unmöglich. Und so tröste ich mich mit David, der sich aus meinem Schoß wegdrängt, wenn ich ihn festhalten will. Er ist ein Mann, auch er.

Isolde hat einen Kollegen mitgebracht in das Lokal, in dem wir uns verabredet hatten. David ist bei meiner Schwester, da der Kindergarten für eine Woche geschlossen ist. Ich weiß, dass Beate meinen Sohn nach einer halben Stunde ihrer Haushälterin übergibt, die in ihrer bayerischen Leiblichkeit mehr einer Großmutter ähnelt und von meinem Sohn schon deshalb angebetet wird, weil sie ihn in der Küche mit allem füttert, was sein Herz begehrt.

Es ärgert mich, dass sie in Begleitung kommt, doch ich zeige es nicht. Er heißt Eckhardt und küsst mir zur Begrüßung die Hand in einer altmodischen und anrührenden Weise. Er ist sehr fahl in dieser Stadt, in der sie von gesunder Bräune strotzen, zumindest im »Roma«, in der Maximilianstraße, der Meile der Ciaos und Cabrios und Wangenküsse, der langbeinigen Blondinen, Sonnenbrillen- und Handyträger. Sie sind alle Schauspieler, und ich fühle mich nicht fremd in dieser Gesellschaft. Nur der Mann an meinem Tisch fällt aus dem Rahmen.

»Er muss mal was essen«, sagt Isolde, woraus ich schließe, dass er allein ist. Er sieht aus wie einer, der zu viel gelebt hat, um daran noch Gefallen zu finden. Zu alt, um in Frauen Mutterinstinkte zu wecken, und genau das tut er. Ich vermute, dass Isolde sich mit einem Eckhardt umgibt, weil sie ihn weder fürchten noch bewundern muss. Ihr Selbstwertgefühl misst sich an den wechselnden Liebschaften, und stets sind es die für sie unerreichbaren Frauen, die sie am meisten begehrt. Ihr Problem mag sein, dass sie Frauen nicht mag, sich aber von ihnen erotisch angezogen fühlt. Und so enden ihre Affären mit furchtbaren Szenen, unerfüllten Mordplänen oder scheiternden Suizidversuchen. Alles in ihrem Leben ist auf Drama ausgerichtet, und für das kleine, gewöhnliche Glück oder Unglück scheint sie unbegabt, obwohl sie doch nur auf der Suche nach der Frau fürs Leben ist.

»Warum hast du Sarah nicht mitgebracht?«

Isolde winkt dem Kellner, der um ihre kulturelle Stellung weiß und sein Lächeln vertieft, als er uns die Karte bringt.

»Sie hatte eine Art Nervenzusammenbruch, was mit Johannes' Schwanz zusammenhängt. Sie will nicht, dass er ihn rausholt während der Vergewaltigungsszene.«

Der Kellner seufzt, und niemand weiß, warum. Der Mann, der mir als Eckhardt vorgestellt wurde, lacht auf eine Weise, die mir gefällt. Er biegt seinen Kopf nach hinten und hält den Bauch mit beiden Händen, als wolle er vermeiden, dass er auseinander fällt. Alles an ihm ist zart bis hin zu den Händen, die jetzt einen Becher auf den Tisch stellen. Er bestellt Whisky und Eiswasser, hebt dann sein leeres Gefäß zum Mund und senkt es wieder. »Eine Marotte von mir, entschuldigen Sie bitte.«

»Eckhardt säuft nur aus seinem Becher. Er ist ein verwunschener Prinz.«

Isoldes Stimme kann sehr laut sein. Nur wir beide waren verabredet, und ich spüre, dass sie böse ist, weil ich Sarah nicht überredet habe, mit ins »Roma« zu kommen. Es gibt keinen Grund, sich schuldig zu fühlen, und ich tue es dennoch.

»Ich bin nur Alkoholiker, sonst nichts.« Er lächelt mir zu. Seine Augen sind traurig.

»Anne ist eine berühmte Schauspielerin«, sagt Isolde, wieder in einem Ton, der ein Kellertheater füllen könnte. Ich könnte sie ohrfeigen. Sein Lächeln ist unverändert, doch es sagt mir, dass er meine Qualen versteht. Wenn sie es gut meint, bewirkt sie das Gegenteil. Isolde wächst in meinem Herzen, wenn sie verzweifelt ist und Hilfe braucht. Und schrumpft an Tagen wie diesen.

»Ich weiß«, sagt Eckhardt. »Ich habe sie als Ophelia gesehen.«

Ich bin ihm dankbar, dass er es dabei belässt und sich seinem Becher widmet. Isolde bestellt auch sein Essen, und ich nehme einen Salat. Ich fühle mich zu dick, besonders in Gegenwart eines so dünnen Mannes. Leon mag das, was er Kurven nennt, aber ich nenne das, was seit Davids Geburt haften blieb, Fett. Die Disziplin der Langstreckenschwimmerin hat nachgelassen. Die Liebe zu sich selbst ist das schwerste. Jeden Morgen, an dem ich allein aufstehe, sage ich mir, dass es ein Leben ohne Leon geben könnte. Ich sage es laut vor dem Spiegel und glaube mir nicht.

Eckhardt fragt mich, warum ich so plötzlich von den Bühnen verschwunden sei, und ich erzähle ihm von meinen Männern. Er sagt, dass er viele Kinder und viele Frauen habe, aber dennoch allein sei, und dies ausschließlich aus eigenem Versagen.

Isolde langweilt unser Dialog, und sie betrachtet mit unverhohlenem Missmut oder unerfülltem Verlangen die schönen jungen Mädchen, die im »Roma« sitzen und darauf warten, von einem reichen, attraktiven jungen Mann entdeckt zu werden. Dieses Lokal ist ihre Bühne, und das Stück ist ein Klassiker.

»Frauen sind blöd, daran wird sich nie was ändern«, sagt Isolde. Sie besitzt vier kastrierte Katzen, die ihre sexuelle Frustration an den Ledersesseln ausleben, die immer wieder neu bezogen und zerkratzt werden. Die Frage, warum Katzen keine lesbischen Gefühle entwickeln, hat Isolde noch nicht beantworten können. Die Schlichtheit tierischer Instinkte lässt sie nicht gelten. Ihre Katzen sind etwas Besonderes. Sie duldet nichts in ihrem Umfeld, das gewöhnlich sein könnte. Vielleicht bin ich die Ausnahme.

»Frauen werden mit dem Alter besser. Wie guter Whisky.« Eckhardt stochert in seinem mit exotischem Gemüse beladenen Teller wie ein Mann, der Appetit herbeisehnt. Er trinkt große Schlucke zwischen den Bissen. Ich würde ihn gern füttern, und das ist ein idiotischer Instinkt.

»Ach ja. Und was findest du dann an Marie?«

Ach ja. Sie gehört zu den Menschen, die meinen, alles aussprechen zu müssen. Wenn Herzen auf der Zunge getragen werden, könnte es sein, dass sie am falschen Platz sind.

Er antwortet nicht, nimmt stattdessen einen tiefen Schluck aus dem Schierlingsbecher. Leon findet meinen Hang zu dramatischen Erhöhungen amüsant. Wir haben früher viel gelacht. Er ist ein Mann, der nie schlecht gelaunt ist. Leon kann still sein, so weit weg wie ein kleiner Prinz auf einem anderen Planeten, von gewaltiger Lebenslust, verrückt manchmal und sehr selten böse und verletzend. Wenn es geschieht, kommt es immer überraschend, so wie bei unserem Streit um Sophies Schwangerschaft. Er hat tatsächlich mit Max gesprochen, und Max hat einen namhaften Psychologen zugezogen, der Sophie beraten soll. Typisch für meinen Schwager, die Verantwortung an einen Experten zu delegieren. Wie auch immer seine Tochter entscheidet, in gewisser Weise bleibt er davon unberührt. Beate ist wütend über die Einmischung, und sie gibt mir die Schuld. Als wir klein waren, sagte sie, dass unsere Eltern stritten, weil ich ein schlimmes Kind sei. Für eine Weile glaubte ich ihr, bis ich erwachsener wurde und erkannte, dass dieses Paar jeden Anlass nahm, mit Worten übereinander herzufallen. Der finale Schlagabtausch fand an Mutters Krankenhausbett statt. Sie wollte verbrannt werden, und Vater bestand auf einem christlichen Begräbnis, wie er es nannte. Sie hieß ihn einen bigotten Hurensohn und er sie eine verkrebste Schlampe. Als sie dann starb, mitten in einem seiner vergifteten Sätze, brach mein Vater zusammen. Er weinte und tobte und erholte sich nie mehr von dem Schmerz, seinen liebsten Feind verloren zu haben. Sie wurde verbrannt, und mein Vater wurde immer weniger und starb nach ein paar Monaten.

»Ihr seid fade.« Isolde schiebt ihren Teller zur Seite. Sie isst immer ihren Teller leer aus Solidarität mit den hungernden Katzen dieser Welt. Ihre Frage blieb unbeantwortet, und ich erinnere mich daran, dass Isolde schon öfter von Marie gesprochen hat. Sie nennt sie »die Schlange«, und ich glaube, dass sich Abneigung und Bewunderung die Waage halten.

Eckhardt schweigt und sieht mich an, als könne er meine Gedanken lesen. Einer, der nicht ständig redet, um Worte auf die Stille zu legen. Er passt nicht ins »Roma« und nicht zu Isolde, die Nähe von Siegern sucht, um von ihnen das Überleben auf hohem Niveau zu erlernen. Ich weiß, dass sie in der Zeitung Allianzen sucht, den Anschluss an das Rudel. Auf der Bühne ist es anders. In jedem Engagement ist man allein und kämpft gegen den Rest der Truppe. Sieger ist, wer die Gunst des Regisseurs gewinnt, das Publikum und die Kritiker. Und nichts ist so schön, wie schlechte Bewertungen über Kollegen zu lesen. Manche sagen, es sei das Beste an unserem Beruf. Schauspieler sprechen über nichts anderes als ihre Rollen, die Rollen, die ihnen zustünden und jene, die fehlbesetzt sind. Ohne Scheinwerfer oder Kamera sind wir unterbelichtete Gestalten, die Missgunst zelebrieren und verzweifelt auf den Anruf eines Produzenten oder Regisseurs warten. Niemand ruft mich an.

In diesem Lokal sind Handys die Begleitmusik. Wenn Worte fehlen, ertönen blecherne Melodien, und jeder ist irritiert, wenn es nicht die von ihm gespeicherte ist. Das Symbol der Bedeutung liegt in weichen Händen, die das Ding zum Ohr führen mit triumphierendem Blick. Seht her, ich bin es, der angerufen wird. Eckhardt parodiert den Vorgang, und wir lachen über ihn und die anderen. Und dann hole ich mein Telefon aus der Tasche, um Beate anzurufen und nach David zu fragen.

Es geht ihm gut, er sitzt in der Küche und wird von der Haushälterin gemästet. »Er soll nicht zu viel essen, sonst kotzt er im Auto«, sage ich. Das sage ich immer. Es gibt zwei Männer, deren Erbrochenes ich ohne Ekel entferne, weil ich sie liebe. Es ist typisch für mich, dass ich sie daran messe, die Liebe.

Ich beende das Gespräch, bevor Beate ihr Klagelied anstimmen kann. Ihre Stimme klingt hysterisch. Max hat eine Entscheidung zum Ende der Woche gefordert. Schwangerschaften erledigen sich nicht von selbst. Ich bin froh, dass Sophie mich nicht um Rat gebeten hat. Ich weiß keinen.

»Ich habe das Handy nur Davids wegen.« Ich schiebe es in die Tasche.

»Sie müssen sich nicht entschuldigen. Es ist eine Volkskrankheit. Der Pesthauch der allgemeinen Sprachlosigkeit. Und Isolde sieht ganz unglücklich aus, weil sie noch niemand angerufen hat. Die Bedeutung einer Kulturredakteurin misst sich an der Zahl der Einladungen und Telefonate.«

»Du könntest dir keines leisten bei deinem Alkoholkonsum.«

Eckhardt zwinkert mir zu. Seine Augen sind hell und verwaschen und etwas liegt darin, das mich verstehen lässt, warum er die Welt nicht mehr nüchtern sehen möchte. »Isolde wäre so gerne bösartig und verwegen. Wie Marie, die Vielgehasste. Die Frau hat Ziele und wenig Schwächen. Sie will Max Lenbach heiraten und Chefredakteurin werden. Vielleicht gelingt es ihr sogar.«

»Scheiße.« Isolde setzt ihre Sonnenbrille auf. Es scheint keine Sonne. Sie hat mir nie etwas davon gesagt.

»Scheiße mag es sein. Doch es bedarf eines gewissen Talents, sich mit dem betörenden Duft des Erfolgs zu umgeben.« Eckhardt versteht nicht, warum wir beide plötzlich auf Zehenspitzen agieren.

Jetzt seufzt Isolde, und sie meidet meinen anklagenden Blick. »Anne ist die Schwägerin von Max Lenbach. Hab ich vergessen, dir zu sagen.«

Er kann nichts dafür, und ich bemühe mich um ein Lächeln. »Macht doch nichts. Meine Schwester ist in diesem Punkt ziemlich abgehärtet. Und Max hat noch nie eine seiner Geliebten geheiratet.«

»Seht mal, da drüben sitzt die Wie-heißt-sie-Noch?, sie sieht aus wie frisch geliftet.« Isolde fühlt sich des Verschweigens schuldig und versucht, das Thema zu wechseln. Ich bin wütend, auf sie und Max und diese Marie, die mich zwingen, darüber nachzudenken, ob ich die Information weitergebe. Falls nicht, wäre ich nicht besser als Isolde. Falls ja, würde ich Beate scharfe Munition für eine weitere Eheschlacht in die Hand geben. In dem Krieg, den sie seit vielen Jahren führen, gibt es keinen Sieger, es geht nur noch darum, das eine oder andere Scharmützel für sich zu entscheiden. Ich könnte es nicht ertragen, so zu leben, doch meine Schwester scheint beinahe Gefallen daran zu finden, sich und ihn zu quälen bis ans Ende aller Tage. Wenn Max nicht so bequem wäre, würde er sich scheiden lassen. Leon nennt es Klugheit. Im Reich der Gefühle denken Männer fundamental anders, und ich glaube, dass ein Teil der Liebe darin besteht, dass wir an den Erfolg der Gehirnwäsche glauben. *Ein Schlachten war's, nicht eine Schlacht zu nennen.* Und die Jungfrau endete auf dem Scheiterhaufen.

»Marie schläft mit jedem, der ihr nützlich erscheint. Sie ist eine karrieregeile Schlampe, nichts weiter.« Isolde kaut an ihrem Daumennagel, der schwarz lackiert ist. Man muss progressiv anders sein, um sich der Masse anzupassen. Ich war auch mal eine Marie, als ich jünger war und dem Bühnenerfolg nachjagte. Beate heiratete Max unter anderem, weil sie an seinen Aufstieg glaubte.

Wir bekommen, was wir verdienen, und es ist nicht immer das Beste. Nur ich hatte Glück, denn ich bekam Leon als Geschenk, das ich nicht verdiente.

Eckhardt sieht so verletzt aus wie mein Sohn, wenn er meint, dass ihm Unrecht geschehen sei. Ich kenne eine Reihe von Abhängigen in der Zunft der Schauspieler, aber keiner rührt mich an wie dieser Mann. Er trägt seine Sucht und seinen Schmerz vor sich her wie ein Schild aus Glas, durch das jeder hindurchsehen, das man mühelos zerschlagen kann. Panzerglas ist das übliche Material, mit dem man sich vor den anderen schützt. Max trägt es, und in gewisser Weise auch Leon. Ich bin eher eine von Eckhardts Sorte, jedoch ausgestattet mit der Disziplin einer Langstreckenschwimmerin und der Kunst der Verstellung. Man gibt nicht auf, auch wenn die Erschöpfung so groß ist, dass man eintauchen und den Kampf aufgeben möchte. Ich liebte die Rolle der Viola in *Was ihr wollt*, die schöne Unbedenklichkeit, mit der sie agiert, und wie sie dem Stern folgt, von dem sie nicht weiß, ob er hell oder dunkel ist.

Wenn er Marie liebt, warum verteidigt er sie nicht gegen Isoldes Bösartigkeiten? Ich würde ihn das gern fragen, doch er kommt mir zuvor und fragt mich nach dem Stück, in dem ich spiele.

»Im Leben oder auf der Bühne?« Wenn man mit Worten spielt, kommt man nicht in die Verlegenheit, die Wahrheit zu sagen. *Die Party* ist so schlecht, dass man sie schon wieder gut finden könnte, und Isolde würde vehement widersprechen, weil Sarah die Hauptrolle spielt.

»Anne ist eine treue Ehefrau und hingebungsvolle Mutter.«

So, wie Isolde es sagt, klingt es furchtbar, und an einem Nebentisch lacht jemand. Ich schwöre mir, nie wieder ihre Katzen zu hüten.

»Eine außergewöhnliche Rolle«, sagt Eckhardt, und ich kann keine Ironie erkennen. Nichts Leichtes oder Eitles ist an ihm, und ich denke, dass ich mich in ihn verlieben könnte, wenn es Leon nicht gäbe. Ich habe ältere Männer immer anziehender gefunden, bis ich ihn traf. Sie sind stärker und verletzlicher als die Jungen, die Selbstverliebten. Und während ich mich in Leons Gegenwart dafür schäme, dass mein Körper nicht mehr perfekt ist, würde ich mich bei diesem sicher fühlen. Wie mag er sein, wenn er wirklich betrunken ist, und morgens, wenn er aufwacht?

Isolde sieht auf ihre Uhren, sie trägt zwei, auf denen die Zeiten in allen großen Städten der Welt abrufbar sind. Die kosmopolitische Spießigkeit ist ein Merkmal dieser Stadt. Ich muss gehen, denn ich habe nur eine Zeit, die von meiner Familie verfügt wird. Sie lädt mich ein und küsst mich auf beide Wangen, und Eckhardt neigt sein graues Haupt gegen meinen Handrücken, ohne ihn zu berühren. Die Regung, ihm über die Haare zu streichen, ist lächerlich. Ich entziehe ihm meine Hand, und er sieht mich an, und ich weiß, dass ich ihn verletzt habe. Die dünne Haut, die er trägt, schützt ihn nicht mehr vor anderen. Nur der Alkohol. Ich wende mich ab und gehe.

Ich weiß, dass Isolde über mich reden wird. Ein wenig abschätzig, wie es ihre Art ist. Ich möchte daran glauben, dass Eckhardt mich verteidigt.

Der Wagen ist in der Werkstatt, weil ich einen kleinen Unfall hatte, und ich nehme mit schlechtem Gewissen eine Taxe, um pünktlich zu sein. Ich hasse öffentliche Verkehrsmittel, doch jede finanzielle Vernunft spricht für den Verkauf des Autos. Leon ist dagegen, doch er überlässt die Entscheidung mir. Das Management des monetären Überlebens liegt in meiner Verantwortung. Wer keine Entscheidungen trifft, macht keine Fehler, darum beneide ich ihn manchmal. Und dann denke ich, dass er in unsere Leichtgewichtsehe mehr Schwere einbringen müsste. Ich muss aufhören, ihn erziehen zu wollen. Es ist unmöglich.

Der Taxifahrer klagt über den Föhn und die Ausländer, und ich wünschte, er würde still sein. Die Geräusche unvollendeter Gedanken nehmen überhand, und ich bin nicht einmal in der Lage, diesem Mann zu sagen, dass er schweigen soll. Ich räche mich mit der Verweigerung von Trinkgeld und ernte verächtliches Schnaufen.

Beate öffnet mir die Tür, sie sieht schlecht aus, und sofort fühle ich mich schuldig, weil es Marie gibt und David, der die Küche mit großer Gewissheit in ein Chaos verwandelt hat.

»Ich habe Sophie in die Küche geschickt«, sagt meine Schwester nach dem Wangenkuss. »Damit sie eine Vorstellung davon bekommt, was sie austragen möchte. Man müsste diesen Scheißpsychologen in den Sudan schicken.«

»Warum Sudan?« Wir bewegen uns durch die Eingangshalle auf die Küche zu, aus der lautes Geschrei zu hören ist.

»Weiß nicht. Schien mir irgendwie passend. Ich sage dir, sie will dieses Kind nur, weil ich dagegen bin. Es ist absurd, was hier vorgeht.«

»Und was sagt Max?«

Beate bleibt vor der antiken Silbervase stehen, die sie in Paris ersteigert hat. »Er hat doch immer einen Sohn gewollt in der Art von Patriarchen. Und jetzt darf es ein Enkel sein. Wir werden eine Kinderfrau engagieren, und Sophie wird das Abitur machen und studieren. Es ist alles deine Schuld. Du hättest es Leon nicht sagen dürfen, dann hätte Max sich nicht eingemischt, und die Sache wäre längst vom Tisch.«

Das kleine, zerbrechliche Leben wird zum Balanceakt zwischen Schuld und Unschuld. Ich tappe in jede Falle und bitte um Vergebung.

»Niemals.« Beate öffnet die Tür zur Küche, und David springt vom Hocker und wirft sich in meine Arme.

11. Kapitel

LEON

I*ch spürte den* Schmerz zweimal, und er war von unterschiedlicher Qualität. Einmal, als ich mit der alten »Mustang« abstürzte, und in der Nacht, als mein Freund Wolf mich in einem Hotelzimmer missbrauchte, demütigte, etwas zerstörte, das über ihn und mich hinausging. Berührungen können den Tod bedeuten. Wenn nichts mehr bleibt, als gegen die Gewalt aller Berührungen anzuschreien, bleibt als größter Schmerz die Empfindung des Versagens.

Der Heros sucht die Katastrophe: Achilles brauchte seine Ferse, Herakles ein Hemd, Johanna den Scheiterhaufen. Die Zweifel, in welchem Maß ich zu dem Geschehen beigetragen habe, werden mich nie verlassen. Ich bin mutiger geworden seither und zugleich ängstlicher, waghalsiger, feiger, gleichgültiger. Auf der Suche nach Siegen, die Niederlagen auslöschen. Auf der Flucht vor allem, das mich festhalten könnte.

In Kenia flog ich Kranke aus ihren Dörfern in Hospitäler, die diesen Namen nicht verdienten. In Uganda Waffen für die Rebellen im Norden; in Botswana waren es Touristen, die in die Swamps wollten und den mühsamen Landweg scheuten. Ich war nur der Pilot und brauchte Geld für ein neues Flugzeug. Ich schmuggelte Pornohefte für den katholischen Priester in Maun, der sie verkaufte, um den Bau seiner Kirche zu finanzieren. Was gut ist und was böse, entzieht sich, aus großer Distanz betrachtet, allen Bewertungen. Smaragde aus Sambia, Elfenbein aus Simbabwe und immer wieder Waffen für die kleinen und großen Kriege, die geführt wurden in diesem Teil der Welt. Sie führten zu nichts außer Toten, aber viele Leute machten gute Geschäfte damit.

Anne schrieb Briefe in dieser Zeit, Worte der Liebe und Sehnsucht, und ich führte sie in meinem Pilotenkoffer mit mir, der schwer wurde mit der Zeit, doch ich fand keinen Platz, sie sicher zu deponieren. Der Koffer wurde mir in Maputo gestohlen, als ich ein paar Sekunden nicht aufpasste, weil ich einem Straßenjungen fünf Dollar geben wollte. Als ich sie ihm trotz allem in die Hand drückte, sah er sehr erstaunt aus, weil er vermutlich zur Gang gehörte. Ihm fehlten drei Finger an der linken Hand, und in seinem Blick lag Verachtung für den Unversehrten, der sich bestehlen ließ und dafür auch noch bezahlte.

In Afrika verlierst du dich im Himmel, dessen Schönheit das Gras zum Singen bringt. Die Sterne strahlen heller, als müssten sie einen Ausgleich schaffen für künstliches Licht, das es nur in den Städten gibt, in den Vierteln der Weißen und der schwarzen Oberschicht, in den Häusern der Experten und Geschäftemacher, der Politiker und Generäle. Sie, die es zu etwas gebracht haben, verstehen besser als die Weißen, dass es Licht und Schatten geben muss unter diesem Himmel, weil er zu gewaltig ist für jegliche Formeln der Gerechtigkeit.

Ich stellte mir vor, dass sie Annes Briefe in ein Feuer warfen, an dem sie sich nachts wärmten und dazu Klebstoff schnüffelten, weil es Träume geben muss in der Kälte. Ich dachte oft an Anne, doch sie fehlte mir nicht. Es ist heute noch so, dass ich sie mehr liebe, wenn sie weit weg ist, Kilometer der Verklärung, in denen ich ihre Güte preise, an einem wie mir festzuhalten. Max hat recht, wenn er sagt, dass ich sie nicht verdiene. Dieser Gedanke macht es mir leicht, sie auf ein Podest zu stellen und aus der Ferne zu bewundern. Die Treue. Das beharrliche Bestreben nach vollkommener Nähe, dem harmonischen Gleichklang aller Gefühle bis hin zum perfekten Sex.

She is trying too hard. Und ich biege mich elastisch unter ihren Vorstellungen, ohne die Form zu verlieren. Der Priester in Maun hat mir von einem Wurm erzählt, der unter dem Augenlid des Nilpferds lebt und sich von dessen Tränen ernährt. Sie erzählen viele Geschichten in Afrika, und sie alle haben damit zu tun, dass Kreaturen einander brauchen.

Anne wollte ein Massaibaby adoptieren, als sie nach Kenia kam, um mich zu besuchen. Sie war nicht gewappnet gegen die großen Augen der Kinder, die dürren Beine und die Krankheiten, die nicht behandelt wurden. Anne zerfloss vor Mitleid und verstand nicht, dass die Kinder schrien oder zumindest erschraken, weil meine Freundin so weiß und blond war, und sie glaubten, ein Gespenst zu sehen. So hübsch in ihrem hellen Khakianzug, den ich ihr abends auszog, bevor wir gemeinsam unter die Dusche gingen, wenn es eine gab, oder uns mit dem Schlauch abspritzten, oder schmutzig und verschwitzt in den Schlafsack stiegen und keinen Ekel vor unseren Gerüchen empfanden.

Trotz aller romantischen Momente entsprach diesseits von Afrika nicht dem, was Anne in dem Film über den Flieger und die Farmerin gesehen hatte. Und so schlüpfte sie in die Rolle des blonden Engels und verteilte Gaben in Form von Nahrungsmitteln, Medikamenten und Spenden für Dorfschulen und Krankenstationen. Wir flogen das Massaibaby nach Nairobi, und Anne kam für die Kosten der Typhusbehandlung auf. Das Kind starb im Krankenhaus, und Anne weinte eine Nacht lang, die ich mit sehr viel Whisky und Moskitos verbinde.

Fliegen und Trinken sind in Afrika eine lässliche Sünde, die nicht geahndet wird. Als ich mich daran gewöhnt hatte und später in Holland mein Geld verdiente, flog ich nach vier Wochen aus dem Job.

Die drei Wochen ihres Aufenthalts in Kenia glichen einem Kreuzzug, der zum Scheitern verurteilt war, obwohl sie die Geschwister des toten Kindes in einer Missionsschule unterbrachte. Wir waren zu bleich, um die Überlebensmechanismen dieser Welt zu verstehen. Anne überlebte einen Schlangenbiss, weil ich die Wunde aussaugte und das Gift ausspuckte und sie dann zur nächsten Krankenstation flog, von der ich wusste, dass sie das Serum hatten. Puffottern sind gefährlich, weil sie träge sind und liegen bleiben, und Anne ist gefährlich, weil sie vernünftige Ratschläge grundsätzlich missachtet. Ich hatte sie davor gewarnt, in Sandalen durch den Busch zu laufen.

»Das ist Liebe«, sagte Anne, als ich spuckte und mit Wasser nachspülte, um alles Gift loszuwerden. Liebe musste das dramatische Moment haben, um vor ihren Augen zu bestehen. Wären wir gemeinsam an diesem dreckigen Fluss gestorben, hätte sie Julia zitiert, ich bin ganz sicher. Heroinnen suchen die Katastrophe, doch Anne begnügte sich mit der Ehe. Und mit Reisen nach Frankreich oder Italien, bei denen David die Regie führte und ich die Nebenrolle spielte.

Familienhotels der mittleren Preisklasse sind mörderische Urlaubsziele, und stets wusste Anne das eine oder andere Detail zu preisen, um mich aufzuheitern, und bewirkte doch das Gegenteil. Das Gegenteil von Sex ist der Familienurlaub in einem lausigen Dreibettzimmer mit einem Duschvorhang aus Plastik. Jedes Loch in Afrika habe ich dieser schäbigen Funktionalität vorgezogen. Und je mehr sie in die Defensive geriet und umso verzweifelter sie versuchte, mich zu begeistern, desto grausamer wurde ich Anne gegenüber, und manchmal auch zu David, der sich mit kräftigen Lungen zur Wehr setzte. Verbale Grausamkeiten, Gift, das ich in dosierten Mengen ausspuckte, bis Anne zermürbt war und von sich aus vorschlug, den Urlaub vorzeitig zu beenden.

Auch das ist Liebe: die Bereitschaft nachzugeben und nachzutragen. Anne langweilen die Flugshows und -rennen, und ich würde sie nie zwingen, mich zu begleiten. Stellen wir uns der Tatsache, dass wir sehr unterschiedliche Interessen haben und Liebe kein Alleskleber ist. Ich würde ihr immer noch das Gift aus dem Fuß saugen, jedoch nie wieder in die Bretagne fahren. Im Übrigen teile ich mit Max die Auffassung, dass jeglicher Urlaub jenseits von Abenteuerreisen verschwendete Zeit ist.

Als Sophie jünger war, frequentierte die Familie teure Hotels an exotischen Plätzen – und Max wurde krank. Er wurde grundsätzlich in Urlauben krank, flüchtete aus der Langeweile ins Siechtum, bis Beate die richtige Diagnose stellte und fortan allein verreiste. Sie ist eine kluge Frau, die sich auf verbitterte Oberflächlichkeit eingelassen hat, und es grenzt an ein Wunder, dass sie Anne noch nicht infiziert hat. Es muss an Annes Stärke liegen, Hässlichkeiten auszublenden, denn ihre Schwester ist von einer erbarmungslosen Bosheit, die sie ausschließlich auf Max fokussiert. Ich glaube sogar, dass Beate der einzige Mensch ist, den Max fürchtet, auch wenn er es nie zugeben würde.

Ich warte auf Max. Die Bestimmung meines Lebens, auf den großen Bruder zu warten, abgesehen von der Zeit, in der ich mich ihm entziehen konnte. In gewisser Weise waren die Jahre in Afrika die besten. Ich war frei, ich konnte fliegen. Es gab Landepisten, auf denen Kühe grasten, und Schneisen im Dschungel, bewacht von bewaffneten Kindern, die sich Soldaten nannten. Baracken mit einem Funkgerät, in denen der Flughafendirektor, umschwirrt von Fliegen, vor sich hindämmerte, bis ihn die Stimme eines Piloten aufweckte und er erst zur Flasche und dann zum Mikrofon griff. Es gab immer Bier und Frauen – und die Besonderen, die Verlorenen, die man nur an den Enden der Welt findet.

Und dabei kann man das, was wir suchen, in einer einzigen Rose oder in ein bisschen Wasser finden. Brunnen, die singen, und Frauen von großer Anmut, die schwere Eimer auf dem Kopf balancieren. Den irischen Dichter, der den weißen Löwen jagt und ihn in seinen berauschten Träumen findet. Den Harvard-Studenten, der in seinem Dorf als Juju-Mann wirkt und versucht, Krokodile zu zähmen. Die englische Krankenschwester, die den Kindersoldaten Märchen erzählt und weiß, dass sie ihre Wunden nicht heilen kann. Den Orchideenzüchter aus Antwerpen, der in seinem Schuppen im tiefsten Dschungel einen Höhenmesser findet, den ich für die Maschine brauche.

Die Flugzeuge sind größer, sicherer, perfekter geworden. Sie langweilen mich in ihrer technischen Vollendung, die der Kunst des Fliegens den menschlichen Beitrag entziehen. Wir sind den Sternen näher gekommen, doch wir sehen sie nicht mehr. *»Du, du wirst Sterne haben, wie sie niemand hat …«* Daran habe ich einmal geglaubt. Fliegen wollte ich wie Saint-Exupéry und ein bisschen Wasser finden. Es wurde mehr, als ich schlucken konnte.

Ich sitze in Salzburg und warte auf Max, der einen Mittelsmann trifft. Einen Reisenden mit Geldkoffer, der zwei lose Enden miteinander verknüpft. Einer, der Politiker und Bürokraten kennt, die für Spenden empfänglich sind, und Leute aus der Wirtschaft, die sich mit Spenden lukrative Entscheidungen erkaufen. Der Mittelsmann der globalen Korruption, für den zehn oder mehr Prozent von ein paar Millionen herausspringen, die er auf einem

Schweizer Konto deponiert. Die Geschäfte werden in bar abgewickelt, und der unscheinbare Mann trägt schwere Aktenkoffer. Die Flughäfen der Welt sind frequentiert von diesen Maulwürfen des Systems, das auf totale Mobilisierung zum Zweck der Produktionssteigerung ausgerichtet ist. Wir sind Teil davon oder fallen durch das Raster. Ich bin ein Nanoteilchen, weshalb es mir zusteht, bisweilen Abscheu zu empfinden. Und in aller Feigheit gestehe ich mir ein, dass Moral ein Luxus geworden ist, den ich mir nicht leisten kann.

Es muss ein großer Deal sein, wenn Max sich persönlich bemüht. Ich könnte schwören, dass die beiden Typen mit Sonnenbrillen, die drei Tische weiter sitzen, einen Beruf der beschattenden Sorte ausüben. Die betonte Unauffälligkeit ist verräterisch. Warum tragen sie alle dunkle Brillen wie in den Filmen?

Anne liebt die philosophierenden Killer in *Pulp Fiction*. Leben und Sterben sind ein skurriler Film, den wir nie ganz begreifen. Jetzt müssten die beiden Maschinenpistolen ziehen und um sich ballern. Menschen kreischen, und Blut spritzt zur Decke. Die beiden lächeln über den Lärm, den sie auslösen, einer macht einen Scherz, und dann werfen sie ihre Waffen in die Vitrine mit den Mozartkugeln und steigen vorsichtig über die Leiber, die am Boden liegen. Am Ausgang drehen sie sich um und winken zum Abschied leise Servus. Der Ober weiß nicht, wem er den Apfelstrudel servieren soll, denn die Gäste brauchen nichts mehr. Er bringt ihn mir, und ich sage, dass er köstlich aussieht.

»Wiener Blut« schallt aus den Lautsprechern. Die beiden Männer essen Frankfurter mit Senf und Kren. Vielleicht sind sie auch nur Versicherungsvertreter mit empfindlichen Augen. Ich wähle Annes Nummer, weil ich mein Tagesritual noch nicht erfüllt habe. Ihre Stimme klingt gequält, sie ist müde geworden über ihrem Leben, und manchmal kann ich sie verstehen. »Ich liebe dich«, sage ich, und denke, dass in diesem Satz kein Abenteuer mehr verborgen ist.

12. Kapitel

MARIE

C*amilla empfing mich* in ihrem Haus, das als Festung ausgebaut ist. Die Burgen der Betuchten liegen in der Mauerkircher Straße und ihren Seitenstraßen, und sie sind von hohen Mauern und Fernsehkameras geschützt. In diesem Viertel lärmen keine Kinder, was man als angenehm empfinden könnte. Silberhaarige Damen führen kleine Hunde an der Leine. Polizeiwagen kontrollieren die exklusive Einöde, und auch die schnellen Wagen halten sich an die Geschwindigkeitsbegrenzung. Es gibt Parkplätze, das Wunder von München, und die Gehwege sind von Schnee geräumt. In Straßen wie diesen möchte ich wohnen und darauf bauen, dass mein Leben gelungen ist.

Es gab Tee in dieser Burg, serviert in Meissner Porzellan, und zarte Sandwiches, die auf der Zunge schmolzen. Man saß unbequem. Camilla sprach in falscher Bescheidenheit über ihr Anliegen, minderjährigen Minenopfern in Angola beizustehen. Sie hatte Fotos bereitgelegt, um das Elend zu dokumentieren. Bilder sagen so viel mehr als Worte, darüber waren wir uns einig. Sie hatte auf ihre Reise einen bekannten Fotografen mitgenommen, denn von Amateuraufnahmen hielt sie nichts, und selbstverständlich verlangte der Mann keine Gage, so uneigennützig, man müsse nur an das Gute im Menschen appellieren; wir alle tragen es in uns, nicht wahr, genauso wie das Böse.

Minen sind böse. Camilla ist gut. Ich erschien als Werkzeug, diese Botschaft zu transportieren. Die Story ist einfach. Ich fragte nicht viel, ließ sie nur erzählen, und sie fand die angemessenen Worte der Betroffenheit, die einer Frau ihres Standes zustehen. Warum fühlte ich mich unterlegen all die Zeit? Es war nicht fair, wie sie mich behandelte. Wie den silbernen Krückstock, der an ihrem Stuhl lehnte. Nützlich, aber austauschbar. Woher nahmen Frauen wie sie das Recht, ihre edle Gesinnung gegen den Rest der Welt auszuspielen? Gäbe man mir den Rahmen, die Zeit und das Geld, auch ich könnte mich für Minenopfer begeistern. Wir sind so edel, wie wir es uns leisten können, Camilla. Hätte ich gern gesagt, doch ich war nicht in der Position auszuteilen. Noch nicht.

Sie sagte mir, dass Conrad ein Zehntel seines Nettogehalts für ihren gemeinnützigen Verein spende, Monat für Monat. Prothesen für Angola. Die unschuldigen Opfer eines Krieges, der nie zu Ende zu gehen scheint, der Menschen leben und sterben und leiden lässt, als wären sie nie für den Frieden geboren. Manche Kinder ohne Arme lachen auf den Fotos, als würden sie nicht begreifen, dass sie zum Viertelleben in einem verdammten Land verurteilt sind.

Der Layouter, mit dem ich die zwei Sonderseiten zusammenstelle, will Camillas Foto in den Mittelpunkt rücken. Wie sie in ihrem schlichten, teuren Kostüm, auf ihre Krücken gestützt, tapfer in die Kamera lächelt. Die Prothesen, die nach Angola gehen, sind nicht aus Silber. Jedem das seine. Warum hasse ich sie so? Weil ihre Vergangenheit tragisch ist und meine nur verschweigenswert? Weil sich die Größe eines Menschen an seiner Leidensfähigkeit misst? Klein will ich bleiben und niemals erfahren, wie viel ich ertragen oder wie viele ich töten könnte, um am Leben zu bleiben. Jeden Freund und Geliebten verraten, wenn man mir mit Folter drohte. Der Sache abschwören, wenn ich eine hätte. Die Welt dem Untergang preisgeben, sofern ich nur überleben könnte. Macht mich dies nicht zu einem besseren Menschen, dass ich meine Grenzen kenne und Heldentum für Charakterschwäche halte?

Als ich sie während unseres zweistündigen Gesprächs nach ihrem Unfall fragte, überlegte sie ein paar Sekunden. Sie war nicht sicher, ob sie antworten sollte. Dann sprach sie langsam, wog jedes Wort ab, als ob die Wahrheit wehtäte wie die Phantomschmerzen an ihrem Beinstumpf. Manchmal schloss sie die Augen, als ob dies die Bilder wiederbrächte, den Film ihres Lebens, der nur in ihrem Kopf spielte.

Sie erinnerte sich an einen Abend, an dem sie ihren Hund ausführte, so wie jeden Tag. Es war Winter, es war dunkel und der Mond nur eine Sichel. Der Hund zerrte an seiner Leine. Eckhardt hatte mir nichts von einem Hund erzählt. Er hieß »Love«, und sie hatte ihn aus dem Tierheim geholt. Camilla, das gute Mädchen aus gutem Haus, führte also ihren Hund aus, und er riss sich los, oder ihr entglitt die Leine, und er rannte auf die Straße und sie ihm nach… und dann kam der Wagen wie ein bedrohlicher Schatten auf sie zu.

Sie habe nur die Lichter gesehen und fast zeitgleich mit dieser Wahrnehmung einen grellen Schmerz verspürt – und anschließend nichts mehr, nur Stille und Dunkelheit. Leben und Tod, sagte Camilla, seien einander so nahe, dass der Augenblick des Begreifens nicht ausreiche, beides zu verstehen.

Als sie im Krankenhaus erwachte, habe sie als erstes nach »Love« gefragt. Ihm war nichts passiert, er hatte sich auf die andere Straßenseite gerettet. Sie lag bewusstlos und blutend auf der Straße, und der Hund saß neben ihr, leckte ihr Gesicht und bellte. Liebe ist eine gute Sache, selbst wenn sie von einem Hund kommt. Es dauerte nur ein paar Minuten, bis jemand aus einem der Häuser auf die Straße rannte und den Notarzt verständigte.

Camilla erzählte ihre Geschichte mit vielen kleinen Pausen. Manchmal sah sie mich an, um die Wirkung zu überprüfen. Ich trug mein Gesicht der Anteilnahme, so wie damals, als ich am Flughafen die Angehörigen von Urlaubern befragte, deren Maschine abgestürzt war. Ich habe diesen Job gehasst. Aber seither weiß ich, wie man Trauer nach außen trägt und behutsam fragt, um den anderen nicht zum Verstummen oder zum Weinen zu bringen.

»Love«, der nicht ins Krankenhaus durfte, während Camilla ins Leben zurückfand, starb nach ein paar Wochen an Liebesentzug. Er verweigerte das Fressen. Als sie erfuhr, dass man ihr das Bein oberhalb des Knies abgenommen hatte, wollte sie auch sterben und neben ihrem Hund begraben werden. Es stirbt sich nicht so einfach in einem Krankenhaus. Also lebte sie weiter und lernte, mit dem Schmerz zu leben und mit der Prothese zu gehen. Und sie traf Conrad, der ihr auf dem Krankenhausflur über den Weg lief. Der glücklichste Zufall ihres Lebens, sagte Camilla. »Love« stirbt und Liebe kommt. Wie vielen Zufällen darf man trauen?

Gute Camilla, auch in ihrem Schmerz so behütet und abgeschirmt von allem Bösen, das ein Leben für Zweibeinige bereithalten kann.

Sie hat Conrad gewarnt, sich an einen behinderten Menschen zu binden. Doch er war so stark und zuversichtlich, dass es für zwei reichte. Liebe überwindet fast alles, so wie Geld. Conrad, der begabte Journalist, hätte auch ohne ihr Zutun seine Karriere gemacht. Sie glaubt daran. Wie alle, in deren Leben das Kapital nie eine Rolle spielte, unterschätzt sie seine Anziehungskraft.

Camilla trank Tee in zierlichen Schlucken, erzählte und schien erstaunt darüber, dass sie so viel aus ihrem Leben preisgab. Ich habe nie verstanden, wie Leute so unbeschwert mit Journalisten reden können. Priester, Psychiater und Anwälte unterliegen der Schweigepflicht, während es unsere Aufgabe ist, Informationen weiterzugeben. Nein, sie wollte nicht alles gedruckt sehen, doch sie erwartete, dass ich sie bewunderte. Eitelkeit verführt zur Selbstdarstellung. Gib ihnen Gelegenheit, ihre Geschichte neu zu schreiben und alles Gemeine zu tilgen und das Erhabene zu betonen – und sie werden es tun. Wer wüsste das besser als ich?

Ich fragte sie nach dem Fahrer des Unglückswagens: Ob man ihn nie gefunden habe? Sie schüttelte den Kopf. Sie sei eine schlechte Zeugin gewesen. Nichts anderes habe sie wahrgenommen als die Lichter, die aus der Dunkelheit kamen, jene Helligkeit, die wie eine Vision des Jenseits war, nicht erschreckend, nur überraschend.

Augenzeugen gab es nicht. Die Anwohner hatten nur das Quietschen der Bremsen gehört und dann das Durchstarten. Er sei immerhin so rücksichtsvoll gewesen, sie auf seinem Fluchtweg nicht zu überfahren, sagte Camilla.

»Dann war es also ein Mann?«

Das Camilla-Lächeln. Jenes leichte Heben der Mundwinkel, das den Gesamteindruck tragischer Schönheit nicht zerstört. Sie habe nur angenommen, dass es ein Mann sei. Weil sie, aus welchen Gründen auch immer, einer Frau nicht zutraue, Fahrerflucht zu begehen. Eine Frau wäre ausgestiegen, schon aus Neugierde. Sie sagte es mit großer Bestimmtheit. Nun, ich wäre vielleicht auch weitergefahren. Aber sie hatte Recht. Es war ein Mann. Ihr Mann.

Meine nächste Frage wollte sie erst nicht beantworten. Die Frage nach Hass oder Vergeltung. Ich dachte an die Story über eine Frau, die nach einem Säureanschlag durch ihren Lebensgefährten schwer verletzt und grauenhaft entstellt war. Sie vergab ihm seine Tat der Eifersucht und lebte wieder mit ihm zusammen. Ich verstand es nicht, ich werde nie verstehen, wie man verzeihen kann. Es ist die hochmütigste Regung, die ich kenne, und Camillas Antwort, die schließlich doch kam, überraschte mich. Die Feigheit wegzulaufen, sei unverzeihlich. Nicht dass es passiert war. Die Feigheit, sagte Camilla, könne sie diesem Menschen nie vergeben. Denn Schwäche sei der Wegbereiter des Bösen. Aber das dürfe ich nicht schreiben, denn dies sei ganz und gar ihre private Meinung.

Nun, ich hatte nicht die Absicht, es zu schreiben. Ich wollte es nur wissen. Und genau diese ihre Worte wiederhole ich vor Conrad. Er sitzt in seinem Chefredakteurstuhl und scheint zu schrumpfen. Ich stelle mir vor, dass er sich vor meinen Augen auflöst, wenn ich nur lange genug hinsehe.

Ich vergebe meinen Feinden nicht. Er hat mich vor versammelter Mannschaft gedemütigt. Er sagte, dass die Sonderseite über Camillas Minenopfer ein Paradebeispiel des objektiven Journalismus sei. »Du bist eine technisch perfekte Redakteurin, Marie. Dir unterlaufen kaum Fehler. Du hast ein Gespür für die Platzierung von Nachrichten. Aber zum Schreiben fehlt dir einfach die Leidenschaft, das Engagement. Du kannst keine Gefühle übermitteln – kein Mitleid, keine Liebe, keine Furcht, keinen Hass, und deshalb bist du für solche Geschichten völlig ungeeignet. Du schreibst über Kinder ohne Beine oder Arme wie über Börsennachrichten. Ich möchte, dass jemand die Seiten überarbeitet. Wer hat Lust? Oswald? Oder unser Feuilleton?«

Conrad erteilte mir die Lektion während der Redaktionskonferenz. Vielleicht hatte er schlecht geschlafen, die Eier waren zu hart gekocht, oder er war einfach besonders kritisch, weil es sich um seine Frau handelte. Wie auch immer, es war unfair, mich vor den anderen so bloßzustellen. Er hätte es mir unter vier Augen sagen können, jetzt zum Beispiel, da ich in seinem Büro sitze und das Feuer unheiligen Zorns spüre.

Die Wiederholung von Camillas Worten ist eine angemessene Form der Rache, insbesondere da ich weiß, wie sehr es ihn quälen muss.

Er hat Nehmerqualitäten. Er läuft rot an, holt tief Luft und schießt zurück: »So, das hat sie dir also erzählt. Aber das macht deine Story nicht besser. Camillas Sache verdient eine bessere Würdigung. Tut mir Leid, Marie. Es macht mir keinen Spaß, meine Ressortleiter zu rügen. Du musst noch viel lernen, unter anderem, Kritik von Leuten anzunehmen, die es besser können als du.«

Ich schlage noch einen Haken, der neben der Sache liegt. »Im Bett warst du netter zu mir.«

Conrads breites Gesicht gleicht einem Bullterrier. »Oh, da warst du auch besser. Obwohl man sicher auch hier einen gewissen Mangel an echter Leidenschaft monieren könnte. Eckhardt sagte mir, dass du den vakanten Posten des stellvertretenden Chefredakteurs anstrebst. Er hält dich für geeignet. Ich will ehrlich zu dir sein, Marie: Du bist es nicht. Vielleicht in fünf Jahren …«

Auf seinem Schreibtisch herrscht jenes kreative Chaos, das Conrad so liebt. Camillas Foto ist in Silber gefasst, passend zur Krücke, und sie trägt das rote Kleid der Liebe. Zeitungen, Meldungen, Fotos, ausgedruckte E-Mails und Süßigkeiten aller Art liegen um die alte Schreibmaschine verstreut. Seit er nicht mehr raucht, isst er Bonbons und Schokolade, um seinen Magen und seine Nerven zu nähren. Jetzt steckt Conrad sich eine Lakritzschnecke in den Mund. »Vielleicht auch nie …«

Ich schlage die Beine übereinander und sehe eine Laufmasche, die von der Ferse hochkriecht. Niemand ist perfekt, aber wir alle streben nach Vollkommenheit. Muss man sich so etwas sagen lassen von einem, der Fahrerflucht begeht und so geschmacklos ist, sein Opfer zu heiraten? Ohnmächtiger Hass ist ein Gefühl, das dich von innen verbrennt. »Bist du sicher, dass du Camillas moralischen Ansprüchen gerecht wirst?«

»Raus.« Er ist rot angelaufen. »Wie kannst du es wagen, über meine Frau zu sprechen, du kleine Schlampe.«

Er ist aufgestanden. Einen Augenblick lang glaube ich, dass er mich schlagen wird. Ich bin keine Schlampe, so darf niemand mit mir reden. Nicht in diesem Land, das ich mir erkämpft habe. Bin ich es, die diese Worte sagt? Ich höre meine Stimme, und sie klingt sehr laut: »Wie kann sie einen Mann respektieren, der sie zum Krüppel gefahren hat.«

Wir erschrecken beide. Ich wollte das nicht sagen, allenfalls in einer Andeutung, niemals die ganze Wahrheit. Ich bin ein Kind der Lüge. Sie lässt immer Rückzugsmöglichkeiten. Ich zwinge mich, ihm in die Augen zu sehen. Ich lese Furcht darin. Sein erhobener Arm senkt sich, und Conrad fällt in seinen Stuhl. Er sieht auf das Bild seiner Frau. Die Stille ist schwer wie Beton. Ich breche das Schweigen nicht. Ich zünde mir eine Zigarette an, ein Sakrileg in diesem Raum. Es gibt kein Zurück mehr, das weiß ich, und nun, da ich die Schlacht eröffnet habe, muss ich alles tun, sie zu gewinnen.

Er kann es nicht ertragen, mich anzusehen. »Eckhardt hat also geredet.« Kein Fragezeichen hinter diesem Satz.

Ich blase den Rauch in seine Richtung. Ich bin ein böses Mädchen, aber es ist nicht meine Schuld. Sie treiben dich an den Punkt, an dem du ihnen die andere Wange nicht mehr hinhalten magst. »Du hättest ihn auch überfahren sollen, aber gründlicher. Er liebt mich, weißt du.«

Conrad winselt nicht, aber seine Stimme hat sich verändert. Sie klingt, als ob er einen Knoten im Hals hätte. »Er hat nie versucht, mich zu erpressen. Es ist nicht sein Stil. Im Übrigen ist die Sache verjährt.«

So sanft ist Maries Stimme. Sie pflückt vom Pflaumenbaum die reifsten Früchte und verzehrt sie mit Genuss. »Ich weiß, Conrad. Aber für Camilla ist die Tat nicht verjährt, darin liegt dein fundamentales Problem. Ich will dich ebenfalls nicht erpressen. Ich verlange nichts Unmögliches. Du hast in Erwägung gezogen, mich zu deiner Stellvertreterin zu machen, und die Verlegerin hat keine Einwände erhoben. Nun tue es einfach, und wir vergessen dieses Gespräch.«

Macht ist ein höchst beglückendes Gefühl. Ich spüre sie in allen Fasern meines Körpers. Außerdem muss ich zur Toilette. Immer wenn ich maßlos aufgeregt bin, verspüre ich diesen Drang. Ich stehe auf und blicke auf Conrad hinab. »Ich denke, wir sind uns einig. Und lass bitte meine Story nicht von Oswald korrigieren. Gib sie jemand anderem … deiner Wahl. Schließlich bist du der Boss, und das respektiere ich auch.«

Noch. Ich verlasse sein Büro und spüre sein hasserfülltes Schweigen im Rücken, bis ich sanft die Tür schließe. Seine Sekretärin sieht mich erstaunt an, weil ich lächle. Es geschieht nicht oft, dass jemand aus Conrads Zimmer kommt und glücklich aussieht. Im Flur beginne ich zu laufen, um die Toilette rechtzeitig zu erreichen.

In der geschlossenen Abgeschiedenheit dieses kleinen, überschaubaren Orts saß ich immer schon lang und gern. Alles ist weiß. Toiletten müssen weiß sein, jede andere Farbe ist Betrug an der Sache. In der Gerberstraße war sie in einem abstoßenden Braun gestrichen. Ich habe es geschafft. Meinem Tick sei Dank, und man sollte es gelegentlich doch mit der Wahrheit versuchen. Oh, wie ich mich daran weide, dass Conrad jetzt in seinem Stuhl brütet, wie er mich zum Schweigen bringen könnte. Es gibt nur einen Weg, Süßer – er führt nach oben.

Max hat mich eingeladen, mit ihm ein Wochenende in New Orleans zu verbringen. Ein Geschäftstermin, den er mit dem Angenehmen verbindet. Das bin ich. Maßgeschneidert füge ich mich in seinen Terminplan zwischen beruflichen Verpflichtungen, gesellschaftlichen Zwängen und familiären Zwischenlandungen. Ich kann zuhören. Ich kann seinen Nacken massieren, während er redet. Ich kann seinen Wein trinken und geistreiche Konversation zwischen den Gängen pflegen.

Ich kann ihn lieben, er kann es gut, auch wenn die erste, nie enden zu scheinende Gier nachgelassen hat. So jung ist er nicht mehr, und er arbeitet zu viel. Manchmal braucht er einfach nur Brüste zum Ausruhen. Die Macht ist eine Bürde, die ihn auffrisst, und er empfindet Lust dabei. Er braucht eine Mehrheit im Vorstand, um die Fusion mit dem Flugzeugkonzern durchzubringen. Er hat keine Mehrheit, denn die Herren im Vorstand scheuen weit reichende Entscheidungen wie der Teufel das Weihwasser. Jede Entscheidung ist ein Risiko. Jedes Risiko bedroht den Status quo eines prestigeträchtigen und lukrativen Vorstandspostens. Die Herren sind nicht mehr die Jüngsten. Und es gibt solche, die schon deshalb gegen die Fusion agieren, weil sie den Vorstandsvorsitzenden ablehnen und ihn in der Sache bekämpfen, da persönliche Attacken zu gefährlich wären. Management in seiner vollkommensten Form. Max vergleicht die Sitzungen mit Sandkastenspielen. Er baut eine Burg, und andere machen sie kaputt, während sie ihre Schönheit rühmen. Manchmal, wenn er sehr müde ist, spricht er davon, auf einer griechischen Insel Schafe zu züchten. Die lässlichen Träume eines Getriebenen, der in einer Achterbahn himmelwärts fahren möchte und auf der Erde verloren wäre.

Es fiele mir nicht ein, ihn mit meinen Petitessen zu behelligen. Kampf gegen Conrad und Sieg nach K.o. Vielleicht würde ich Max erschrecken, man mag diese Härte an Frauen nicht, wenn man ihre Weichheit benutzt, um sich auszuruhen. Wir ahnen es mit all unseren Instinkten und richten uns darauf ein. Wir lassen unsere Masken erst allmählich fallen, eine Weile, nachdem sie uns den Ring an den Finger gesteckt haben. Frauen sind in Angelegenheiten der Liebe von perfekter Unaufrichtigkeit, Hoch- und Tiefstaplerinnen in einem und anpassungsfähig bis zur Selbstverleugnung. So lange es von Nutzen ist.

Ich zerknülle das Toilettenpapier, bevor ich es anwende. Eine Marotte, für die ich schon als Kind gerügt wurde. Ich forme eine Kugel. Manchmal stelle ich mir vor, sie anzuzünden. Wie brennen Toiletten? Vermutlich bräuchte man Benzin. Die Spülung rauscht wie Löschwasser. Ich höre Schritte …

»Marie.«

»Dies ist eine Damentoilette, Eckhardt. Steht außen drauf.«

»Komm raus. Ich war eben bei Conrad. Er will dich umbringen – und mich dazu. Und ich könnte dich töten. Was hast du dir nur dabei gedacht?«

Ich öffne die Tür nur ungern, doch ich tue es. Man sollte Menschen nicht aus den Toiletten holen, sie sollten eine Funktion haben wie das Asylrecht in Kirchen.

Eckhardt sieht sehr bleich und wütend aus, und er hat einen kräftigen Schluck genommen, bevor er in die Toilette kam. Ich stehe am Waschbecken und betrachte mein Gesicht, während ich die Hände einseife. Sauberkeit ist wichtig. In der Gerberstraße glaubten die jungen Nutten, dass man sich mit Hygiene vor Geschlechtskrankheiten schützen könne. Mutter warb mit »sauberem Sex«. Auch die Sprache ist eine Hure, die jeder beliebig benutzen kann.

Er steht hinter mir, und ich sehe ihn im Spiegel. »Was meinst du? Sollen wir darauf einen trinken?«

Seine Hand, die sich auf meine Schulter legt, zittert. »Du überschreitest Grenzen, Marie. Manchmal geht man einen Schritt zu weit, hört nicht auf warnende Zurufe und wird erschossen.«

Seine und meine Augen treffen sich im Spiegel. Seine Augen sind trübe, denn er hat die Grenzen schon vor langer Zeit überschritten und ist ein paarmal getötet worden und dennoch weitergegangen. »Ein hübsches Bild, Eckhardt. Willst du mir drohen? Ich will euch nicht schaden, dir und Conrad. Ich will stellvertretende Chefredakteurin werden. Das ist ja wohl ein legitimes Anliegen.«

»Die Wahl deiner Mittel ist es nicht. Ich habe dir vertraut.«

»Das war ein Fehler.« Ich trockne meine Hände mit den dünnen Papierlappen ab, die Conrad im Zug seiner Sparmaßnahmen eingeführt hat. Sie sind widerlich. »Na komm, mach nicht so ein Gesicht. Es wird unser großes Geheimnis bleiben, nur dass es jetzt drei teilen. Und ich verdiene die Beförderung. Niemand in diesem Laden, mit Ausnahme von Conrad, arbeitet so hart und diszipliniert wie ich. Und es war unfair, wie er mich in der Konferenz abgefertigt hat.«

Eckhardt sagt nichts, er seufzt. Ich habe ihm Unrecht getan, und dafür verabscheue ich ihn jetzt. Erspart mir den Anblick von edlen Verlierern. Ich kriege, was ich will, daraus besteht es doch, das Leben.

Max sagt, dass man seine Feinde ehren soll, weil sie wichtiger sind als Freunde. Mein Liebhaber hat keine Freunde, er ist umgeben von Männern, die ihm nutzen oder ihn benutzen wollen, und er hat seinen einsamen Thron in dem Bewusstsein bestiegen, dass er dafür mit der Währung der Angst bezahlen muss und sie vor allem niemals zeigen darf.

»Ich habe Angst«, sagt Eckhardt. »Conrad ist außer sich. Und in diesem Stadium ist er unberechenbar.«

»Na und?« Ich ziehe meine Lippen nach und lächle mir zu. »Im schlimmsten Fall wird er zu Camilla laufen und die große Beichte ablegen. Aber ich glaube es nicht. Sie ist nicht die Frau, der man eine solche Schuld gestehen kann. Sie verzeiht nicht.«

Seine Finger an meinem Hals tun mir weh, er hat noch erstaunlich viel Kraft. »Frauen wie dich sollte man aus der Welt schaffen. Sie richten zu viel Schaden an.«

In dem Augenblick, in dem ich mit dem Fuß nach hinten austreten will, um seinen Griff zu lösen, kommt Ulrike in den Waschraum. Er lässt los, und sie sieht uns an, als ob sie uns beim Liebesspiel ertappt hätte. Auch Vorwurf liegt in ihrem Blick, ich hatte wenig Zeit für meine Freundin in den letzten Wochen. Eckhardt murmelt etwas in der Art, dass er einen Drink brauche, und er verlässt uns. Weich fällt die Tür hinter ihm zu. Nie werde ich erfahren, wie weit er gegangen wäre in seinem gerechten Zorn.

Ich flüchte ebenfalls. Freunde braucht man, wenn man unten ist. Ich bin so ungeheuer oben. Ich pfeife auf dem Weg durch den Flur. Sollten die Götter neidisch sein, so pfeife ich darauf. Ich würde es gern hinausschreien, mein Glück, oder Max anrufen. Er ist in Berlin, und ich würde nur seinen Assistenten erreichen. Max ist der Mann, dem ich gern Feuer gebe, wenn er nach dem Essen eine Cohiba raucht. Ich liebe das Geräusch eines sich entzündenden Streichholzes, und die Flamme, die größer wird, bis ich an meinen Fingern die Hitze spüre, die Gefahr und den Schmerz ahne. Mich berauscht der Gedanke an die Macht, die dieses Feuer haben könnte, wenn ich ihm erlaubte, groß und stark zu werden und alles zu vernichten, das sich ihm in den Weg stellt.

Manchmal glaube ich, dass ich in einem früheren Leben ein parsischer Priester war. Man nannte sie »Athravan« – zum Feuer gehörig. Als sie Persien eroberten, löschten die Muslime die heiligen Flammen in den Tempeln, und die Parsen gingen ins indische Exil. Auf der Flucht bin ich gestorben, weil ich ohne Feuer nicht leben konnte. In meinem nächsten Leben ertrank ich. Weil ich das Wasser hasste und nicht schwimmen konnte. Die Erde könnte mein nächster Gegner sein. Ich bin darauf vorbereitet.

13. Kapitel

MARIE

E*r heißt Leon*, und sein Name klingt wie Musik, die ich immer hören möchte. Leon ist Flieger, eine gescheiterte Existenz des Himmels, der das Gnadenbrot seines Bruders isst. Ich muss verrückt sein.

Leon Lenbach flog den Learjet der Firma, in dem Max und ich nach New Orleans reisten. Liebe ist nichts, wenn sie verfliegt, ein Augenblick des Bedauerns nur, und dann stürzt man sich in das neue Gefühl, in den Abgrund, von dem man glaubt, dass er ganz weit oben ist. So wie Leons Himmel, den er als einen großen blauen Leib bezeichnet, den Körper einer Frau, die so begehrenswert ist, dass die Unendlichkeit greifbar klein erscheint.

Marie Ahrend, stellvertretende Chefredakteurin: Das bin ich. Ohne Neigung zu Romantik, Esoterik oder Illusionen über Leben und Liebe. Und ich beginne an die absurde These zu glauben, dass es einen Menschen auf der Welt gibt, für den man bestimmt ist. Man weiß es sofort oder erkennt es niemals.

Er trug keine Uniform, sondern eine dieser Fliegerjacken aus Leder über Jeans, und Max lachte und sagte, dass sein Bruder der romantische Wolf der Familie sei oder das schwarze Schaf, je nachdem, aus welcher Perspektive man es betrachte. Als sie nebeneinander standen, sah man die Ähnlichkeit, doch Leon ist jünger als Max, seine Augen sind dunkelblau und seine Haare schwarz mit einer weißen Strähne, von der sein Bruder sagt, dass er sie nach einem Absturz bekommen habe.

Er glich jenen Helden aus den Groschenromanen, die in der Gerberstraße gelesen wurden. Er sah mich an, als wäre ich nichts. Und ich sagte: »Bis ans Ende der Welt.«

Der Tick. Hier stand ich und sprach schon wieder einen ungewollten Satz, und zwar von großer Idiotie. Leon lächelte: »Nur bis New Orleans.«

Max hasst alles, was er nicht versteht. Er ergriff meinen Arm und führte mich zum Flugzeug. Er ging immer zu schnell, seine Art, durchs Leben zu gehen, und er sagte, dass er noch zu arbeiten habe und ich während des Flugs schlafen könne, da ich offensichtlich überarbeitet sei. So fürsorglich, seine Dominanz, so dezent der Verweis. Er spielte mit seinem Computer, vergaß mich ganz und gar, und ich ging nach vorn ins Cockpit, als wir in der Luft waren.

»Berühren verboten«, sagte Leon, als ich mich auf den Sitz des Copiloten niederließ, der mit der Stewardess Kaffee trank.

»Keine Angst. Ich tue Ihnen nichts.« Er sah aus, als ob man das Cockpit rings um ihn und für ihn entworfen hätte, fast verwachsen schien er mit dem Stuhl, in dem er saß. Ich habe keine Flugangst und ich schwebte auf einer mir unbekannten Wolke. Da war nichts in diesem Jetzt, das Vergangenheit oder Zukunft zuließ.

»So hatte ich es nicht gemeint.« Leon sah mich von der Seite an. Kein Lächeln für Marie, die mit seinem Bruder nach New Orleans unterwegs war. Vermutlich hatte er schon einige Geliebte an viele Destinationen geflogen, und ich war nur eine Perle in einer langen Kette von Ehebrüchen. Ich wollte ihn beeindrucken, doch er sah mich nicht einmal an.

Leon trug einen Ehering, und ihm galt mein erster missbilligender Blick. Ich habe nie verstanden, warum man einen Makel auch noch zur Schau stellen muss. »Das Ding fliegt doch von selbst. Müssen Sie dauernd nach vorn starren?«

Leon fuhr sich durch die Haare. Es war eine Geste, die ich noch oft an ihm sah. Die Strähne war seine Erinnerung an den *crash*, die Notlandung, die er schwer verletzt überlebt hatte.

»Es gibt ein Restrisiko, und genau das liebe ich am Fliegen. Arbeitet Max wieder – oder interessiert Sie dieser Computerraum wirklich?«

»SIE interessieren mich. Erzählen Sie mir was, damit ich meine Flugangst verliere.«

»Wenn ich diesen Schalter betätige, sind wir so gut wie tot.«

Es war nur ein Schalter unter vielen. Er war nur ein Mann mit dunkelblauen Augen und einer Narbe an der Wange. Kein Grund zur Panik. Wenn man in diese Wolken eintauchte, wären sie weich und weiß und würden einen auffangen. »Nur zu. Aber Max würde es nicht gefallen, seinen Termin zu versäumen.«

»Und zwei Nächte mit Marie ... kennen Sie ihn schon lange?«

»Ein paar Wochen. Wie lange sind Sie verheiratet?«

Der Blick durch das Fenster in den Himmel, und es war nur ein Ausschnitt zu sehen. »Acht Jahre. Meine Frau ist Schauspielerin. Mein Sohn ist sechs und ein Clown. Reicht das?«

»Wofür?«

Diesmal sah er mich an. »Sie haben eine gewisse Ähnlichkeit mit Amelia Earhart. Sie war meine erste große Liebe.«

Ich hörte Max nach der Stewardess rufen und dachte, dass ich am falschen Platz saß. Doch es war mir nicht möglich aufzustehen und nach hinten zu gehen. Von einer Art Lähmung befallen blieb ich sitzen und wünschte mir, dass wir für immer oben blieben.

»Amelia war eine Verrückte. Sie ist 1937 als erste Frau zu einem Flug um die Welt gestartet und irgendwo im Pazifik verschollen. Sie flog eine Lockheed Electra.«

»Ich bin nicht verrückt.«

»Doch«, sagte Leon. »Vielleicht wissen Sie es nicht, weil Sie nie geflogen sind. Und jetzt wäre ich Ihnen dankbar, wenn Sie nach hinten gehen und sich anschnallen. Es kommen ein paar Turbulenzen, und Max wird Sie vermissen, wenn er nicht mehr mit seinem Computer spielen kann.«

Turbulenzen, das war ein schönes Wort für die Gefühle, in die ich mich begab wie eine Somnambule. Wenn ich sie wie eine Schablone auf meine Erfahrungen legte, ergaben die Linien keinen Sinn. Es gab keinen. Ich zwang mich aufzustehen und balancierte nach hinten, während die Maschine, die uns trug, zu zittern begann, gefangen und gehalten von den Elementen, die mit ihr spielten. Das Blau des Himmels war einem undurchdringlichen Grau gewichen, und während ich mich zu Max setzte und die Stewardess den Sicherheitsgurt schloss, dachte ich an ein weißes Haus am Meer, in dem ein Mann auf mich wartete.

»Ich will nicht sterben«, sagte ich zu Max.

Er nahm meine Hand. »Wirst du nicht. Wir müssen noch deine Beförderung zu Conrads Stellvertreterin feiern. Ich habe einen Tisch in einem wundervollen Restaurant reservieren lassen.«

Na und? Es gab immer wundervolle Tische in den besten Restaurants. Max war ein Perfektionist. Im Grunde bedeuteten ihm Essen und Trinken wenig, er war kein Genießer, doch von allem das Beste zu wählen, gehörte zu seinem Lebensstil. Siehst du nicht mehr mit den Augen der Liebe, verändert sich ein Mensch mit Lichtgeschwindigkeit. Alt und grau sah er aus, und die Brille, die gewiss ein Vermögen gekostet hatte, machte ihn nicht jünger. Seine Uniform bestand wie immer aus dunkelblauem Anzug, weißem Hemd, hellgrauer Krawatte und schwarzen Schuhen. Seine Waffen waren der Laptop und das Handy, und er kannte nichts anderes als den Krieg der Umsätze und Profite. Ich bewunderte ihn, aber es war schon ein sehr distanziertes Gefühl.

Max telefonierte, während ich ans Sterben dachte und an Leon, der wusste, wie man einen Absturz überlebte. Die Maschine zitterte nicht mehr, sie bebte. Mein Magen hob und senkte sich mit den Bewegungen des Flugzeugs, und Max verstärkte den Druck seiner Hand auf meiner. Er war kühl wie immer, weil er vor Ewigkeiten verlernt hatte, seine Angst zu zeigen. Ich war sicher, dass Leon vorn im Cockpit diesen Flug genoss. Das Restrisiko.

Wer würde trauern? Nicht meine Mutter, die fast tot war, und ganz gewiss nicht Conrad, und es würde all die Männer kalt lassen, die mich einmal geliebt hatten für kurze Zeit. Eckhardt und Ulrike, sie waren die einzigen, denen ich ein gewisses Maß an Trauer zutraute. Nicht viel, das bleiben würde. Ein Kranz der Redaktion und ein kleines, unbedeutendes Begräbnis. Wenn es das war, was zu guter Letzt zählte, war Max in der besseren Sargposition. Die Spitzen der deutschen Wirtschaft, Politiker und Journalisten, seine Mitarbeiter und die Familie würden ihn auf seinem letzten Weg begleiten. Und unterwegs flüstern, dass er mit seiner Geliebten im Atlantik versunken sei und die Witwe doppelt zu bedauern wäre.

Es dauerte fast eine Stunde, bis wir den Sturm hinter uns gebracht hatten, und dann war alles ruhig, nur das monotone Vibrieren der Motoren ließ uns wissen, dass wir unbeschadet durch die Hölle gegangen waren. Max fragte mich, ob ich jetzt einen Drink wollte? Bloody Mary für Marie, mit wenig Wodka und viel Eis. Er mochte es nicht, wenn man sich gehen ließ, und nur im Bett waren alle Regeln aufgehoben.

»Erzähl mir von deinem Bruder.«

»Gefällt er dir? Mein Sekretär ist auch in ihn verliebt. Leon verkörpert diesen ewig jungen, nichtsnutzigen Helden, der offenbar sexuelle Phantasien freisetzt. Die androgyne Lichtgestalt. Aber ich habe keine Ahnung, wie er auf welches Geschlecht reagiert. Wir haben einander nie sehr viel erzählt.«

»Sei nicht albern. Er ist verheiratet und hat ein Kind.«

Max lächelt überlegen, das kann er gut. »Er hat schon vieles ausprobiert, mein kleiner Bruder. Aber er ist immer wieder zum Fliegen zurückgekehrt – und zu seiner Frau. Er sucht – wie nennt er es? – die Magie des Augenblicks. So romantisch – und verantwortungslos. Ich habe ihm diesen Job gegeben, weil er eine Familie zu versorgen hat. Und weil er ein guter Flieger ist und ich ihm in diesem Punkt vertraue.«

»Du traust niemandem.«

»Doch. Punktuell. Wenn du jemandes Schwächen und Stärken richtig einschätzt, kannst du beides, wie du es brauchst, zu deinem Vorteil nutzen.«

Mein Vorteil war, dass ich ihn nicht mehr liebte. Seine Schwäche war, dass er es nicht erkannte, weil er nie über die Gefühle von Menschen nachdachte, die seine Geschäfte nicht berührten. Wenn er mich im Flugzeug oder in New Orleans gefragt hätte, ob ich ihn heiraten wollte, wäre es vielleicht anders gekommen. Die Vernunft war noch einsatzfähig. Aber Max dachte nicht daran, eine solche Frage zu stellen. Es war alles schön und bequem, wie es war. Sein Leben, getrennt in Arbeit, Pflicht und Vergnügen, entsprach den relativ bescheidenen Ansprüchen an das Glück. Und so wandte sich Marie in New Orleans von ihrem Liebhaber ab und verführte Leon auf einer efeubewachsenen Terrasse im »French Quarter«, oder er sie, was für die Magie des Augenblicks von untergeordneter Bedeutung war.

Max war in einer seiner Besprechungen. Er war in vieler Hinsicht abwesend, als wir auf dem Steinboden lagen und aus zwei Körpern einen formten, der ausschließlich aus Lust erschaffen war. Ich sagte Leon, dass ich ihn liebe, drei Worte ohne Berechnung, und er hielt mir den Mund zu, als ich zu schreien begann. Nicht das, was er war oder sein könnte, liebte ich, sondern alles, was ich berühren und sehen und fühlen und schmecken konnte. Er hatte den schönsten Po, den ich je an einem Mann gesehen hatte. Und er liebte wie eine Frau, obwohl ich das nicht wissen konnte, weil ich noch keinen Sex mit Frauen hatte.

Ein lautloser Wind bewegte die Moosfäden, die von der Decke hingen, und auf dem schmiedeeisernen Gitter saß ein weißer Schmetterling, der uns nicht beachtete. Die Luft war blau, und es duftete nach verwesten Blüten. Leons Blut an meiner Zunge schmeckte süß, und er hielt mich an den Haaren fest, nachdem ich ihn gebissen hatte. Irgendwo klagte jemand durch sein Saxophon, und die Töne fielen wie Wassertropfen in den Innenhof des alten Hauses. Wir waren in New Orleans, und ich lag auf einem Boden aus alten Marmorfliesen von verwaschenem Grün. Ich wünschte mir, dass wir zu Stein würden in der Umarmung und für immer auf dieser Terrasse blieben, eine Skulptur, für die Ewigkeit erschaffen, und noch nie zuvor hatte ich so gedacht, sondern immer die Gegenwart mit Wünschen belegt, die zu etwas Besserem führen sollten.

Wir waren in der Wohnung von Leons abwesenden Freunden; er wollte nicht in das Hotel, in dem Max für uns eine Suite gemietet hatte. Nicht, um mir eine Freude zu machen, sondern weil sie mit Computer und Faxgerät ausgestattet war. Wir waren an diesem Nachmittag schon sehr lange in der Wohnung; ich sah von der Terrasse aus die Sonne untergehen, sie leuchtete rot, so wie mich vieles in dem alten Viertel an Feuer erinnerte: die Hitze, der Geruch, die Farben, das Chaos und Menschen, die aussahen, als ob sie weglaufen wollten und doch lieber blieben und in der Glut lebten, um in langsamer Ekstase zu verbrennen.

Leon hatte mir die Stadt gezeigt, wo sie schön war oder besonders hässlich, oft auch beides in einem, weil sie dort, wo sie in Anmut verfiel, besonders reizvoll war – und all die Zeit hatte ich gewusst, wie unser Ausflug enden würde. Gewollt, dass es so kommen würde. Bis ans Ende der Welt zu gehen, war ein Kinderspiel.

Leon brachte Eistee und saß neben mir auf dem kühlen Stein und streichelte meinen Rücken. »Du solltest gehen. Max wird schon im Hotel sein.«

Es wäre ein Wunder, wenn ich seine Stimme nicht erotisch fände, ein wenig heiser und manchmal so leise, dass man ihn kaum hören konnte.

»Na und?«

Leon küsste meine Rückenwirbel. Seine Lippen waren kalt und feucht. »Du kannst unmoralisch sein. Aber sei nicht unklug.«

»Hast du Angst vor Max?«

»Nein. Ich habe Angst vor technischen Defekten in diesen fliegenden Robotern. Nicht vor Menschen. Nicht einmal du lehrst mich das Fürchten.«

»Sollte ich aber. Ich bin gefährlich.«

Leon lächelte ungläubig. Es war schon immer so: Wenn ich die Wahrheit sagte, glaubte mir niemand. Er stand auf und kam mit einem Eimer Wasser zurück, den er über meinen Rücken goss. Der Schwall kalten Wassers auf der brennenden Haut brachte mich zurück in mein Leben: stellvertretende Chefredakteurin und Geliebte von Max Lenbach, zur Zeit in New Orleans, vorübergehend unzurechnungsfähig. Und wenn man dies Glück nennen wollte, war ich damit einverstanden.

Der Schmetterling war fortgeflogen, und ich vermisste ihn. Auf dem nassen Boden versuchten ein paar Ameisen, sich vor dem Ertrinken zu retten. Ich verfluchte ihn, und er sagte, dass die Dusche defekt sei in diesem alten Haus, das ihn an Havanna erinnere. Leon mochte verwitterte Häuser und alte Flugzeuge, obskure Bars und die Musik von Mac Rebennack alias Dr. John. Er war nicht wie irgendein anderer Mann, den ich einmal geliebt hatte. Leon trocknete mich ab und küsste mich, und das war ein Fehler, denn ich ging nicht, als die untergehende Sonne die Stadt in Rot malte, bevor New Orleans sein schrilles Neonkleid anzog und die Straßen in fluoreszierendes Licht tauchte.

Mein Handy klingelte wie auch das Telefon in der Wohnung,

und wir ignorierten die Töne der Außenwelt, weil sie nicht wie die Musik war, die von der Straße kam, ein Ineinandergreifen von Tönen, das nie dissonant schien, vielleicht, weil sie alle einen Rhythmus spielten, die Melodie der gierigen Melancholie, und die Zeit stand still in diesem von Pflanzen und Blüten umwucherten Innenhof, und sie wartete darauf, dass ich zu ihr zurückkehrte und mich ihren Regeln unterwarf.

Max wartete, und ich blieb bei Leon. Wir tranken warmen Wein, weil auch der Kühlschrank nicht funktionierte, wir liebten uns und redeten in die Nacht hinein, als ob es nur die eine gäbe und wir alles voneinander wissen müssten in den Stunden, die uns blieben. Für einen geordneten Rückzug ins Hotel war es ohnehin zu spät, und so schoben wir den Zeitpunkt hinaus bis zum Morgen, bis die Stadt, die kaum geschlafen hatte, in wundervoller Trägheit erwachte.

Um zwei Uhr morgens hatte Leon gekocht, eine Art Süßkartoffelauflauf, den er »Soul food« nannte, und als er Lust auf kaltes Bier bekam, zogen wir uns an und gingen in eine Bar in der Bourbon Street, in der ein Klavierspieler, der zu schlafen schien, samtweichen Jazz spielte. Eine schwarze Katze lag auf dem Flügel und hörte ihm zu, und ein paar Prostituierte, die sich zwischen den Gängen stärkten. Es war einer jener Orte, in der jeder in sich selbst versunken trank, ein dunkler, schäbiger Käfig für Nachtvögel und Verirrte, die auf den Weltuntergang warteten oder auf den Sonnenaufgang, der sie erlöste und in ihre Betten trieb.

Leon schien sich wohl zu fühlen. Er gehörte zu den Schlaflosen, die Angst hatten, eine wundervolle Sekunde ihres Lebens zu verpassen. Wir standen an der Theke, und er hatte den Arm um mich gelegt und trank sein Bier mit geschlossenen Augen, während er dem Klavierspieler zuhörte. Die weiße Strähne, die ihm in die Augen fiel, und die er achtlos zurückschob. Der schwule Barkeeper, der ihn voller Verlangen betrachtete. Die Frauen an der Bar, die mich mit Voodoo-Zauber belegten, damit ich verschwände und sie ihre Hände an ihn legen könnten. Ich hasste ihn dafür und erkannte in diesem Augenblick, dass Liebe alle Erfahrungen, alle Vernunft, alle Gebote aufheben kann.

Max sagte kein Wort, als ich morgens ins Hotel kam. Doch, er sagte »Guten Morgen, meine Liebe«, als ob ich eben vom Joggen zurückgekehrt sei. Er saß am Schreibtisch und las eine E-Mail, und er trank Kaffee und aß zwei Kekse, wie er es immer tat. Er fragte mich, ob ich schon gefrühstückt hätte. Ich schüttelte den Kopf und ging ins Badezimmer, in dieser Suite funktionierte alles außer Gefühlen, und ich lag in der Badewanne und träumte von dieser Nacht, als er ins Bad kam, um sich die Zähne zu putzen. Er tat es nach jedem Essen, und er benutzte auch Zahnseide, weil alles, was er unternahm, von präventiver Perfektion war. Nur in einem Punkt war Max vollkommen unvollkommen.

Ich war so müde, dass er nicht viel Kraft gebraucht hätte, um meinen Kopf unter Wasser zu drücken. Aber das war nicht sein Stil. Sein Gesicht war eine Maske an Beherrschung oder vielleicht auch Gleichgültigkeit – ich war nicht sicher. Man muss seine Feinde durch Gelassenheit und Güte einlullen, hatte er einmal gesagt, und ich hatte mir diesen Satz gemerkt. Er war so anders als Leon, aber es gab eine Gemeinsamkeit: die zur Schau getragene oder tatsächliche Distanz zu Gefühlen. Als ich in der Bar ein Taxi rufen ließ und Leon mich zur Tür begleitete, gab es nichts als einen flüchtigen Kuss auf die Wange.

Man neigt zur Unbescheidenheit in der Liebe. Sie muss verbrennen, damit die Glut neu entfacht werden kann. Und so sehr ich das Feuer liebe, weiß ich auch um seine zerstörerische Kraft.

Als er schon an der Tür stand, sagte Max: »Mein Terminplan hat sich geändert. Wir fliegen heute Abend zurück. Ich werde Leon Bescheid geben, dass er alles arrangiert. Ist er in der Wohnung?«

»Ich denke schon.« Ich ging mit dem Kopf unter Wasser, um ihn nicht ansehen zu müssen. Als ich wieder auftauchte, war er weg. Ich schämte mich nicht – oder nur sehr wenig. Wer liebt, hat recht.

Immer.

Nur wäre mir eine heftige Szene lieber gewesen, das grandiose Finale in New Orleans und das Ende aller Schuldgefühle. Ich kam mir betrogen vor, als Max so kühl reagierte. Ich blieb noch lange im Bad und versuchte, mich an jede Minute dieser Nacht zu erinnern. An sein Gesicht und seine Hände, den Schmetterling und die Musik. An die sonderbare Kühle des Abschieds. Ich versuchte, ihn zu verstehen.

Von New Orleans habe ich nur einen Ausschnitt gesehen, wie auch von Max und Leon. Dem Drang, alles zu erfassen und zu begreifen, vor allem aber zu beherrschen, sind Grenzen gesetzt, die ich ungern akzeptiere. Ich glaube an die Magie des starken Willens, der sich anderen aufzwingt, bis sie glauben, dass es ihr eigener sei. Mein Wille geschehe. Mutter, als sie auch noch von der Religion besoffen war, flüchtete gern in den demütigen Schicksalsglauben. Ich habe sie seit Wochen nicht besucht in ihrer Vorhölle. Man würde mich informieren, wenn sie es endlich geschafft hätte.

Der Rückflug verlief ohne Turbulenzen. Leon steuerte den Kurs des geringsten Widerstandes, und Max benahm sich so, als ob nichts geschehen sei. Er schien sogar gut gelaunt, was mich sehr irritierte. Seine Gespräche waren erfolgreich verlaufen, Details ließ er mich nicht wissen. Stattdessen erzählte er mir während des Flugs Familiengeschichten. Sie interessierten mich, doch ich wollte sie nicht hören. Und vermutlich deshalb redete er von den glücklichen Banden, zu denen ich nicht gehörte, weil ich nur ein Eindringling war.

Wusste ich, dass die Brüder Schwestern geheiratet hatten? Leon hatte Anne bei der Hochzeit seines Bruders kennen gelernt. Es sei Liebe auf den ersten Blick gewesen, sagte Max. »Anne war zu jenem Zeitpunkt eine recht erfolgreiche Schauspielerin. Ich finde es schade, dass sie es auf die Dauer nicht geschafft hat, Karriere und Familie in Einklang zu bringen. Sie ist schön und klug, sie hat Talent. Aber sie hatte, wenn man es so sehen will, das Pech, sich in Leon zu verlieben, und das mit einer Ausschließlichkeit, die alles andere relativierte. Und dann kam David. Man darf in diesem Geschäft nicht zu lange draußen bleiben, sonst sind die Türen zu und kaum wieder aufzustoßen.«

Womit er nicht sagen wollte, dass Anne unglücklich sei, o nein. Frauen besaßen im Gegensatz zu Männern die Gabe, den Verzicht als Triumph zu werten. Der Sieg der Gefühle über den Egoismus der Single-Kämpfer. Die Giganten der Liebe gegen die Zwerge der Ökonomie. Familienglück anstelle des Gehaltsschecks. Max bewunderte Frauen wie Anne – und natürlich auch die eigene, die seine Karriere stets in angemessener Selbstlosigkeit gestützt habe.

Jeder Sturm wäre besser gewesen als Max' Monolog über Frauen und Familie. Er klang so zynisch, dass ich seine Frau ausnahmsweise bedauerte, zumal ich keine Ambitionen mehr hatte, ihr nachzufolgen. Leon war eine andere Sache, und er war auch der Grund für das Hohelied auf die Ehe. Nun gut. Ich revanchierte mich, indem ich Max einen Lebenstraum offenbarte, der allen Männern Angst macht: eine große, glückliche Familie mit vielen Kindern. Und im Alter wollte ich an einer großen Tafel sitzen im Kreis meiner Lieben, das Auge wohlgefällig auf den Enkeln ruhend, die runzelige Hand geborgen in der ewig treuen Pranke des Greises, der mein Ehemann ist. Und wenn sie nicht gestorben sind …

Max schloss die Augen, während ich redete, und er schlief ein, als ich bei dem alten Hund angekommen war, der zu meinen Füßen ruht und mich dankbar anblickt. Männer stehlen sich davon, wenn es dramatisch wird. Der Vorstandsvorsitzende, den ich noch nie so geschwätzig erlebt hatte wie in zwei Stunden über dem Atlantik, zerfiel vor meinen Augen zu Asche. Ein Strohfeuer, das ich überschätzt hatte. Man nehme ihm seine Machtbefugnisse über Material, Menschen und Kapital, und was bleibt, ist ein alter Mann, der im Schlaf röchelt. Kein Mitleid. Er würde keines mit mir haben, wenn ich seine Kreise störte.

Ich widerstand meinem Impuls, nach vorn zu gehen. Der Copilot und die Stewardess schirmten Leon von meinen Annäherungen ab. Ich vermisste ihn, doch andere Instinkte waren nicht gänzlich untergegangen. Wie meine Neugierde: Zu gern hätte ich Max' Laptop geöffnet und versucht, einen Zugang zu seinen Notizen zu finden. Er hatte in New Orleans lange Gespräche mit Arabern geführt und war sehr schweigsam über deren Inhalt gewesen. Max Lenbach war besessen von seinem Ziel, den Flugzeugkonzern in Kansas zu übernehmen. Keine Fusion, eine Übernahme. Und dafür braucht er mehr Geld, als er über Rücklagen und Kredite finanzieren könnte. So viel weiß ich, aber Max war nicht so dumm, mir Einzelheiten zu erzählen. Warum hat er mir die Nacht meiner Abwesenheit nicht vorgeworfen? Es muss einen Grund geben, und ich muss ihn herausfinden.

Ich habe ein neues Büro bezogen, das größer und undurchsichtig ist. Ich habe mich von den Neidern beglückwünschen lassen. Mehr Geld, mehr Arbeit und mehr Entscheidungen, und ich weiß, dass Conrad ein Dossier angelegt hat, in dem meine Fehler registriert werden. Seine Sekretärin hat es mir verraten, als ich sie zum Essen einlud, ihr schmeichelte und mit viel Champagner ihre Zunge löste. Die Träume von Sekretärinnen bewegen sich zwischen Eroberung und Entmannung ihrer Chefs, und ich habe ihre kleinen Machtbefugnisse nie unterschätzt und ihre Gunst mit kleinen Geschenken erkauft.

Die Welt kreist um mich. Ulrike meint, dass ich mich verändert habe. Kann sein, denn zwischen mir und meinem bisherigen Leben steht Leon. Er schickt keine Blumen wie Max, sondern merkwürdige kleine Ansichtskarten mit sibyllinischen Sätzen. Wir treffen uns nicht in Restaurants, weil er lieber am Viktualienmarkt einkauft und für mich kocht, wenn er in München ist. Wir haben nichts von unserer Gier verloren, einander so nah wie möglich zu kommen mit Worten und unseren Körpern, die nicht müde werden in den Nächten von Marie und Leon. Und doch verstehe ich nicht, was diese Liebe ist oder warum sie anders ist als all die anderen. Sie ist nicht klug. Nicht von dem Wissen um ihre Endlichkeit belastet. Nicht kalkuliert oder inszeniert, und in keiner Weise entspricht sie meinen Ambitionen oder Lebensplänen. Sie ist einfach da.

14. Kapitel

MARIE

Ich habe keine Aussetzer mehr, seit ich bis ans Ende der Welt fliegen wollte. Kein Gedanke mehr, der ungewollt über meine Lippen geht. Vielleicht habe ich die Angst vor der Wahrheit verloren und vor den Gespenstern, seit es jemanden gibt, der meine Vergangenheit und meine Gegenwart kennt. Ich habe keine Angst mehr vor mir. Ein Teil seiner Stärke oder Gelassenheit oder Gleichgültigkeit gegenüber allem, was erdgebunden ist, hat sich auf mich übertragen. Wenn man fliegt, wird alles klein oder sehr weit und groß. Fliegen kann auch fliehen sein – und ich schließe nicht aus, dass wir auf einer Insel gestrandet sind, die ich als Paradies empfinde.

Max, mit dem ich mich nach New Orleans zweimal zum Abendessen getroffen habe, vergleicht unsere Liebe mit einem Gleitflug inklusive programmiertem Absturz. Actio ist gleich Reactio. Das Gewicht des Flugzeugs ist die Kraft, während die Gegenkraft dem so genannten Auftrieb entspricht – ausgelöst durch die nach unten weggedrückten Luftmassen. Sie lassen sich nicht ewig verdrängen, sagte Max, und er meinte damit Anne und David. Sein Vergnügen, wenn ich es richtig deute, bezieht sich auf das Ende der Affäre und meinen damit verbundenen Schmerz, den er nicht versäumen möchte. Sein Angebot, eine Nacht unter Brüdern zu verbringen, habe ich lächelnd abgelehnt.

Ich schloss nicht aus, dass Leon von dieser Idee wusste. Nichts würde ich ausschließen im Zusammenhang mit einem Mann, der versucht, mit Schallgeschwindigkeit zu leben. Treue ist kein Wort, das Leon in seinem Sprachschatz führt. Er hat Anne unzählige Male betrogen, aber nie so, dass es sie verletzen konnte. Weil sie es nicht wusste. Weil sie ihm vertraute, weil sie nicht fragt. Leon erzählt mir viel aus seinem Leben, aber ich glaube nicht, dass ich all seine sexuellen Phantasien kenne. Und er nicht meine.

Ich bin keine seiner Affären. Ich weiß es. Ich bin die Frau, die für Leon bestimmt ist. Max lachte herzlich, als ich ihm das sagte. Sein Humor basiert sehr stark auf Schadenfreude. Ich treffe mich mit meinem alten Liebhaber, weil er ein Band zwischen mir und Leon ist. Das ist die edle Interpretation. Andererseits möchte ich gern etwas erfahren, mit dem ich Max in der Hand hätte. Für alle Fälle, zum Beispiel jenen, in die Familie einzuheiraten. Ich habe daran gedacht. Ich denke öfter darüber nach. Denn es wird keinen mehr geben nach Leon, den ich besitzen, dem ich sein letztes Geheimnis entreißen, den ich für mich vom Himmel holen möchte. In dieser Konstellation spielt Max den Mephisto, und es ist sein Problem, dass er mich mit Gretchen verwechselt.

»Cargo-Kult« nennt Max meine Beziehung zu Leon. Als Cargo-Kulte, so erklärte er auf meine Nachfrage, bezeichne man Heilserwartungen und Hoffnungen auf die Teilhabe an den Zivilisationsgütern der Weißen, die für Wohlstand, Glück und Freiheit stehen. Cargo-Kulte würden in Melanesien und Neuguinea praktiziert, und manche Gruppen gingen so weit, nach dem Zweiten Weltkrieg Landebahnen zu bauen in Erwartung von Flugzeugen, die ersehnte Ladungen für die heimische Bevölkerung bringen.

Max fand diesen Vergleich wahnsinnig komisch, und ich lachte mit ihm. Wenn ich eine Landebahn gebaut hatte, musste ich nur noch dafür sorgen, dass ich zum Heimatflughafen wurde. Es war unmöglich, mit Max oder Leon nicht übers Fliegen zu sprechen. Sie näherten sich dem Thema auf unterschiedliche Weise. Für Leon war es Liebe und für Max Geld und Macht. Letzteres verstand ich besser, aber es änderte nichts daran, dass ich Leon schmerzlich vermisste, wenn er nicht in der Stadt war.

Die Treffen mit Max sind eine Art Ersatzbefriedigung, verbale Erotik, Sadismus in Worte gesponnen, Kunstflugmanöver mit waghalsigen Figuren, und jeder wartet auf den Absturz des anderen.

»Ich hasse es zu warten«, sagte Max einmal, als ich mich zehn Minuten verspätete. Er hatte einmal eine Nacht lang auf mich gewartet. Es gab keine Vergebung. Diese Flamme war nicht gelöscht, und ich kenne mich aus mit Feuer. »Verzeih mir«, sagte ich an jenem Abend, und Max lächelte mit den Lippen. Er dachte seine Gedanken und ich meine. Wir saßen in einer Maschine, die trudelte, und wiesen einander die Schuld für den unvermeidlichen Absturz zu.

Wir leben in einem Land, in dem Affären einander mit einer Geschwindigkeit jagen, dass die Entrüstung auf der Strecke bleibt. Seit den Flugaffären in höchsten Kreisen ist der Firmenjet öfter am Boden als in der Luft. Max denkt laut darüber nach, den Learjet zu verkaufen, weil er für die Firma zu teuer wird.

»Und was machst du dann?«

Leon fährt mit den Fingern durch das Haar. »Ich suche mir einen neuen Job irgendwo auf der Welt. Wenn es dazu kommen sollte.«

Das Zentrum der Welt bin ich, und seine Antwort schockiert mich. Wir sitzen an meinem Tisch und saugen an Artischockenblättern. Sie sind auf den Punkt gekocht, weil Leon in allen Dingen, die nicht existenziell sind, nach Vollkommenheit strebt.

»Du bist vierzig. Ziemlich alt für einen Piloten. Mach dir keine Illusionen darüber, dass du von Max abhängig bist.«

Leon umfasst sein Weinglas immer mit der ganzen Hand. Alles, was er tut, ist eine Art Hingabe an den Moment des Genusses. »Hat er das gesagt? Du bist immer so fit in Familienangelegenheiten, Marie. Wie geht es seiner Frau? Hat er das Geld für die Übernahme schon organisiert? Die Flugaufzeichnungen der letzten fünf Jahre durch den Schredder gejagt? Dir ein unmoralisches Angebot gemacht?«

»Er hat einen Dreier unter Brüdern vorgeschlagen. Ist das unmoralisch?«

Es ist unmöglich, mit Leon zu streiten. Er findet keinen Gefallen daran, Standpunkte zu vertreten oder zu verteidigen. »Nein, aber ich hoffe, du hast abgelehnt. Max ist nicht mein Typ, sexuell gesehen.«

Die Fähigkeit, sich allem zu entziehen, was einer Wahrheit über Leon nahe käme, macht mich wahnsinnig. Wenn ich böse werde, lacht er oder küsst mich oder zieht mich ins Schlafzimmer.

Ich kenne ihn seit vier Monaten, und ich kenne nur Momentaufnahmen aus Vergangenheit und Gegenwart. In ein Album geklebt, ergäben sie kein Bild, das ich mit Sicherheit deuten könnte. Leon kann von Himmelsabenteuern reden, von Wolken und Unwettern, von Wüsten und Dschungelpisten, von Begebenheiten an obskuren Orten, von unterirdischen Orchideen oder irischen Poeten. Leon ist ein Storyteller, ein Erzähler von Geschichten aller Art, die sein Leben wie einen Film erscheinen lassen, in dem er nicht mitwirkt. Er sagt, dass er mich liebt.

»Warum liebst du mich?«

»Weil du hübsch bist. Und so hungrig nach allem, was dir schmecken könnte. Sollen wir uns die letzte Artischocke teilen?«

Er ist nie unaufrichtig. Und er sagt nie die Wahrheit. »Max spricht oft über Anne und deinen Sohn. Er meint, dass er mich damit verletzen kann.«

»Scheint dir zu gefallen, sonst würdest du ihm nicht zuhören.«

Er hat mit dem Stab eine Linie in den Sand gezeichnet. Und wir beide wissen, dass ich sie nicht überschreiten soll. Aber ich kann nicht anders. »Ich würde sie gern kennen lernen.«

Leon legt das Herz frei, indem er das Stroh mit einem Löffel entfernt. Sehr konzentriert. »Wozu? Ihr habt nicht viel gemeinsam.«

»Doch. Dich.«

Das Lächeln eines gefallenen Engels. »Du irrst, Marie. Ich liebe dich. Ich liebe Anne und David. Sogar Max liebe ich. Mein altes Flugzeug. Meine Liebe gibt niemandem das Recht auf einen Besitzanspruch. In Eigentumsfragen habe ich einen sehr eigenwilligen Standpunkt. Das solltest du in all deiner Klugheit respektieren.«

Sei still, Marie. »Und wenn ich es nicht tue?«

»Ich weiß nicht. Ich denke nicht über solche Dinge nach. Sie langweilen mich. Hast du noch Wein?«

Ich habe noch Wein. Ich trinke mehr als ein Glas täglich, seit ich Max und Leon kenne. Ich wache manchmal morgens auf und nehme mir vor, mein Leben zu verändern. Mich darauf zu konzentrieren, was mir einmal als das Wichtigste erschien: Conrads Platz einzunehmen. Wenn ich ein Mann wäre, würde Liebe mich davon nicht ablenken können. Ich bin nicht eifersüchtig. Ich will meine Gegnerin kennen. Leon hat mir die alten Gespenster genommen und mir ein neues vorgesetzt. Man muss seine Feinde studieren, sagt Max, und sie verstehen, um sie zu bekämpfen. Ich habe Anne einmal angerufen. Nur, um ihre Stimme zu hören. Sie klang weich und liebenswürdig, selbst als ich nicht antwortete und auflegte. Ich mochte nicht, was ich tat. Es war klein, und ich wollte nie mehr klein sein.

»Max sagt, dass Anne deinetwegen ihre Karriere aufgegeben hat.«

Leon hat sein Herz verspeist und trägt die Teller zur Spüle. Er hilft mir, wenn er Lust dazu hat, manchmal bleibt er sitzen und raucht eine Zigarre. Es kommt vor, dass er mich nach dem letzten Bissen vom Stuhl hebt und ins Schlafzimmer trägt. Man weiß nie, was er tut und warum er es tut. Heute sortiert er die Teller in die Spülmaschine. Er wendet mir den Rücken zu. »Marie lauscht den Einflüsterungen des Teufels. Es ist deine Entscheidung. Es war ihre Entscheidung. Ich mische mich nicht in das Leben anderer.«

»Das tust du wohl, wenn du eine Frau heiratest und sie zur Mutter machst. Du mischt dich ganz unglaublich in ihr Leben ein.«

Leon dreht sich zu mir um. »Sie wollte mich. Sie wollte ein Kind. Manchmal bekommt man, was man will, und kann es doch bereuen. Ich würde nie deine Vergangenheit gegen dich verwenden, Marie. Dir nie willentlich wehtun. Wir sind glücklich, so wie es ist. Warum willst du das ändern?«

Weil es nie genug ist, Leon. Es fängt an, launisch mit mir zu werden, das Glück. Ich vermisse dich schon Stunden, bevor du gehst. Und ich stelle mir vor, wohin du gehst, wenn du mich verlässt. Die Wohnung in Nymphenburg, wie sie eingerichtet ist und wie du dich darin bewegst. Das Bett, in das du dich legst, wenn du zu Hause bist. Was du mit Anne sprichst und was du mit ihr tust. Die Musik, die ihr hört, und den Wein, den du trinkst. Was du für sie kochst. Und David: Wie du mit ihm umgehst. All das muss ich wissen, um deine Liebe bewerten zu können. Meine Gedanken. Meine Worte: »Gibst du mir auch noch etwas Wein?«

Leon, der nie Böses von sich oder anderen denkt, erzählt Geschichten von Reisen der Vorstandsmitglieder, wichtiger Geschäftspartner und Politiker mit und ohne Frauen, eigene und andere. Der Learjet als Spielzeug für die Bedürftigen. Sie haben so wenig Zeit, nicht genug Geld für ihre Gier, und gelegentlich das Bedürfnis nach Entspannung an exotischen Orten. Der Pilot nimmt keinen Anstoß. Jeder Klasse ihre Spielregeln, sagt Leon, und fast jeder betrüge nach seinen Möglichkeiten. *Weißt du nicht, dass Könige lange Hände haben?*

Ich weiß. Ich möchte gern König sein. Und wenn es in meiner Macht stünde, würde ich Anne köpfen lassen. Ich habe, als Leon bei mir schlief, seine Jacke durchsucht und in der Brieftasche ein Foto von Anne und David gefunden. Eine abscheuliche Angewohnheit, die Bilder der Lieben mit sich zu tragen. Mutter und Kind lächeln in die Kamera.

Sie sieht aus wie eine Vierzigjährige, die sich nicht entscheiden kann, alt zu werden. Sehr blonde, ganz kurz geschnittene Haare, ein zu großer Mund und belanglose Augen in einem herzförmigem Gesicht: Sie ist nicht so schön, wie Max behauptet, bestenfalls attraktiv, und sie kann ihre Jahre nicht verleugnen. Das Kind ist rothaarig und hat Sommersprossen, es sieht tatsächlich aus wie ein Clown und hat wenig Ähnlichkeit mit Leon. Ich habe das Foto sehr lange betrachtet und dann an seinen Platz zurückgesteckt. Es ist nicht fair, dass ich von ihr weiß und sie nicht von mir. Die schlechten Gefühle sind ungleich verteilt.

Als ich Max nach den Politikerreisen frage, zitiert er Juvenal: »*Probitas laudatur et alget.*« Niemand friert gern, und auch wir sitzen an einem warmen, schönen Ort. Er hat ausnahmsweise keine Neigung, über Leons Familienglück zu sprechen. Max wirkt ungeduldig, und während des Essens schielt er auf sein Handy, das auf dem Tisch liegt, als ob er auf einen Anruf von Gott warte. Gott schweigt. »Ich habe da eventuell eine Geschichte für dich, Marie.«

»Was bezweckst du damit?«

Nie erreicht sein Lächeln die Augen. »Deine Karriere fördern zum Beispiel. Was hast du Conrad getan, dass er dich so hasst?«

»Tut er das?«

»Denn Brutus ist ein ehrenwerter Mann … so in der Art preist er dich. Wenn du verstehst, was ich meine. Und Camilla ging so weit zu sagen, dass du eine gefährliche Person seist. Was hat sie gegen dich?«

»Ein Bein und zwanzig Jahre. Und Conrad fürchtet mich, weil ich besser bin als er. Ich bin jung, und er ist alt.«

»Dieser Jugendkult widert mich ebenso an wie die Altherrenriege, die sich Vorstand nennt. Zum Wort Flugaffären fällt mir so manches ein. Marie und Leon. Der alldurchdringende Neid unserer Klassengesellschaft. Die Heuchelei der Journaille, die keinen Freiflug auslässt und vor moralischer Entrüstung bebt. Trotzdem bleibt festzuhalten, dass wir ein kleines Problem haben.«

Max senkte seine Stimme zu konspirativem Flüstern: »Unser Vorstandsmitglied Veerstbeck ist in den vergangenen zwei Jahren insgesamt sechsmal nach Asien geflogen, in Begleitung eines Ministers, und gelegentlich waren auch Damen dabei, die keine waren. Hongkong, Tokio, Manila, Singapur, Bali ... sie haben wirklich nichts ausgelassen. Geschäftsreisen mit Damenprogramm sozusagen – und abgesehen von den Flugkosten fielen erhebliche Spesen an. Es lässt sich alles leicht recherchieren. Und natürlich existieren Belege.«

»Ich dachte, ihr habt alles vernichtet.«

Max prostet mir zu. Er wartet immer noch auf einen Anruf, und gelegentlich zuckt seine Hand in Richtung Telefon. »Warum sollten wir das tun? Wir sind nicht im Visier der Staatsanwaltschaft, und möglicherweise wird es nie dazu kommen. Zu viele Flugbewegungen in Deutschland – und die meisten unserer Flüge sind koscher. Ich habe die Asientrips toleriert, weil Veerstbeck eine Steuergeschichte gewissermaßen auf höherer Ebene regeln wollte. Wir hatten da ein Problem, das inzwischen gelöst ist – auf ganz normalem Weg übrigens. Man neigt dazu, um zu viele Ecken zu denken, wenn die Hausjustitiare ihr Angstgeheule anstimmen.«

»Aber du hast von den Reisen gewusst.«

Max seziert den Hummer. »Ich habe diesen Aufwand, den Veerstbeck trieb, stets missbilligt – und dies auch in einem Aktenvermerk für den Vorstand festgehalten. Wie dem auch sei: Du solltest diese Story recherchieren – schon im Interesse der Öffentlichkeit.«

Ich lache so laut, dass die Leute am Nebentisch aufhorchen. Dies ist ein dezentes, ein vornehmes Lokal, in dem es nichts zu lachen gibt. Faltige, geglättete, gelangweilte Gesichter, die Speisen und Getränke aufnehmen und Worte entlassen, die nichts mehr bewegen außer den falschen Zähnen.

Max hält mir die Hand vor den Mund, und als er sie zurückzieht, muss er mit den Spuren meines Lippenstifts leben. »Was um Himmels willen hat dir der arme Mann getan?«

»Es gibt nur eine Sünde: die Dummheit. Veerstbeck ist ein Idiot, und ich will Schaden von der Firma wenden.«

So uneigennützig. Max glaubt seinen Lügen, das macht ihn so gut. Ich weiß, nein ich ahne, worin Veerstbecks Dummheit liegt. »Er ist gegen die Übernahme der amerikanischen Flugzeugfirma, nicht wahr? Und deshalb willst du ihn vernichten.«

Max ergreift meine Hand. Sein Eingeständnis folgt verdächtig schnell: »Wie klug du bist. Veerstbeck ist ein Freund des Aufsichtsratsvorsitzenden und somit ein gefährlicher Gegner. Aber ich kann diese Sache auch mit Conrad durchziehen. Ich wollte dir lediglich eine Chance geben, Marie.«

»Und wie bin ich an die Unterlagen gekommen, die meine Story beweisen?«

»Wenn man dich fragen sollte, und wenn du antworten müsstest, was ich nicht glaube, hast du sie von dem Piloten. Schließlich seid ihr befreundet.«

»Leon übernimmt keine Verantwortung für irgendwas, Max. Du kennst ihn doch.«

Das amüsierte ihn. Alles, was ich gegen Leon vortrage, befruchtet seine Rache. Doch dies hier ist Geschäft, und er wird sofort wieder ernst. »Ich werde ihn überreden, wenn es so weit kommt. Leon hört auf mich, zumindest in Belangen, die sein Wohlergehen tangieren.«

Der letzte Satz stimmt mich nicht heiter. Ich möchte nicht, dass Max Leon manipuliert, so wie er es mit mir versucht. Ich weiß es zumindest und kann mich wehren. Aber es gibt einen Aspekt dieser Intrige, die mir gefällt. Mehr als einen. Und am besten ist die Verbindung zu Leon. »Hast du keine Angst, dass du dir die Finger verbrennst an deinem Scheiterhaufen?«

»Nein. Ich habe mich nach allen Seiten abgesichert. Es geht schließlich um mehr als diesen Veerstbeck und seine kleinmütigen Bedenken.«

Es geht darum, dass Max Flugzeuge bauen und Herrscher eines Imperiums werden will, der *global player*, der mit gezinkten Karten spielt. Im Zweifelsfall würde er dafür auch Leon und mich in die Hölle schicken. »Und du wirst den Firmenjet nicht verkaufen?«

Max hebt eine Hand, und ein Kellner eilt herbei. Die Brosamen der Macht äußern sich eben auch in der gehobenen Aufmerksamkeit des Personals. Mein Gastgeber ordert zwei Espresso. Er schläft nicht gut, wenn er starken Kaffee trinkt, aber er tut es dennoch. »Aber nein, meine Liebe. Ich will dich doch nicht deines großen Glücks berauben …«

»… solange ich dir nützlich bin.«

Sein Gesicht verhärtet sich. »Überschätze dich nicht, Marie. Du bist entbehrlich und austauschbar – in jeder Beziehung. Es gibt Tausende junger Frauen wie dich – attraktiv, gewandt, ehrgeizig, skrupellos. Ihr spielt mit Computern und Männern, trainiert in Fitnessstudios, pflegt euren Lieblingsitaliener, fahrt Cabrios und bewohnt hübsche kleine Penthousewohnungen. Das geklonte Lebensgefühl einer Generation, die den Gott des Egos anbetet und keinen Funken Selbstlosigkeit im Leib trägt …«

»Und DAS musst gerade DU mir sagen.«

»Ich bin ein Mann. Ich mache mir nichts vor.«

Ich könnte ihm die Espressotasse aus der Hand schlagen. Wahrheit ist die hässliche Schwester der Ehrlichkeit und sollte wie die Pest gemieden werden. Außer man will jemanden verletzen. »Ich liebe Leon. Liebe ist selbstlos.«

Max lacht in Form eines heiseren, verächtlichen Krächzens. »Mir scheint, du verblödest langsam. Selbstlos? Du willst ihn besitzen, nicht wahr? Nur für dich allein haben, und sicher denkst du schon darüber nach, wie du Anne und David ausschalten kannst. Lass dir von einem alten Mann einen Rat geben, Marie: Vergiss Leon, schreib die Story, und konzentriere dich auf deinen Traum, Chefredakteurin zu werden. Conrad sieht angeschlagen aus. Es wird nicht mehr lange dauern.«

»Wer sagt dir, dass…«

Er nimmt meine Hand und drückt einen Finger auf meine Lippen. »Ich weiß ziemlich viel über dich. Glaubst du im Ernst, ich könnte es mir leisten, mich mit einer Unbekannten einzulassen?«

Später, als ich nicht einschlafen kann, denke ich über seine Worte nach. Ich sollte Max' Angebot ablehnen und ihn auch nicht mehr treffen. Wenn ich von ihm träume, stellt sich sofort die Verbindung zu Feuer her. Ich suche Leon und kann ihn nicht finden in den Flammen. Sie sind so groß und rot und unermesslich heiß. Sie sengen meine Haut, und ich spüre den Schmerz nicht. Ich gehe immer weiter in das Feuer hinein. Ich sehe Max, und er trägt die Uniform eines Feuerwehrmanns, er hält einen Schlauch, doch aus diesem Schlauch kommen Flammen. Und er richtet sie auf mich. Ich rufe Leons Namen, und Max' rußgeschwärztes Gesicht ist zu einer schadenfrohen Fratze verzogen…

Dann erwache ich aus diesem Traum. Die Gespenster sterben nicht, sie verändern sich nur. Sie massakrieren die guten Gefühle, an die ich glaube, seit ich Leon gefunden habe. Ich möchte ihn anrufen, doch ich weiß, dass er sein Handy ausschaltet, wenn er zu Hause ist. Im Schoß von Anne und David. Unerreichbar, unberührbar und – ich zwinge mich zu diesem Gedanken – unberührt. Ich bin abschaltbar wie ein Telefon oder wie ein Lichtschalter, und wie könnte er verstehen, dass ich im Halbdunkel lebe, wenn er nicht bei mir ist. Max hat recht, so Leid es mir tut: Nicht ein Funken Selbstlosigkeit brennt in dieser Flamme. Verflucht sei der Tag, an dem ich Leon begegnete, und alle Tage, an denen ich ihm nicht begegne.

Wir alle wollen geliebt werden, Anne. Doch du würdest mir zustimmen müssen: Es ist eine Frau zu viel im Spiel.

15. Kapitel

LEON

Als es noch keine Uhren gab, gehörten die Tage Gott und die Nacht dem Teufel. Auf der Erde liebe ich die Nächte. Die Stille und den Lärm, der anders ist, künstlicher und schriller, und die Lebensnähe der Wachen gegenüber den Schlafenden. In den Nächten bin ich näher an mir, während an den Tagen andere über meine Zeit bestimmen: Max, Anne, David, Marie …

In den Nächten kommt die Zeit auf mich zu. Ich lerne, etwas zu erwarten, ohne es zu erwarten. Glück vielleicht, und manchmal nimmt es die Form einer Frau an, und dann gleicht die Liebe einem Flug, und du gleitest schwerelos und weißt, dass du nicht oben bleiben kannst für immer. Lässt sich alles mit physikalischen Gesetzen erklären? Die Schwerkraft der Erde, die mein Feind ist. Materien, die sich anziehen und abstoßen. Jede meiner Lieben war ein Höhenflug mit der Ausblendung jedweder Landung.

Marie wird nie mehr so sein wie in unserer ersten Nacht in New Orleans. So unschuldig. Vollkommen frei von allen Gesetzen, die uns schwer und unbeweglich machen. Von Ängsten, die lähmen, und Wünschen, die den Augenblick vergiften. Sie schien zu verstehen, dass Zeitlosigkeit die einzige Hoffnung gegen die Zeit ist. Ich liebte sie so sehr, dass ich alles vergaß, was ich über die Liebe weiß.

In der Wohnung in New Orleans wollte sie in dieser heißen Nacht Feuer im Kamin entzünden. Maries seltsame Affinität zu Feuer: Sie kann minutenlang auf eine Flamme starren und die Welt um sich vergessen. Sie raucht manchmal, nicht weil es ihr schmeckt, sondern weil sie es liebt, ein Streichholz zu entflammen. Als sie von dem Brand in der Gerberstraße erzählte, tat sie es in einer Weise, dass ich zu glauben begann, dass sie es war, die das Feuer gelegt hatte. Und dann lachte Marie und sagte, dass die Kunst der Fesselung darin bestehe, Geheimnisse zu wahren.

In diesem Augenblick, ich weiß es noch genau, griff sie mit der rechten Hand auf die Narbe an ihrem Hals, als ob sie etwas verbergen wollte. Marie lügt oft, es ist Teil ihres Wesens, wie das Feuer, das sie glaubt, unter Kontrolle zu haben.

Mehr als alles andere fürchte ich es, und nicht erst, seit ich aus der brennenden Maschine sprang. In den Sekunden und Minuten davor war ich ohne Angst – als es geschah, als die Motoren aussetzten und alles still wurde. Es war wie ein weißer Traum, das Licht, das blendete, als wir abwärts glitten, getragen und gestoßen von den Winden, und der Himmel gab nach und ließ uns fallen. Ich weinte, weil das Leben so schön war, und dann fing ich die Maschine noch einmal auf, denn es war leicht, an ein Wunder zu glauben und an die Unsterblichkeit der P 51, die den Zweiten Weltkrieg überlebt hatte.

Kurz vor dem Aufprall dachte ich, dass der Tod erhaben sein könnte wie das Fliegen, und dann berührten wir die harte Erde, den weichen Sand, und der Zusammenprall war schmerzhaft und viel zu laut, und ich sah den Baum auf mich zurasen und lenkte dagegen, um ihm auszuweichen.

Wir streiften ihn mit dem Tragflügel, bevor die Mustang mit knirschenden Bremsen zum Halten kam. Ich spürte die Hitze, ehe ich den Rauch und die Flammen sah. Ich sprang. Der Sand war wie Beton, und mein Körper nichts als ein großer Schmerz. Das Feuer, ich dachte nur an das Feuer und kroch davon wie ein Tier, und ich glaubte, dass ich zu langsam war, um dem Tod zu entkommen, und zwang mich, nur nach vorn zu sehen in das Licht der Sonne. Dann hörte ich die Explosion. Es gab keine Zeit mehr, nur den Rhythmus meines Überlebenswillens. Ich weiß nicht, wann ich mich umdrehte und auf das Inferno aus Rauch und Flammen sah, den brennenden Vogel mit gebrochenen Flügeln, und neben mir lag ein Stück Metall, das meine Haut verbrannte, als ich es anfasste.

Es war dieser Schmerz, der mich zum Leben zurückbrachte – und zu der ewigen Angst vor dem Feuer.

Marie erregt diese Geschichte, sie will sie immer wieder hören, um mich dann zu lieben, und in ihrem Gesicht lese ich die Lust an allem, was zerstörerisch ist, wie auch Sex in gewisser Hinsicht, denn manchmal kommt es mir vor, als würden wir miteinander kämpfen um einen Sieg, den es nicht geben kann. Und wenn ich ihre offenen Augen finde, liegt Wut darin oder ein Schmerz, den ich nicht verstehe. Unsere Nähe ist eine unüberwindliche Entfernung, die wir nicht hinnehmen. Noch nicht.

Max ist für eine Woche in der Schweiz, und wir nutzen die Zeit für kleinere Reparaturen. Etwas in mir wünscht, er würde die Entscheidung treffen, den Firmenjet zu verkaufen. Der Learjet ist das Statussymbol für einen, der schon mit vierzehn die FAZ gelesen hat, alles Nützliche erlernte und in solcher Geschwindigkeit durch das Leben rast, dass er nichts mehr wahrnimmt außer der Bedeutung der eigenen Person. Der Learjet ist ein viel zu perfektes Spielzeug, und ich würde die alte Mustang jederzeit vorziehen. Die Freiheit und den Luxus, über meine Zeit zu verfügen und sie nicht gegen Geld einzutauschen.

Verantwortungslos wäre das Wort, das Max und vielleicht auch Anne fänden. Sie würde es nicht aussprechen, um mich nicht zu verletzen. Max schon. Ich habe es ihm immer schon leicht gemacht, sich als den Guten zu profilieren. In der biblischen Version hätte ich ihn erschlagen müssen. Stattdessen habe ich ihm die Mutterliebe entzogen, seine Schwägerin geheiratet und seine Frau verführt.

Familienbande. Ich glaube nicht, dass Max von der Nacht weiß, die ich mit Beate verbrachte. Es ist lange her, und wir haben sie nicht wiederholt. Sie entsprach der Gegebenheit oder Gelegenheit des erotischen Augenblicks. Es ist schwer, unglücklichen Frauen zu widerstehen. Wir übten Rache an Max, wir beide, und dies war das erotische Moment, das uns zusammenführte.

Ich hoffe, dass Anne es nie erfährt. Sie würde mir viel verzeihen, aber nicht das. Ich möchte sie nicht verletzen, und wenn ich es dennoch tue, dann in dem Glauben, dass ich damit davonkomme. Weil sie es vorzieht, blind zu sein gegenüber allem, was sie blenden könnte. Weil sie in ihrer blinden Welt lebt, in der sie mir einen bestimmten Platz zugewiesen hat. Es war nicht immer so, wir haben uns verändert – oder vielmehr Anne hat es getan.

Ich bin immer noch der, der an Kairos glaubt, jenen griechischen Gott des günstigen Augenblicks. Der Gott, der vorn eine Strähne hat und hinten rasiert ist. Wenn er vorübergeht, ist es zu spät, ihn am Schopf zu packen.

Ich bin vierzig und somit alt für einen Piloten, doch ich erwarte Max' Entscheidung mit Gelassenheit. Anne würde einwenden, dass man vom Kunstfliegen oder von Flugrennen keine Familie ernähren kann. Alles, was wir besitzen, steckt in dem alten Flugzeug. Kein Haus, keine Aktien, kein Sparkonto von Bedeutung: Wir sind frei, doch wir sehen es aus unterschiedlichen Blickwinkeln, weil wir die Zeit, die wir haben, anders definieren.

Anne denkt im Rhythmus von Jahreszeiten. Ihr Sommer geht zu Ende, der Herbst scheint ihr kalt und bedrohlich, und sie hat viele Ängste: vor dem Alter, davor, kein Engagement mehr zu bekommen, Angst vor der Armut, einem Unglück, das David zustoßen könnte.

Sie spricht es nie direkt aus und sagt es doch in vielen kleinen Worten, die darauf abzielen, mich auf die Ebene ihrer Furchtsamkeit zu ziehen. Anne glaubt an die Dreieinigkeit der Familie und strebt eine Allianz der Angst an, exakt seit dem Zeitpunkt, als David geboren wurde. Als der einzige, der beste und größte Mann in ihrem Leben gegen ein fügsameres Wesen eingetauscht wurde. Sie wird nicht müde, ihren Sohn zu preisen, ihr großes Geschenk an mich, für das ich dankbar zu sein habe. Unser Kind. Unsere Familie. Unsere Wohnung. Unsere Tage und Nächte, die uns voneinander entfernten, ohne dass wir es merkten.

Annes schönes Gesicht vergeht mit jedem ängstlichen Gedanken um unsere Zukunft. Und sie sagt: »Ist es nicht ein schöner Abend?«

Sie hat David zu Bett gebracht, sich abgeschminkt, und sie trägt diesen alten grünen Bademantel, in dem sie schon vor zehn Jahren wie eine Tonne aussah. Sie bemerkt meinen Blick und zieht den Gürtel enger: »Ich sollte abnehmen.«

»Nein, es ist nur der Sack, den du trägst. Ich liebe dich in jeder Form.« Es ist die Wahrheit und die Lüge, und sie bringt Anne zum Lächeln. Sie öffnet eine Weinflasche. Es gehört zu unseren Ritualen, Wein zu trinken, nachdem sie David eine Geschichte zum Einschlafen erzählt hat.

»Du hast den Gute-Nacht-Kuss vergessen«, sagt sie. Sie meint es nicht so vorwurfsvoll, wie es klingt. Wir sitzen an dem Küchentisch. Wir trinken Wein aus dem Supermarkt, und wie immer schafft sie es nicht, die Flasche zu öffnen, und reicht sie mir mit einem Lächeln. Rituale haben etwas Beruhigendes und entsetzlich Lähmendes.

Wir sitzen an dem Tisch, den wir nach der Hochzeit anschafften. Anne wollte eine große Küche, den großen Familientisch, das Glück, umwoben von Gerüchen nach warmer Milch, Honig und Mandeln. Sie isst Käse zum Wein. Anne krümelt die Käsestücke zwischen zwei Fingern und formt sie zu kleinen Kugeln, die sie in ihren Mund schiebt. Würde sie es einen Abend lang nicht tun, ich würde schreien vor Glück.

Jetzt ist es zu spät, meinen Sohn zu küssen, und er wird sich an das Versäumnis erinnern. Anne ahndet die kleinen Sünden der Unterlassung mit dem Großmut des besseren Menschen. Sie isst Käsekugeln und trinkt Wein in großen Schlucken. Marie nippt an ihrem Glas. Ich will nicht vergleichen, was wie Feuer und Wasser ist, und doch ist es so, dass ich an Marie denke, wenn ich bei Anne bin – und umgekehrt.

Anne, die jetzt graziös über Davids Spielzeug steigt, statt es aufzuheben. Sie holt Eiswürfel, die sie in ihr Weinglas taucht. Sie hasst warmen Wein. All ihre Abneigungen und Vorlieben sind mir vertraut, und das ist ein warmes und in keiner Weise aufregendes Gefühl. Sie wird das Eis im Mund zergehen lassen und mich mit geblähten Backen ansehen und dabei lächeln.

Sie kaut das Eis. »Ich war heute nach der Probe bei Beate. Sie glaubt, dass Max wieder eine Freundin hat. Irgendeine Journalistin.«

Mein Erschrecken wandelt sich in Zorn. »Warum will sie es immer noch genau wissen? Max ändert sich nicht, und sie kann es hinnehmen – oder ihn verlassen.«

»Sie hat neue Gartenmöbel gekauft. Italienisches Design, wirklich sehr schön. War die Neue mit in New Orleans?«

Ich hasse diese Fragen, und sie weiß es. »Sie war nicht dabei. Max war viel zu beschäftigt, Geld einzutreiben.«

»Kennst du sie?«

Ihr Ton ist so beiläufig, dass die Frage über jeden Verdacht erhaben ist. »Flüchtig. Sie ist wie seine anderen Frauen: jung, hübsch und gierig.« Und meine Seele lebt vom Verrat.

»Manchmal tut mir Max Leid.«

Sie ist zu seltsamen Äußerungen fähig. In all den Jahren dachte ich, dass Anne Max verachtet und bedingungslos auf der Seite ihrer Schwester steht in dieser Ehe, die an Totenstarre kaum zu übertreffen ist. Selbst wenn er zu Hause ist, erscheint mir Max als Schattenmann in einem Museum, in dem die perfekte Ehe ausgestellt ist. Alles in dieser Villa ist makellos, als wolle Beate die Familie in ihrer prächtigen Künstlichkeit persiflieren. Anne und ich sind die armen Verwandten, und darüber haben wir uns oft lustig gemacht in Zeiten, in denen wir noch schamlos miteinander lachten. Und die Schuld an allem, was uns klein und hässlich macht, ist angemessen verteilt.

Marie sagt immer, dass, wer liebt, Recht habe. Ihr Unrechtsbewusstsein ist stark verkümmert, ganz im Gegensatz zu ihrer Rücksichtslosigkeit in der Durchsetzung dessen, was sie als ihren Anspruch auf das Glück betrachtet. Ihre Bedenkenlosigkeit erregt meine Furcht – und mein Verlangen. Sie hat Max mit der gleichen Kälte fallen lassen, mit der sie ihn eroberte. Marie ist das Feuer, das keine Wärme ausströmt. Und die Magie des Augenblicks, dem ich mich nicht entziehen kann.

Anne hat die Küche verlassen, um nach David zu sehen. Sie bewacht seinen Schlaf. Als er ein Baby war, lag sie neben seinem Bett, weil sie glaubte, ihn retten zu können, falls er plötzlich aufhören sollte zu atmen. Sie hätte ihn mit ihrem Atem am Leben gehalten, davon bin ich überzeugt.

Wenn Frauen zu Müttern werden, erinnern sie uns an die Kindheit, der wir entflohen sind. Wie ich es hasste, wenn Mama mich küsste. Die erdrückende Zärtlichkeit, die Max erspart blieb, und ihre Spuren von Lippenstift an meinen Wangen. Sehr lange empfand ich es als Fluch, ein hübscher Junge zu sein, weil mich die anderen schon aus diesem Grund ausgrenzten, und wenn sie es tun, wehrt man sich mit Träumen und Verschlagenheit.

»Der Agent hat mir einen Werbespot für Windeln angeboten.« Anne streicht mir übers Haar, bevor sie sich hinsetzt. Ihre Zärtlichkeit und ihre Berührungen erinnern mich an meine Mutter. Auf ihrem Bademantel, genau in Brusthöhe, ist ein roter Fleck, der wie Blut aussieht. »Ich weiß, es ist albern. Aber es bringt Geld. Und unser Konto ist überzogen.«

Alte Flugzeuge kosten ein Vermögen, das wir nicht haben. Und ich hasse es, über Geld zu reden. »Wenn du Lust hast, mach es. Und kauf dir einen neuen Bademantel, Schatz. Der hier hat nun wirklich seine besten Jahre hinter sich.«

»Wie die Trägerin, meinst du?« Annes Stimme ist sehr weich und klingt selten schrill. Ein Pfeil traf ins Schwarze ihrer Empfindlichkeiten, und ich bin der Mörder ihrer Seele, den sie liebt.

»Du bist schön. Aber der Bademantel ist hässlich. Und alt ist nur dieser Fleck.«

»Die Waschmaschine ist kaputt. Und nenne mich nie wieder *Schatz*. Ich hasse diesen Ausdruck.«

Marie auch, das fällt mir dazu ein. Und dass ich sie anrufen sollte und zu diesem Zweck aus dem Haus muss oder zumindest auf die Toilette. Der Zustand ist unwürdig, doch ich kenne keinen besseren.

»Kauf dir eine neue Maschine.«

»Womit?« Sie reibt mit einem nassen Tuch an dem Fleck, der immer größer wird und die Form einer Tomate annimmt.

»Überzieh das Konto, was weiß ich.«

Ich weiß, dass sie meinetwegen ihre Karriere vernachlässigt hat und es jetzt vermutlich zu spät ist, noch einmal durchzustarten. Ich weiß auch, dass ich ihr im Gegenzug wenig geboten habe an materieller und immaterieller Zuwendung. Anne beklagt sich nicht, doch das Unausgesprochene steht zwischen uns. Ich spüre sein zerstörerisches Wispern, und ich möchte sie in den Arm nehmen und ihr sagen, dass sie eine wundervolle Frau ist, die Rose auf meinem Asteroiden – und dass ich sie vor den Schafen beschützen werde.

Sie weicht zurück, als ich ihr nahe komme. Eine kleine Falte des Zorns ist auf ihrer Stirn erschienen. »Mir ist klar, dass dir dein Flugzeug mehr bedeutet als deine Familie. Im Prinzip kann ich damit leben, aber manchmal macht es mich wahnsinnig, dass du uns in allem allein lässt und dich absolut um nichts kümmerst.«

Das Wispern wird zum Donnergrollen. Durch ein Gewitter zu fliegen, ist wie ein himmlischer Ritt durch die Hölle. Ich fürchte die Bodenständigen. Anne, wie sie da steht und mich anklagt, die Richterin meines Lebens, und ich versuche doch nur, seine Pointe zu finden.

Anne bricht jeden Streit ab, bevor er einer Wahrheit, die wir fürchten, zu nahe kommt. »Tut mir Leid«, sagt sie jetzt. »Die Probe war anstrengend. Es gibt nichts Schlimmeres als engagierte Schauspieler und einen Regisseur, der es allen recht machen will. In Abwesenheit von Disziplin herrscht das kreative Chaos der Dilettanten.«

Es ist zu spät für eine Umarmung, aber ich tue es dennoch. Ich stehe auf und lege den Arm um sie, und Anne lehnt den Kopf an meinen Hals. Sie ist kleiner als Marie und sehr viel sanfter. Von unbeugsamer Sanftmut ist sie, und mein Gefühl der Unzulänglichkeit ist stärker geworden mit den Jahren.

Ich streichle ihren Nacken, der oft verspannt ist. Als ob sich alles in ihren Halswirbel festsetzt, was sie nicht ausspricht. Die Lüge tötet die Liebe. Die Wahrheit auch, und ich denke, dass sie die qualvollere Todesart ist. In diesen Augenblicken schäme ich mich für alle Lügen. Sie vergehen: die Augenblicke und die ungesühnten Lügen. Ich sage Anne, dass ich noch zum Flughafen fahre. Sie versteift sich, doch sie sagt »ja natürlich«.

»Ja natürlich« ist eine alte Phrase in unserem Leben. Natürlich haben wir mehr von uns erwartet und kaschieren die Enttäuschung mit Wortbandagen. Sie fragt mich nicht, wie lange ich bleibe. Das tut sie nie. Anne glaubt, dass sie mir alle Freiheit gegeben hat, die ich brauche. Vertrauen als das Fundament unserer Beziehung. Sie ist Schauspielerin. Schwer mit Sätzen, die uns überfordern.

Wenn ich gegangen bin, wird sie für eine Weile an Davids Bett sitzen und dann in die Küche gehen und sich noch ein Glas Wein einschenken. Sie wird dieses Glas mit ins Wohnzimmer nehmen und sich einen Videofilm aussuchen, sich auf die Couch legen. Anne kann einen Film bis zu fünfzigmal sehen, sie studiert alle Gesten und Dialoge und spielt sie irgendwann mit. In dieser Welt erscheint sie mir manchmal fassbarer als hier, an diesem Küchentisch der begrenzten Möglichkeiten. Ich kenne sie gut. Doch ich weiß nicht, was sie denkt.

Ich fahre mit Max' ausgedientem Dienstwagen zum Flughafen. Ich mag große, übersichtliche Autos mit schönen Armaturen, während Anne über die hohen Benzinkosten klagt. Sie ist eine schlechte Fahrerin, unaufmerksam bis zur Schmerzgrenze. Anne deklamiert Texte, statt auf den Verkehr zu achten. David findet dies sehr komisch, er ist der größte Verehrer ihrer Kunst. Der Zwerg, der sechs Wochen zu früh auf die Welt kam und für sein Leben kämpfen musste, findet fast alles zum Lachen. Fliegen begeistert ihn. Die Welt, von oben gesehen, entspricht seinen Vorstellungen von Größe. Berge, Flüsse und Wälder als gemalte Miniaturen, und Häuser wie bemalte Streichholzschachteln. Man sieht die Menschen nicht, und das ist gut so. Nur die Autos, die sie bewegen, die Straßen, die sie bauten – die Unterwerfung der Natur in Linien und Parzellen, so dass selbst von oben das Muster der Beherrschung und Ordnung überdeutlich wird.

Marie ist auf meinem Anrufbeantworter, den ich abhöre, während ich an der Ampel stehe. Das Leben besteht aus roten Ampeln, die dich zu täuschen versuchen, wenn sie grün werden. Maries Stimme sagt, dass sie mich vermisse und mich liebe. Und dass Conrad im Krankenhaus sei. »Leider lebt er noch«, sagt Marie, bevor sie auflegt. Sie ist böse, doch das ist nur ein Teil ihres Wesens. Diese Liebe ist so normal wie die angenehme Form des Wahnsinns.

Ihr Feuer ist mein Licht. Die Farben des Himmels, jene hundert Schattierungen von Blau, der Sand von der Farbe des Honigs, Wälder in anmutigem und kräftigem Grün, und das Wasser, in dem sich das Licht in allen Farben spiegelt und bricht. Die Farben sind Taten des Lichts, und ich sehe all die Blinden, die in ihren Legohäusern ihr graues, kleines Leben führen und nichts mehr Lebendiges um sich dulden, und keine Gedanken, die über ihren Anfang und ihr Ende hinausgehen.

»Licht, Liebe, Leben«, könnte auch auf meinem Grabstein stehen. Marie würde als Licht die Scheinwerfer des Erfolgs definieren. Man muss nicht verstehen, was man liebt.

Ihre Farben sind Haselnuss und Bernstein. Ihre Schönheit ist die Blendung, die sie braucht, um vor der Entdeckung des Mittelmaßes sicher zu sein. Das sozialisierte Tier mit zerstörerischen Instinkten erinnert mich manchmal an Annes Katze, die zärtlich schnurrte und ohne Vorwarnung Leute ansprang, die sie nicht mochte. Anne ließ ihre Siamkatze einschläfern, bevor David zur Welt kam. Es schien ihr nicht viel zu bedeuten.

Dieses Leben ist blond. So appetitlich und künstlich wie das Gemüse in den Feinkostläden dieser Stadt. Langlebig und von keiner Fäulnis bedroht, mithin perfekt, wenn man es so mag. Anne arbeitet daran, doch es könnte sein, dass jedes Jahr, jede Niederlage, jede Falte etwas von dem Glanz abtragen, den sie einmal besaß.

Als ich sie zum ersten Mal sah, stand sie in der Kirche neben Beate. Sie trug ein rotes Kleid, und das Licht tanzte um ihre langen blonden Haare. Ich wagte kaum, sie zu berühren, aus Angst, sie würde sich in dieser gleißenden Helligkeit auflösen. Und ich werde nicht vergessen, wie Max sie ansah, der Mann, der kurz davor stand, ihre Schwester zu heiraten. Arme Beate, die neben Anne wie eine verkleidete Riesin aussah. Sie gehört zu den Frauen, die niemals Rüschen oder Spitzen tragen sollten.

Max bekam die patente Frau für seine Vorstandsambitionen. Er war damals Assistent und Beate Juristin in der Rechtsabteilung. Sie gab ihren Beruf auf, als Sophie zur Welt kam. Er wollte noch viele Söhne zeugen, doch Beate widersetzte sich seiner Familienplanung durch einen Reitunfall mit Gebärmutterfolgen. Max glaubte, dass sie den Sturz absichtlich herbeigeführt hatte, da Sophies Geburt extrem schmerzhaft und langwierig war und Beate Monate gebraucht hatte, um sich davon zu erholen. Die Verweigerung, wie er es nannte, warf er ihr nie direkt vor, doch war sie der Anfang allen Schweigens.

Bisweilen ist es beruhigend, diese Ehe vergleichend einzusetzen und zu dem Schluss zu kommen, dass Anne und ich eine weite Strecke geschafft haben. Ihr Bemühen ist größer als meines. Sie übertrifft mich an Geduld, Treue, Bescheidenheit. Sekundärtugenden würde Marie es nennen. Weshalb erkenne ich sie an der Art, wie mein Telefon klingelt: ungeduldig, fordernd?

»Ich brauche dich«, sagt Marie, und führt diesen Satz fort. Sie wäre eine begnadete Mitarbeiterin einer Telefonsexzentrale. Scham ist ein Wort, das in ihrem Sprachschatz nicht vorkommt. Conrad liegt nach einem Herzinfarkt in der Intensivstation. Sie hat Blumen geschickt, einen Strauß gelber Rosen, doch ein Kranz wäre ihr lieber. Ich verlasse die Flughafenautobahn und biege ab in die Richtung von Maries Wohnung.

Wie beim Fliegen suche ich in Frauen den einen, vollkommenen Augenblick, der die Zeit zum Stillstand bringt. Max spottet über die gewissenlose Romantik meiner Liebesinterpretation. Für ihn ist Sex das Ende der Jagd, und das Zeremoniell von Champagner und Rosen ein Zugeständnis an seine Impotenz, Frauen zu lieben.

Ich liebe die Frauen. Sie sind so leicht verführbar. Sex ist eine Ware von geringem Wert. Sagt Max. Manchmal, wenn wir unterwegs sind in den Warenhäusern aller Käuflichkeit, nehmen wir zwei oder drei Frauen mit ins Hotel. Ich sehe gern zu, wenn Frauen sich lieben, auch wenn sie es für Geld tun. Es hat eine besondere erotische Ästhetik. Es gibt Phantasien, die es lohnen, sie auszuleben, doch nicht mit den Frauen, die uns zu nahe stehen. Sie thronen wie Mütter auf einem Podest aus Schamgefühlen, und irgendwann richtet sich diese Vorstellung gegen die von uns Geliebten.

Als ich ein Junge war, unternahm ich alles Mögliche, um meine Mutter nackt zu sehen – im Bad oder beim Auskleiden. Und ich schämte mich dafür. Sie erziehen uns zur Scham – nur nicht der vor uns selbst. Sie produzieren kleine, furchtsame Monster, die zu großen heranwachsen. Töten Seelen. Ich weiß nicht, was sie mit Max getan haben, doch ich erinnere mich daran, dass meine Mutter oft mit ihm darüber sprach, welch Versager der Vater war und dass sie einen besseren Mann verdiene. Sie töten Seelen und schaffen Hüllen von großer Effizienz. Globale Spieler, die Computer bedienen, Aktienkurse lesen und noch nie eine Himmelslandschaft gesehen haben.

An der letzten roten Ampel vor Maries Haus lasse ich einen Gedanken zu, den ich sehr erregend finde: Anne und Marie, und der Voyeur, der sie beide liebt.

16. Kapitel

ANNE

Ich bin vierzig Jahre alt und zu feige, meinen Mann zu verlassen. Eine erfolglose Schauspielerin, die in der falschen Zeit am falschen Ort lebt.

»Was ist von einer Stadt zu halten, in der selbst die Obdachlosen Gamsbarthüte tragen«, fragt Eckhardt, bevor er mich küsst. Auf den Mund, und für eine Sekunde spüre ich seine Zungenspitze an meinen geschlossenen Zähnen. In München küsst man überwiegend auf Wangen und späht unverbindlich über die Schulter nach Wichtigeren, die geherzt werden wollen. Er hebt sich von den Männern in diesem Raum ab, und sein Mund riecht wie ein Whiskyfass. Eckhardt ist mit Isolde zur Premiere unseres Stücks gekommen, während Leon aus guten Gründen fernblieb.

»Die Zähne zusammenbeißen und durchgehen«, war ein Spruch meiner Mutter, doch sie ging nie durch ihre Angst, allein zu leben, ohne meinen Vater, der sie im Lauf eines Lebens versteinerte. Die Erstarrung als Lebensform des geringsten Widerstands scheint weit verbreitet. Auch in mir.

Die Aufführung wurde mit mattem Applaus quittiert, ein Akt der Höflichkeit eines Publikums, das Kultur zelebriert und bisweilen an ihr verzweifelt. Der Dichter steht hasserfüllt in der Ecke und berauscht sich an billigem Sekt, während die Bühnenakteure die forcierte Fröhlichkeit der Gescheiterten zur Schau tragen.

»Grauenhaft«, sagt ein Kritiker und betont jede einzelne Silbe. Isolde widerspricht ihm furios und bewirft ihn mit feministischen Phrasen. Hier spricht jeder über seine Verhältnisse, und ich stehe da und bin einfach nur traurig. Wer vom Applaus der anderen lebt, schrumpft zur Unkenntlichkeit, wenn er ausbleibt. Aber es sind nicht diese Hohlkörper, sondern mein Mann, dessen Wertschätzung ich vermisse. Mein Wert, bemessen an seiner Geringschätzung. Manchmal sieht Leon mich an, als ob er mich hasste. Oder lächelt in sich hinein, und ich weiß, dass er weit weg ist. Mein Universum zerfällt in kleine Gesteinsbrocken, die mich treffen und sehr wehtun. Und weiter atme ich. Nichts leichter, als das Leben laufen zu lassen, während man stirbt.

Eckhardt, der seinen Whisky und seinen Becher mitgebracht hat, versucht tatsächlich, mich zu trösten. Wir erkennen einander in einem Augenblick der Wahrheit: Er hält den Becher an die Lippen, ohne zu trinken, und ich schlucke einen Schrei, der nie über meine Lippen kam.

Er hält mir den Becher hin. »Es tut mir so Leid.«

»Was?« Der Rückzug ins Innere, aber ich trinke dennoch und gebe ihm dann sein Eigentum zurück.

»Ihre traurigen Augen. Ihr Mund. Das blödsinnige Stück. Die sektschlürfende Versammlung von Sprechblasen. Mein ewig währender Durst, Gedanken zu ersäufen. Einfach alles.«

Seine Aufrichtigkeit ist fast unangenehm. »Ich tue mir nicht Leid. Und ich gehöre hier dazu.«

Nein, sagt er, und nimmt meine Hand und führt mich nach draußen. Wir stehen auf einem Balkon und sehen nach innen auf eine Gesellschaft, die auf einer Bühne stehen könnte. Ein schlechtes Stück, auch das. Die Dialoge sind unhörbar, doch die Gesichter drücken aus, dass nichts gesagt wird, das irgendjemandem etwas bedeutet. Menschen, die sich an Gläsern und Zigaretten festhalten, unrasierte Männer und geschminkte Frauen. Ein schwules Paar, das einen Tango tanzt, nicht selbstvergessen, sondern auf Wirkung bedacht. Die Sinnlichen, die Ernsthaften, die Kurzsichtigen, Abgemagerten und Aufgeschwemmten, die Süchtigen und Nüchternen, sie alle wirken aus kurzer Entfernung wie Marionetten, die sich an ihren eigenen Schnüren erhängt haben und nur noch vorgeben, lebendig zu sein. Mir wird kalt beim Zusehen, und er legt den Arm um mich. Seine Whiskyfahne streift meinen Hals, und ich weiche instinktiv zurück. Auch dies könnte als Lebensmotto durchgehen: Zurückweichen.

»Haben Sie eine Zigarette für mich?«

Wir müssen uns irgendwo festhalten, sonst ertrinken wir. Leon ist nicht in Arizona, und er nimmt an keinem Flugrennen teil. Ich weiß es einfach, es ist die einzig mögliche Antwort auf die Fragen der letzten Wochen und Monate.

Der Rauch steigt mir in die Augen, und ich huste, und der Mann an meiner Seite tätschelt meinen Rücken. »Sie haben in dem Stück nur mitgespielt. Kein Grund zu weinen.«

»Ich weine nicht. Nicht deshalb.«

Die Tränen fühlen sich sehr kalt an auf meiner Haut. Man weint, weil man zu lange durch Eisfelder gegangen ist. Aus Selbstmitleid. Sentimentalität. Schmerz. Ohnmacht. Wut. Ich weiß nicht, warum ich weine. Vielleicht weil Leon mich belügt. Und weil es einen Grund für diese Lügen gibt. Ich kenne ihn nicht oder, besser gesagt, ich kenne sie nicht. »Es ist so demütigend.«

»Es ist ein nichtiges Stück, aber Sie waren gut. Wirklich.« ER ist ein gnädiger Lügner. Eckhardt nimmt mir die Zigarette aus der Hand und drückt sie am Geländer aus. Sie verglüht in der Dunkelheit, und ich sehe nach unten und spüre Sehnsucht nach dem Nichts. Nichts mehr sehen, hören, fühlen. David schläft in seinem Bett, und eines dieser jungen Mädchen sitzt in unserem Wohnzimmer und isst Popcorn. Mein Sohn liebt Popcorn, und stets wird er zornig, wenn er es nicht schafft, die ganze Tüte aufzuessen. Die Welt, sein Spielplatz, muss vollkommen sein. Leon denkt ähnlich, doch dann verschließt er seine Augen auch vor sich selbst.

David wollte nicht, dass ich weggehe an diesem Abend, und ich hörte sein empörtes Weinen noch im Treppenhaus. Ich bin sein Empfänger für Freude und Schmerz, und ich habe niemanden außer diesem Mann mit dem Becher. Ich würde ihn gern trösten, doch auch dieses Talent scheint außer Kraft getreten zu sein.

»Ich freue mich über das Lob. Aber ich war nie wirklich gut. Gut genug, um ganz nach oben zu kommen. Es klingt komisch, aber ich glaube, dass es mir an Rücksichtslosigkeit fehlt. Ich spielte immer nur das, was die Regisseure wollten. Und die Leute merkten, dass es mir an … Originalität fehlt. Etwas, das sich einprägt und das man nicht vergisst.«

Was rede ich? Es hat nichts mit Tröstung zu tun, meiner oder seiner. Der Mann ist ein Fremder, der trinkt, während ich rede, und mich ansieht, als würde er mich lange kennen und wissen, dass ich alle Zweifel gegen mich selbst richte. Ich habe mir erst an diesem Abend bewusst gemacht, dass ich seit Jahren in die verkehrte Richtung schwimme, ins offene Meer hinaus. Leon hat mich manchmal gefüttert und ermutigt, um mich bei Kräften und Laune zu halten, doch er hat meine Richtung nicht korrigiert.

Eckhardt gibt mir noch einmal von seinem Whisky. Er schmeckt gut und macht warm, und ich bin ihm dankbar, dass er ein leiser Mann ist und nichts sagt, was mich in haltloses Weinen ausbrechen ließe. Aufmerksamkeit ist der Schlüssel zu allem. Er ist aufmerksam, und das war ich nicht. O mein Gott, war ich achtlos gegenüber dem Mann, den ich liebe. Seit Monaten belügt er mich, und ich habe nicht richtig zugehört. Versponnen im Kokon der Sicherheit und mit schmerzfreien Gedanken, die einer Betäubung gleichkamen. »Wir wollen betrogen werden, nicht wahr?«

»Nein. Aber das Talent zum Selbstbetrug ist ein sehr handlicher Schutz gegen Verzweiflung. Als ich dieses Talent verlor, habe ich zu trinken begonnen. Man fällt raus und fühlt sich fast wohl dabei. Dennoch würde ich es nicht weiterempfehlen.«

Sein Arm um meine Schulter fühlt sich gut an. Ich habe seit Monaten nicht geweint, und jetzt tue ich es. Ich habe nicht geschrien, und jetzt möchte ich es. Drinnen tanzen sie den Tango der Selbstverliebtheit, und ich sehe Isolde, die den bloßen Rücken einer Frau streichelt. Zwei Uhren und viele Ringe gegen die Einsamkeit einer Hand, die Wärme sucht. In all meiner Hilfsbereitschaft war ich auch ihr gegenüber nicht sehr aufmerksam. Leon mochte Isolde nicht, und um ihm zu genügen, habe ich meine Freundin vernachlässigt. Sie hundertmal verraten, wenn ich über ihre Hysterie lästerte, ihre Affären mit Schauspielerinnen, die untauglichen Selbstmordversuche. Schweigen und Furcht, das ist der Schutzumschlag meines Lebens.

Leon hat ihn zerrissen. Diese Qualität des Verrats ist eine andere. Jede Lüge, jede einzelne, hat die Zeit getötet, die wir miteinander hatten. Ich greife nach der Hand an meiner Schulter, irgendeine Hand, die ich festhalten kann. »Ich würde mich gern betrinken. Würde Ihnen das was ausmachen?«

Sein Lachen erinnert mich an Leon. Alles erinnert mich, jeder Blick und jede Geste ist von Verrat gezeichnet. Wie konnte ich nur so lange blind sein. Wer immer die Frau ist, die er anlächelt, während er bei mir ist, mit der er am Telefon flüstert, um dann schnell aufzulegen, für die er in Vorfreude pfeift, wenn er aus dem Haus geht, wer immer sie ist, sie ist sein Verrat an mir.

»Gott, war ich dumm.« Er hat mich verlassen und kommt mit einem Glas wieder, das er halb voll schenkt. Er schließt meine Finger um das Gefäß, als ob ich ein Kind wäre, dem man die einfachsten Handgriffe beibringen muss. Er will nicht wissen, warum ich das sage. Er bleibt bei mir, weil er aufmerksam ist und versteht, dass man eine Frau in meiner Verfassung nicht allein an einem Balkongeländer stehen lassen kann.

Wie konnte ich die Zeichen übersehen, die so deutlich waren? Leons Zurückweisung meiner Zärtlichkeiten. Sein Schweigen, wenn ich mit ihm sprechen wollte. Seine vielfältigen Erklärungen für Abwesenheiten. Vor ein paar Wochen begann er, seinen Schreibtisch abzusperren, und ich dachte, dass er ein Geschenk gekauft hatte, das ich nicht sehen sollte. Man will nicht sehen. Nicht hören und fühlen, sondern glauben, dass alles in Ordnung ist. Die Ordnung aller Tage und Nächte, und wenn nur alle Rituale befolgt werden, dann kann es keinen Schmerz geben und keine Trauer, nur die zu überspielende Leere, die durch Tätigkeiten ausgefüllt wird.

Habe ich einen Grabstein gepflegt, auf dem das Wort Ehe eingemeißelt war? Man wird nicht betrogen, man betrügt sich selbst. Das ist die grausamste Erkenntnis. Entschuldigt nicht den Verrat, auf den ich meinen Schmerz konzentriere. Er blendet alles aus, alle guten Gefühle. Selbst Davids Weinen erreichte mich nicht, als ich die Wohnung verließ.

»Hier seid ihr also. Einsame Tangotänzer, die im Regen stehen.«

Isolde hat hektische rote Flecken an den Wangen. Ich hasse sie, weil sie lächelt. Vielleicht weiß sie es längst, alle wissen es, und ich habe ihre bedauernden Blicke nicht zur Kenntnis genommen. Der Verrat erspart mir kein Detail, auch nicht das der Demütigung.

»Wir trinken nur«, sagt Eckhardt. In der Tat, was gäbe es sonst zu tun? Über die Liebe reden? Darüber, dass all meine Gefühle nichts wert waren? Nicht gut genug für einen Mann, dem ich vertraut habe? Oh, so viel Selbstmitleid fließt in die Anklage, und ich fordere die Rache eines Schuldspruchs.

»Lass dich nicht von ihm verführen.« Isolde erschrickt, als ich sie ansehe, und ohne ein weiteres Wort zu sagen, geht sie zurück zu der Gesellschaft, in die sie gehört, aus der ich mich ausgeschlossen fühle, und ich würde gern hysterisch mitlachen, ausgelassen tanzen, über nichts reden, eintauchen in die Betäubung des Banalen. Konnte ich doch immer. Kann ich nicht mehr.

Der fremde Tröster sitzt auf dem Boden und lehnt seinen Rücken an das schmiedeeiserne Gitter. Seine Hosenbeine sind am unteren Rand abgewetzt, und seltsamerweise rührt mich das. Seine Stimme ist schön. Sie erinnert mich an Leon.

»Ich habe all meine Frauen betrogen. Und ich habe ihnen erzählt von meinen Liebschaften. Heute weiß ich nicht mehr, ob es richtig war. Denn sie haben mich verlassen. Manche sofort, andere nach einer Weile der Verachtung. Ich bin nicht stolz darauf, aber damals glaubte ich, dass man alles mitnehmen müsste, was glücklich machen könnte.«

Er sieht mich um Verzeihung bittend an, als hätte er mich betrogen. Nur zu, du mieser kleiner Alkoholiker. Erzähl mir von deinem Unglück, auf dass es meines aufhebe. »Trinken Sie deshalb? Weil Sie alles falsch gemacht haben?«

Ich spüre den Whisky und den Regen. Leichte, kaum wahrnehmbare Tropfen, die an mir abfließen, als wäre meine Haut imprägniert. Sein Leben und sein Trinken interessieren mich nicht. Das, was geschehen ist, ist mein Stück, meine Premiere. Ich bin schlecht vorbereitet, und ich wüsste nicht, wer applaudieren sollte. Leon ist nicht in Arizona. Er ist in Paris. Max hat es mir gesagt, als er anrief, um mir von Beates Unfall zu erzählen. Ein Golfball, der sie am Hinterkopf streifte und zu einer Gehirnerschütterung führte. Die Ironie in seinen Worten war kaum zu überhören. Beate neige zu standesgemäßen Unfällen, sagte er, und fügte hinzu, dass sie für ein paar Tage zur Beobachtung im Krankenhaus bliebe. Und ich sagte ihm, dass Leon in Arizona sei. Und Max erwiderte: »Ich dachte, er ist in Paris?«

Das war alles, was er sagte. Ganz beiläufig. Danach folgte eine kurze Pause. Dann entschuldigte er sich für seinen Irrtum, was die Sache nur noch schlimmer machte. Ich legte den Hörer auf, weil ein Knoten in meinem Hals jedes Wort zuschnürte.

Gott würfelt nicht. Er lässt würfeln. Und ich schlug die Nummer des Hotels nach, in dem Leon absteigt, wenn er in Paris ist. Ich fragte nach ihm, und eine Stimme antwortete, dass die Herrschaften außer Haus seien. So war das. Mein Französisch ist unzureichend, doch ich verstand diesen Satz und seine Bedeutung sehr gut.

»Vielleicht wäre ich in jeder erdenklichen Version meines Lebens zum Trinker geworden«, sagt Eckhardt. Es gab immer lange Pausen zwischen unseren Fragen und Antworten, als würden wir einen Dialog führen, der ein ganzes Leben dauern könnte. »Haben Sie die ›Dämonen‹ gelesen? *Der Mensch ist unglücklich, weil er nicht weiß, dass er glücklich ist. Nur deshalb.*«

Das Wort »Dämonen« bleibt haften. Sie wüten in meinem Kopf und lassen keinen klaren Gedanken zu. Ich hasse ihn, mein Gott, wie ich ihn hasse. Nicht diesen Mann, der mir seine Zeit schenkt, weil sie ihm nichts mehr bedeutet. Ich hasse Leon, der mir meine Liebe gestohlen hat, verschlagen und heimtückisch und ohne jede Gnade. Der jetzt in Paris sitzt, in seiner Lieblingskneipe, die ich kenne, nur mit der Frau, die er jetzt liebt, und vielleicht lachen sie gerade oder küssen sich, und ich bin nichts, nur eine lästige Erinnerung, vielleicht nicht einmal das.

»Der Mensch ist glücklich, weil er nicht weiß, dass er unglücklich ist. Ich bin betrunken. Und nass. Und ich fände es nett, wenn Sie mich heute Nacht in mein Bett begleiten.«

Ich weiß nicht mehr, was ich sage. Er sieht erstaunt aus. Im Meer der seichten Reden ist ein klarer Satz wie eine unerwartete, furchterregende Welle. Max, ich denke erst jetzt darüber nach, hat Paris nicht zufällig ins Gespräch gebracht. Er wusste genau, was er tat, und seine Verlegenheit war nur gespielt. Wen wollte er treffen? Leon, mich oder uns beide? Und muss ich ihm jenseits aller selbstsüchtigen Motive nicht dankbar sein für die Wahrheit? Informationen sind die Bausteine der Macht, sagt Max, und er hat mir die Macht verliehen, meine Ehe für tot zu erklären.

Eckhardt vermeidet, mir in die Augen zu sehen. »Wenn Sie Alkohol im Haus haben. Und gegebenenfalls über meine Impotenz hinwegsehen…«

Ich könnte jetzt sagen, dass ich seit Monaten keinen Sex hatte. Leon schlief, wenn ich aus dem Badezimmer kam. Leon hatte Kopfschmerzen oder war erschöpft, und ich machte mir Sorgen um seine Gesundheit. Redete ihm zu, einen Arzt aufzusuchen. Das ist komisch, und man könnte darüber lachen. Liebe ist die unheilbare Krankheit, die ich mir ausgesucht habe.

Ich gebe Eckhardt meine Hand und ziehe ihn hoch. Er ist so leicht, eine Feder von Mann, und ich weiß selbst in diesem dunklen Augenblick, dass ich ihn nicht verletzen sollte.

Wir teilen die Menge, die uns nicht beachtet, und ich glaube, dass sie alle lange bleiben werden, schon aus dem Grund, weil sie das Alleinsein nicht ertragen. In Gesellschaft findet man immer einen, der noch einsamer ist. Wir suchen das Glück in anderen, nicht in uns selbst. Dieses Glück brennt jetzt in meinen Eingeweiden und verseucht meinen Kopf mit Visionen von furchtbarer Rache.

»Du verbreitest eine Aura von Weltschmerz.« Isolde steht an der Tür, und in ihrem Arm lehnt unsere Hauptdarstellerin, ein Wesen mit harten Brüsten und kalten Augen. Isoldes rechte Hand streichelt einen perfekt geformten Po, der in meiner gehässigen Interpretation zur guten Kritik des Stücks beitragen wird. »Kann ich was für dich tun, Anne?«

»Mich durchlassen.« Nein, das war nicht nett. Ich bin nicht mehr nett, weil ich Annes Spiel nicht fortsetzen kann. Jemand hat die Regeln verletzt, an die ich geglaubt habe wie als Kind an die Zehn Gebote. Du sollst nicht töten. Nicht ehebrechen.

»Spießig«, würde Isolde sagen, sei dieses Wort Ehebruch. »Jeder tut es«, sagt Beate und zitiert eine Statistik, nach der fünf von sieben Ehemännern ihre Frauen betrügen. Verträge werden geschlossen und gebrochen, sagt Max. Die Moral kokettiert mit der Realität, die in ihrem schlichten Lustgewinn sehr viel mehr Rendite verspricht. Ich war einfach dumm. Die anderen haben mehr Spaß.

»Sie wird mit ihrem Alter nicht fertig, die Ärmste«, sagte die

Hauptdarstellerin in Isoldes Arm, als ich zur Tür ging. Isoldes Antwort hörte ich nicht mehr, doch ich bin sicher, dass sie mich verraten hat.

Eckhardt steht bereits draußen, er hat eine Taxe gerufen. Erst als wir zu Hause sind, fällt mir ein, dass ich außer Wein nichts zu trinken im Haus habe. »Das geht nicht. Ich muss noch mal los und etwas besorgen.« Er sagt, dass er nicht lange brauche, und ist verschwunden, bevor ich ihm den Weg zur nächsten Tankstelle erklären kann. Der Babysitter löscht gähnend den Fernsehapparat. Ich sehe nach David, als das Mädchen aus der Tür ist.

Er schläft auf dem Bauch, wie er es immer tut, und seine kleine Hand liegt auf der Schildkröte aus Plüsch, die nur noch ein Auge hat und der seine Liebe gehört. Wir bewegen uns zu langsam und in die falsche Richtung. Und ich weine an Davids Bett, lautlos, um ihn nicht zu wecken. Die Tränen nutzen nichts, genauso wenig wie der Alkohol. Selbstmitleid ist das falsche Gefühl. Ich weiß es und versuche, den Schmerz zu ordnen. Ein Stichwortverzeichnis anzulegen für die Ewigkeit. L wie Liebe und H wie Hass.

Erst nach einer Weile bringe ich es fertig, zum Telefon zu gehen. Leon hat auf den Anrufbeantworter gesprochen. Er wusste, dass ich das Handy dabeihatte, doch er hat es vorgezogen, in die Maschine zu lügen. Alles sei in Ordnung, sagt Leon, und schon für diesen Satz könnte ich ihn ermorden. Wie die Premiere war, fragt er, und dass er mich nicht stören wollte auf der Party. Heiß sei es in Arizona. Und dass er mich liebe und mir eine gute Nacht wünsche.

Ich drücke so heftig auf die Löschtaste, dass ein Fingernagel abbricht. Keine weiteren Anrufe. Auch nicht einer jener anonymen, bei denen jemand den Hörer auflegte, wenn ich mich meldete. Immer dann, wenn Leon zu Hause war. Und jetzt ist auch dieses Rätsel gelöst. Ich bin so neugierig geworden seit ein paar Stunden. Der Verrat muss Nahrung haben.

Ich schäme mich, während ich Leons Taschen durchwühle, in denen sich nichts findet außer Notizen über Flugzeiten. Ich schäme mich, als ich seinen Schreibtisch aufbreche und mit zitternden Händen durchforste. Die Kreditkartenabrechnung: Hotel- und Restaurantkosten, und sie sind hoch genug, um für zwei zu gelten, aber das ist kein Beweis. Sein Telefonbuch: Leon kürzt die Namen mit den Anfangsbuchstaben ab, und ich verfluche sein System. Eine Rechnung über Blumen, dies ist ein Anhaltspunkt. Ich will Beweise für mein Unglück, sonst begreife ich es nicht. Warum verwahrt er nicht ihre Liebesbriefe? Vermutlich schreibt sie E-Mails, wie hätten Shakespeares Dramen in diesem virtuellen Nichts funktionieren können? Auch kein Foto, warum zum Teufel schließt er seinen Schreibtisch ab, wenn er nichts verbirgt?

Die Spionin kehrt in die Scham zurück, als es klingelt. Eckhardt und sein Whisky, ich hatte die beiden fast vergessen. Ein Wahnsinn, ihn in mein Bett einzuladen, und ich öffne die Tür dennoch und hoffe, dass David nicht aufgewacht ist. Mütter bringen keine fremden Männer ins Haus, und ich werde noch ein Glas mit ihm trinken und ihn dann verabschieden. Es gibt keinen Trost. Nur den Versuch, diese Nacht zu überleben, und die nächste…

17. Kapitel

MARIE

Städte sehen anders aus, wenn man liebt. Sie werden prächtiger und alle Silhouetten weicher, sie sind ohne Manieren, aber voller Lebenslust, und in Paris hörte ich die Musik aus New Orleans wieder. Es gibt erstaunlich viele Männer, die sich erwachsen nennen und den öffentlichen Austausch von Zärtlichkeiten meiden. Leon gehört nicht dazu.

Ich lächle, wenn ich an ihn denke. Wie er mich auf den Eiffelturm schleppte und den Touristenführer spielte, mich mit Trauben fütterte und mir Spielzeug von Straßenhändlern kaufte, Notre Dame in einer Schneekugel, das berühmte Bild der Küssenden, in herzförmigen Muscheln gerahmt, und einen Teddybären in den Farben der Nation. Ich lächle, und Isolde sagt über meine Schulter hinweg: »Gute Nachrichten: Conrad ist auf dem Weg der Besserung.«

Ihre Augen spiegeln sich in meinem Bildschirm. Eine gute Nachricht? Ich hatte gehofft, dass er sterben würde, und jetzt bin ich doch ein wenig enttäuscht. Sein Herz wird ihn eines Tages umbringen, und ich kann warten. So wie ich darauf warte, dass Leon mir erklären wird, dass er bereit ist, seine Familie zu verlassen.

»Das freut mich für ihn. Geht es dir gut?«

Sie sieht mich an, als hätte ich eine obszöne Frage gestellt, und beantwortet sie schließlich mit einem tiefen Seufzer. Ich könnte sie jetzt fragen, warum sie einer Premiere, die überall sonst ignoriert oder verrissen wurde, so viel Platz und Lob eingeräumt hat. Ich könnte sie sogar beantworten: Sie hat eine Affäre mit einer beteiligten Schauspielerin. Isoldes Theaterkritik trägt stets sehr persönliche Färbungen, und dieses eine Mal lasse ich Gnade walten.

Außerdem ist es kurz vor vier Uhr, und ich habe einen Termin bei der Verlegerin. Ihre E-Mail überraschte mich, doch ich nehme an, dass es mit Conrad und seinem Verbleib im Krankenhaus zu tun hat. Vielleicht will sie mich loben für meinen Einsatz, ihn in einer Weise zu ersetzen, dass sein Fehlen niemandem auffällt. Das lange Wochenende in Paris war unter diesem Aspekt kaum zu vertreten, doch ich konnte einfach nicht nein sagen, als Leon mich damit überfiel. *Je ne regrette rien*, und wenn man liebt, gilt jeder Satz für die Ewigkeit, wird jeder Kitsch zum Kunstwerk, und es ist sogar möglich, im Regen zu tanzen, ohne sich die Füße nass zu machen.

»Du bist so komisch in letzter Zeit«, sagt Isolde, als sie schon an der Glastür ist.

Ich drehe mich um. »Was genau meinst du damit?«

Sie hat eine Bisswunde am Hals. Katze oder Mensch? Ich mag Leons erotische Bisse, die so zart sind, dass sie keine Spuren hinterlassen.

»Na ja, ich … nennen wir es milde, oder beinahe liebenswürdig? Ich habe gedacht, du wirst aus dem Fenster springen, wenn du hörst, dass es Conrad besser geht.«

Unsere Fenster kann man nicht öffnen. Wir leben in Glashäusern. Bei gewissem Licht wirken sie wie Spiegel, in denen wir unseren geraden Wuchs bewundern können. »Ach was. Conrad wird sich perfekt erholen und uns noch lange quälen.«

»Seine Frau hat sich ein Bett in die Intensivstation stellen lassen, stell dir vor. Sie bleibt Tag und Nacht bei ihm. Ich finde das wirklich bemerkenswert.«

Und es wurde bemerkt. Und die Ehe ist eine Intensivstation, in der die Liebe zu Tode gepflegt wird. Was mich nicht daran hindern soll, Leon zum Mann zu nehmen. Wir werden in Paris heiraten. »Sie ist nun einmal eine heroische Frau. Wir sollten uns alle ein Beispiel an ihrer Einbeinigkeit nehmen.«

Isolde hat die Tür geöffnet, so dass es alle hören können. »Gott sei Dank, ich dachte schon, du hättest dich vollkommen verändert.«

Mein Lachen trifft sie unerwartet, und sie schließt schnell die Tür. Ich wende mich wieder meinem Computer zu und überprüfe die Agenturmeldungen. Meine Veerstbeck-Story wurde fast von allen aufgegriffen, einige zitierten mich sogar. Was gibt es Schöneres in unserer Medienwelt, als einen da oben bloßzustellen und der Verfehlung anzuklagen? Veerstbeck, dem ich in guter journalistischer Manier die Möglichkeit zur Stellungnahme gab, bestritt alle Vorwürfe, was zu erwarten war. Conrad lag zu diesem Zeitpunkt bereits im Krankenhaus, ich hatte also die Macht, allein zu entscheiden, und dieses Gefühl war gut und dennoch mit Angst verbunden. »Du bist eine Kämpferin«, sagte Max, und ich wollte vor ihm nicht als Feigling dastehen. Leon, um Rat gefragt, folgte seiner üblichen Strategie der Nichteinmischung. Er warnte mich nur, Max nicht vollends zu vertrauen. Aber es waren die Unterlagen, die Max mir gegeben hatte, die diese Geschichte schrieben. Er hatte seine bösen Gründe, sie veröffentlicht zu wissen. Kein Risiko, und dennoch schlug ich die Zeitung mit zitternden Händen auf an dem Tag, an dem sie veröffentlicht wurde. »Der Weltreisende in eigener Sache« nahm eine halbe Zeitungsseite ein, mein Name stand unter dem Artikel, und die Kollegen gratulierten mir.

Ich bin eine Kämpferin, und ich will auf der Seite der Sieger stehen. Leon lächelt manchmal über meine Ambitionen, doch ich weiß, dass er sie nicht gänzlich verachtet. Der Mann, den ich liebe, verfügt über eine erstaunliche Gleichgültigkeit gegenüber den irdischen Dingen. Man darf ihm sein Spielzeug nicht wegnehmen, ihn nicht langweilen, nicht die Linie überschreiten, die er in den Sand gezogen hat. Ich verstehe das, und Anne tut es nicht. Diese hübsche kleine Stimme am Telefon, die sich mit seinem Namen meldet, als ob sie ein lebenslanges Anrecht darauf hätte. Anne, die nicht aufwacht, weil sie nicht merkt, dass sie schläft. Leon wie auch Max sagen, dass sie ein guter Mensch sei. Was soll das heißen? Und was soll es bringen?

Auf dem Weg in den zwölften Stock treffe ich Eckhardt am Lift. Er fährt nach unten. Frauen und Männer haben einander niemals verziehen. »Eine gute Story, gratuliere«, sagt er, und empfängt mein Lächeln des Triumphs mit einem Heben der Mundwinkel. »Es ist doch von Vorteil, einen Vorstandsvorsitzenden näher zu kennen.«

»Wir tun, was wir können, um der Sonne näher zu kommen, mein lieber Eckhardt.«

»Ikarus«, murmelt er, bevor er den Lift betritt, um nach unten zu fahren. Ich nehme den anderen, der nach oben geht. Es ist das zweite Mal, dass ich die Verlegerin treffe. Sie mischt sich nicht gern unter die Leute, die sie bezahlt.

Sie ist eine große Frau von zeitloser Anmut, die weder schön noch hässlich zu nennen ist. Es besteht eine gewisse Ähnlichkeit mit der Einbeinigen, vor allem in der Arroganz der Bewegungen. Ich darf mich ihr gegenüber an den Schreibtisch setzen. Warum bauen bedeutende Leute so riesige Möbel zwischen sich und den anderen auf? Nichts im Leben wiederholt sich, aber manches reimt sich. Auch Conrads Frau machte mich kleiner, als ich bin. Das Schweigen dauert zu lange.

»Wir haben da ein kleines Problem, Frau Ahrend. Ich habe hier einen Brief von Veerstbecks Anwalt. Einige Behauptungen in Ihrem Artikel entsprechen wohl nicht ganz den Tatsachen.«

Ich weiß nicht, warum ich jetzt an New Orleans denke, die Nacht mit Leon und den Morgen danach. Sie nimmt den Brief und gibt ihn mir zu lesen. Eine Uhr tickt, begleitet vom Trommeln ihrer Finger auf dem Schreibtisch. Ich blicke auf. »Unmöglich. Ich kann jede einzelne Behauptung beweisen. Ich hätte es niemals geschrieben ohne die Unterlagen.«

»Sie stammen von Max Lenbach, nicht wahr?«

Woher weiß sie das? Ich unterdrücke die Frage und frage mich, ob Wahrheit oder Lüge die bessere Antwort wäre.

»Ich war bei Conrad im Krankenhaus. Er gratuliert Ihnen zu dem Artikel und meint, dass Sie seine Vertretung recht gut machen. Aber das ist eine andere Geschichte. Veerstbecks Anwalt behauptet, dass sein Mandant niemals in Manila war und dass sich alle Reisen ausschließlich im geschäftlichen Rahmen abspielten. Und die Frau reiste lediglich zweimal mit, und dies auf eigene Kosten. Wenn sich das alles als wahr herausstellt, Frau Ahrend, bleibt am Ende eine große Peinlichkeit für alle Beteiligten. Von der Forderung einer angemessenen Gegendarstellung ganz abgesehen. Conrad verstand es immer meisterhaft, Schaden von der Zeitung abzuwenden.«

»Das kann nicht sein.« Noch während ich es sage, zweifle ich an diesem Satz.

»Ich hoffe das für uns alle, Frau Ahrend. Doch muss ich Sie bitten, sich unverzüglich mit unserer Rechtsabteilung in Verbindung zu setzen. Die Belege müssen geprüft werden, und ein entsprechendes Gegenschreiben ist aufzusetzen.«

»Ich sehe da kein Problem.« Ich wünschte, es wäre so. Der Gedanke wächst sich zu einer Katastrophe aus.

Sie sieht mich an, als könne sie meine Furcht riechen. »Gut. Mich irritiert nur der anmaßende Duktus dieses Schreibens. Und Conrad meint, dass Sie sich von Zeit zu Zeit überschätzen.«

»Niemand ist ohne Fehler.« Das war kein guter Satz, und ich senke meinen Blick. Verdammter Conrad, der mit dem Leben davongekommen ist und zur alten Gemeinheit zurückfindet.

»In der Tat, meine Liebe. Aber manche können sich Fehler eher leisten als andere. Es geht nicht darum, wer Recht hat, sondern, wer Recht behält. Und wenn nur ein Detail Ihrer Geschichte falsch ist, bleibt der Rest diskreditiert. Also sehen Sie zu, dass Sie das in Ordnung bringen.«

Sie entlässt mich mit einem aufmunternden Lächeln, doch ich habe das Gefühl, k.o. geschlagen zu sein. Noch bevor ich mir Max' Unterlagen ansehe, die in meinem Schreibtisch aufbewahrt sind, weiß ich, dass ich geschlagen wurde. Es sind Kopien von Reiseunterlagen, und genau in den Punkten, die Veerstbecks Anwalt bestreitet, sind sie gefälscht. Die Philippinenreise: Veerstbecks Unterschriften sehen anders aus als auf den anderen Papieren. Ein Kuckucksei, das mir Max in das gemachte Nest gelegt hat. Und er wusste auch, dass die Gattin auf eigene Rechnung mitflog, und er hat es bewusst verschwiegen.

Sehen wir der Tatsache ins Auge: Er hat mich reingelegt. Sozusagen zwei Fliegen mit einer Klappe geschlagen: Max hat Veerstbeck kaltgestellt, wie er es wollte, und mich als Zugabe verheizt. Das Feuer der Erniedrigung ist ein Schwelbrand, und die Nacht in New Orleans, in der er auf mich wartete, sollte nicht ungesühnt bleiben. Der arme, alte Conrad hat nicht Unrecht: Manchmal neige ich zur Selbstüberschätzung.

Es bleibt nichts zu tun, als den Canossagang in die Rechtsabteilung anzutreten. Sie werden mir mit wohlgesetzten Worten den Kopf abreißen. Und danach werde ich darüber nachdenken, welche Form der Rache angemessen ist. Max soll nicht glauben, dass er mit mir fertig ist. Menschen, die verletzt wurden, sind gefährlich. Das gilt für uns alle. Und insbesondere für mich.

Gott, wie ich es hasse, wenn Leon sein Handy ausgeschaltet hat. Wider jede Vernunft wähle ich die Nummer der Wohnung, und die Stimme ist am Apparat. Die Stimme gibt zum Besten, dass ihr Mann mit David unterwegs sei. Ich hasse die Stimme und die Selbstverständlichkeit, mit der sie voraussetzt, dass wir alle wissen, wer David ist. Ich bitte um Rückruf und sage, es sei dringend. Und füge an, dass Leon meine Nummer kenne. Im Gegensatz zum Tier hat der Mensch keinen Instinkt, der ihm sagt, was richtig und was falsch ist. Im Gegensatz zu allem, was ich bisher von mir wusste, hat man mich in eine Falle gedrängt. Ich muss ein Feuer legen, um die Situation zu erhellen. Und ich brauche jetzt den Mann, den ich liebe. *Einen* Menschen, dem ich trauen kann.

»Das war nicht sehr klug von dir«, sagt seine Stimme an meinem Telefon. Ich war eine Stunde bei der Justitiarin, die mich des leichtfertigen Umgangs mit Informationen bezichtigte. Wer Recht hat, darf demütigen. Ich bin nicht in der Stimmung, dies auch von Leon zu ertragen. »Sei still und hör mir zu.« Ich erzähle ihm meine Geschichte, die von Verrat handelt und in der Veerstbeck letztendlich eine untergeordnete Rolle spielt. Leon unterbricht mich nicht. Dann sagt er: »Du hättest besser aufpassen müssen. Ich habe dich vor Max gewarnt.«

Rechthaberei anstelle von tröstenden Worten. »Oh, vielen Dank. Genau das, was ich von dir hören wollte. Auf welcher Seite stehst du? Und meinst du wirklich, dass er dich davonkommen lässt?«

Leons Stimme klingt angeekelt, und das Feuer verwandelt sich in Asche. »Nein, natürlich nicht. Schließlich kenne ich meinen Bruder besser als du. Max hat Anne gegenüber erwähnt, dass ich nicht in Arizona, sondern in Paris war. Und sie macht sich einen Reim darauf.«

Wie klug von ihr. Doch dies ist der Moment, in dem wir uns

verstellen müssen. »O mein Gott, das tut mir Leid. Er darf damit nicht durchkommen, Leon. Wir müssen etwas unternehmen.«

Schweigen. Er gibt mir die Schuld, denke ich, und dass Liebe jegliche Form der Verletzung zulässt. Sieht er nicht, was Max mir angetan hat? Aller Voraussicht nach das Ende aller Träume, Conrads Nachfolgerin zu werden. Gegendarstellungen sind wie Hinrichtungen nach dem Schuldbekenntnis. Manche werden mich dafür lieben, dass ich dafür verantwortlich bin. Oswalds hämisches Grinsen steht im Raum, und Eckhardts triefendes Mitgefühl. Liebe bedeutet, die Welt mit Gottes Augen zu sehen. Und ist er nicht auch erbarmungslos? »Hilf mir, Leon.«

»Ich muss aufhören«, sagt der Mann, den ich liebe.

»*Womit* aufhören?« Meine Stimme klingt, als würde man mir die Bänder zersägen.

»Ich komme heute Abend zu dir. Aber jetzt muss ich auflegen.«

Sie steht neben ihm, denke ich, während ich den Hörer langsam auf die Gabel lege. Anne und das Gesicht der verletzten, anklagenden Ehefrau. Max hat mit seiner Rache lange gewartet, doch der Zeitpunkt war perfekt. Die Schuldigen stehen am Pranger. Liebe und Feuer, Triumph und Scheiterhaufen liegen nahe beisammen. Und ich bin unvorsichtig geworden, nicht nur, was Leon betrifft, sondern auch Max. Einer, der Menschen kauft, um Macht über sie auszuüben, lässt sich nicht ungestraft betrügen. Ich dachte immer, dass ich das Spiel zu gut kenne, um zu verlieren. Es ist ein kompliziertes Spiel mit einfachen Regeln: Nimm, was du kriegen kannst. Lass dich nicht erwischen. Sage niemals die Wahrheit. Verdränge alle Gefühle, die dich behindern könnten. Liebe deine Feinde wie dich selbst. Misstraue den Freunden. Denke nicht über irgendeinen Sinn nach, sondern darüber, das Nichts mit dem zu erfüllen, wonach dir der Sinn steht: Macht, Geld, Spaß. Das Nichts kann mit allem gefüllt sein. Also ist alles nichts. Und ich bin alles: meine Wünsche, mein Verlangen, mein verdammtes Recht, am Ende als Sieger dazustehen.

Ich hasse Max, und ich liebe Leon, und ich bin nicht blind gegenüber den Parallelen zwischen den Brüdern. Auch Leon gefällt sich darin, Macht auszuüben, und er tut es kraft seiner Attraktivität und den Gefühlen, die Frauen ihm entgegenbringen. Das ist sein Spiel. Die Liebe, und ich würde darauf wetten, dass er Anne zu beschwichtigen versucht, von einer Affäre spricht, die nichts bedeutet, und davon, dass er sie nie verlassen wird. Leons Liebe ist teilbar, und seine Feigheit absolut. Und all das weiß ich und begehe den Fehler aller Frauen: daran zu glauben, ihn ändern zu können.

Liebe frisst vernünftige Gedanken und ersetzt sie durch Begierden, die einer Sucht gleichkommen. Wie ein Feuer, das nicht zu löschen ist, wärmt sie mich mit einer Kraft, die ich nicht begreifen und somit nicht bekämpfen kann.

Als ich das Feuer legte, damals in der Gerberstraße, habe ich es aus Liebe getan. Irgendwie dachte ich, dass ich sie alle retten könnte, wenn es diese Zimmer nicht mehr gäbe, Mutters Lederanzüge und die Peitschen. Eine Jeanne d'Arc mit Streichholz, und ich hatte nicht einen Gedanken daran verschwendet, dass jemand in diesem Feuer sterben könnte. So viel Liebe, und so viel Feuer. Man muss etwas vernichten, um etwas Neues zu beginnen. Leon versteht das noch nicht, aber ich weiß, dass ich ihn überzeugen kann.

Die E-Mail der Verlegerin besagt, dass mir Oswald als zweiter stellvertretender Chefredakteur zur Seite gestellt wird. Schlechte Nachrichten verbreiten sich schnell. Noch ein Brand, der zu legen wäre, aber ich zweifle daran, dass dieser gläserne Kasten meiner Kunst zum Opfer fallen könnte. Eins nach dem anderen: Erst ist Max an der Reihe. Ich brauche Leons Hilfe, und ich muss über den Berg seiner Feigheit gehen, um einen brauchbaren Plan zu verwirklichen. Am besten wäre es natürlich, wenn er auch Anne einschließt. Das Spiel muss damit enden, dass am Ende zwei übrig bleiben. Die Sieger. Könnte man sagen, dass ich immer dann am besten war, wenn ich etwas aus Liebe tat?

18. Kapitel

ANNE

Ich verstehe, dass ich zu funktionieren habe, wenn ich weiter leben will. Ich muss aufstehen, David versorgen, ihn in den Kindergarten bringen und abholen. Ich muss nicht essen, jedoch abends trinken, um in eine Art Schlaf zu fallen. Ich starre gegen Wände, wenn ich nicht zu funktionieren habe, weil ich tot bin.

Leon sagt, dass die meisten Menschen ihr Leben in Trance verbringen, unfähig, aus dem Rhythmus ihrer Unlust auszubrechen und Schmerz oder Freude zu empfinden.

Leon ist mein Mann. Wir haben ein Band aus Gold geschlossen, und ich habe mich blenden lassen, bis ich blind wurde. Und ich sehe nach innen und spüre nichts mehr, das gut sein könnte. Er betrügt mich. Na und? Er hat mit seinen Lügen das zerstört, worauf ich mein Leben und meine Liebe aufbaute. Verrat gegen Vertrauen, das ist Leons mörderische Formel, der ich nichts entgegenzusetzen habe als die Leere, gefüllt mit Wut, Enttäuschung, Trauer, Demütigung, Eifersucht und Hass. All die großen Worte der Betrogenen, und alle Worte, die ich an Leon richte, wenn er nicht da ist, enden in dem Monolog der Verzweiflung.

»Es hat nichts mit unserer Liebe zu tun«, sagte Leon, als ich von Paris sprach. Wir standen in der Küche, und ich hatte gewartet, bis David schlief. Mütter sind rücksichtsvoll bis zum Erbrechen, und ich hatte mit meinen beiden Männern gegessen und gesprochen und bei jedem Bissen gewürgt. An unserem Tisch saß die Lüge, wer weiß, wie lange schon, und David warf sein Glas zu Boden, und ich schrie ihn an, wofür ich mich schämte. Kinder sind die Opfer von Erwachsenen, in alle Ewigkeit, und hatte ich mir nicht als Kind geschworen, nie so zu werden wie sie?

Es hat nichts mit unserer Liebe zu tun. Eine ganz und gar unbedeutende Affäre, sagte Leon, ein Wochenende mit einer Frau aus Paris, die er vorübergehend begehrte. Zwei Tage und zwei Nächte, die ihm nichts bedeuteten. Sex, sagte Leon, sei ein Motiv, das Frauen nicht verstünden. Und habe ich ihn je verstanden, diesen Mann, der mir als Fremder begegnet, einen, den ich nie berührt habe.

Leons Gesicht war eine Maske, aus Titan geformt, schön und undurchdringlich. Seine Hände steckten in den Hosentaschen, als wolle er geballte Fäuste vor mir verbergen. Er hasst Szenen wie diese, alles, was ihn ins Unrecht setzt und seiner Macht beraubt, über allen Forderungen zu schweben und schwerelos zu sein.

»Wie könnte ich es verstehen? Wir haben seit Wochen und Monaten nicht mehr miteinander geschlafen. Wir leben nebeneinander, nicht miteinander. Vielleicht haben wir das immer schon getan, ich habe es nur nicht zur Kenntnis genommen.«

»Sei nicht theatralisch«, sagte Leon. »Ich habe ein bisschen Spaß gesucht. Ich wollte mich mal wieder lebendig fühlen. Du bist so statisch geworden, Anne, ganz und gar unbeweglich in deinem Bestreben zu bewahren und zu beschützen, was du als dein Eigentum betrachtest.«

»Und du bist ein egoistisches, treuloses, verlogenes Arschloch.«

Der Satz stammte aus einer Rolle, die ich einmal gespielt hatte. Schon damals hatte ich ihn in seiner Schlichtheit gemocht. Ich stand mit verschränkten Armen vor Leon und zitterte vor Empörung. Wie konnte er es wagen, mich anzugreifen, statt vor Scham in den Boden zu versinken? »Lebendig fühlen ... was meinst du, wie ich mich in letzter Zeit gefühlt habe? Fand ich es spaßig, dass du mich angeschwiegen, an mir vorbeigesehen, mich nicht mehr berührt hast? Hast du bei all dem auch mal an mich gedacht?«

Tabus sollte man vernichten, ohne sie zu berühren. Die Tabus, die wir schweigend akzeptierten, die Worte, die wir nicht aussprachen, und die Gesten, die wir unterließen, all das richtet sich jetzt gegen mich, und nichts kann ich tun außer zu wüten und auf das Wunder zu hoffen, dass etwas aus der Zerstörung erwächst.

»Natürlich habe ich mich schuldig gefühlt.« Leon sah aus dem

Fenster, als er das sagte. Ein Blick auf den Hinterhof. Unsere Liebe war einmal ein Zimmer mit Aussicht, und jetzt saßen wir in der Falle.

»Nicht mal das glaube ich dir. Schuld zählt nicht zu deinem Gefühlsrepertoire. Du hast immer nur dein verdammtes Leben geführt, und David und ich waren eine Art Anhängsel, das du in Kauf genommen hast.«

Leon schenkte sich Whisky ein. Ich hatte eine Flasche Wein getrunken. Die Krücken brachten uns nicht auf den Weg, und unsere Worte waren nur Keulen, die verletzen sollten. Ich wusste das alles und konnte nicht anders, als um mich zu schlagen.

»Ich habe mich nicht verändert, Anne. Du bist eine solche Spießerin geworden, nicht nur im Bett... vermutlich denkst du, dass alles wieder in Ordnung kommt, wenn du das Schlafzimmer neu tapezierst.«

Ein gelungener Keulenschlag. Ich öffnete eine neue Flasche und wünschte mir, ich hätte den Mut, sie zu zerbrechen und in sein Gesicht zu rammen. Das Verdrängen hatte eine lange Zeit gedauert, und jetzt brechen Gefühle auf, die sich jeder Kontrolle entziehen. »Sie ist also besser im Bett, und das ist deine Generalentschuldigung. Großartig. Was soll ich jetzt deiner Meinung nach tun? Einen Kurs in Sexualpraktiken besuchen? Strapse kaufen? Unser alltagstaugliches Esperanto in die Sprache der Liebe zurückverwandeln? Wie stellst du dir das vor? Du hast mich zutiefst verletzt, Leon. Ich kann nicht mit deinen Lügen leben.«

»Ich werde sie nicht wieder sehen«, sprach mein Mann. In diesem Augenblick läutete das Telefon, und er nahm den Hörer ab. Ich wusste, dass SIE es war. Eine Fremde, die in mein Leben eingedrungen war. Kein Wochenende in Paris, sondern eine Frau, die mich seit Wochen mit Anrufen terrorisierte. Ich wusste, wie sie atmete.

Leon war mit dem Telefon ins Wohnzimmer gegangen, und ich wollte mithören, was er sagte, und konnte mich nicht von der Stelle rühren. Er flüsterte. Es waren Laute, die mich mehr trafen als all seine Worte.

»Es war Max. Ich muss einen der Vorstände heute Abend nach Brüssel bringen.«

Leon flog weg. So wie er es immer getan hatte. So wie ich es hingenommen hatte in dem irrwitzigen Glauben, dass die Dinge so waren, wie ich sie sehen wollte. Ich war eine solche Idiotin, auch diese Erkenntnis tat sehr weh. »Du lügst. Deine Schlampe terrorisiert mich am Telefon. Und eure Affäre, wie du sie nennst, dauert Wochen, wenn nicht Monate. Wer ist sie überhaupt? Eine Schauspielerin? Oder eine aus deinen Fliegerkreisen?«

Leon wurde wütend, ich sah es mit jenem Maß an Freude, das ich noch empfinden konnte. »Ich hasse hysterische Frauen. Sie ist unbedeutend, Anne. Sie ist es nicht wert, dass du unsere Ehe kaputtredest. Und sie ist keine Schlampe.«

Sie ist unbedeutend. Obwohl mich dieses Wort entzückte, war der nächste Gedanke bereits zerstörerisch: Wie konnte er es wagen, unsere Liebe mit einer unwerten Person aufs Spiel zu setzen? Was war sie dann wert, diese Liebe? Was war ich ihm wert? Und woran konnte man sie messen, unsere Liebe, wenn nicht daran, was wir einander wert waren?

»Du bist einfach nur eifersüchtig, und das wiederum hat mit verletzter Eitelkeit zu tun. Ich glaube, dass wir dieses Gespräch für heute beenden sollten.«

»Wir haben unsere Gespräche immer beendet, bevor sie irgendeiner Wahrheit nahe kamen, nicht wahr? Wenn das alles ein Spiel ist, dann hast du die Regeln gemacht, und ich habe mich ihnen gebeugt. Und ich habe immer verloren. Ist das nicht komisch?«

»Dann erzähl es doch deinem Friseur«, sagte Leon und warf die Tür hinter sich zu. Er ging ins Schlafzimmer, um seinen Koffer zu packen.

Ich hörte Schranktüren knallen und dachte, dass er wie immer keine Rücksicht auf David nahm. Leon, der sich stets ins Herz aller Dinge träumen wollte, war von erstaunlicher Rücksichtslosigkeit gegenüber Menschen, die er zu lieben vorgab. Und als wollte er mir zumindest in diesem Punkt Recht geben, schlug er heftig die Wohnungstür zu, als er uns verließ.

Das war das Schlimmste: das Alleinsein. Ich saß ihm Wohnzimmer und leerte die zweite Flasche Wein. Ich sprach mit Leon und sagte ihm, dass ich ihn immer als meine zweite Hälfte begriffen hatte, der Mensch, dem ich vertraute und dem ich neben David all meine Aufmerksamkeit schenkte. Vielleicht war es die Ausschließlichkeit meiner Liebe, die ihn langweilte. Meine Schuld, seine Schuld, ich wollte doch nur verstehen, was geschehen war, und ihm verzeihen. Ich wollte die Wahrheit hören, sosehr ich mich fürchtete. Alles, nur nicht das Schweigen, das Flüstern, das Knallen von Türen.

In seiner Abwesenheit fand ich die richtigen Worte, und mein Mann schloss mich in seine Arme und versprach ein »Nie wieder«, und ich glaubte ihm.

In seiner Abwesenheit durchwühlte ich noch einmal seine Papiere und Abrechnungen und zerriss unser Hochzeitsfoto, auf dem ich lächelte, während Leon ein ernstes Gesicht machte.

In seiner Abwesenheit funktioniere ich wie eine Marionette, die an zu wenigen Fäden hängt. David leidet darunter und versucht, mich mit besonders schlechtem Benehmen zu einer Reaktion zu provozieren. Ich lebe im Inneren meiner Trauer, und niemand kann mich erreichen. Es ist gut, in diesem schlechten Stück zu spielen, weil es mir nichts abverlangt als hölzerne Sätze. Die anderen nehmen von mir nur das wahr, was ich ihnen zeige: eine Hülle. Sie sendet einen Hilferuf aus, doch die Antworten sind immer nur unaufmerksam und oberflächlich.

Beate empfiehlt ihren Psychiater oder Fitnesstrainer oder Schönheitschirurgen. Sie glaubt, dass ich mich in der Krise des Älterwerdens befinde. Isolde diagnostiziert beginnenden Autismus und »bringt mich unter Menschen«, wie sie es nennt. Unter vielen allein zu sein, erfordert eine gewisse Disziplin, der ich mich unterwerfe, weil ich Angst vor der Dunkelheit habe. Davor, mit mir selbst allein zu sein. Mit Leons Schatten, der meine Monologe längst kennt. Er ruft nicht an. Ich starre auf das Telefon, wenn ich zu Hause bin. Ich bin versucht, Beate oder Isolde anzurufen, um darüber zu reden und ihr Mitgefühl zu empfangen, doch ich kann es nicht. Ich wähle immer wieder Leons Handynummer, doch ich schaffe es nie, die Verbindung aufzunehmen. Was soll ich sagen? Dass ich ihm verzeihe und er zurückkommen soll? Nach der Demütigung die Unterwerfung? »Zur Hölle mit ihm«, ist ein Satz, den ich oft laut ausspreche und der mir hilft, die nächsten Sekunden zu überstehen. Die Wut, die sich gegen ihn richtet, ist das einzige Schmerzmittel, das für kurze Zeit betäubt.

Den Trinker treffe ich auf Isoldes Geburtstagsparty, und er erzählt mir über seinem silbernen Becher, der stets in Mundhöhe ist, vom Gilgamesch-Epos, jenen sumerischen Steinplatten, die vor fünftausend Jahren entstanden sein sollen und die von der Angst der Menschen vor dem Tod handeln, der Überwindung der Natur und der beginnenden Unterdrückung der Frau. Die männliche Sicht der Welt, verewigt auf achtzig Steinen. »Und aus dem Chaos wurde eine Form der Ordnung, die sich anschickte, alles Lebendige unter sich zu begraben.«

»Ist Ehe eine Form der Ordnung?«, frage ich Eckhardt, weil er der Einzige ist, dem ich zuhören kann, ohne in inneres Schreien auszubrechen.

»Wir machen sie dazu, weil wir glauben, dass sie uns vor dem Unvorhersehbaren schützt. Sie gibt uns ein Gefühl von Sicherheit, nicht wahr?«

Wir stehen in einem Raum voller Menschen, die Isolde um sich versammelt hat, weil sie es nicht ertragen kann, an ihrem vierzigsten Geburtstag allein zu sein. Oder an irgendeinem anderen Tag. Ich liebe meine Freundin, weil ich ihre Verzweiflung verstehe, und diesen Mann, weil er selbst in der Atmosphäre gefrorenen Schmerzes Worte findet, die mich berühren. Sein schwarzer Anzug ist abgewetzt, und das graue Hemd war einmal weiß, doch trägt er die äußerliche Verwahrlosung mit großer Gleichgültigkeit. Leons Erscheinungsbild ist stets makellos. Zur Hölle mit ihm.

Arbeitslose Schauspieler servieren Champagner und Austern. Ich habe Austern nie gemocht. Ich liebe Bratwürste und Spagetti und Malzbrot, dick mit Butter bestrichen. Ich habe seit Tagen nichts mehr gegessen außer den Resten von Davids Teller, und selbst dazu musste ich mich zwingen.

»Du hast abgenommen«, sagte Isolde zur Begrüßung, als ich ihr mein Geschenk überreiche, einen Seidenschal für ihre Sammlung von Dingen, die dem Glück dienen sollen. Einer nach dem anderen küsste ihre Wangen und trug ein Stück Rouge ab. Wie eine Feder, vom Windhauch bewegt, tauchte Isolde in ihre Gästeschar ein. Es war nur ein Kräuseln, und sie schien sich wohl zu fühlen. Eckhardt, so sagte sie augenzwinkernd, habe sie meinetwegen eingeladen.

»Danke übrigens, dass Sie mich letzten Abend weggeschickt haben. Im Grunde bin ich nicht auf Damenbekanntschaften aus. Schon gar nicht, wenn Ehen im Spiel sind.«

Ich bringe tatsächlich ein Lächeln zustande. »Ich bin nicht sehr begabt in Ehebruch. Jedenfalls glaubte ich das bisher von mir.«

»Das Recht ist da, sobald die Liebe da ist. Dann kann es auch Glück sein. Alles andere ist ein eher schamloses Unterfangen.« Er sieht an mir vorbei, während er das sagt, und ich folge seinem Blick und sehe am Eingang eine Frau stehen, die eben erst gekommen ist. Sie trägt einen Hosenanzug aus weißem Leder und fällt auf in dem Raum der Schwarzgekleideten. Sie hat sehr schöne Haare, die sie offen trägt und in einer oft wiederholten Geste aus dem Gesicht streicht. Sie umarmt Isolde vorsichtig und übergibt ihr ein Päckchen, in dem ich einen Seidenschal vermute.

»Wer ist das?«

Eckhardt lässt sich Zeit mit der Antwort. »Marie Ahrend, eine Kollegin aus der Zeitung«, sagt er schließlich und wendet ihr den Rücken zu, als ob es ihn schmerzte, sie zu sehen.

Max' Freundin, die ich stellvertretend für alle Geliebten aller Ehemänner in den ersten Kreis der Hölle wünsche. Ich beginne zu zittern, und Eckhardt legt seinen Arm um meine Schultern. »Es ist ihr Spruch, der mit dem Recht und der Liebe. Die Wahrheit ist, dass die Liebe so viel Glück vernichtet, wie sie schafft. Und die Wahrheit ist auch, dass Frauen verkommen, wenn sie ihr Selbstwertgefühl ausschließlich aus Männern beziehen. Sie sollten das nicht tun, Anne. Sie sind sehr viel mehr wert als das, was Sie zur Zeit für sich empfinden.«

Ich nehme seine Hand und entferne sie von meiner Schulter. Nehme einem arbeitslosen Schauspieler ein Glas ab und leere es in einem Zug. »Trinksprüche eines Verlierers? Lassen Sie mich in Ruhe, Eckhardt. Ich will nicht getröstet werden. Und schon gar nicht von einem Untröstlichen.«

Wenn ich ihn verletzt habe, so zeigt er es nicht. »Verlierer sind die sehr viel interessanteren Menschen, ist Ihnen das noch nicht aufgefallen? Sie sind lebendiger. Unbescheidener in ihren Ansprüchen an das, was wirklich zählt.«

Er trinkt, und ich frage ihn, was wirklich zähle, und er zuckt mit den Achseln. »Wir geben uns der Liebe hin, weil sie uns fühlen lässt, was wir nicht wissen können. Nur darauf kommt es am Ende an.«

Auf die Liebe? Mein Hohngelächter klingt erbarmungswürdig. Wie Leid ich mir tue, und wie schrecklich ich auf andere Leute wirken muss in meinem Universum des Unglücks. »Worauf es am Ende ankommt, ist, vor sich selbst zu bestehen, denke ich.«

»Darauf trinken wir. Ich bin sicher, dass Sie das tun.«

Trinken und reden, atmen und kauen und verdauen, das ist auch eine Art von Leben. Leon steht vor mir, und ich frage mich, wo er jetzt ist und was er tut. Ob er leidet. Nicht wenn er fliegt, denke ich. Oder wenn er bei seiner Geliebten ist. In einer seiner Kneipen sitzt und einem Saxophonspieler lauscht. Leons Fähigkeit, sich dem Augenblick hinzugeben, ist ebenso stark ausgeprägt wie seine Neigung, schlechte Gefühle zu verdrängen. Ich kenne ihn so gut. Und ich dachte, dass ich mich kenne. Unsere Ehe, dieser grandiose Selbstbetrug. Und alles würde ich tun, um Leon nicht zu verlieren. Auch wenn ich das verlöre, worauf es am Ende ankommen mag.

»So viel Kultur, in einem Raum versammelt, erzeugt Blähungen.«

»Es ist der Champagner, meine Liebe. Kann aber auch sein, dass hier so viel Luft produziert wird, dass sie bis ins Innerste eindringt.«

Die Frau mit den Blähungen ist Max' Geliebte, und Eckhardt stellt uns einander vor. Marie Ahrend ist kleiner als ich und hat, aus der Nähe betrachtet, ein hübsches Gesicht von gewisser Härte. Vielleicht interpretiere ich sie nur hinein, und sie ist einfach nur von jener Attraktivität, die glatt und belanglos ist. Und ich beneide sie um ihre sorgenlose Larve. Und wünsche ihr, dass Max' Mondeskälte sie erfrieren lässt.

Ich weiß nicht, warum sie mich auf so merkwürdige Weise ansieht. Die Vermutung, dass ihr die Begegnung peinlich ist, trifft gewiss nicht zu. Ihr Blick ist herausfordernd, und ich schätze ihr Schamgefühl als nichtexistent ein. Sie gehört zur Spezies der jungen Ellbogenfrauen, die glauben, dass die Welt ihnen gehört und nicht den Männern, denen sie sich anbieten. Ich kenne das Gefühl, aber es ist sehr alt. Zwischen uns liegen mindestens zehn Jahre und mein Eingeständnis einiger Niederlagen.

»Sie spielen doch in diesem komischen Stück mit. Und habe ich Sie nicht auch im Fernsehen gesehen? Irgendein Werbespot…«

»Windeln. Das eine ist so idiotisch wie das andere, aber ich verdiene Geld damit.«

Marie Ahrend ist aggressiv. Vielleicht weil Beate meine Schwester ist und der Geliebten in ihrer Eigenschaft als Ehefrau im Weg steht. Es ist mir gleichgültig, wie alles, was um mich herum geschieht. Als das Kind einer Freundin starb, fragte ich mich, wie lange man durch den Schmerz gehen kann, ohne sich zu verlieren. Und jetzt weiß ich keine Antwort. Meine Freundin beging zwei Jahre nach dem Verlust ihrer Tochter Selbstmord. In ihrem Abschiedsbrief schrieb sie, dass es in ihrer Straße zu still geworden sei.

Wie hält Max all die Frauen aus, die er nicht liebt? Vermutlich konsumiert er sie wie den Bordeaux, den er gern trinkt, und wenn die Flasche zur Neige gegangen ist, wirft er sie weg. Statt des Glascontainers gibt es ein Geschenk, und sie verschwinden, ohne großen Lärm zu machen. Leon ist anders. Er verschenkt Spielzeug oder Jazzplatten, die er in obskuren Geschäften aufstöbert. Oder Flüge in den Himmel – und in die Hölle.

»Es muss schrecklich sein, so alt zu werden«, sagt diese Marie mit Blick auf die Gastgeberin. Isolde steht neben dem Klavierspieler und singt jetzt das Lied mit dem Text, der besagt, dass es nichts zu bereuen gebe. Die Ähnlichkeit mit der Piaf endet bei der Stimme, doch wir alle applaudieren höflich, als es beendet ist.

»Dummheit ist schrecklicher.« Eckhardt schwankt plötzlich, und wenn ich ihn nicht gehalten hätte, wäre er gestürzt. Die Ahrend lächelt und sagt: »Ein hübsches Paar.« Es klingt so böse, dass ich zum ersten Mal aus meiner Trance der Unberührbarkeit erwache. Ihr Blick ist hasserfüllt, und nach einem Moment des Schreckens wende ich mich Eckhardt zu. »Geht es wieder?«

Er nickt, und ich hole ihm einen Stuhl. Er ist so bleich.

Ich weiß nicht, warum ich jetzt denke, dass er bald sterben wird. Ich habe keine Ahnungen, nur Ängste. Einen Korb voll, und ganz obenauf liegen David und Leon.

»Du solltest vielleicht weniger trinken«, sagt die Ahrend zu Eckhardt. Ihre Stimme klingt jetzt weich. »Soll ich dir Wasser holen?«

Bevor er antworten kann, verschwindet sie in der Menge. »Ich habe sie mal geliebt«, sagt Eckhardt und tupft sich mit einem weißen Taschentuch den Schweiß von der Stirn. Er ist ein Mann, der keiner Demütigung ausweicht. Ich wünschte, ich könnte für ihn Gefühle aufbringen, die über vage Zärtlichkeit hinausgehen. Aber ich fühle nichts mehr. Der Schmerz frisst alles.

Die Frau, die von Max leer getrunken wird, kommt mit einem Tablett mit Wasser zurück. Als wolle sie mir etwas beweisen, legt sie den Arm um Eckhardt, während er das Glas in kleinen, vorsichtigen Schlucken leert. Wir hören nie auf, im Sandkasten zu spielen.

Wie mag Leons Geliebte aussehen? Sind sie nicht immer jünger und schöner und von einer Unbeschwertheit, die aufreizend auf alte Ehemänner wirkt? Einen wie Leon, der Anarchismus zu einer gefälligen Lebensform erhoben hat. Er ist ein Träumer in einem Traum, den er als Wirklichkeit begreift. Doch wenn es wahr ist, dass es kein richtiges Leben im falschen gibt, dann muss er aufwachen und noch einmal nachdenken. Über die einfachen Dinge, in denen ich lebe. Darüber, was zählt und was man entbehren kann. Darüber, dass er mir zumindest Wahrheit schuldet.

Und ich werde sterben, wenn er geht.

19. Kapitel

LEON

B*in ich schuldig?* Anne erwartet von mir, dass ich auf die Knie falle und ihr ewige Treue schwöre. Marie will, dass ich Anne verlasse und Rache an Max übe. Nicht weil er sich in meine Ehe eingemischt hat, sondern um Maries willen. Er hat ihr übel mitgespielt. In gewisser Weise bewundere ich ihn sogar dafür, wie geduldig und sorgfältig er seinen Verrat geplant hat. Und Marie ist eine so schlechte Verliererin. Selbst wenn wir uns lieben, ist ein Teil von ihr weit weg im Land der Vergeltung. Alles an ihr ist Feuer, und es zieht mich an und macht mir gleichzeitig Angst.

Ich bin mit einem Koffer in Maries Wohnung gezogen. Ich brauche Zeit zum Nachdenken. Ertrage Annes vorwurfsvolles Gesicht nicht, und Davids stumme Anklage der Vernachlässigung durch Erwachsene. Schuldgefühle sind wie ein Sog, der dich nach unten zieht, ein Gleitflug in die Hölle.

Ich liebe Anne, und ich liebe Marie. Ich will sie beide haben, und was kann daran schlecht sein? Ich liebe Anne, wenn ich bei Marie bin, und umgekehrt. Wie oft habe ich versucht, Anne anzurufen, und scheiterte an der letzten Zahl und der Angst vor ihrer harten Stimme. Wie soll ich ihr erklären, was sie nie verstanden hat: Dass sie nur ein Teil meines Lebens sind, sie und David, und jeder Versuch einer Inbesitznahme mir die Luft zum Atmen nimmt.

Die unbescheidene Genügsamkeit ist ein Aspekt an Annes Wesen, der mich immer gestört hat. Es fehlte ihr an Stärke, sich als Schauspielerin durchzusetzen. Sie ist so weich und nachgiebig, dass ihre Güte einer Gummimatte gleicht, an der man sich den Kopf blutig stößt.

Ich bin nicht gut genug für sie. Dieser Satz, ausgerechnet aus

Max' Mund, hat unsere Ehe begleitet wie ein Schatten. Marie hat ihn umgekehrt, es hat mir geschmeichelt, doch ich weiß, dass er bestehen bleibt. Und ich mich seiner würdig erwiesen habe. Annes verletztes Gesicht, als ich auf mindere Schuld plädierte. Sie will die Wahrheit, aber es ist meine Wahrheit, die ihre Verletzungen nur verstärken würde. Sie ist kein Wert an sich, diese Wahrheit, sondern ein Instrument der Zerstörung. Meine Seele lebt vom Verrat, und ich habe Marie gesagt, dass wir uns trennen müssen.

»Nein!« Sie schreit es und wirft das Rotweinglas an die weiße Küchenwand. Während sie die Scherben aufkehrt, beginnt sie zu weinen. Ich habe Marie noch nie weinen sehen. Sie hat mir einmal erzählt, dass sie Tränen als Instrument der Erpressung einsetze. Und jetzt weint sie, und ich nehme sie in den Arm und sage ihr, dass ich sie liebe.

»Dann kannst du mich nicht verlassen. Ich brauche dich mehr als sie. Sie hat doch David.«

Wie kann eine Frau weinen und ihre Augenschminke unversehrt bewahren? Wie kann man gemächlich zu einem Brunnen laufen, wie der kleine Prinz es tat, als er Durst hatte? Um Wasser zu trinken. Ich habe den Geschmack von Wasser verloren. Oder von dem, was richtig oder falsch ist.

»Du bist viel stärker als sie. Anne braucht mich. Und David auch.«

Marie hebt eine Glasscherbe auf und ritzt sich das Handgelenk, bis sie blutet. Sie betrachtet ihre Wunde und leckt dann das Blut ab. Sieht mich an dabei. »Ich bin immer betrogen worden, wenn ich dachte, am Ziel zu sein. Ist das nicht komisch? Weißt du, dass die Aborigines glauben, dass wir im Traum eines großen Geistes zum Sein erwachen? Der Traum dauert bis ans Ende aller Zeiten. Verstehst du, der Geist träumt alles, was existiert: Zeit und Raum und Materie, alle Lebewesen. Und so gesehen sind wir alle Träumer und ziehen unsere Bahnen in seinen Traum, so eine Art Warteschleifen auf das Glück. Und du sprichst von Zwängen. Es ist Feigheit, Leon. Ich hasse Feigheit.«

Marie und der große Traum: Es ist absurd, dass ausgerechnet sie davon spricht. Ich war unaufmerksam, denn sie hat sich verändert in den letzten Wochen oder Monaten. »Dann bin ich feige. Oder vernünftig. Rücksichtsvoll. All das, was du als Schwächen verachtest. Ich versuche einfach, das Richtige zu tun.«

»Dann tue es«, sagt Marie. Sie hat sich verändert, und ich liebe sie dafür noch mehr als zuvor. Sie hält mir ihre Hand hin, und ich lecke die Reste ihres Blutes. Liebe ist die höchste Form der Aufhebung aller Herrschaft. Sie ist sanktionierter Wahnsinn, die schönste Form der Teilhabe an der Welt. Wolf sagte, bevor er mir Schmerzen zufügte, dass er mich liebe. Ich verzeihe ihm. Ich sitze in einem brennenden Flugzeug und stürze ab.

»Du kannst mich nicht verlassen«, sagt Marie. »Ich bin ganz allein. Meine Mutter ist gestorben.«

Sie ist mein Kind, so wie Anne meine Mutter ist. Sie ist das Kind, das mich ins Bett zieht und meinen Rücken zerkratzt, während ich mich in ihrem Körper bewege, der so vollkommen mit meinem korrespondiert. Marie treibt mich an, bis meine und ihre Lust in einem gemeinsamen Schrei enden. Sie hält mich fest, als ich mich von ihr lösen will. »Ich habe meine Angst verloren. Ich meine, ich kann schreien, und ich kann es auch von dir hören, ohne verrückt zu werden. Die Gespenster sind weg, Leon. Du kannst mich nicht verlassen, weil sie sonst wiederkommen würden.«

Also bleibe ich. Noch diese Nacht, dann fliege ich mit Max nach Tel Aviv, und ich werde Marie schreiben. Ihre Haare bedecken das Kissen und einen Teil ihres Gesichts. Sie atmet sanft und gleichmäßig und hält meinen Arm fest. Marie liegt immer auf der Seite, mit angezogenen Beinen, und in den ersten Nächten stöhnte sie im Schlaf und erklärte es mit Alpträumen.

Der große Traum dauert an, und wir finden nicht, was wir suchen. Den Zustand der Unschuld, die Balance zwischen Ordnung und Chaos und die Antwort auf die ganz einfache Frage, wofür es sich zu leben lohnt.

Für die Augenblicke, die es wert sind, würde Marie sagen. Für die Liebe, wäre Annes Antwort.

»Erfolg«, sagt Max, und sieht mich an, als hätte ich ihm eine höchst überflüssige Frage gestellt. Wir sind auf dem Weg zum

Flugzeug, und der Copilot trägt den Koffer des Vorstandsvorsitzenden. Wer Erfolg hat, braucht nie etwas selbst zu tragen. Auto und Flugzeug stehen bereit, und Max schreitet mit Riesenschritten, um stets der Erste zu sein.

Ein kurzer Seitenblick auf den Piloten, der die Aktentasche trägt. »Du siehst schlecht aus.«

»Woran du in erheblichem Maß mitgewirkt hast.«

Wir sind an der Flugzeugtreppe, und Max bleibt stehen. »Du meinst die Sache mit deinem Paris-Wochenende. Tut mir Leid, das war ein Ausrutscher. Ich dachte, du hättest zumindest geografisch die Wahrheit gesagt. Anne hat doch nicht etwa Verdacht geschöpft?«

Ich habe mich bei zwei privaten Fluggesellschaften beworben, und beide lehnten mit der Begründung ab, dass ich zu alt für den Job sei. Also schweige ich auf diese lächerliche Lüge.

»Frauen«, sagt Max, der stets zwei Treppen auf einmal nimmt, »neigen zur Vergebung. Sie haben keine andere Wahl, wenn man es recht bedenkt. Kauf ihr was Schönes in Tel Aviv. Ich kenne da einen guten Juwelier.«

Der große Bruder wacht über uns. Und gibt weise Ratschläge, wie ich die Folgen seiner Rache bewältigen könne. »Mag sein, dass das bei Beate wirkt. Anne ist anders. Sie will die Wahrheit hören. Und das ist unmöglich.«

Max macht es sich in seinem Sessel bequem. Der Copilot checkt die Instrumente. Ich lehne mit verschränkten Armen an der Bordbar und habe das große Bedürfnis, einen Cognac zu trinken oder Max in die selbstgefällige Visage zu schlagen. Zwei abgelehnte Bewerbungen sprechen dagegen.

»Erzähl ihr den besseren Teil der Wahrheit, kleiner Bruder. Und verlasse Marie. Sie ist nicht viel wert, wenn man vom sexuellen Aspekt absieht. Mein Gott, Frauen wie sie gibt es in jeder besseren Bar. Anne dagegen ist etwas Besonderes. Du hast sie nicht verdient.«

Und sie hat dich abgewiesen, großer Max. Weil sie etwas Besseres verdiente als dich. Immerhin könnte sie jetzt in einer Villa in Bogenhausen altern, statt auf der alten Couch zu weinen, die in unserem Wohnzimmer steht. Anne weint anders als Marie, nicht so effektvoll, obwohl sie Schauspielerin ist. Ich liebe sie, das ist der bessere Teil der Wahrheit.

»Nimm dich in Acht vor Marie. Sie ist ebenso rachsüchtig wie du.« Und schon habe ich meine Geliebte verraten. Max' Lächeln zeigt jenes Gran Verachtung, das er mir immer schon entgegengebracht hat.

»Ich habe keine Angst vor Frauen, Leon. Und ich habe Marie lediglich in einem Spiel geschlagen, in dem sie ihre Position überschätzt hat. Es ist alles nur ein verdammtes Spiel. Manchmal möchte ich aufhören, aber ich stecke zu tief drin. Vermutlich kann ich gar nichts mehr anderes als spielen. Mit Geld, Macht und Menschen. Mit den Risikokarten, die mein Herz höher schlagen lassen. Immerhin erspart mir dieses Spiel, über Sinnfragen nachzudenken. Lohnt es sich, nach Tel Aviv zu fliegen? Für zwanzig Millionen?«

Ich hasse es, wenn er sich über mich lustig macht. »Wir starten in fünf Minuten.«

Ich drehe mich um und gehe ins Cockpit. Ein Ort, an dem ich mich sicher fühle. Auch vor mir selbst. Einmal habe ich Max verprügelt, und es gelang mir nur, weil meine Wut so groß war und der Überraschungsschlag auf meiner Seite lag. Es war, als Max studierte und seiner Freundin erzählte, dass ich schwul sei, worauf sie ihre sexuellen Bemühungen in Bezug auf meine Person abrupt einstellte. Max und seine nützlichen Gerüchte, die er nicht nach Belieben, sondern sehr gezielt streut. Informationen sind der Schlüssel zur Vernichtung des Gegners, und der Vorstandsvorsitzende unterhält eine Armee von Spionen, die seine Kriegstaktik stützen. In diesem Machtspiel wird der gegnerische König matt gesetzt, aber nie gänzlich vernichtet. Man ist ja kein Unmensch, nur ein Spieler, ein Feldherr, der Moneten bewegt, mit E-Mails schießt und vom Leben erwartet, dass der Bordeaux die richtige Temperatur hat.

Habe ich meinem Bruder jemals gesagt, wie sehr ich ihn dafür bedaure, in der Antarktis seiner Gefühle zu leben? Er würde mich auslachen. Und mir nicht ohne Berechtigung vorwerfen, dass es besser sei, keine Frau zu lieben als zwei.

Der Jet steigt wie ein erhabener Vogel in den Himmel. Durchbricht die Wolken und dringt ins Universum ein. Alle Systeme arbeiten für uns, und nur hier oben empfinde ich sie nicht als starre, reizlose Ordnung, die wir uns geschaffen haben und in der wir uns bewegen wie mechanische Figuren eines großen Geistes, der das Träumen verlernt hat. Manchmal denke ich, dass Anne in eine Art Schlaf verfallen ist, in dem sie sich vor mir und ihren Gefühlen schützte. Und dass ich es hingenommen habe, um ohne Rechtfertigung mein Leben zu führen. Komisch daran ist nur, dass es Marie bedurfte, um darüber nachzudenken. Weil sie anders ist als die Frauen, die ich kenne: leidenschaftlicher, kompromissloser, einer Wahrheit zugeneigt, die sich den gängigen Begriffen von gut oder böse entzieht. Ein wenig Wahnsinn steckt darin, und er macht sie lebendiger als alle anderen Menschen, die ich kenne. Maries Feuerphantasien sind so real wie ihre kühle Kalkulation einer Karriere. Die Max in seiner eitlen Rache vorerst gebremst hat. Und von der Erde abgehoben fasse ich den sehr klaren Gedanken, dass wir uns in einem der Dramen bewegen, die Anne so liebt und aus ihrem Leben verbannt hat, um ein belangloses Kammerspiel zu zelebrieren. Dass ich mich auf eine Rolle festlegen muss, um ein tragisches Ende abzuwehren. Ich werde Marie schreiben und sie um Verzeihung bitten, dass meine Liebe nicht groß genug war. Und Anne wird mir verzeihen, schon um Davids willen. Die alte Ordnung wird wiederkehren und das Ende der Lügen, die mich nur so lange nicht belasteten, als sie schwerelos waren.

Die Stewardess kommt ins Cockpit und sagt, dass Max mich sprechen möchte. Unsere endlose Beziehung des einseitigen Machtgefüges, und ich nehme meinen Kopfhörer ab, nicke dem Copiloten zu und gehe nach hinten.

»Ich glaube, er hat eine furchtbare Nachricht erhalten«, flüstert sie, und sofort denke ich an Anne und David. Den Absturz, das Feuer, einen Autounfall, sie fährt doch wie eine Somnambule, und meine Beine bewegen sich so, als ob sie rückwärts gehen wollten.

Max hält ein Glas Whisky in der Hand, das ist ungewöhnlich für diese Tageszeit. Ich setze mich neben ihn und verwünsche, für einen Augenblick nur, diesen Beruf, der Krücken nur bedingt zulässt.

»Beate hat mich eben angerufen«, beginnt Max und macht eine Pause, als ob ihm die Worte fehlten, etwas Schreckliches auszusprechen. Ich sehe den Sand auf mich zurasen, den Baum und den unausweichlichen Tod.

»Sophie hatte eine Fehlgeburt.«

Gott, bin ich erleichtert. Möge das Unglück immer nur die anderen treffen, und in Sophies Fall ist es begrenzt und erträglich. »Das tut mir Leid, Max. Aber sie ist noch jung, sie hat noch alle Chancen …«

»Diese nicht mehr«, erwidert Max, und er sieht dabei aus dem Fenster. »Sie ist geritten, diese dumme Kuh, und vom Pferd gestürzt. Sophie wird uns keine Enkel mehr schenken können. Reitunfälle scheinen in der Familie zu liegen. So wie die Dummheit und das Unvermögen, sich fortzupflanzen.«

Er tut mir beinahe Leid. Es ist tragisch für Sophie, auch wenn sie es jetzt nicht so empfinden mag. Max hat sich immer einen Sohn gewünscht. Und es erbittert ihn, dass sein Wille nicht geschehe.

»Beate wird mit Sophie nach Marbella fliegen, damit das arme Kind sich von diesem Schicksalsschlag erholt. Wir sind eine gottverdammte Klimbim-Familie, Leon. Und du wirfst das Einzige weg, was noch einigermaßen Wert hat. Ich hätte Anne überzeugen müssen, mich zu heiraten.«

Am Vibrieren des Flugzeugs spüre ich, dass wir in Unwetter kommen. Er wird mich rufen, wenn er mich braucht, und ich schätze, dass er es nicht tun wird, um sich und uns zu beweisen, dass er ein ebenso guter Pilot ist. Und sollten wir abstürzen, wird auch diese Frage geklärt sein. Max hätte den letzten Satz nicht sagen dürfen, er macht mich wütend.

»Ach ja. Und du wärst ein treuer Ehemann und Vater geworden und hättest Anne im Stand des Glücks gehalten. Wem willst du was vormachen? Du hast die Strukturen deiner Familie geschaffen, Max: Lustgewinn durch Kapital, weil es bei dir sonst nichts zu holen gibt.«

»Immerhin bleiben Anne diese minderen Tröstungen erspart. Es ist sicherlich viel romantischer, arm und unglücklich zu sein.«

Die Erkenntnis, dass wir beide Arschlöcher sind, hindert mich nicht daran, mich für das Bessere von uns beiden zu halten. Ich habe die Kälte nicht erfunden. Ich bin durchs Feuer gegangen. Und habe anderen Verbrennungen zugefügt. »Von uns beiden war ich immer noch die bessere Wahl. Anne hat die Größe zu verzeihen.«

»Vielleicht solltest du ihr auch noch gestehen, dass du mit ihrer Schwester gevögelt hast. Und mit ein paar Dutzend anderer Frauen. Ich meine, wenn du schon im Läuterungsprozess stehst...«

Das Flugzeug sackt nach unten, denn der Himmel ist in Aufruhr. Beate hat es ihm erzählt, und es war eine Frau zu viel, mit der ich ihn betrogen habe. So viel Leichtsinn war im Spiel, und ich verstehe den Hass in seinen Augen. Dieses eine Mal, Sex in einer Mischung aus Gier und Mitleid, Alkohol und Rache am großen Bruder, könnte Anne nie vergeben. Es ist ein Witz, aber einer von der schlimmsten Sorte. Und wie immer versuche ich, mich in die Lüge zu retten. »Es stimmt nicht, Max. Zwischen mir und Beate war nichts außer einem Abend, an dem ich sie zu trösten versuchte. Wir haben viel getrunken, aber es ist nichts geschehen, dessen wir uns schämen müssten.«

Max ergreift meinen Arm und hält ihn fest, als ich aufstehen will, um ins Cockpit zu gehen. »Wir stürzen nicht ab, Leon. Wir lügen und betrügen und leben weiter, als ob uns alles nichts anginge. Ich treibe es mit Geld, und du mit Frauen. Und du bist keinen Deut besser als ich, mein kleiner Prinz. Ich kann deine Ehe mit einem gottverdammten Satz zerstören, vergiss das nie.«

Er lässt mich los. »All die Frauen, die du mir weggenommen hast mit deinem Prinzencharme und deiner hübschen Larve, haben mir nichts bedeutet. Außer Anne. Kannst du dich daran erinnern, wie lebendig sie war, früher? Sie hatte dieses Lächeln, in dem eine Welt voller Lebensfreude lag. Hast du sie dir angesehen in den letzten Jahren, Leon? Sie hat es verloren. Ich sehe nur noch traurige Augen und einen Mund, aus dem die Sätze aller Frauen kommen. Nein, du siehst es gar nicht. Und jetzt kannst du zurück auf deinen Pilotenstuhl gehen und zur Hölle fliegen.«

Wir landeten in Tel Aviv. Eine hässliche Stadt, die von Hektik und Lärm diktiert wird. Ich liebe Jerusalem, wo ich mit Anne während unserer kurzen Hochzeitsreise war. Sie stand an der Klagemauer und lächelte. Ich erinnere mich sehr gut an ihr Lächeln.

20. Kapitel

MARIE

I*solde erzählte mir* im Vertrauen, dass Leons Frau eine Affäre mit Eckhardt habe. Ich revanchierte mich mit der Behauptung, dass Anne eine heimliche Trinkerin sei und sich somit ein reizendes Paar gefunden habe. Isolde glaubte mir nicht, aber Menschen, die ihr Leben in Panik verbringen, neigen dazu, das Unwahrscheinliche für möglich zu halten. Sie wird es ihrer Schauspielerin erzählen, und das Gerücht wird sich seinen Weg bahnen, weil nichts die Phantasie so sehr entzündet wie die Laster der anderen.

Es ist komisch, dass ich Eckhardt übel nehme, dass er sein Whiskyherz an eine fade Blondine verschenkt, die ihre besten Jahre hinter sich hat. So viel ist von Männern zu halten, die ewige Liebe schwören.

Der Große Geist träumt einen bösen Traum mit mir. Leons Brief traf mich mit einer Wucht, die mir die Luft zum Atmen nahm. Ich weiß nicht mehr, wie lange ich dasaß und ihn las, immer wieder, als ob es Interpretationen gäbe, die keine andere Botschaft als diese zuließen: Er ist ein feiges Schwein, das seiner Liebe abschwört, um in den bequemen Schoß der Familie zurückzukehren. Er liebt mich, er liebt mich nicht. Er wird mich immer lieben, aber zu seinem großen Bedauern nur aus der Ferne. Von oben. Ein Punkt am Himmel, der einmal meine Welt ausfüllte. Ein Brief, auf Hotelpapier geschrieben und in Tel Aviv abgestempelt.

Ich holte ihn aus dem Briefkasten, als ich vom Begräbnis meiner Mutter zurückkam. Ich wusste sofort, was darin stehen würde, und öffnete ihn mit Herzschlägen, die auf dünner Haut explodierten. Entzündete ihn über dem Aschenbecher und verbrannte mir den Zeigefinger an der Glut. Ein guter Schmerz, besser als jeder andere. Ich ertränkte ihn mit Wodka, den ich aus der Flasche trank.

Ich rief ihn an und sprach auf seinen Anrufbeantworter. »Der Brief ist eine Verhöhnung«, sagte ich, und dass er zwei Kommafehler gemacht habe, die unverzeihlich seien. »Wusstest du, dass deine Frau eine Affäre mit Eckhardt Liefers hat?«

Ich weiß, dass Leon mich anrufen wird. Wenn er es nicht tut, werde ich sterben. Meine Mutter hat nichts hinterlassen außer ein paar Rechnungen des Pflegeheims und Bestattungsinstituts. Erinnerungen, o ja, und aus Gründen, die nicht nachzuvollziehen sind, nahm ich die Holzschatulle aus ihrem Zimmer mit nach Hause. Ich verbrannte sie auf der Terrasse, so gut es ging. In die Glut warf ich die wenigen Fotos, die es aus meiner Kindheit und Jugend gab. Nun ist alles weg, ausgelöscht, und es gibt mich nicht mehr.

Der Mond scheint silbern auf meine Dachterrasse, und ich proste ihm mit Wodka zu. Kann man davon besoffen werden? Leon sitzt an meinem Tisch und isst und trinkt mit mir. Erzählt mir von Afrika und streichelt die Innenfläche meiner Hand mit seinem Mittelfinger, weil er weiß, dass mich das erregt. Leon steht an meinem Fenster, und ich nähere mich ihm von hinten und beginne, ihn auszuziehen. Leon liegt in meinem Bett und küsst mich, weil ich keine Hure bin, sondern seine Frau. Es ist dieser Traum, in dem ich lebe, und ich will keinen anderen mehr.

Die Liebenden, sagt Leon, sind die Sterne am Himmel und der Zauber gegen die Kälte. Er ist ein Mann von großen Worten und kleinen Taten. Ich dachte immer, dass mein Wille und meine Stärke für uns beide reichen. Ich könnte es umbringen, das Schaf, das zu Hause blökt und seine Rechte einfordert. Sie hat kein Recht auf Leon, denn sie liebt ihn nicht, wie ich es tue. Und sie verkörpert die Demut aller Frauen, die sich auf die Ehe eingelassen haben und sich den Zwängen beugen, die sie als natürliche Ordnung empfinden.

Die Story handelt von einer Frau, die jahrelang darüber hinwegsah, dass ihr Mann die Töchter vergewaltigte, eine nach der anderen. Sie war nicht dumm, diese Frau, und nicht arm, und sie hatte alle äußerlichen Waffen, sich dagegen zur Wehr zu setzen. Sie tat es nicht. Sie schwieg und ließ es geschehen. Es kam heraus, als eines der Mädchen schwanger wurde und der Arzt Anzeige erstattete. Ich interviewte die Frau, nachdem der Prozess zu Ende war. Der Mann saß für vier Jahre im Gefängnis, was mir nicht viel erschien für einen, der sich an der Seele von Kindern vergangen hatte. Aber es war die Mutter, deren Schuld und Versagen mich faszinierten. Sie sagte, sie sei handlungsunfähig gewesen. Warum? Weil jede Form der Wahrheit die Ordnung zerstört hätte. Man habe doch ein Haus gebaut und sich dieses Leben eingerichtet. Und die Tage gehörten Gott und die Nächte dem Teufel. Warum? Weil es Schlaftabletten gebe gegen den Teufel, und ihr Mann sei doch sehr nett zu den Mädchen gewesen. Schweigen sei Gold, das goldene Band der Ehe. Und dann weinte sie die Tränen der Vergeblichkeit aller ordentlichen und toten Gedanken.

Ich weiß noch, dass ich damals in einem Anflug von Anerkennung an meine Mutter dachte. Sie hatte zumindest versucht, mich zu schützen. Und ihr Beispiel hat mich eines gelehrt: Dass man untergeht, wenn man nicht kämpft. Gegen alle Feinde und gegebenenfalls den Feind in sich selbst.

Natürlich hatte ich Angst, etwas Böses zu tun, als ich das Feuer legte. Und überzeugte mich, dass Angst etwas Böses ist. Dass es keine Gesetze gibt außer jenen, die man sich selber auferlegt. Leon versteht dies bis zu einem gewissen Punkt. Doch sein Herz, mit dem er sucht, ist von ein paar Ängsten infiziert, die er sich nicht eingestehen kann. Max. David. Anne. Die Familienbande, aus deren Schoß heraus er sich die Freiheit nahm, die er zum Atmen braucht. Das Fliegen, mit dem er alles kompensiert, was ihn mutlos und traurig macht.

Der kleine Bruder, der gute Vater und nette Ehemann: All das ist nicht Leon, nicht der Mann, den ich liebe und besser kenne als alle anderen. Er gehört zu mir. Ich bin unvollständig ohne ihn. Ich wähle Annes Nummer, um ihr das zu sagen. Und höre das Schaf auf dem Anrufbeantworter blöken. Groß ist die Versuchung, ihr zu sagen, wer ich bin. Sie kennt mich nicht. Wie mich das erboste, als ich sie auf Isoldes grässlicher Feier traf, und sie mich betrachtete wie eine Fremde, deren schroffes Benehmen ihr unverständlich war. »Du dummes Schaf«, flüstere ich ins Telefon, bevor ich auflege.

Sollte man seine Feinde nicht kennen, Anne? Sie achten und fürchten oder einfach nur hassen, je nachdem, wie gut sie sind? Du bist eine schlechte Schauspielerin. Ich habe dich auf der Bühne gesehen, und alles, was du ausstrahlst, ist die Unterordnung in eine Rolle, die man dir zugedacht hat. Der Märtyrerblick und das Dulderlächeln, mit dem du den spärlichen Applaus zur Kenntnis nahmst. Und als ich dir bei Isolde begegnete, traf mich die so offensichtliche Einsamkeit wie ein Sonnenstrahl. Mit Eckhardt, dem Tröster an deiner Seite, war die Arroganz nur eine durchsichtige Haut über verlorener Selbstachtung. Betrogene Frauen sind nicht sexy, sie sehen einfach nur verhungert aus. Und beinahe tatest du mir Leid. Ich wäre eine großzügige Siegerin. Du könntest deinen Sohn behalten und den Trinker – und dein Leben, das dir als nichts mehr wert erscheint.

Es geht doch nur um die Erkenntnis eines Irrtums, der Leon heißt. Liebe währet nicht ewig, auch wenn man daran glauben möchte. Und es gibt Ausnahmen, wenn zwei sich finden, die einander vollkommen ergänzen. Ich habe es schon in New Orleans gespürt. Man muss es nicht erklären können, nur fühlen. Und ich fühle es mit jedem Nerv, jedem Muskel und jedem Gedanken. Gib auf, Anne, und alles wird gut.

Ich beginne zu verstehen, was meine Mutter an Wodka fand. Er schmeckt nach nichts, doch er rinnt so warm nach innen und klärt die Gedanken bis zur Unkenntlichkeit. Morgen kommt Conrad zurück in die Redaktion. Morgen wird Veerstbeck mich anrufen und mir das Ergebnis seiner Überlegungen mitteilen. Der Mann, den Max benutzte, um sich an mir zu rächen.

Ich habe das Naheliegende getan und den Spieß umgedreht. Ich habe Veerstbeck angerufen und ihn überredet, mich zu treffen. Es war nicht einfach, denn er legte erst einmal auf, als er meinen Namen hörte. Erst beim zweiten Mal, als ich den Namen Max Lenbach erwähnte, hörte er mir zu und erklärte sich bereit, mich zu sehen.

Wir trafen uns in einem Biergarten am Rand der Stadt, denn es war durchaus ein konspiratives Treffen. Ein großer, dicker Mann mit buschigen Augenbrauen setzte sich neben mich und bestellte Bier und Brotzeit, und er war sehr feindselig am Anfang, schließlich hatte ich ihm mit meinem Artikel Schaden zugefügt. Irreparablen Schaden, wie er bemerkte, und er fügte hinzu, dass ich eine dieser journalistischen Schmeißfliegen sei, die nicht einmal anständig recherchieren könnten.

Ich nahm sein erbostes Gesabber in Demut hin, während er Essen in sich hineinstopfte. Dann sagte ich: »Es tut mir aufrichtig Leid. Aber ich war so dumm, den Unterlagen zu vertrauen, die Max Lenbach mir gegeben hat.«

Allein diese Information wäre ihm das Treffen wert gewesen. Die Gewissheit, dass Max hinter allem steckte, erfüllte ihn mit der Genugtuung des Selbstgerechten. Veerstbeck änderte seinen Ton und sah mich beinahe liebevoll an. Ein fetter Haifisch, der Radieschen kaute und Bier in gewaltigen Schlucken trank. Und ich sagte ihm, dass Max Lenbach mich aufs Kreuz gelegt hatte, metaphorisch natürlich.

»Unsinn. Ihr zwei hattet was miteinander. Der große Vorsitzende ist ein notorischer Weiberheld. Nicht sehr nett von ihm, sein Mädchen so zu behandeln.«

»Ich habe ihn verlassen, das hat seinen Stolz verletzt, der im Wesentlichen aus Eitelkeit besteht.«

Der Satz gefiel ihm, und Veerstbeck entließ ein dröhnendes Lachen. »Dann sind wir also beide in sein Visier geraten. Leute, die sich ihm widersetzen, gelten als Todeskandidaten.«

»Sie sehen aber noch recht lebendig aus. Und keinesfalls wie jemand, der sich nicht zu wehren weiß. Ich habe die Absicht, es Max heimzuzahlen, das sollten Sie wissen.«

Er beäugte mich mit großem Misstrauen. Verständlich, denn es konnte ja eine Falle sein. »Er hat meine Karriere bei der Zeitung so ziemlich ruiniert, und ich hatte große Pläne. Finden Sie nicht, dass es an der Zeit ist, den Vorstandsvorsitzenden in seine Schranken zu weisen?«

Veerstbeck ließ sich Zeit mit einer Antwort. Er trank sein Bier aus und bestellte neues, er aß den Brotkorb leer und kaute an seinen Zweifeln. Ich konnte seine Angst förmlich riechen.

»In Bezug auf Lenbach haben Sie ja wohl nichts mehr zu verlieren, oder? Er will Sie aus dem Vorstand kegeln, weil Sie sich seinen Übernahmeplänen widersetzen. Ich bin nur eine kleine, dumme Journalistin, aber ich habe beizeiten gelernt, dass man seine Gegner mit ihren eigenen Waffen schlagen muss, um zu gewinnen. Und man muss schneller sein als sie.«

»Keine Angst, Süße, ich habe seine Gegner um mich geschart«, sagte Veerstbeck, der endlich an nichts mehr zu kauen hatte außer seinem Ehrgeiz, Max als Vorstandsvorsitzenden zu beerben.

»Nennen Sie mich nicht ›Süße‹. Ich bin noch lange keine Vorstandsnutte, nur weil ich eine Affäre mit Lenbach hatte. Ich will Ihnen ein Geschäft vorschlagen: Geben Sie mir Material gegen Lenbach, aber es muss absolut hieb- und stichfest sein. Ich könnte mich damit bei einem Magazin einkaufen und dort die Bombe platzen lassen. Er muss seinen Hut nehmen, und wir wären alle glücklich.«

Ich schenke ihm ein Lächeln der Zuversicht, und Veerstbeck grinst zurück. »Und was veranlasst Sie zu der Annahme, dass es solches Material gibt?«

»O bitte, wir wollen doch auf dem Boden der Tatsachen bleiben. Da ist zum einen diese Niederlassung in der Ukraine: Weiß der Vorstand, dass dort kriegstaugliche Geländewagen gebaut werden sollen? Und was ist mit den zweckgebundenen Subventionen, die Lenbach nach Belieben hin- und herschiebt, um diverse Löcher zu stopfen? Den Reptilienfonds für nützliche Aufwendungen zum Zwecke von Auftragserteilungen? Ganz zu schweigen von den dubiosen Quellen, die Lenbach anzapfen muss, um an das Kapital für den Kauf des Flugzeugkonzerns zu kommen. Ich weiß viel, lieber Dr. Veerstbeck, aber mir fehlen leider die Beweise.«

Er wand sich in kapitaler Wohlanständigkeit. »Man muss alles tun, um Schaden vom Konzern abzuwenden.«

»Eben. Der Vorstandsvorsitzende muss weg. Es können natürlich nur diejenigen Verfehlungen gegen ihn verwendet werden, die er dem Vorstand verheimlicht hat. Vielleicht könnte man seinen ehrgeizigen kleinen Assistenten mit einer Beförderung ködern?«

Ein Lächeln, so breit wie sein Arsch. »Sie sind nicht schlecht. Möchten Sie bei mir anfangen?«

»Hätten Sie keine Angst vor mir?«

Ein Augenzwinkern: »Ich weiß mit Frauen umzugehen. Sie sind loyaler als Männer, wenn man sie nur richtig nimmt.«

O Gott, wie ich sie hasse, und nur einen liebe ich. Veerstbeck und ich verblieben dahingehend, dass er sich Bedenkzeit erbat. Ein Mann, so vorsichtig wie ein Maulwurf, und er hatte nicht annähernd Max' Format, wenn auch die grundsätzliche Bereitschaft, über Leichen zu gehen.

Ich habe nie aufgehört, sie für ihre dummen, geilen Gedanken zu verachten, ihren Herrschaftsanspruch gegenüber Frauen, der in dunklen Anzügen wie in Trainingsanzügen ausgelebt wird. Es geht immer um Sex, ganz egal, in welcher Form sie ihn befriedigen. Und wir spielen mit, ganz verloren in der sentimentalen Suche nach dem einen, der die Erlösung bringt. So abgebrüht war keine in der Gerberstraße, dass sie nicht verzweifelt daran geglaubt hätte. Der Große Geist ist ein zynischer alter Mann, der uns träumen lässt, dass es so etwas wie Glück gäbe.

Oder einer, der Computerspiele entwirft, in denen wir uns in nicht wahrgenommener Automatik bewegen. Ich bin auf Sieg programmiert, und wenn ich es nicht schaffe, wird er mich abschalten.

Warum denke ich, dass es ein Mann ist, der hinter allen Manipulationen steht?

Die Wodkaflasche ist halb leer, und niemand ruft an. Meine Wohnung, die mit so vielen schönen Dingen gefüllt ist, verwandelt sich in eine Hölle der Einsamkeit. Wenn niemand dich liebt, bist du ein Gespenst, das sich um Form bemüht. Feuer, das keine Nahrung findet, erlischt und zu Asche wird.

Leon hat sein Telefon ausgeschaltet, er macht sich unerreichbar, und wenn ich wüsste, wo er ist, ich würde hinfliegen, hinfahren, laufen und kriechen, um in seiner Nähe zu sein. Das Leben war einfach, als ich noch alles unter Kontrolle hatte. Und ich habe sie verloren. Das ist nicht fair, und ich hasse dieses Spiel.

Weil ich die Stille nicht mehr ertragen kann, verlasse ich die Wohnung kurz vor Mitternacht. Ich suche mein Auto, das irgendwo in einer Seitenstraße geparkt ist, und stolpere zwischen blechernen Objekten verschiedener Farben und Formen, von denen sich keines als mein Eigentum zu erkennen gibt. Ich bin betrunken, und dieser Zustand ist sehr seltsam, weil es mir möglich ist, den Mond anzukichern und gleichzeitig zu weinen.

Ein Liebespaar rauscht erhaben an mir vorbei, und ich hasse es. Als ich zur Welt kam, schrie ich nach Liebe, und sie stülpten mir eine Sauerstoffmaske aufs Gesicht. Die Geburt des Hasses oder die Fortsetzung des Lebens mit anderen Mitteln. Ich dachte, dass man besser überlebt, wenn man hasst. Es gibt ein Gefühl von Stärke und Überlegenheit. Sie sind alle nichts, und ich bin alles. Die einzigartige Marie Ahrend, von der ihre Mutter sagte, dass sie eine Prinzessin sei. Im Dreck geboren.

Der Taxifahrer, den ich angehalten habe, sieht mich zweifelnd an, bevor er die Beifahrertür öffnet. Der Vogel Mwi bringt das Feuer von den Göttern auf die Erde, indem er es in seinem Schnabel trägt und dann im Inneren der Bäume versteckt.

»Machen Sie Ihre Zigarette aus, bevor Sie einsteigen«, sagt der Idiot, der meine Macht nicht kennt. Ich zerkratze seinen Ledersitz ein wenig, und er hört es nicht, weil er laute Musik spielt. Von Zeit zu Zeit sieht er mich von der Seite an. Er fährt zu Leons Adresse, und er fährt langsam, obwohl die Straßen frei sind.

»Fahr schneller, oder ich zünde dein Auto an.«

Ich habe diesen Gedanken ausgesprochen, anders kann es nicht sein, denn er bremst abrupt und fährt an den Straßenrand.

»Raus, du besoffene Schlampe.«

Ich bin der Feuergott Moloch, der Menschenopfer fordert. Dieser Mann ist sehr mutig, so mit mir zu sprechen. »Soll ich dir deine Zukunft voraussagen? Du wirst einen Unfall haben und in deinem Wagen verbrennen. Gute Nacht.«

Ich steige aus dem Taxi, und es ist gar nicht so einfach. »Besoffen und verrückt«, höre ich, bevor er wegfährt. Doch für einen Augenblick habe ich Furcht in seinem Gesicht gesehen, und das war sehr schön. Dann bin ich wieder allein, und ich gehe den Rest des Weges zu Fuß. Der Große Geist lenkt meine Schritte zu dem Haus, in dem Leons Wohnung ist. Ich werde ihn besuchen und ihm alles erklären. Die Erklärung ist, dass es zwischen ihm und mir keine Hindernisse, keine Zweifel geben kann. Denn Liebe bedeutet, die Welt mit den Augen Gottes zu sehen. Nicht dass ich an ihn glaube. Aber ich sehe wie er.

21. Kapitel

ANNE

Es kostet immer Überwindung, ins Wasser zu springen. Die Kälte wirkt wie ein Schock, das Eintauchen wie ein kleiner Tod. Die Haut des Wassers schließt sich über mir, sie fühlt sich anders an in der Dunkelheit, und ich schwimme am liebsten abends, weil ich mich dann am besten spüre und durch nichts abgelenkt werde.

Es sind nur noch ein paar Jugendliche am Ufer des Sees, ich bin ganz allein mit mir und meinen Bewegungen. Fische sind stumm. Alles ist möglich im Wasser, seine Überwindung durch Teilung, das Sichtreibenlassen, die vollkommene Konzentration auf sich selbst, das Nachgeben, der Untergang.

Das Zeichen des Fisches war das Symbol des Mannes aus Bethlehem. Ich glaube daran, dass wir aus dem Wasser stammen. Es ist das stärkste Element von allen. Das Wasser nimmt dich auf, es treibt dich, spielt mit dir, antwortet auf deine Bewegungen, lässt dich nie vergessen, dass deine Kraft begrenzt ist und es dich immer besiegen kann, wenn du dich zu weit hinauswagst.

Ich bin lange nicht mehr geschwommen. Weiß nicht, warum ich es je begonnen habe. Das Meer lag vor der Tür, vielleicht war es diese Leichtigkeit. Die Flucht vor dem ewig streitenden Paar, dessen Stimmen manchmal bis an den Strand zu hören waren. Später die Herausforderung: Wie weit kannst du gehen, bis du deine Grenzen spürst, die Ermüdung der Arme und den Sog, der dich nach unten zieht. Das Hinausschwimmen ist die Faszination, und die Rückkehr die Niederlage. Ich habe mir nie ein Ziel gesetzt, doch jeden Tag und jede Woche versuchte ich, ein Stück weiter zu schwimmen, dem Horizont näher zu kommen und den Augenblick der Niederlage hinauszuzögern.

Dieser See ist zu klein für die Unruhe einer Langstreckenschwimmerin. Begrenzt wie alles in meinem Leben. Trüb und am Ufer schlammig, und ich bin jetzt weit genug draußen, um mit mir allein zu sein. In dieser Phase beginnender Euphorie kann ich Leons Begeisterung für das Fliegen verstehen, die Unruhe, die ihn treibt, und das Spiel mit den Erfahrungen, bei denen man manchmal sehr weit gehen muss.

Doch mein Element ist das Wasser, und hier sind meine Gedanken klar. Leon ist zu weit gegangen, er weiß es und bittet mich um Verzeihung. Er schrieb mir, dass er zu uns zurückkehrt, und er kam gestern Nacht, als David schon schlief und ich im Bademantel in der Küche saß, eine Flasche Wein vor mir, die letzte, die ich in der Wohnung hatte. Der Bademantel hatte immer noch den Fleck, der Leon unangenehm aufgefallen war.

»Die Waschmaschine ist kaputt«, sagte ich, und es war ein grauenhafter Satz. Die Worte einer Ehe sind mörderische Lautmalerei. Sie formen einen Text, der nicht einmal zur Tragödie taugt, allenfalls zur satirischen Betrachtung der verbalen Liebestötung.

»Du solltest endlich eine neue kaufen«, erwiderte mein Mann mit sanfter Stimme. Er stellte seinen Koffer in den Flur und öffnete die Tür zu Davids Zimmer. »Er schläft«, sagte er, und ich war auf widerliche Weise erleichtert über unsere Form der Kommunikation, die alles aussparen konnte, was wehtun könnte.

Wenn dies eine Möglichkeit war, unsere Ehe weiterzuführen, sollte ich sie ergreifen. So dachte ich, doch als er sich zu mir setzte und sich ein Glas Wein einschenkte von der letzten Flasche, die im Haus war, rollte eine Welle des Hasses über den nachgiebigen Sand aller Vernunft. »Deine Freundin war vor drei Tagen hier. Immerhin weiß ich jetzt, mit wem wir es zu tun haben. Musste es unbedingt eine von Max' Schlampen sein?«

»Diese Sprache steht dir nicht«, sagte Leon mit einer Märtyrerstimme, die ihm nicht zustand. Er sah gut aus, auch unrasiert und ungekämmt, und ich fühlte mich nur alt und hässlich. Nicht gekleidet, nicht geschminkt – und was das Schlimmste von allen war: nicht mehr begehrt. Statt mich in den Arm zu nehmen, saß er da und blickte auf den Boden.

»Sie kam her, um dich zu suchen. Ich habe sie übrigens schon vorher mal getroffen, auf Isoldes Geburtstagsparty. Damals dachte ich, dass sie Max' Geliebte sei. Teilt ihr sie euch, oder bist du sein Nachfolger?«

»Ich war sein Nachfolger. Hat sie dir nicht gesagt, dass ich sie verlassen habe?«

Worte. Wie sollte ich ihm jemals wieder ein Wort glauben? Die Lügen waren mächtiger und verletzender als jede Wahrheit, die wir einander sagen konnten. »Sie sagte nur, dass du zu schwach oder feige wärst, David und mich aufzugeben. Und dass sie dich mehr liebe als ich es tue. Du bist die zweite Hälfte von Marie Ahrend, wusstest du das? Wenn du mich fragst, sie ist eine Verrückte. Ein hübsches, kleines, egomanisches Monster, das sich in den Kopf gesetzt hat, Leon Lenbach mit Haut und Haaren zu fressen. Ich hatte sogar ein wenig Angst vor ihr. Sie war außerdem sehr betrunken. Sie hat auf meinen Tisch gekotzt.«

Hatte sie wirklich. Und sich nicht dafür entschuldigt. Stand einfach auf und ging aus der Wohnung, nein, sie schwankte, und ich wünschte ihr, dass sie über die Treppen stolpern und sich den Hals brechen würde. Ich bin rachsüchtig wie jede andere. Besitzgierig, weil auch ich glaube, dass meine Identität an diesem Mann festzumachen ist und ich keine andere besitze.

Nur wenn ich schwimme, bin ich frei. Ich wäre eine große Langstreckenschwimmerin geworden, doch von zwei Talenten entschied ich mich für das falsche. Und für Leon als den Mann, mit dem ich alt werden wollte.

Manchmal, so wie jetzt, möchte ich aufgeben und jede Bewegung einstellen. Versinken. Keine Entscheidungen mehr treffen. Das Wasser ist leicht und nachgiebig. Es nimmt dich auf in unbarmherziger Endgültigkeit. Tilgt alles, was war, ist und sein könnte. Es wäre kein klassischer Selbstmord, in dieses Wasser einzutauchen, vielmehr ein Nachgeben aus großer Erschöpfung. Diese Frau sagte zu mir, dass ich ein Versager sei und mich nur deshalb an Leon klammere, um ihn mit in die Tiefe zu ziehen. Also versage ich mich allen Ansprüchen, die das Leben an mich stellt, und beschließe zu sterben.

Der Himmel ist schwarz, und der Mond spiegelt sich in der

Wasseroberfläche. Meine Bewegungen werden langsamer und meine Füße schwer. Wir sind allein in allem, was wir tun, und jeder Versuch einer Annäherung kann die Einsamkeit nicht aufheben. Schwarz ist alles, die Farbe des Nichts, und in dem Augenblick, in dem ich spüre, wie das Wasser über mir zusammenschlägt, sehe ich Davids Gesicht vor mir. Ich hatte ihn vergessen. Als ob es sie nicht gäbe, die Klammer, die mich am Leben hält. Ich kann nicht gehen, so lange er da ist und mich braucht. Das ist die Rückkehr. Ob es sie auch ohne Davids Bild gegeben hätte, werde ich nie wissen.

Ich wende und drehe meinen Körper zum Ufer. Ich kann es nicht sehen in der Dunkelheit, nur das Mondlicht, das auf dem Wasser tanzt. Jetzt erst merke ich, wie erschöpft ich bin, ungeübt nach der langen Pause. Und ich zwinge mich zu gleichmäßigen Bewegungen und der Zuversicht, dass ich es schaffen werde.

Mein Wille bewegt Wellen. Ich denke an meinen ersten Freund, der nicht wiederkam an einem Herbsttag, als das Meer so kalt war und ich mich weigerte, mit ihm zu schwimmen. Jochen verschwand einfach aus unserem Leben, und das Letzte, was ich von ihm sah, war seine gelbe Badekappe zwischen den Wellen. In dem Dorf, in dem wir lebten, sagten die Leute, dass es meine Schuld gewesen sei. Weil ich ihn nicht begleitet hatte. Ihn nicht zurückgehalten hatte. Ich war sechzehn, und wir gingen in dieselbe Schule und dachten, dass wir uns lieben könnten.

Meine Mutter tröstete mich mit dem monumentalen Satz, dass niemand seinem Schicksal entrinnen könne. Ich ging zwei Tage später ins Meer, mit dem romantischen Vorsatz, Jochen zu folgen. Ich schwamm sehr weit hinaus, aber das Meer warf mich zurück ans Ufer. Und in allen folgenden Tagen und Jahren erschien mir jeder Sprung ins Wasser ein missglückter Versuch, das Leben zu besiegen.

Gleichmäßige Bewegungen: Immer glaubst du, näher am Ufer zu sein, als du in Wahrheit bist. Der Schein trügt in jedem Fall. Leon machte nicht einmal den Versuch, mir zu erklären, was mit uns, mit ihm geschehen war. Er stellte es als vorübergehende Verwirrung dar, einen Flug, dessen Route er nicht kannte, bis er endlich zu begreifen schien, dass die Rettung in der Rückkehr lag.

Wen oder was willst du retten, fragte ich, und er sagte: »Mich, dich, unsere Ehe.« Er sah so unglücklich aus, nein, schlimmer noch, so, als ob er nicht an das glaubte, was er mir erzählte. Da gab es keine Schuld mehr, keinen Verrat und keine Lügen, nur noch das Rettungsboot, in dem Leon saß und mir in halbherziger Scham seine Hand entgegenstreckte, um mich aus dem Wasser zu ziehen.

Ich bilde mir ein, dass Fische mir folgen auf dem Weg zum Ufer. Vielleicht wittern sie Beute, ein großes, weißes Mahl, das ihren Appetit befriedigt. Die Bewegungen beginnen zu schmerzen, und ich weiß, dass man diesen Zustand überwinden kann. Kann sein, dass ich Leon verzeihen kann, wenn ich lange genug geschwommen bin. Aber nie vergessen, und vielleicht nie mehr glauben. Das ist der beunruhigendste Gedanke von allen, und auch, dass es vielleicht nur Schwäche ist. *Der getretene Wurm krümmt sich. So ist es klug. Er verringert damit die Wahrscheinlichkeit, von neuem getreten zu werden. In der Sprache der Moral: Demut.*

»Du musst uns Zeit geben«, sagte Leon. »Irgendwann werden wir das alles vergessen haben.« Er nahm mich nicht in die Arme. Er redete mit mir, und die Mauern fielen nicht ein. Und wie ein Leierkasten, der einmal mit Hass gefüttert wurde, hielt ich ihm alle Verfehlungen vor, die er jemals begangen hatte. Kleine und große Dinge, für sich stehend ohne Bedeutung, und in der Summe eine Abrechnung mit unserer Liebe. Kann man sie totreden? Ich habe es versucht, und Leon hörte mir aufmerksam zu. Am Ende sagte er, dass meine verdammte Nachgiebigkeit wie ein verblichener Schonbezug auf unserer Ehe gelegen habe. Ein Schonbezug aus Harmoniebedürfnis, Anpassung und hochmütiger Verachtung gegenüber dem, was ich als seine Schwächen empfinde.

Worte. Man ist auf die Macht verfallen, weil man das Gerechte nicht finden kann. Und so übte ich die Macht der Betrogenen aus und sagte ihm, dass er ja gehen könne, wohin auch immer, und schon während ich die Worte aussprach, fürchtete ich ihre Konsequenz. Leon blieb sitzen und leerte den letzten Tropfen. Und ich dachte, dass sich nichts an ihm verändert hatte, nur mein Wissen über ihn, also hatte ich mich verändert, und das war gut so.

Trotz allem war es gut aufzuwachen und zu erkennen. So wie das Erwachen dem Schlaf vorzuziehen ist und der Schmerz der Gefühllosigkeit.

»Vielleicht sollte ich mir mal dein Stück ansehen«, sagte Leon, und ich gab ihm zur Antwort, dass es nicht mein Stück sei und im Übrigen abgesetzt. Keine neuen Engagements in Sicht, nur die Windelwerbung und ein Hörspielangebot. Jeder prostituiert sich, so gut er kann, und ich bin nicht davor zurückgeschreckt, Bekannte aus alten Tagen anzurufen und nach Jobs zu fragen. Sie waren alle so nett und unverbindlich in ihren Versprechungen, sich für mich umzuhören. Ich weiß, dass sie mich nie zurückrufen werden. Man scheut zurück vor dem Angstschweiß von Verlierern. Ihr Geruch könnte ansteckend sein. Ich habe Leon einmal dafür geliebt, dass er das Wesen des Lebens nicht als den Willen zur Macht begriff. Für ihn liegt es in der Bewegung, aber darin eben ist er blind gegenüber allem, was er anderen als Verletzungen zufügt. Er ist nicht schuldbewusst, das erkannte ich in dem Augenblick, als er mir sagte, dass er mich trotz allem liebe.

Ich bin nah am Ufer, das spüre ich an der Temperatur und Konsistenz des Wassers. Es ist wärmer und schlammiger geworden, und ich weiß, dass ich es auch diesmal wieder geschafft habe. Die kleinen Siege, die zählen, denn wer würde das Leben nicht auch so sehen: die Herausforderung, seine Grenzen zu überschreiten.

Was ich im Wasser kann, hat sich nicht auf den Rest meiner Welt übertragen. Das, was ich für die Tugend der Bescheidenheit hielt, war Furcht – und Furcht der Antrieb aller Handlungen und Unterlassungen. Das Gefühl der eigenen Wertlosigkeit überträgt sich schnell auf andere. Wie konnte ich so lange leben ohne Wut auf mich selbst und den Rest der Welt?

Jetzt, in diesem Moment, habe ich keine Angst mehr, dass Leon mich verlässt. Und keine Angst davor, dass er bleibt. Ich will weder ihn noch mich hassen, sondern versuchen, meinen Weg zu gehen und nicht mehr den des geringsten Widerstandes. David zählt vor allem, wie konnte ich das vergessen in meinem eitlen Selbstmitleid. Nur wenn ich stark bin, kann ich Stärke an meinen Sohn weitergeben. Die Scheiße ist, dass man immer kämpfen muss, sagte David einmal, als er aus dem Kindergarten kam. Es ist ein gutes Wort, ich beginne, es zu mögen. Ich stecke bis zum Hals im Wasser, David, aber ich bin nicht untergegangen.

Ich spüre Boden unter den Füßen. Die Steine sind scharfkantig, doch ich bin immun gegen Schmerzen. Auf weichem, nachgiebigem Grund zu gehen, macht sorglos und unaufmerksam. Es ist seltsam, aber ich fühle mich bodenlos glücklich, als ich ans Ufer wate.

Der Mond bescheint ein Liebespaar, das sich leidenschaftlich küsst. Ich könnte neidisch sein, doch ich lächle noch, als ich zum Wagen gehe, in dem meine Kleider liegen. Ganz kurz war der Gedanke, ihnen heimlich zuzusehen, wie sie einander entkleiden und in dieser unvergleichlich schönen Gier übereinander herfallen. Es erinnert mich an sehr vergangene Nächte.

Ich habe mit Eckhardt geschlafen, einmal, und es war wohl mehr die Paarung von Verzweifelten und die Suche nach Nähe und Wärme. Bei mir sicher auch das Verlangen, mich an Leon sexuell rächen zu müssen.

Die »frigide alte Kuh«, von Leon in einem seiner Wutsätze ausgesprochen, traf mich mehr als jeder andere Vorwurf. Und jetzt, da ich nach Hause fahre, nachtblind und vorsichtig und mit vom Wasser durchweichter Haut, sehe ich ihn sehr viel gelassener, diesen Satz. Ich gehorchte meinen Zwängen in unserer Ehe und war mir viel zu sicher, dass die Ordnung eine Tugend an sich ist. Sie ist auch Erstarrung und Langeweile. Und Lüge. Leon ist nicht der einzige, der gelogen hat.

Einer, der sich schuldig fühlt und kein Bekenntnis ablegen will, sucht nach Entschuldigungen. Frigide Kühe eignen sich hervorragend für die Ursachenforschung von Seitensprüngen. Sie stehen auf der Weide und bescheiden sich damit, Gras zu fressen. Füttere sie, und sie bewegen sich nicht vom Fleck. Streichle sie, und sie glauben, begehrt zu werden. Führe sie in den Schlachthof, und sie denken, dass es ein Ausflug in die große weite Welt ist. Ich weiß, dass der Schmerz wiederkommen wird. Vielleicht auch der Hass, und trotz allem bin ich sicher, dass ich an Stärke dazu gewonnen habe. Und dazu war die Erkenntnis nötig, der zu stellen ich mich lange geweigert habe: Leon ist nicht der Mann, der die Frauen liebt, sondern den die Frauen lieben. In einer sehr viel ansprechenderen Form als Max sind wir ihm nur so lange interessant, als wir ihn anbeten, ihn nicht in Frage stellen, keine Forderungen erheben, die sein Wohlgefühl beeinträchtigen. Kleine Prinzen leben auf Planeten, die letztendlich unerreichbar sind. Schwimmen kann ich, aber nicht fliegen.

Eckhardt sagt, dass wir Hurenkinder seien. Käuflich in allen Wünschen und Begierden, die in dem Ziel münden, geliebt zu werden.

Die Reduzierung von Bedürfnissen könne zu einer Art von Freiheit führen. Nur sei er in diesem Bestreben leider zu weit gegangen, und heute würde er dem Teufel seine Seele für eine Flasche Whisky verkaufen. Er tut mir Leid, und ich hätte ihn nicht in mein Bett ziehen sollen, weil es ganz vergeblich war.

Leon ist zu Hause. Er bewacht Davids Schlaf. Er sitzt im Wohnzimmer und sieht sich einen Film an, in dem Bomberpiloten ihre Kreise am Himmel ziehen. Er lächelt mich an und fragt, ob es mir gut gehe. Und ich sage ja. Alles ist normal. Die Normalität unserer Ehe ist das schreckliche Gleichgewicht, das wir gefunden haben, um nicht umzufallen.

Neben ihm liegt das Telefon, und ich denke, dass er mit Marie gesprochen hat. Eifersucht ist ein sehr ätzendes Gift, dem mit der Medizin der Vernunft nicht beizukommen ist. Und ich frage ihn, ob der Film spannend sei, und ja, er ist es, und ich setze mich neben ihn und sehe zu, wie Männer Bomben abwerfen und sich gut dabei fühlen.

Was ist Stärke? Still dazusitzen oder zu schreien? Den Feind, den ich liebe, zu vernichten oder sich mit ihm zu arrangieren?

Sein Gesicht ist eine Maske. Rühr mich nicht an, sagt sie, wenn dir deine Ehe lieb ist. Leon leidet für sich selbst. Und ich möchte schreien. Die Euphorie jener Augenblicke am See ist vorbei.

Als das Telefon läutet, zucken wir beide zusammen. Unsere Hände treffen sich auf dem Hörer, und Leon reagiert auf meinen mörderischen Blick und zieht seine Rechte zurück. Marie steht im Raum, und vielleicht hat sie sich für immer bei uns eingenistet.

Es ist meine Schwester, die aus Marbella zurück ist. Ihre Stimme klingt wie immer ein wenig panisch, als ob die Furien, die sie hetzten, sie nie zur Ruhe kommen ließen. Die Reise war traumhaft, auch dieser Ausdruck ist mir geläufig, und die nicht mehr werdende Mutter Sophie hat sich königlich amüsiert und prächtig erholt. So schnell geht das, denke ich, und leiste dann Abbitte bei meiner Nichte. Sie würde ihre Mutter nie mit unangenehmen Wahrheiten belästigen, so etwas ist in dieser Familie nicht üblich. Wir schweigen alles aus, bis wir kotzen müssen.

Ich sage nicht viel, doch Leon erhöht die Tonstärke seines Films, und ich nehme das Telefon und gehe auf den Balkon, schließe die Tür. Soll er doch im Wohnzimmer ersticken.

»Und bei euch? Alles in Ordnung?«

Gott, wie ich dieses Wort hassen gelernt habe. Das Balkongitter ist so niedrig, dass ich mich darüber beugen und das Gleichgewicht verlieren könnte. Ist Fliegen schöner als Versinken? »David geht es gut. Ich habe kein neues Engagement. Leon hat eine Geliebte. Es ist wenig in Ordnung, aber wir leben noch.«

»O mein Gott«, sagt Beate nach einer kurzen Pause. Warum flüstert sie? Gott hört alles. Warum habe ich das überhaupt gesagt?

»Kennst du sie?«

»Ja. Sie war mal hier, um Leon zu suchen. Sie heißt Marie und ist jung und hübsch und gierig, wie Geliebte eben sind.« Meine Stimme sollte leichtherzig klingen, doch der Versuch misslingt bitter.

»Du armes Ding«, sagt Beate. »Aber weißt du, es passiert jeder von uns. Und es geht vorüber, so ähnlich wie die Jahreszeiten. So lange sie feige sind und bleiben, ist ja alles in Ordnung.«

Ich möchte schreien. Haben wir immer so miteinander gesprochen? Von Anfang an? Und ist das unser Leben, von dem wir hier reden? Im Wohnzimmer fallen Bomben, es hört sich so an, und unten auf der Straße fährt ein Krankenwagen mit Sirenengeheul.

»Du musst mir unbedingt alles erzählen«, sagt Beate. »Komm doch morgen zu uns. Ich hab dir auch ein Geschenk mitgebracht.«

Eine Silberkette, denke ich. Meine Schwester findet meine armutsbedingte Schmucklosigkeit bedauernswert. Und ich kann mich den Jahreszeiten nicht entziehen, indem ich mich auf Weltreisen begebe. Und nicht den Mitleidsphrasen, die fast noch schlimmer sind als ihre Ursache. »Ich muss mal sehen«, sage ich ausweichend und drücke auf den roten Knopf, um das Gespräch zu beenden.

Willkommen im Club der verratenen Frauen: Beate wird mich mit ihrem Mitleid kreuzigen. Ich öffne die Tür zum Wohnzimmer, und Leon blickt auf und dann wieder auf den Bildschirm. Seine Scham oder seine Schamlosigkeit reizen mich, sein Gesicht zu zerkratzen. Ich gehe zum Fernsehapparat und schalte ihn aus.

»Was soll das? Der Film ist noch nicht zu Ende.«

»Na und? In welchem Film wärst du denn gern? Den mit einer Ehe zu dritt? Die Ahrend verdient das Geld, das wir brauchen, und ich koche und putze und ziehe David groß. Und du kannst fliegen.«

Leon hat etwas missverstanden. Er sagt beinahe lächelnd: »Marie würde so etwas nicht mitmachen. Sie ist verdammt kompromisslos.«

Es gibt Sätze, die darf man einfach nicht aussprechen. Ich nehme die silberne Vase, die uns Beate zur Hochzeit geschenkt hat, und werfe sie in Richtung der Couch. Schwimmer haben kräftige Arme. Sie landet auf Leons Knien, und er stößt einen Schmerzensschrei aus.

Mit den Worten »Ich hoffe, es tut weh«, verlasse ich die Wohnung. Ich weiß, dass ich wiederkommen werde, weil es David gibt. Wenn es nicht so wäre, würde ich jetzt aus meinem Leben verschwinden.

22. Kapitel

LEON

Ich trage einen Koffer mit zehn Millionen Mark in großen Scheinen, und ich frage mich, warum ich in Miami gelandet bin. Das strahlende Blau des Himmels ist kein Argument. Auch Geld hat eine besondere Farbe. Als man es in Zürich abzählte und sorgfältig im Aktenkoffer verstaute, dachte ich an Inseln mit kleinen Flughäfen. Ein Haus am Strand mit Marie. Leon Lenbach, verschollen über dem Ozean. Ein neues Leben mit zehn Millionen.

Anne stand an der Tür, als ich die Wohnung verließ, und David brüllte mir nach, dass ich ihm einen Roboter mitbringen solle. Sie sah traurig aus, als ob es ein Abschied für immer wäre und sie nicht wüsste, dass ich zurückkomme. Stand da mit dem Morgenmantel, der immer noch den Fleck trägt, der sie nicht zu stören scheint. Sie hat abgenommen, doch in zu vieler Hinsicht, um es attraktiv erscheinen zu lassen. Wie könnte ich Lust für sie empfinden in dem Meer von Schuld, in das sie mich gestoßen hat?

Ich habe keine Lust, die Schuld in Atome zu teilen und Anne zu Füßen zu legen. Nimm sie, setze sie wieder zusammen und führe sie einem verseuchten Endlager zu, das wir Ehe nennen. Wenn überhaupt, dann hilft uns nur das Vergessen. Die behutsame Annäherung an Gefühle, die nicht endgültig verloren, nur tief begraben sind. Die Sehnsucht nach Maries kompromissloser Liebe ist ungeheuer groß. Meine Mailbox ist voll mit Maries Worten, und ich habe kein einziges gelöscht. Und nie zurückgerufen.

Das Handy einzuschalten auf dem Weg zum Flughafen war ein Würfeln mit Gott. Als es klingelte, wusste ich sofort, dass sie es war. Ich hatte die Wahl, es klingeln zu lassen. Ich wartete, bis die Sechs fiel, und dann nahm ich es in die Hand.

»Ich bin am Flughafen«, sagte Marie. »Ich warte an der Abfertigung für Privatpiloten.«

Ich fragte sie nicht, woher sie die Information hatte. Nicht von Anne, da war ich sicher, denn Anne hätte aufgelegt, sobald sie diese Stimme hörte. Max' Sekretärin, dachte ich, und dass Marie vor nichts, keiner einzigen Unverschämtheit zurückschreckte, wenn es ihren Willen durchzusetzen galt.

»Häng nicht auf«, sagte Marie. »Ich liebe dich, Leon. Und du liebst mich. Und mehr existiert nicht zwischen Himmel und Hölle.«

Viel mehr, dachte ich, und dass es keinen Sinn hatte, mit Marie darüber zu diskutieren. Ihre Liebe schafft sich eigene Wirklichkeiten, und Marie würde die Hölle nicht als solche wahrnehmen, selbst wenn sie sie erlebte. Und ich fuhr schneller, um bei ihr zu sein. Noch einmal, ein letztes Mal, dachte ich, wie einer, dem eine Henkersmahlzeit zusteht. Nur dass Marie der Henker war.

Wir zelebrierten Sex in der Damentoilette. Es gibt wenig Pilotinnen, und keine hatte das Bedürfnis, uns zu stören. Unter ihrem dünnen Mantel trug Marie nichts, und mit ihren hohen Schuhen hatte sie die ideale Höhe für jede Lust, die wir aneinander hatten. Zwischen uns beiden gab es keine Scham und keine Schuld, nur die Gier und das Verlangen, den anderen zu durchdringen. Marie lachte, als sie zum Höhepunkt kam, und es klang so triumphierend, dass ich erschrak, und sie schrie »nicht aufhören«, und ich gehorchte ihrem Willen, der stärker war als meiner, und am Ende wälzten wir uns auf dem kalten Boden, und über mir war der Himmel in Form einer weiß getünchten Decke.

Sie hasste mich dafür, dass ich auf die Uhr sah. Sie sagte: »Ich habe meinen Pass dabei. Soll ich mitfliegen?«

Ja, wollte ich sagen. »Nein. Ich bin in zwei Tagen zurück. Erst Zürich, dann Miami, aber ich werde nur einmal übernachten.«

Sie war aufgestanden und wusch sich am Becken. Nackt und völlig unbefangen, als sei sie in ihrem Badezimmer und nicht in einer öffentlichen Toilette. Wie immer, wenn Marie vor einem Spiegel stand, wurde ihr Gesicht zu einer attraktiven Maske. Ich war bereits angezogen, auch das missfiel ihr.

»Deine Ängste bringen dich eines Tages noch um«, sagte Marie. »Du solltest dich an den Gedanken gewöhnen, dass nichts und niemand unserer Liebe was anhaben kann.«

Ich dachte an Max, an Anne und David. Nicht an die Insel, dieser Gedanke kam erst, nachdem ich das Geld gesehen hatte. Und hätte ich Marie davon erzählt, als wir vor dem Spiegel standen und uns ansahen, sie hätte für uns beide entschieden. Ohne Bedenken und ohne Angst. Zehn Millionen zu stehlen, um mit mir zu leben, wäre für Marie kein unmoralisches Angebot, sondern eine Chance, die man sich nicht entgehen ließ. Und vielleicht hatte sie Recht, und ich war der Idiot, dessen Mut nur für solche Höhenflüge reichten, deren Kurs vorherbestimmt war.

Ich schwieg, als wir vor dem Spiegel standen, und Marie sagte: »Wir sind ein perfektes Paar.«

»Ich liebe dich«, flüsterte ich in den Spiegel, und sie sagte es laut, weil sie ihrer und meiner so sicher war. Im Spiegel unserer Bilder sah ich meine Zweifel und ihre Verzweiflung, und als ich mich umdrehte, weil ich es nicht mehr sehen konnte, spürte ich eine Waffe in meinem Rücken.

»Wenn du gehst, bringe ich dich um«, sagte Marie in meinen Rücken. Vor mir war die Toilettentür, und ich dachte, dass dies ein merkwürdiger Ort zum Sterben sei, aber letztendlich so gut wie jeder andere. Ich fragte mich, woher sie die Pistole hatte, aber nicht, warum sie mich töten wollte. Es erschien mir nicht unpassend, nur sehr traurig.

»Ich wollte auf die Erde zufliegen, wenn ich sterbe. Warum jetzt?«

Ich blieb stehen, während ich das sagte. Dann drehte ich mich sehr langsam um in Erwartung eines lauten und schmerzhaften Geräusches. Und stand vor ihr, und Marie hob ihren Mittel- und Zeigefinger hoch und lachte: »Hast du es wirklich geglaubt? War nur ein kleiner Scherz, Leon. Ich hole dich ab, wenn du zurückkommst. Vielleicht können wir ein paar Tage verreisen. Conrad hat mich ohnehin so gut wie kaltgestellt. Ich werde woanders hingehen. Dieses angestaubte Blatt ist sowieso nicht mein Ding.«

Jetzt erst spürte ich den Angstschweiß. Ich sagte ihr, dass sie verrückt sei, und Marie küsste mich mit ihrer Feuerzunge und flüsterte in mein Ohr, dass Liebe und Tod die beiden einzigen Größen seien, die der Monotonie des Lebens entgegenstünden. Dann drehte sie sich um und zog sich vor dem Spiegel die Lippen nach. Ihre Farbe war sehr rot.

»Und deine Karriere? Einen Mann mit Conrads Geheimnis wirst du woanders kaum finden.«

Maries rote Lippen teilten sich und enthüllten kleine, spitze Zähne. »Man kriegt sie immer auf die eine oder andere Art. Die Welt ist voller Geheimnisse, und die meisten sind ziemlich übel. Übrigens soll die Einbeinige eine Affäre mit einem jungen Dichter haben, ist das nicht komisch. Conrad läuft herum wie ein zahnloser Bullterrier. Und Eckhardt Liefers schwebt selig trinkend durch die Redaktionsräume. Er ist in deine Frau verliebt. Ziemlich abartig von ihr, sich mit einem Alkoholiker zu trösten, findest du nicht?«

Es tat weh, das war seltsam. Obwohl ich Marie nicht glaubte. Sie würde jede Lüge aussprechen, um ihr Spiel zu gewinnen. Wie kann man eine Frau lieben, die man nicht schätzt. Und eine Frau verraten, die so viel besser ist, als ich verdiene. Man vergisst das meiste auf dem Weg aus der Kindheit, und über das Vergessen legt sich eine Schicht aus Gleichgültigkeit, die sehr hart und undurchdringlich werden kann. Anne hat versucht, mich daran zu erinnern, als wir noch miteinander sprachen. Ich sehnte mich nach Anne, als ich Marie verließ und zum Flugzeug ging. Die Welt hat an Zärtlichkeit verloren und an Gier dazugewonnen. Meine Welt und die der anderen. Selbst wenn sie winzig wird unter den Wolken, bleibt ihre Anziehungskraft bestehen. Es ist schwer, ein Mensch zu bleiben unter Menschen. Ich bin schwach, weil ich die Liebe brauche; jede, die ich kriegen kann.

In Zürichs gläsernen Palästen saßen graue Menschen, die Geld zählten. Ich rief Max an, bevor ich nach Miami weiterflog, und sagte ihm, dass alles wie geplant gelaufen sei.

Zehntausend Mark sind ihm meine Dienste wert. Ich trage einen Koffer mit zehn Millionen bedruckten Scheinen und wundere mich über die Leichtigkeit des Geldes. Ich werde Anne einen Ring kaufen von meinem Botenlohn. Sie braucht eine Waschmaschine, aber sie würde sich über einen Ring freuen. Max' Rezept zur Besänftigung von Frauen. Er hat die Wahl der Kälte schon vor langer Zeit getroffen, und man muss ihm zumindest zubilligen, dass er kein Heuchler ist. Kann ein Golem lieben?

Die beiden Männer, die auf mich zukommen, tragen dunkle Sonnenbrillen wie in Annes Gangsterfilmen. Die Sonne spiegelt sich in ihren toten Augen, und ich denke, dass ich an diesem Tag zum zweiten Mal erschossen werde. Ich bin allein mit diesem Koffer; der Copilot ist noch im Flugzeug. Sie kommen näher, und ich überlege, ob ich zurück zur Maschine laufen soll. Dann hätte ich sie im Rücken, diese Vorstellung macht mir mehr Angst, als weiterzugehen. Zehn Millionen sind objektiv gesehen sicher mehr wert als mein Leben. Mein einzigartiges, kostbares, beschissenes Ich steht diesem Gedanken vehement entgegen. Sie müssen mich ja nicht umbringen, ich gebe den Koffer freiwillig her. Es ist nur Spielgeld im virtuellen Imperium meines Bruders; Papier, an dem der Dreck klebt, mit dem es erworben wurde; das Nichts, um das die Welt sich dreht, ohne einmal innezuhalten und sich die Frage zu stellen, worin der Sinn des Ganzen liegt.

»Mr. Lenbach?«

Sie stehen vor mir, und einer hält meinen Arm fest. Der andere zieht einen Ausweis aus der Brusttasche und sagt »Zollfahndung«, um das Stück Plastik zu erklären, das sein Foto trägt. Ich glaube immer noch, in einem Gangsterfilm zu sein, was bedeuten schon Ausweise in Zellophanhüllen? Mein Arm, der den Koffer hält, wird unmissverständlich in Richtung des Flughafengebäudes gelenkt.

»Was wollen Sie von mir?«, frage ich in Englisch, die übliche Phrase der Unschuld und Ohnmacht. Sie sagen, dass sie mich nur befragen wollen. Sie sind von unbarmherziger Höflichkeit, und sie gehen sehr schnell, und ich weiß, dass sie mich aufhalten würden, wenn ich zu fliehen versuchte.

In dem Raum, in den sie mich führen, stehen ein Tisch und ein Stuhl, und er erinnert mich an das Haus in Angola, in das sie mich brachten, irgendwelche Rebellen irgendeiner Sache, für die sie kämpften, weil es nichts anderes zu tun gab. Damals gab es keine Klimaanlage, nur einen Ventilator, der über meinem Kopf kreiste, den sie auf den Tisch schlugen. Sie waren nicht höflich, einfach gefühllos gegenüber meinen Schmerzen, und ich war ein Pilot, der Waffen transportierte. Nachdem sie mich geschlagen hatten, flog ich für ihren Krieg, das machte keinen Unterschied für mich. Ich bin kein Held, nur ein erbärmlicher Überlebenskünstler. Anne hat es nie durchschaut, und Marie bedeutet es nichts. Ich denke an David, der Helden noch braucht und vor dem ich mich schäme, schon seit langer Zeit.

Sie bitten mich höflich, den Koffer zu öffnen. Scheinen nicht überrascht, als ich den Deckel hochklappe. »Wie viel?«, fragt der eine, und ich sage »zehn Millionen«. Warum nehmen sie es nicht, und lassen mich in Frieden? Ich bin müde und seltsam gleichgültig gegenüber allem, was jetzt noch geschehen könnte. Nein, ich beantworte keine Fragen nach der Herkunft oder Bestimmung dieses Koffers. Max hat mir eine Telefonnummer in Miami gegeben, die ich mir eingeprägt und dann vernichtet habe. Dem Mann mit dieser Nummer sollte ich den Koffer übergeben, das war alles. Ich könnte noch sagen, dass das Geld von einem Schweizer Konto eines ukrainischen Geschäftsmannes stammt. Und dass es, aber dies ist reine Spekulation, zum Zwecke der Bestechung eingesetzt werden sollte. Damit Max auf sein Lieblingsspielzeug, die Flugzeugfirma, nicht verzichten muss. Er verliert so ungern, das war schon so, als er noch ein Junge war. Beim Monopoly hat er genauso betrogen wie ich, nur war er besser darin.

Ich schweige, und sie durchsuchen meine Taschen und finden das Übliche, auch mein Handy. Ich frage, ob ich telefonieren darf, und sie gehen, ohne zu antworten, aus dem Zimmer und lassen mich für eine Weile allein. Ich sitze in einem Raum, der zur Hölle werden könnte. Ich führe Kriege, die nicht meine sind. Ich trage Geld, das anderen gehört. Ich bin nur der Handlanger und als solcher beinahe schuldlos. Die übliche Feigheit, das elegante Anpassungsvermögen, die Unterdrückung aller Fragen, deren Antworten die Behaglichkeit stören könnten. Ich weiß, dass ich dies alles vergessen kann, wenn ich hier wieder rauskomme.

Sie kehren zurück, und einer gibt mir das Handy. Ich darf ein Telefonat führen in diesem rechtsstaatlichen System, und ich wähle die Nummer meines Bruders. Er ist immer erreichbar, zumindest seine Stimme, und er unterbricht mich nicht, als ich die Situation erkläre. Ich solle schweigen, sagt Max, und dass er mir einen Anwalt aus Miami schickt, den er jetzt anrufen wird.

Leute wie Max haben überall Anwälte, die gut und teuer sind, darauf kann man bauen. Also sage ich kein Wort und starre auf den geöffneten Koffer. Marie hätte ihn geklaut und Anne nicht, das ist der ganze Unterschied. Ich habe gezögert, und nun bin ich mit ihm gefangen. Die beiden tragen immer noch ihre Spiegelbrillen, und der eine kaut an seinen Fingernägeln. Vielleicht macht ihn das Geld nervös.

Sie bieten mir einen Plastikbecher mit Kaffee an, und ich trinke ihn schwarz mit viel Zucker. Drei schweigende Männer, die daran denken, was man mit zehn Millionen anfangen könnte. Max will Flugzeuge bauen und sich ein Denkmal der Größe setzen. Ich möchte ein Held sein, den die Frauen lieben. Die beiden, so schätze ich sie ein, würden nach Hawaii fliegen, sich eine Penthousesuite nehmen und fünf Mädchen dazu, garniert mit Champagner und vergoldeten Hamburgern.

Fünf Stunden später bin ich frei. Anwälte können Wunder bewirken, und ich habe immer an das Wunder geglaubt davonzukommen. Sie haben den Koffer behalten, und ich finde Gefallen an der Vorstellung, dass die beiden jetzt auf dem Weg nach Hawaii sind.

In meinem Hotelzimmer rufe ich zuerst Anne an, um ihr zu sagen, dass ich sie liebe. »Ich liebe dich auch«, sagt Anne, »aber ich bin mir nicht sicher, ob ich dich noch will.«

Die Zeit der Heldenverehrung ist vorbei. Anne hat sich verändert, aber ich glaube, dass ich sie so lieber mag. Es gibt mehr als Liebe. Man muss Schwächen zeigen können, ohne Stärke zu provozieren. Einer der wenigen Adorno-Sätze, die ich verstanden habe. Ich bin ein Idiot, und Max hat Recht: Ich verdiene Anne nicht, aber ich möchte alles tun, um dies wettzumachen. »Es ist noch nicht zu spät«, sage ich zu Anne, und dass wir den Zauber wiederfinden können.

»Du hast noch nie gehalten, was du versprochen hast.«

Es ist der falsche Satz, auch wenn er richtig ist.

»Es ist mir scheißegal, was mit deinem Geld passiert.« Das sage ich zu Max am Telefon, und auch dieser Satz ist wahr. Max kontert mit der Behauptung, dass ich noch nie für irgendetwas die Verantwortung übernommen habe. Doch er weiß wie ich, dass dieses Spiel eine andere Dimension hat, und dass es denkbar ist, dass ein Feind mithört.

Wir werden darüber sprechen, wenn ich zurück in Deutschland bin. Denn sie erlauben mir zu fliegen. Ich bin nur ein Bauer, und sie brauchen mein Opfer nicht. In dieser Nacht, in einem dieser Hotels, die in ihrer deprimierenden Austauschbarkeit überall in der Welt stehen könnten, sehne ich mich nach Anne und David, nach Alkohol, nach Frieden, der auch Stillstand bedeuten könnte. Und mein letzter Gedanke, bevor endlich der Schlaf kommt, gilt Marie. Sie hat nicht mehr von Rache gesprochen. Hat sie etwas mit dieser Sache zu tun? Könnte es sein, dass sie und Max ein Spiel inszenieren, in dem ich das Bauernopfer bin? Wenn ich ihr nicht traue, wie kann ich sie dann lieben?

Ihre Stimme ist auf meiner Mailbox, und sie klingt fordernd wie immer. Ich soll sie zurückrufen. Doch ich kann es nicht. Ich bin zu müde.

23. Kapitel

ANNE

Sie haben Max' Büro durchsucht und die Villa in Bogenhausen, und Beate sitzt in meiner Küche und weint Tränen der Demütigung. So etwas geschieht nicht in ihrer Welt, schon gar nicht am frühen Morgen, wenn anständige Leute schlafen. Sie trug den Morgenrock aus gelber Seide, als die Meute einfiel, dieses Detail scheint ihr wichtig, und man erlaubte ihr erst, sich anzukleiden, nachdem eine Beamtin geholt wurde, die diesem Vorgang beiwohnte.

Wir leben in einem Terrorstaat, sagt sie und zieht Vergleiche mit einem Regime, das sie nach dem Geschichtsunterricht in der Schule ad acta gelegt hatte. Sechs Stunden lang durchwühlten sie das Haus, und sie nahmen die Festplatte des Computers mit und Max' Notizen sowie Akten aus dem Tresor. Selbst Sophies Zimmer wurde von den Wühlern nicht verschont, und Beate erregt sich darüber, dass ihre Tochter diesen Alptraum auch noch komisch gefunden habe.

»Showtime am Morgen« sei ja nun wahrhaft kein angemessener Kommentar für diesen Überfall, und sie habe Todesängste ausgestanden, bis endlich der Anwalt kam, der sie beruhigte.

Meine Schwester ist Juristin, doch sie hat sich in ihre Ehefrauenrolle so eingelebt, dass ihre Hysterie von keinerlei Vernunft getrübt ist. Man muss ihr nur zuhören und sie mit Worten trösten, die nichts bedeuten. Selbst wenn alles nur ein schrecklicher Irrtum ist, bleibt für Beate der Tatbestand grässlicher Schande. Polizeiwagen vor dem Haus störten die Ruhe großbürgerlicher Abgeschiedenheit. Die Gesichter des Personals verrieten jene Erwägung der Ratten, das sinkende Schiff zu verlassen. Der hautnahe Umgang mit gemeinen Polizisten hinterließ Spuren von

Angst. Wir mögen unberührt sein, doch wir sind nicht unberührbar.

»Wo ist Max?«, frage ich, und sie äußert sich mit einer wegwerfenden Handbewegung. »Nicht da, wenn man ihn braucht, wie immer. Er berät sich mit seinen Anwälten.«

»Und Sophie?«

»Sie ist zur Schule gegangen, und sie schien mir sehr amüsiert. Vermutlich erzählt sie es ihren Freundinnen als besonderen Familiengag. Die Jugend von heute ist so herz- und gefühllos, ich komme da nicht mehr mit.«

Welches Kind hätte nicht Grund, über seine Eltern zu weinen? Ich schenke Tee nach, bei uns zu Hause gab es in Krisensituationen Tee, und wir hingen praktisch ständig an der Kanne. Ich höre Leon an der Wohnungstür, er hat David vom Kindergarten abgeholt. Sosehr um seinen Sohn bemüht, seit er aus Amerika zurück ist. Er hat mir erzählt von den zehn Millionen und seiner Verhaftung in Miami. Wir sind eine Familie. Wir müssen zusammenstehen, wenn es die Situation erfordert. Dieser Gedanke kam so natürlich wie die Verschiebung aller anderen Probleme auf eine spätere Ewigkeit. Leons demütige Dankbarkeit befriedigt mich bis zu einem gewissen Punkt. Er braucht mich jetzt, und das forderte meine Stärke. Annes Helfersyndrom. Ich will nicht darüber nachdenken, wie durchtrieben diese meine Güte sein mag.

Leon umarmt Beate und erzählt ihr leise von dem Geldkoffer, um den es geht, während ich David sein Essen hinstelle und ihn dabei beobachte, wie konzentriert er sich seinem Gemüsereis widmet. Er isst alles, und am liebsten Hamburger und Spagetti. Mit vollem Mund erzählt er aus dem Kindergarten, von einem Kampf um ein Pokemon-Abziehbild, den er verloren habe, worauf er in seiner Wut das Bild zerriss und sein Feind wieder über ihn herfiel. Wer am Ende gewonnen hatte, war nicht mehr festzustellen. Es geht um die Ehre, sagt David, und lächelt mich an. Ich habe ihn auch mit Shakespeare gefüttert. Wer spricht heute noch von Ehre? *Mit jeder Minute ändert ihr eine Meinung, und nennt den jetzt edel, der eben erst euer Hass war, den niederträchtig, den ihr als eure Zierde prieset.*

Beate nimmt Süßstoff anstelle von Zucker. Für alles gibt es

einen Ersatz, nur nicht für das Leben selbst. »Ich wusste, dass Max eines Tages seine Karten überreizt. Er ist ein gottverdammter Hasardeur und schreckt nicht mal davor zurück, seine Familie in den Dreck zu ziehen.«

Dreck ist Materie am falschen Ort. In gewisser Weise befindet sich Beate immer am falschen Ort: in einem Körper, dessen Verfall sie betrauert; in einer Ehe, an der sie verbittert festhält; in einem Haus, das dekoriert, aber nie bewohnt wurde; in Städten, deren luxuriöse Gleichförmigkeit keine Abenteuer zulässt.

»Max braucht jetzt deine Unterstützung«, sagt Leon. Es ist eine Lüge.

Wir alle lügen, um der Wahrheit auszuweichen, die wehtun könnte. So routiniert sind wir in diesem Betrug an uns selbst und den anderen, dass jede Abweichung eine Katastrophe auslösen könnte.

»Ich werde verreisen und Sophie mitnehmen.« Meine Schwester nimmt mich zum ersten Mal wahr, seit sie in die Wohnung gekommen ist. »Du solltest auch mitkommen. Du siehst miserabel aus. Wir sollten diesen Dreck den Männern überlassen.«

David schreit auf und klammert sich an mich. Ich liebe meine Fesseln wie mich selbst, und ich bringe meinen Sohn in sein Zimmer und überrede ihn, mit seinen Legosteinen zu spielen. Ich weiß nicht, wie viel er von dem versteht, was hier vorgeht, doch ich möchte ihn gern vor uns beschützen, so gut ich kann.

»Ihr verdient unsere Loyalität nicht«, sagt Beate zu Leon, als ich in die Küche komme. »Wenn Anne so blöd ist, dir zu verzeihen, kann ich dir nur sagen, dass ich es niemals tue. Max hat mich zu dem Monster gemacht, das ich heute bin. Ein gefühlloses Monster in gefälliger Ausstattung, mit Kreditkarten bewaffnet.«

Leon sieht in meine Augen. Nein, ich werde es nicht so weit kommen lassen. Ich werde kämpfen, vor allem um mich selbst.

»Noch Tee?«

Beate schüttelt den Kopf und steht auf. »Ich werde noch heute fliegen. Du kannst mich auf dem Laufenden halten, Anne, ich werde dich anrufen. Und bestellt Max schöne Grüße von mir. Sagt ihm, dass er allein ist, weil er es so und nicht anders gespielt hat.«

Leon begleitet sie zur Tür, und sie umarmt mich noch einmal und flüstert mir zu, dass ich mitkommen solle. Leon könne sich doch zur Abwechslung mal um David kümmern, und Flüge werde es in nächster Zeit sowieso nicht geben. Sie haben Max' Pass mitgenommen.

»Ich kann nicht.« Monster weinen doch nicht, denke ich, als ich Beates nasse Wange an meiner spüre. Wir brechen auseinander in dieser Familie, und vielleicht ist es gut so, weil nicht gut war, was uns zusammengehalten hat.

»Ich gehe mit David in den Park«, sagt Leon, als ich zurückkomme. So erdverbunden, mein Mann, und selbst sein Lieblingsspielzeug hat er seit zwei Tagen nicht in Augenschein genommen. Die Mustang steht wieder im Hangar, und wir werden das Geld für die Reparatur irgendwie zusammenbringen. Wir sind eine Familie. Alles, was geschehen ist, wird eingebettet in die Routine einer Mittelgewichtsehe. Ich verachte Beate für ihre Flucht und beneide sie dafür, einfach wegfahren zu können.

Ich habe Leon noch nicht erzählt, dass Max bei mir war in der Nacht, als er aus Miami zurückflog. Max war angeschlagen, nicht nur von Alkohol und Müdigkeit. Ich hatte meinen Schwager noch nie in diesem Zustand gesehen, und ich machte ihm Tee, während er telefonierte, als ginge es um sein Leben. Ich verstand nicht viel von dem, was er sagte, es interessierte mich auch nicht. Dann setzte ich mich zu ihm, und er fragte mich, ob ich den Dominoeffekt kenne?

»Ein Stein fällt, und die anderen halten nicht stand«, sagte Max, den meine Antwort nicht interessiert hatte. Er brauchte eine Zuhörerin. Er hatte Angst. Und er fragte mich allen Ernstes, ob auch Leon an der Verschwörung beteiligt sein könnte, ihn zu vernichten?

Ich hatte große Lust zu lachen oder zu weinen. »Ich weiß nicht, wovon du redest. Leon hat für dich einen Koffer mit Geld transportiert. Sie haben ihn festgehalten, durchsucht und wieder freigelassen. Das ist doch wohl das Wichtigste. Alles andere ist nur Geld.«

Max lächelte beinahe. Er nahm meine Hand und hielt sie fest. »Es geht nur um Geld, meine Liebe. Die Wälder sind abgeholzt, und die Religionen verdörrt. Wonach sollen wir jagen, wenn nicht nach kleinen und großen Scheinen? Uns am Feuer der Macht wärmen. Deine Naivität ist ebenso bemerkenswert wie dein Glaube, dass sich alles zum Guten wendet, wenn du nur die Augen schließt. Ich habe Veerstbeck unterschätzt, er hat mich mit großer Geduld zum Abschuss freigegeben. Marie Ahrend ist mit von der Partie, soviel weiß ich. Und als Leon mich aus Miami anrief, konnte ich mich des Gedankens nicht erwehren, dass auch er ins feindliche Lager gewechselt ist. Sie war am Flughafen. Und nicht viele Leute wussten von der Reise meines Bruders – und von seinem Auftrag. Eine hübsche kleine Verschwörung ist doch nicht von der Hand zu weisen, oder?«

Ich entzog ihm meine Hand. Sie war sehr kalt geworden, und ich wärmte sie an der Teetasse. Marie Ahrend hatte sich mit Leon am Flughafen getroffen. Eckhardt erzählte mir, dass sie die Zeitung verlassen wolle. Leon brauchte mindestens fünfzigtausend Mark, um die Mustang wieder in die Luft zu bringen. Und wenn du einmal den Glauben verloren hast, glaubst du alles.

»Warum ist Leon dann nicht mit den zehn Millionen abgehauen? Wäre doch wohl einfacher, als sich an deiner Verschwörung zu beteiligen?«

Max strich sich über seine Bartstoppeln. Ein sehr rasierter Mann, der seine ungepflegten Gedanken selten nach außen trug. »Lukrativer, aber nicht einfacher, Süße. Leon ist ein Feigling, das war er immer schon. Er lässt sich vielleicht in eine Sache hineinziehen, aber er hat nicht den Mut, sie allein zu meistern.«

Ich dachte an Marie. Sie war verrückt und hatte das Potential, Leon zu zerstören – vielleicht uns alle. »Ich glaub das nicht, Max. Und ich will nicht, dass du meine Familie da hineinziehst.« Und als ich es aussprach, wusste ich, dass es für solche Sätze bereits zu spät war.

»Das Merkwürdige daran ist, dass mich das alles kalt lässt. Ich weiß nicht mal mehr, ob ich Lust zum Kämpfen habe. Ich möchte alles hinwerfen, Anne, und aussteigen. Ich bin müde und ziemlich angeekelt von mir selbst und den anderen. Mit einer Ausnahme.«

»Auch das glaub ich dir nicht.« Die Art, wie er mich mit seinen merkwürdigen Augen ansah, irritierte mich ebenso wie seine

Wortwahl. Er war aufgestanden und um den Tisch gegangen und stand hinter mir und legte mir beide Hände auf die Schultern.

»Du weißt doch, dass ich dich immer geliebt habe. Komm mit mir, und nimm David mit. Ich habe mir immer einen Sohn gewünscht, und es bleibt sozusagen in der Familie. Ich kann mich ändern, Anne. Du wirst es nicht bereuen.«

»Lass mich los, Max.«

Er verstärkte den Druck seiner Finger. Der Gedanke, dass er mich in meiner Küche vergewaltigen könnte, war ebenso lächerlich wie Max' Annahme, dass ich mit ihm gehen könnte. »Dein Vorschlag ist absurd, und du tust mir weh.«

Ich war mir nicht sicher, dass es ein Schluchzen war, das ich hörte. Ich drehte mich nicht um, als er seine Finger löste, und starrte auf diese verdammte Tasse Tee, die in unserer Familie als Medizin für alles eingesetzt wurde. Auch für das Verdrängen und Vergessen.

»War nicht ernst gemeint«, sagte Max. »Könntest du dir vorstellen, dass ich in Neuseeland Schafe züchte? Und mir von dir Shakespeare-Zitate anhöre? Ich werde hier bleiben, kämpfen und gewinnen. Das ist schließlich alles, was ich im Leben gelernt habe.«

Ich drehte mich nicht um, als Max ging und die Haustür sanft hinter sich zuzog. Erst als er weg war, sah ich, dass er einen Umschlag hinterlassen hatte. Als ich ihn öffnete, fand ich zehn Tausendmarkscheine, und ich habe sie Leon bis heute nicht gegeben. Ich weiß nicht, warum. Ich verwahre sie in meinem Schreibtisch unter den Briefen, die Leon mir aus Afrika geschrieben hat. Ich nehme an, dass es sein Geld ist, aber Max hat es mir gegeben. Ich weiß, dass es Unrecht ist, aber ich kann mich nicht dazu durchringen, meinem Mann zu vertrauen.

Er und Max führten einen bitteren Streit am Telefon. Ich stand an der Tür und lauschte, wie ich es immer tue, wenn Leon telefoniert. Spione müssen mit der Todesstrafe rechnen, und ich nehme sie in Kauf. Und so belauern wir uns gegenseitig und versichern einander unserer Loyalität. Wir sind eine Familie. Wir zerbrechen an dieser Einheit. Ich weiß, ich muss handeln, weil Leon dazu nicht fähig ist. Doch anders als in jener Nacht im See fühle ich mich wie gelähmt in Worten und Taten. Und so voller Wut, wenn Leon aus dem Haus geht, um etwas zu besorgen. Weil ich weiß, dass er dann mit Marie telefoniert, sie vielleicht sogar trifft. Gefühle, ungeordnet bis zum Erbrechen. Manchmal laufe ich tatsächlich ins Bad und würge über der Toilette. Und nachts, wenn ich wach liege und Leon schläft, stelle ich mir vor, ihm ein Kissen aufs Gesicht zu drücken, so lange, bis er nicht mehr atmet. Ist es leichter, jemanden umzubringen als ihn zu verlassen? Oder geht es gar nicht mehr um Leon, sondern nur noch darum, wer von uns beiden – Marie oder ich – das Spiel gewinnt?

Als ich heute Morgen aus dem Haus ging, glaubte ich, sie in unserer Straße zu sehen. Sie stand neben einem roten Auto und hielt einen Kanister in der Hand. Sie trug eine Baseballmütze und eine große Sonnenbrille, und als ich vorbeiging, war ich mir nicht mehr sicher, dass es Marie war. Sie sah durch mich hindurch, wie es Fremde tun, und David lenkte mich ab, weil er stolperte und beinahe gefallen wäre. Ich kann jeden auffangen, und morgens bin ich mutiger als am Ende jeden Tages. Wenn Leon zurückkommt, werden wir reden oder schweigen – und beides läuft auf das Gleiche hinaus. Dieser Krieg muss enden. Lieber aufrecht sterben als auf den Knien leben.

24. KAPITEL

MARIE

I*ch bin jung*, attraktiv und clever. Angehörige einer Generation der virtuellen Leidenschaften. Und nichts ist mehr unter Kontrolle. Ich habe Isoldes Papierkorb in Brand gesetzt, um mich am Feuer zu wärmen. Der Rauchmelder an der Decke heulte durch das Glashaus, und die beherzten Männer rannten mit Feuerlöschern in das Büro, aus dem Rauch kam, versprühten Schaum und fühlten sich als Helden. Später kam die Feuerwehr, als alles schon vorbei war. Es roch so herrlich, und die Redaktion war in Aufruhr. Ein Ereignis, das nicht irgendwo auf der Welt und in unseren Computern stattfand, sondern live, und was sind die Waldbrände in Amerika gegen einen lodernden Papierkorb vor Ort? Unser katastrophenloses Dahinleben führt zur allmählichen Abstumpfung aller Sinne. Ich fühlte mich Leon sehr nah, als ich die Flammen sah, und erst als diese dummen Sirenen losgingen, verließ ich Isoldes Büro in der Hoffnung, dass alles, alles brennen würde und sie nichts anderes tun könnten, als in Panik aus dem Haus zu laufen. Meine Magie gegen das Böse, und ich bin mir nicht mehr sicher, ob ich ein Streichholz benutzt hatte. Meine heiße Hand hatte das Papier berührt. Es knisterte. Und dann schoss die erste Flamme empor und fraß sich durch Isoldes Wortabfall, der Blatt für Blatt und viel zu schnell zu Asche wurde.

Conrad tadelt sie mit herben Worten ob ihrer Unachtsamkeit. Isolde protestiert und beteuert ihre Unschuld. Sie weint. Sie hätte mir nicht sagen dürfen, dass meine Tage bei der Zeitung gezählt sind. Dass sie von mir keine Anordnungen entgegennimmt. Das war unachtsam und ein Akt von feiger Selbstbehauptung. So, wie sie vorher krochen, üben sie nun den aufrechten Gang mit abgewendetem Blick. Ich weiß, was die Stunde geschlagen hat, wenn

Conrads Sekretärin mir kein Lächeln mehr schenkt. Ich weiß es von ihm selbst, denn gestern rief er mich in sein Büro, um mir zu sagen, dass ich mich anderswo umsehen solle, und er mir eine Frist von vier Monaten setze.

»Die Verlegerin hat kein Vertrauen mehr in dich«, sagte Conrad. »Ich kann leider nichts mehr für dich tun, Marie.«

Wir beide wussten, dass zumindest der zweite Satz eine unverschämte Lüge war. »Du könntest aber Angst vor meinem Abschiedsgeschenk haben, Conrad, und etwas mehr Einsatz zeigen.«

Er zündete sich eine Zigarette an, seit ein paar Tagen rauchte Conrad wieder und verbreitete eine Wolke der Toleranz gegenüber allen Süchtigen. Ulrike liebt ihn dafür, und auch sie ist eine derjenigen, die sich von mir abwandten. »Nun ja, ich könnte. Habe ich aber nicht. Nicht mehr. Ich könnte es damit erklären, dass ich dem Tod zu nahe war, um noch etwas zu fürchten. Ich sollte nicht rauchen. Marie nicht reizen, ihre Erpressung bis zum bitteren Ende zu führen. Aber weißt du was, Mädchen: Es ist mir egal. Wenn du es tust, werde ich mich hier verabschieden und in unser Haus nach Südfrankreich ziehen. Bücher schreiben. Wein trinken, in der Sonne sitzen und auf den langen Schlaf warten.«

Dieses Lächeln hatte ich noch nie an ihm gesehen. Ich bin nicht dumm. Ich weiß, wann ich verloren habe. Conrad bluffte nicht, ja er sagte es so, als wolle er mich geradezu herausfordern, ihm nur diesen einen Weg zu weisen. Leute sollten nicht ein bisschen sterben, sondern ganz und gar. Wenn sie die Furcht verlieren, verlierst du deine Macht über sie. Und dieses Gesetz gilt auch für die Liebe.

Als ich aus Conrads Büro ging, vorbei an der Sekretärin, die telefonierte und nicht aufblickte, schloss ich einen Deal mit dem Großen Geist, der schon den Aborigines böse Träume beschert hat. Ich würde Conrads Geheimnis nicht verraten, wenn ich dafür Leon bekäme. Für immer und ewig. Ohne Feuer und Rauch.

Ich hatte den Kanister ins Auto gepackt und war in ihre Straße gefahren. Überlegte mir auf der Fahrt genau, wie ich die Wohnung in eine Hölle verwandeln könnte, der sie nicht entrinnen konnte. Und dann ging sie an mir vorbei, Leons kleinen Clown an der Hand. Das Kind stolperte und wäre hingefallen, wenn sie es nicht aufgefangen hätte. Ich wartete eine Weile, weil ich dachte, dass sie allein zurückkäme. Was sie nicht tat. Ich saß im Auto und hörte Nachrichten über das Ende der Welt, das sich in winzigen Fragmenten offenbart. Wir hören und sehen nichts, und warum sollten wir etwas anderes wahrnehmen als unser Verlangen, unter bestmöglichen Bedingungen zu überleben?

Anne überlebte diesen Tag, denn ich wurde ungeduldig und fuhr in die Redaktion. Ich will dem Kind nichts tun, es soll aus dem Spiel bleiben. Weil es Leons Sohn ist, werde ich eine Form der Annäherung finden. Ich habe nichts gegen Anne, es ist nur so, dass Leon den Spagat versucht, an dem wir alle drei zugrunde gehen werden. Er ruft mich an, er weicht mir aus. Er verabredet sich, er kommt nicht. Er vögelt mich, er zieht sich hastig an, um zu ihr zurückzugehen. Verflucht sei seine Feigheit. Tag für Tag und Nacht für Nacht denke ich darüber nach, endlich eine Entscheidung herbeizuführen. Ich habe Ultimaten gestellt, gebettelt, gefleht, gedroht, mich prostituiert in jeder erdenklichen Weise. Und Leon, der Ausweicher, der Mann mit dem unwiderstehlichen Blick, der Deserteur der Wahrheit, er schwört und verrät – uns alle und vor allem sich selbst.

Ich könnte ihn verlassen. Mich umbringen. Ein Feuer legen und den Großen Geist träumen lassen. Eine Art Gottesentscheid, so etwas war immer schon populär, weil es Schuld in die Sphäre verteilt. Anne hätte eine Chance zu überleben; man hat sie immer, wenn man schnell reagiert und keine Fehler macht. In der Mehrzahl aller Fälle ist die Todesursache eines Menschen sein Leben. Die Unfähigkeit, sich zu wehren …

Veerstbeck hat mich angerufen und mir seine Entscheidung mitgeteilt, in Sachen Max nicht mit mir zu kooperieren. Der Fall des großen Vorsitzenden sei auch ohne gutes Zutun programmiert und unaufhaltsam, sagte er, und natürlich log er. Es berührte mich nicht sehr, doch während er seine Unwahrheiten ins Telefon sprach, dachte ich, dass viele Niederlagen sich zu einem Berg getürmt hatten, der mir jede Sicht auf die Zukunft versperrte. Die Verschwörung der Männer gegen Marie Ahrend, die doch nur versucht hatte, Feuer gegen die Kälte zu legen. Leons singende Brunnen zu hören. Das Winseln der Conrads und Max' und aller Männer zu genießen, die mich je gedemütigt hatten. Es waren zu viele. Auch Veerstbeck zählt dazu, denn am Ende seines Monologs bot er mir einen Job als seine Pressereferentin an, vorbehaltlich der Tatsache, dass er Max Lenbach beerben würde und ich ihm in einer Weise gefällig wäre, die über den Tarifvertrag hinausgehe.

»Fick dich selbst, du fettes Arschloch«, waren meine letzten Worte an das Vorstandsmitglied, den Mann an sich in solchen Positionen und Denkungsweisen, und sie konnten attraktiver, liebenswürdiger und indirekter sein als Veerstbeck – und waren doch von einer Art.

Habe ich nicht versucht, wie sie zu sein? Besser noch und vor allem mutiger?

Ein Leben zu führen, das mutig ist und klug, aufmerksam und sinnlich, voller Musik und Witz, nur darauf komme es an. Sagt Eckhardt. Unser Redaktionsalkoholiker, der an der Löschaktion nicht beteiligt war, weil er sich in der Toilette selbst zuprostete, als die Sirenen losgingen.

»Du hast den Whisky vergessen, mein Lieber.« Ich schreibe über die Waldbrände und schnuppere den Duft der Zerstörung in meinem Zimmer. Isolde heult noch immer, weil eine ihrer Pflanzen verkohlt ist. Ich habe kein Mitleid mit ihr.

»Ich vergesse seit vielen Jahren, das zu leben, woran ich glaube. Immerhin denke ich noch, das ist mehr als andere von sich behaupten können. Du hast dieses Feuer gelegt, nicht wahr?«

Jetzt überrascht er mich doch. Ich drehe mich zu ihm um und lächle ihn an. »Beweise?«

»O nein, es ist nur eine Vermutung. Du bist keine, die kampflos aufgibt. Und unsere Ratten fürchten das Feuer.«

Ich mag ihn, auch wenn er sich auf die Seite meiner Feindin geschlagen hat. »Conrad nicht mehr. Aber ich werde unser kleines Geheimnis nicht verraten, keine Angst. Nicht weil ich nett bin, sondern weil es mir nichts mehr bedeutet. Ich verlasse die Zeitung. Wird sowieso Zeit, sich nach oben auszudehnen.«

Eckhardt streicht mir mit seiner zitternden Hand über die Wange. »Viel Glück. Und wenn du mir versprichst, Anne nichts zu tun, werde ich dir noch etwas verraten, das dir von Nutzen ist.«

Ich könnte ihn ohrfeigen für diesen Satz. »Was soll ich ihr schon antun, du Idiot? Sie öffentlich verbrennen?« O verflucht, das hatte ich so nicht sagen wollen. In letzter Zeit passierte es wieder häufiger, dass unkontrollierte Gedanken meinen Mund verließen. Sage die Wahrheit, und du erschreckst die Leute zu Tode. »Ich meine, sie sollte Leon loslassen. Es wäre besser für uns alle. Auch für dich, nicht wahr?«

Er mag die direkte Rede nicht, weil in seinem Leben alles ein wenig verschwommen ist. »Ich bin nur der Tröster, der ihr das Gefühl gibt, dass es noch Schlimmeres gibt. Sie kämpft mit sich, Marie, aber ich denke, dass sie stark genug ist, dieser Situation ein Ende zu setzen. Dein Spiel sollte Geduld heißen, aber du versuchst stets, gegen alle Widerstände ans Ziel zu kommen. Das ist manchmal falsch, und ich glaube, dass du die Fähigkeit zu kritischer Distanz gegenüber deinen Handlungen längst verloren hast. Das kann gefährlich sein.«

Der Prediger mit der Flasche geht mir bisweilen sehr auf die Nerven, doch ich beherrsche mich und ziehe mit geschlossenen Augen den Rauch durch die Nase. Wirkt ein wenig wie Kokain. »Ich würde ihr nie etwas tun, das ich mir nicht verzeihen könnte. Und nun sag schon, was du weißt.«

Eckhardt senkt seine Stimme. »Conrad posaunt diskret durch die Medienwelt, dass du als Journalistin unzuverlässig bist. Ich habe es zufällig mitbekommen, als ich in seinem Büro saß. Ich habe auf ihn die Wirkung, dass er mich nicht wahrnimmt. Verlierer haben eine Aura des Unsichtbaren. Wenn du einen neuen Job suchst, sieh zu, dass er dir nicht in die Quere kommt.«

»Warum sind die Leute so gemein und rachsüchtig?«

»Die meisten sind wie du.« Eckhardt lächelt wässrig, um die Wirkung seiner Worte zu entschärfen. Wie soll er wissen, dass ich eine andere bin? Wenn du nur noch ein Ziel vor Augen hast, handelst du wie ein gefangenes Tier. Bar jeder Vernunft. In der Gerberstraße sagten sie, dass Liebe eine Himmelsmacht sei, und gingen für ihren Zuhälter durch die Hölle. Keine Musik, Eckhardt, nur die Missklänge, die den Beschädigten vorbehalten sind, und kein Witz, der nicht auch auf ihre Kosten ginge. »Was soll ich deiner Meinung nach tun?«

Er nennt mir ein paar Namen von Chefredakteuren, die mit Conrad verfeindet sind. Rät mir, zu einem Privatsender zu gehen mit der Begründung, dass meine Talente dort gut aufgehoben seien. Ein zweischneidiges Kompliment, das mich verletzt. So dünn ist meine Haut geworden, dass selbst einer wie Eckhardt mich unsanft berühren kann. Und ich nehme ihm übel, dass er mich nicht mehr begehrt. Frauen tun das, selbst bei Kreaturen, die sie verachten. Wir wollen begehrt und geliebt werden und Macht ausüben, die ihr uns verwehrt von der Stunde an, in der wir geboren wurden.

»Kein Feuer mehr«, sagt Eckhardt, bevor er mein Glashaus verlässt. Er kehrt bei Isolde ein, um sie zu trösten. Sie nimmt jede Schulter, die sie kriegen kann. Ich brauche nur eine, und ich brauche sie wie die Luft zum Atmen.

Leon ruft an, um mir zu sagen, dass wir die Verabredung für den Abend verschieben müssen. Anne habe ein Engagement bekommen und müsse ins Studio, so dass er David nicht allein lassen könne. Ich sterbe und erwähne leichthin, dass es Babysitter in dieser Stadt gebe.

Sie seien alle unabkömmlich, antwortet Leon, und schon an diesem Wort erkenne ich, dass er lügt. Feuer. Es brennt in den Eingeweiden, und es ist nur durch Feuer zu bekämpfen. Ich flehe ihn an, einen Weg zu finden, damit wir uns sehen können, und wenn es der ist, dass er David mitbringt. »Völlig unmöglich«, sagt Leon.

»Bin ich nicht gut genug für deinen Sohn?«

»Blödsinn. Es würde die Sache nur noch mehr komplizieren.«

»Sie ist nicht kompliziert, Leon, sondern ganz einfach. Du musst eine Entscheidung treffen.« Für mich, weil ich dich sonst töten werde.

Er schenkt mir ein tiefes Seufzen der Verzweiflung, des Selbstmitleids. »Ich liebe dich, Marie, aber hör auf, mich zu bedrängen. Es wird sich alles irgendwie finden.«

Nein, und tausendmal nein. Ich und du zählen, und *es* existiert nicht in meinem Leben. »Du wirst finden, dass du alles verlierst, du verdammter Idiot.« Ich zwinge mich, den Hörer aufzulegen, bereue es sofort und wähle seine Nummer. Leons Anrufbeantworter verhöhnt mich. Ich höre meine Mutter sagen, dass ich ein unartiges, undankbares Kind sei. So viel Schmerz in ihrer Stimme. Sie hat ein Leben in Schmerz verbracht, und ich beginne, sie zu verstehen.

Über den Ticker kommen Agenturmeldungen. Max Lenbachs Privat- und Büroräume waren durchsucht worden. Im Ermittlungsverfahren gegen den Vorstandsvorsitzenden, unter anderem wegen Geldwäsche und versuchter Bestechung, schließt die Staatsanwaltschaft nicht aus, dass auch Haftbefehle erlassen werden.

25. Kapitel

ANNE

In diesem Land ist es per Gesetz verboten, eine Autotür zuzuknallen oder nach dreiundzwanzig Uhr zu duschen. Ich weiß nicht, wo ich das gelesen habe, aber ich glaube stets daran, wenn wir durch die Schweiz fahren, in der selbst Kühe in gewisser Ordnung auf makelloser, exakt eingezäunter Landschaft weiden. Jede Chaostheorie würde an dieser Idylle zerbrechen, deren beruhigender Wirkung ich mich nie ganz entziehen kann.

Leon fährt, und David sitzt hinten und schläft in seinem Kindersitz. Ich bin die Beifahrerin, ein Wort mit vielen Deutungen. Wir sind die deutsche Durchschnittsfamilie mit beschränkten Träumen. Ich blieb im Wagen sitzen, während Leon in Zürich ein privates Bankhaus aufsuchte und mit einem gefüllten Aktenkoffer zurückkam. Er ist sehr gut darin, anderer Leute Geld zu tragen.

»Eine Viertelmillion Franken«, sagte Leon, als er den Koffer auf den Rücksitz neben David legte. Mein Sohn fragte, ob wir jetzt reich seien? »Niemals«, antwortete ich, und wir lachten zum ersten Mal seit vielen Wochen.

Max wartet im Haus eines Freundes in Zermatt auf uns. Man könnte auch sagen, dass er untergetaucht ist, selbst wenn die offizielle Sprachregelung in der Firma lautet, dass der Vorstandsvorsitzende zu einem wohlverdienten Urlaub mit unbekanntem Ziel verreist sei. »Verdunkelungsgefahr« ist der Terminus, den seine Anwälte benutzten, und Max verstand ihre Besorgnis und zog Konsequenzen daraus. Gefängnis ist ein Wort, das seine Vorstellungskraft übersteigt. Ich könnte mir vorstellen, dass er in einer Zelle ohne Handy oder Laptop dahinsiechen und sterben würde.

»Es ist Beates Job, den wir hier tun«, sagt Leon. Beate hat Sophie von der Schule genommen und ist mit ihr in die Karibik geflogen. Beate liegt im Schatten, um der Sonne zu entgehen, in die sie geflohen ist, während wir das Geld ihres Mannes transportieren.

Leon nennt sie eine Verräterin, und ich finde, dass er mit diesem Begriff sehr vorsichtig umgehen sollte. Ich setze zu ihrer Verteidigung an und bin gewahr, dass ich mich auf glattem Eis bewege. Leon empfindet alles, was ich sage, als Angriff, seit wir einander das Vertrauen entzogen haben, in Liebe zu kommunizieren. Ich will keinen Streit, nicht in Davids Gegenwart.

Er ist aufgewacht, blickt aus dem Fenster und fragt von hinten, warum die Kühe nicht lila seien. Während ich antworte, schläft er wieder ein. Ich sage Leon, dass er zu schnell fährt, und er wirft mir einen seiner Nerv-mich-nicht-Blicke zu. Schweizer Autobahnen sind sehr gerade Asphaltlinien mit vielen Schildern und Verwarnungen. Links sind Berge und rechts Seen, dazwischen Häuser und Ortschaften, Wiesen und Kühe. In Iowa flog eine Kuh im Sog eines Tornados einen Kilometer weit. Ich glaube nicht, dass es in der Schweiz Wirbelstürme gibt.

Leon und ich haben gestern mein neues Engagement mit einem Essen gefeiert, zu dem ich ihn einlud. Eine große Nebenrolle in einem Fernsehfilm, von der meine Agentin meint, dass sie mich wieder nach ganz oben in die Besetzungslisten bringt. Ich bin so weit unten, dass dieser Satz nicht vollkommen falsch sein kann. Und der Abend mit Leon war beinahe schön, denn wir haben alles ausgespart, was verletzen könnte. Wie zwei lädierte Boxer tänzelten wir um die Wahrheit, die zum K.o. führen könnte.

Er fährt so schnell, als ob er gleich abheben wolle. Leon wirkt wie ein Behinderter, wenn er nicht fliegen kann. Er ist unglücklich. Als wir gestern zu Bett gingen, spät und ein wenig betrunken, murmelte er, dass er Marie endgültig verlassen habe. Was hätte ich sagen sollen? Ich zog mich im Dunkeln aus und legte mich auf meine Seite. Dachte, dass ich ihm zu gern glauben würde, es aber nicht konnte. Nie wieder. Und hätte er mir gesagt, dass draußen der Mond schiene, hätte ich die Rollladen hochgezogen, um mich zu vergewissern.

Was ist es wert, dass wir es noch Liebe nennen? Irgendwann,

und es muss lange her sein, habe ich Leon mit Don Juan de Marco verglichen, dem größten Liebhaber aller Zeiten in einem der schönsten Filme, die je gedreht wurden.

Phantasie und Leidenschaft bewegen sich im Feindesland, und ich glaube nicht, dass Leon den Königsweg gefunden hat. Don Juan ist nicht ohne Falten geblieben, und ich würde ihm jetzt gern über die Wange streichen, wenn ich nicht Angst vor einer Zurückweisung hätte. Wir sind sehr lange sehr zärtlich miteinander umgegangen, bis wir einander in zu großer Nähe verloren haben. Ich denke, dass ich in diesem Augenblick zu ihm zurückfinden könnte, wenn er nur die richtigen Worte sagte.

»Warum sind wir nicht geflogen? Ich hasse diese langen Autofahrten.«

Leon zündet sich eine Zigarette an, obwohl er weiß, dass er es Davids wegen nicht tun sollte. Der Augenblick ist vorbei. Es gibt keinen Zauber, der uns erlösen würde.

»Weil Max die Autofahrt unauffälliger findet. Glaubst du, dass sie einen Haftbefehl erlassen?«

»Keine Ahnung, aber selbst wenn es so ist, wird Max irgendwie davonkommen. Sie behelligen ihresgleichen, aber sie schlachten einander nicht. Wäre gegen die Spielregeln.«

»Hunger«, schreit David von hinten. Dann hustet er anklagend, und Leon drückt seine Zigarette aus.

»Wir sind bald da, Schatz, dann kannst du essen, so viel du willst.« Beruhigende Mutterworte, die infernalisches Geheul auslösen. Gier will sofort befriedigt werden, und wenn wir warten, vergessen wir manchmal, dass sie jemals da war. Ich gebe David ein Bonbon, und Leon sagt, das Kind solle nicht so viele Süßigkeiten essen. »Und du sollst nicht rauchen«, sagt mein Sohn, und als ich mich umdrehe, sehe ich das strahlende Lächeln des Triumphs in seinem runden Sommersprossengesicht.

Ich höre Leons Stöhnen und denke noch, dass er seinen Sohn verspotten will. Ich drehe mich nach vorn, doch es gibt kein vorn mehr, nur eine Leitplanke, auf die wir schlingernd zurasen. Habe ich »Bremsen« geschrien? Es geht in dem großen Knall unter und einem Schmerz, den ich nur sehr entfernt wahrnehme. Dann fliegen wir, ich hasse fliegen, und ich sehe das Meer und eine Riesenwelle, die auf uns zurollt. Ich weiß um die ungeheure, zerstörerische Kraft des Wassers. Wir tauchen unter in einem Geräusch, als würden tausend Feuerwerkskörper explodieren. Dann ist es still …

Ich lebe noch, weil ich Schmerzen verspüre. Ich kann meine Finger bewegen, und sie finden die Gurtschnalle und öffnen sie. Vor mir, sehr nahe vor mir ist eine Mauer. Wir sind in der Schweiz. Hier gibt es viele Mauern. Wir sitzen in einem Auto, und es riecht seltsam. Und ich sehe Rauch.

Neben mir sitzt ein Mann, dessen Augen geschlossen sind. Er blutet aus einer Kopfwunde. Die Scheibe ist geborsten. Der Mann atmet ganz flach. DAVID. Ich drehe mich um, obwohl es entsetzlich wehtut. Mein Sohn starrt mich aus ungeheuer großen Augen an. Kein Blut. Ich sehe keine Wunde an ihm, und ich sage: »Alles in Ordnung?«

»Ist das Bonbon schuld?«, sagt David, und ich beginne zu lachen. O mein Gott, der Rauch. Es stinkt nach Benzin. Ich muss David hier wegbringen. Als ich den Türgriff berühre, bewegt der Mann seinen Kopf, nur ein wenig, und er flüstert: »Das Flugzeug explodiert. Hol mich hier raus.«

Ich sehe ihn an und spüre eine große, vergebliche Liebe. Wir müssen uns entscheiden, irgendwann. Ich brauche dafür eine Ewigkeit, die Sekunden dauert. »Später, Leon.«

Ich öffne meine Wagentür und rüttle an der hinteren. Die verdammte Kindersicherung. Der Wagen qualmt. David brüllt jetzt. Ich finde den Knopf. Öffne die Tür und löse seinen Gurt. Er schlingt seine Arme um mich, und ich huste von dem Qualm, der immer dichter wird. Weg hier. David in Sicherheit bringen. Ich laufe mit meinem Sohn im Arm über Gras und Steine, und ich werfe mich über ihn auf den Boden, als ich die Explosion höre.

»Die Atombombe«, flüstert David in mein Gesicht, und ich küsse ihn, bevor ich mich langsam umdrehe. Ich bin weit gelaufen. Weit genug, um die Hitze des Feuers nur noch in seinen Ausläufern zu spüren. Der Wagen ist eine große Flamme, von schwarzem Rauch umhüllt.

»Später, Leon«, flüstere ich, bevor ich in das Nichts gehe.

Epilog

M*ax Lenbach hat* mich angerufen. Seine Stimme klang merkwürdig und sehr weit weg. Manchmal wurde die Verbindung unterbrochen, doch am Ende musste ich alles hören, was er mir sagen wollte. Am Ende klang es so, als ob er weinte.

Es hatte einen Autounfall gegeben auf der Strecke zwischen Zürich und Zermatt. Leon war am Steuer. Anne und David konnten sich aus dem brennenden Wagen retten und waren nur leicht verletzt. Leon starb in den Flammen.

Meine zweite Hälfte ist tot. Ich gehörte zu Platons Halbmenschen, die sehnsüchtig suchend in der Welt umherirren, um ihre zweite Hälfte zu finden. Was soll ich tun, außer zu vollenden, was geschehen ist? Ich habe kein Feuer mehr. Ich bin die Asche, die Leon zurückließ. Deshalb bin ich ans Meer gefahren. Meine Versteinerung, in Landschaft verewigt. Ich bin ganz klein an diesem Punkt der Welt. Und sie war größer als ich. Also setze ich einen Fuß vor den anderen, bis ich sie nicht mehr spüre.